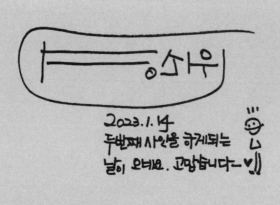

2023.1.14
두번째 사인을 하게되는
날이 오네요. 고맙습니다—

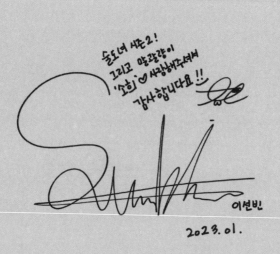

술도녀 시즌2!
그리고 말끝마다
'오희'♡ 사랑해주셔서
감사합니다요 !!

이선빈

2023.01.

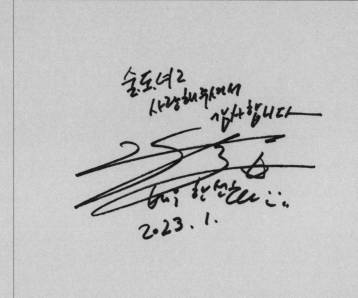

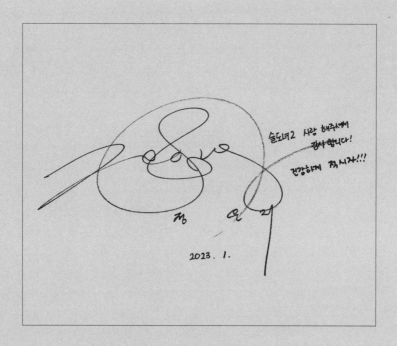

술꾼도시여자들

시즌 2

위소영 대본집
술꾼도시여자들 시즌 2

초판 1쇄 인쇄 2023년 1월 12일
초판 1쇄 발행 2023년 1월 20일

지은이 | 위소영
펴낸이 | 金滇珉
펴낸곳 | 북로그컴퍼니
책임편집 | 김옥자
디자인 | 김승은, 김은정
주소 | 서울시 마포구 와우산로 44(상수동), 3층
전화 | 02-738-0214
팩스 | 02-738-1030
등록 | 제2010-000174호

ISBN 979-11-6803-057-2   03810
Copyright ⓒ 위소영, 2023

· 이 책의 원작은 「술꾼도시처녀들」(미깡/예담)입니다.

· 블로그: blog.naver.com/blc2009
· 인스타그램: @booklogcompany
· 페이스북: facebook.com/blc2009
· 유튜브: 북로그컴퍼니

당신의 눈동자에..
적시자!

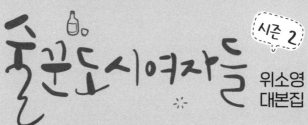

술꾼도시여자들 시즌 2

위소영
대본집

북로그컴퍼니

작가의 말

애초 장기 시즌제를 기획하고 작업에 들어가는 몇몇 드라마가 아니고서야, 다음 시즌을 염두에 두고 80프로만 아껴서 쓰는 전략적인 작가는 거의 없을 것이라 생각한다. 작품이 흥행하여 다음 시즌을 가게 된다면야 더할 나위 없이 좋지만 대부분은 눈앞에 닥친 지금 이 작품만으로도 버거운 탓에, 어느 순간엔 더 재밌는 장면을 위해 어디서 앵벌이라도 해 올 수 있다면 눈에 불을 켜고 그러라고도 싶은 허기진 마음으로 허겁지겁 작품을 마치기 때문이다.

한마디로 추운 겨울을 나기 위해 곳간에 음식을 남겨두는 전략적인 일은, 특히 나 같은 신인 작가에게는 불가능한 일이다. 또 이 바닥 작가 선배님들에게 쉽게 들을 수 있는 이야기가 "아이템, 에피소드 아껴서 뭐 된다. 아끼지 말고 다 써라. 나중 되면 또 나온다."이기도 했다. 문제는 그 '나중'이란 게 내게도 찾아오고 말았다는 것이다.

〈술꾼도시여자들 시즌 1〉 마지막 방송이 나갈 즈음, 분위기상 시즌 2 제작에 당장 들어가야 할 것 같다는 연락을 받았다. 물론 제작사를 통해 시즌 2에 대한 기대가 본격화되고 있다는 이야기를 들은 바는 있지만, 예상치 못한 흥행에 나온 형식적인 말이겠거니 하고 말았는데.. 큰일이었다. 내가 총알을 남겨두었던가? 그리고 나서 머릿속을 스치는 한 가지..!

'아! 우리 지연이 어떡하지......?'

망했네. 망한 거였다.

시즌 1 말미에 지연이는 유방암을 진단받고 어려운 수술을 했다. 그리고 수술 예후가 좋지 않은 상태에서 또 한 번의 크리스마스를 맞으며 드라마는 끝이 났다.

평소 무계획적이기도 하지만 무책임하기까지 한 나의 성격과 무관하지 않은 결말이었다. 당장 시즌 1에서 싸질러놓은 똥을 수습해야 하는 난관에 봉착한 것이다.

이러나저러나 욕먹는 것을 피해 갈 수 없겠다는 생각이 들었다. 안고 가자니 부담스러웠고 덮고 가자니 찜찜하고 무책임했다. 이럴 때 시즌제에 강한 미국이나 유럽 드라마 작가님들은 어떤 지혜로 이 난관을 해결하시려나, 묻고 싶은 심정이었다. 물었다면 이런 대답이 돌아왔겠지.

"우린 이미 뒤를 생각하고 앞을 써요. 뒤가 없는 앞은, 앞이라고 볼 수 없으니까요."

나는 그렇게 동굴 속으로 들어갔다. 생각해보면 그때가 시즌 2를 집필한 모든 순간을 통틀어 가장 힘들었던 시기 같다. 이렇게 써도 저렇게 써도, 이렇게 돌려서 쓰고 저렇게 돌려서 써도 납득이 가지 않았다. 작가조차 납득할 수 없는 이야기로 시청자들을 어떻게 설득한단 말인가? '이거 못 한다고 위에다 이야기 좀 해주세요.'라고 수십 번도 더 혼잣말을 했던 거 같다.

결국 뾰족한 정답을 찾을 수 없다는 걸 깨달았을 때쯤 내가 할 수 있었던 건, 피할 수 없다면 직면해야 한다는 것. 암 설정은 분명 누구에게나 불편한 것이었지만, 결국 나는 거기서부터 출발하지 않을 수 없었다. 문제는 술꾼들이 술을 끊어야 한다는 것이었다. 술꾼도시여자들이 술을 끊다니.. 안 봐도 쏟아질 댓글들이 이미 산더미였다. 하지만 어쩔 수 없었다.

매일 밤을 침대에 아무렇게나 누워 극 중 소희가 되었다가, 지구가 되었다가, 지연이가 되었다가.. 세 사람을 한 명씩 소환해 진지하게 대화를 나눠본 끝에 내가 내린 결론은 이거였다.

"그래, 가자! 산으로..."

나는 당시 경기도 양평에 살면서 꽤 오랜 시간 암 환자 마을에 있는 환우들을 만날 기회가 있었다. 그러다 보니 자연치유에 대해서는 그렇게 무지하지 않았다. 또 캠핑 생활을 좋아하던 이력이 장박(산에서 오랜 기간 텐트를 치고 머무는 것)으로 이어져 한때는 6개월 정도 산에서 먹고 자며 산 경험도 있다.

결국 〈술꾼도시여자들 시즌 2〉의 포문을 열기 위해 그렇게 운명적인 경험을 했던 것이라 생각하니 마음이 한결 편해졌고, 나는 모든 경험과 마음을 다해 대본 집필을 시작했다. 결론적으로 〈술꾼도시여자들 시즌 2〉의 모든 회를 통틀어 1, 2부는 가장 힘든 회차였고 그럼에도 불구하고 가장 오랜 시간과 자문, 그리고 공을 들인 회차임을 털어놓는다.

하지만 작가가 공들인 대본에 시청자들도 정합으로 반응해줄 거라는 생각은 사치라는 걸 안다. 어쩌면 더 모진 질타와 악성댓글을 받게 되는지도 모른다. 하지만 시간을 돌린다 해도 나는 같은 선택을 할 것이다. 나는 누가 뭐래도 최선이라고 생각하는 것을 쓸 권리가 있는 작가니까.

어느 순간부터 너무나 좋아하게 되어버린 나의 소희와 지구, 지연이가 있기에 결과에 상관없이 나는 이미 충분하다. 나는 안다. 배우들이 나의 대본을 얼마나 믿어주었는지.

작가와 배우 사이에 둔 '대본'이라는 최소한의 약속. 그것을 너무나도 훌륭하게 소화한 그녀들의 살아 있는 영상을 보자마자 나는 이렇게 말했다.

"이미 내 속에 들어갔다 나왔구나. 그리고 이제는 내 이상이구나. 이제 됐다."

대본이 내 손을 떠나고, 영상 속의 지구와 소희, 지연이를 팬심으로 바라보며 더할 나위 없이 고맙고 행복했다.

마지막으로, 당시 단 한 글자도 쓰지 못하고 괴로워하던 날 불러놓고 나지막하게 다음과 같은 세 가지 당부를 하셨던 아버지에게 감사의 마음을 전한다.

"어떤 글을 쓰더라도 부모를 개의치 말아라."

"즐기며 마시는 술도 있지만, 그렇지 않은 술도 있다. 아프고 소외된 자들을 보아라."

"건강을 지켜라."

2022년 12월, 눈 내리는 파주 작업실에서

일러두기

1. 이 책의 편집은 위소영 작가의 집필 방식을 따랐습니다.

2. 드라마 대사는 글말이 아닌 입말임을 감안하여, 한글맞춤법과 다른 부분이라 해도 그 표현을 살렸습니다. 지문의 경우 한글맞춤법을 최대한 따르되, 어감을 살리기 위해 고치지 않고 그대로 둔 경우도 있습니다.

3. 대사와 지문에 등장하는 말줄임표나 쉼표, 느낌표와 마침표 등의 문장부호 역시 작가의 집필 의도를 살리기 위해 그대로 실었습니다.

4. 이 책은 작가의 최종 대본으로, 방송된 부분과 다를 수 있습니다.

차례

기획의도

누구나 한 번쯤은 겪어보았을, 그 시절 우리가 사랑했던 '술'에 관한 이야기, 그 시절 늘 우리 곁에 있어줬던 '친구'에 관한 이야기를 하고 싶다.

첫 번째 시즌이 평범한 듯 평범하지 않은 삼인방의 캐릭터 중심이었다면, 두 번째 시즌은 그녀들의 숨겨진 전사 및 가족에 대한 이야기가 더해진 스토리 중심이다.

2년 반이라는 시간 동안 술꾼 삼인방에게는 무슨 일이 있었던 걸까? 결코 평범하지 않은 시간을 보낸 삼인방의 2년 반의 행적이 〈술꾼도시여자들 시즌 2〉의 포문을 연다.

2년 반 사이 더욱 끈끈해진 세 친구의 우정, 그사이 달라진 세상, 2년 반 만에 도시로 컴백한 술꾼 삼인방의 컴백 여정이 펼쳐질 것이다.

여전히 비틀대고, 자빠지고, 삐걱대는 인생의 반복.

그러나 사랑하는 친구가 옆에 있고, 뜨거운 술잔이 손에 들려 있는 한, 그 어떤 누구도 이들의 행복을 막을 순 없다.

자고로 술에는 유통기한이 없다. 그래서 세월이 지날수록 다른 맛을 내고, 더 깊은 맛을 낸다. 우정도 마찬가지다. 세월이 겹겹이 쌓일수록 무시무시한 힘이 보태어진다.

남녀노소, 그 어떤 연령대를 불문하고 술과 친구는 그러하다.

시즌 2 역시 다르지 않다.

이 드라마를 볼 때만이라도 힘들었던 하루의 긴장감을 내려놓고, 가까운 사람과 한잔하고 싶은 마음이 들면 좋겠다.

보고 싶은 친구가 생각났으면 더 좋겠다.

취중에 건 전화가 다음 날 기억나지 않은들 좀 어때.

그 순간 뜨거웠고 그래서 따뜻했다면, 그걸로 됐고 좀 그래도 된다고..

그렇게 때로는 좀 비틀거리며 살아가도 될, 지금의 우리들을 위로하는 이야기가 되어주길 바란다.

관전 포인트

1. 서른에서 서른셋으로..

같은 시대를 산 사람들은 같은 추억과 같은 기억으로 살아간다.

다 함께 10대의 어느 장소로 타임머신을 타고 날아갔다가, 또 어느 날은 먼 미래인 70대로 날아가기도 한다. 이게 바로 '술'이라는 타임머신의 위력이다.

대학교 때 처음 만나 다 함께 30대를 맞이한 친구들이 어느덧 서른세 살이 되었다. 여전히 '적시자'를 외치며 소주를 털어 넣지만, 삼 년이라는 시간 동안 그들의 우정은 분명 다른 모양으로 변해왔다.

시즌 2를 맞이한 〈술꾼도시여자들〉은 세월이 지나며 모양을 달리하는 것, 그럼에도 불구하고 결코 변하지 않는 것은 무엇일지 되뇌어보는 시간이 될 것이다.

2. 못다 한 가족에 대한 이야기

평범한 듯 평범하지 않은 가족사를 가지고 있는 삼인방.

소희는 작년에 사고로 아버지를 잃었고, 지구는 오래전 가족을 등지고 집을 나와 혼자 살고 있으며, 지연 역시 비교적 어린 나이에 엄마를 여의고 아버지에 대한 이야기는 미스터리로 남긴 채 시즌 1을 마감했다.

시즌 2에서는 시즌 1에서 밝혀지지 않았던 가족에 대한 이야기가 공개되면서 이들이 왜 이런 캐릭터가 되었는지, 또 이들은 도대체 언제부터 술꾼이 된 건지 회차별로 저마다의 서사를 더해갈 것이다.

3. 업그레이드된 안주빨과 거의 모든 술의 역사

시즌 2에서도 놓칠 수 없는 것은 술자리에서 빠질 수 없는 안주 보는 재미다.

술자리 기본 안주인 삼겹살과 족발, 라면에서부터 회, 매운탕, 차돌박이숙주찜, 게찜, 멜튀김, 각재기국 등 특색 있는 지역 안주까지 매회 버라이어티한 술안주들의 총집합에 이어, 위스키, 하이볼, 와인, 쏘맥 등 더욱 다양해진 주종에 삼인방의 더욱 업그레이드된 술 타는 손기술까지, 매회 보는 재미와 함께 군침, 술침까지 돋우게 할 것이다.

4. 로맨스도 적실 수 있을까?

술과 우정에서만큼은 그 누구한테도 뒤지지 않는 삼인방이지만 유독 연애와 로맨스에서는 평균 이하의 찌질한 면모와 처참한 실패를 보여줬던 세 사람. 그럼에도 불구하고 언제나 사랑을 하겠다는 의지만큼은 국보급이다.

이번에는 과연, 사랑할 수 있을까? 섹스파트너에서부터 잘못 꼬여버린 인연, 강피디와 소희 커플. 시즌 1 말미에 처음 얼굴을 마주하며 기대감을 자아냈던 지구와 종이 커플. 하는 연애마다 바다로 끌고 가지만 결국 친구들과 함께 돌아와야 했던 지연.

여전히 사랑은 서툴다. 하지만 괜찮다. 세상에 남자는 많고, 그보다 많은 술이 있으니까! 오늘도 "술 믿고 사랑하기!"는 계속된다.

등장인물

🍶 **안소희** **(여/33세/방송작가/술이 문제/소주 같은 여자)**

남도가 낳은 자랑스러운 딸. 부모님과 통화할 때만 걸쭉한 전라도 사투리가 튀어나온다. 어릴 때부터 남 웃기는 걸 좋아해서 원래는 개그맨이 되고 싶었지만 부모님의 간곡한 뜻에 따라 좋은 대학 국문과에 입학했고 멀쩡한 출판사에 취업까지 성공했다. 그러나 결국 1년 만에 잘리고 말았다.

어릴 적 꿈을 이루기 위해 방송국에 개그맨 시험을 보러 갔다가 떨어지고 나오는 길, 우연한 만남을 계기로 시작한 방송작가라는 길이 어느새 천직이 되었다.

방송국 내에서는 억척스럽고 지독한 악바리 싸움닭으로 유명하지만, 실상은 여기저기 틈이 많은 허당이다. 털털하고 성격 좋아 늘 주변에 친구가 많은 편. 그중에서도 베스트인 지연과 지구랑 있을 때 가장 즐겁다. 극과 극인 두 사람을 절충하는 역할로 빛을 발한다.

문제는 끝장을 보는 '주사'가 늘 인생의 발목을 잡는다는 것. 술 먹다가 눈이 뒤집히는 순간이 오면 누구라도 앞뒤 안 보고 달려드는데 술 먹고 방송국 간부의 어깨를 물어버린 사건, 톱스타의 귀싸대기를 날린 사건 등 술 먹고 친 사고들이 방송국 내 전설로 남아 있다.

3년 전, 시청률이 하락하고 있는 예능 프로그램에 들어가 프로그램을 살리기 위해 만난 메인피디라는 놈이 개찌질 좀생이에 6년 전 오디션장에서 자신을 떨어뜨린 놈인 것도 모자라... 그런 놈이랑 이렇게 저렇게 얽혀서 키스도 하고 잠까지 자버렸다.

좀 설레나 싶었다. 좋아하나 싶었다. 그런데 "섹스파트너 안 할래?"라는 말에 모든 게 무너졌다. 원점은커녕, 바닥인 상태...

친구 지연의 자연치유를 위해 산으로 들어간 어느 날, 자신을 찾겠다고 그 험한 산길을 목숨 걸고 찾아온 이 남자.. 돌아온 도시와 직장은 전보다 낯설고 두렵기만 한데, 언제부터 그랬다고 자꾸만 손을 내미는 이 남자의 손길이 따뜻하게 느껴진다. 이러다 또 뒤통수 맞을 게 뻔한데 왜 자꾸.. 또 설레나...

한지연 (여/33세/요가강사/사랑스러운 술 천재/화이트와인 같은 여자)

24시간 365일 밝고 긍정적이다. 복잡한 것도 단순한 것도 모두 단순하게 풀어버리는 쏘 쿨한 성격. 하지만 5분 이상 대화 시 하이톤의 무한 붙여 넣기 말투와 오버 텐션으로 급격하게 상대를 지치게 만든다. 그 중심엔 심하게 맑고 새하얀 뇌가 있는데, 아이러니하게도 그 백치의 끝엔 정곡을 찌르는 예리함이 있다. 그래서 주변 사람들은 혹시 '천재'가 아닐까 의심할 때가 많다.

누가 봐도 상처 없이, 티 없이 자랐을 것 같은데 반전의 가족사를 가지고 있다. 미용실과 술집을 하며 평생 딸을 혼자 키운 엄마를 대학 시절 하늘나라로 보냈다. 엄마는 죽기 전 병상에서 '술은 원래 쓰지만 너의 입에 술이 단 이유는 내가 널 솜사탕처럼 달게 키웠기 때문'이라는 말을 남겼고, 그래서인지 지연에게는 인생의 모든 것이 솜사탕처럼 달다. 특히 가족이나 다름없는 소희와 지구라는 친구들이 있기에 인생사 두려운 게 없다.

나이 서른에 맞이한 유방암 판정과 수술, 그리 좋지 않은 결과도 초긍정 마인드로 받아들인다. 그리고 친구들과 함께 2년이 넘는 시간 동안 산에 들어가 다소 무모한 자연치유를 하면서도 힘든 내색은커녕 세상 단순하게 잘 먹고, 잘 싸고, 잘 웃고, 친구들이 하란 대로 자연치유를 성실하게 견뎌낸다. 그 결과 2년 6개월 만에 완치 판정을 받고 도시로 돌아온다. 요가강사로 복귀해서도 특유의 하이톤과 심하게 솔직한 입방정으로 결코 쉽지 않은 복귀전을 치르지만, 그녀의 사랑스러움은 까칠한 원장과 동생의 마음까지 서서히 녹아들게 만든다.

여전히 결혼이 인생의 목표다. 그런데 우연히 소개팅한 남자로부터, 매번 이렇게 쉽게 사랑하고 쉽게 차이고 차분하게 안착하지 못하는 이유가 아빠 없는 집에서 자라서 그렇다는 이야기를 듣게 되는데.. 매번 보란 듯이 엄마의 음식을 거부하는 지구, 매일 죽자고 싸우는 요가 원장님과 동생을 지켜보며, 처음으로 자신에게만 없는 '피를 나눈 가족'에 대한 어떤 열망을 느낀다. 얼굴도 모르는 아빠지만 만나면 한눈에 알아볼 수 있을 것 같다고 언제나 입버릇처럼 말하고 다녔던 지연..

정말 지연은 생전 본 적도 없는 친부를 한눈에 알아볼 수 있을까..?

🍾 **강지구** (여/33세/은둔형 술꾼/보드카 같은 여자)

인생사 거침없는 돌직구형 술꾼이자, 7년 동안 동굴 속에 스스로를 가두고 살았던 은둔형 술꾼. 엄한 부모 밑에서 엄마가 원하는 대로 살았던 어린 시절을 거쳐 교사라는 안정적인 직업을 가진 적도 있었지만, 제자의 죽음을 겪은 후 인생에 회의를 느끼고 세상과 단절한 채 작고 어두운 다락방에서 종이접기 개인 방송을 하며 살았다.

누구한테나 앞뒤 안 재고 말이 짧으며 뒤끝이 없고 의리는 끝내준다. 낯간지러운 꼴 못 보고 아부하는 꼴도 못 보지만, 친구 지연이가 해대는 그것만은 10년 우정으로 참아왔다. 친구라고는 지연이와 소희, 딱 둘뿐이니까. 그래도 이런 친구들이 있어 외롭지 않다. 어차피 친구들 역시 쉽게 시집갈 팔자들은 아닌 듯하여, 지금처럼 셋이 술이나 마시며 대충 살다 가는 게 목표였다.

하지만 지연의 치유를 위해 2년 넘게 산에 다녀온 후, 늘 단절하고 싶기만 했던 치열한 도시 풍경이 조금 다르게 다가온다. 폐쇄적이고 방어적이기만 했던 인생의 실금 사이로 기분 좋은 바람을 불어넣는 한 남자가 나타난 것. 이름도 모르는 종이접기 유튜버 '친절한 종이씨'. 자신만큼이나 별 계획 없이 대충 사는 사람..

한 번으로 끝날 줄 알았던 인연이 두 번, 세 번으로 이어지고.. 숨 막히는 이 도시에서 가끔 종이씨가 만든 작은 세상으로 들어가면 숨이 트인다. 가끔은 황홀한 판타지 속 주인공이 된 기분도 든다. 이 괴짜 예술가가 만들어낸 가짜 세상을 진짜보다 더 믿고 싶어진다. 얼마 만에 든 생각일까? 친구들 말고는 믿을 거 하나 없던 세상에서 무언가를 믿고 싶어진 게.

대충 살다가 가는 것보다, 속는 셈 치고 누군가에 기대어 덜 대충 살아보는 것도 나쁘지 않을 것 같다.

🍶 강북구 (남/37세/소희의 동료 예능피디)

소희와 같은 예능팀에서 일하는 팀장급 피디. 기획하는 프로그램마다 구설수를 남기며 폐지, 그나마 남이 만들어놓은 레귤러 프로그램이나 받아서 이어가는 처지다. 눈치도 없고, 사실 눈치보다는 의욕이 없고 열정은 더더욱 없다. 그러나 과거 오디션장에서 자신을 유일하게 빵 터지게 했던 참가자가 바로 지금의 소희였다는 사실에, 처음으로 소희와 함께 새로운 자신만의 프로그램을 만들어보고 싶은 의욕을 보인다.

어느 날 갑자기 깻잎 한 장 붙이고 제 삶에 들어온 여자.. 처음 만난 일식집에서부터, 두 번째 만난 오디션장까지.. 병뚜껑을 송두리째 따버리는 그녀의 모습에 자신의 머리뚜껑이 통째로 따지는 기분이 들었다. 그 후로 그녀만 보면 뚜껑이 까이는 기분이랄까. 뇌는 정지하고 몸은 살아나는 기분이랄까. 묘하게 하체에 힘이 들어가며, 생전 달고 살아본 적이 없던 '성욕'이 발동한다. 그래서 고백해버렸다. "나랑 섹스파트너 안 할래?" 평생이란 말을 넣었어야 했나? 순수했던 마음이 잘못 전달되었음에 틀림이 없다.

그나마 다행인 건, 함께 기획한 프로그램이 런칭이 되었고, 섹스파트너가 아닌 당당한 메인피디와 메인작가로 한 걸음 한 걸음 찬란한 미래를 열어보겠노라 했는데, 그녀가 사라졌다. 프로그램만 런칭시키고 홀연히...

2년 반 만에 나타난 그녀. 종잡을 수 없는 이 여자를 이번엔.. 놓치고 싶지 않다. 물론 여전히 서툴고 방법은 모른다. 그냥 이번에도 마음 가는 대로 할 예정이다. 욕을 먹든 뺨을 맞든 남들의 시선은 중요하지 않다. 중요한 건 지금껏 단 한 번도 '의욕적'이었던 적 없던 사람이 자꾸 이 여자만 만나면 도와주고 싶고 나서고 싶고 멋있어지고 싶고 잘 살아보고 싶어졌다는 거.

어릴 적, 눈앞에서 엄마가 죽어 나간 트라우마가 뼛속 깊이 남아 있다. 애써 아닌 척 살아왔는데 엄마가 죽고 단 한 번도 느껴보지 못한 의욕이란 게 안작가를 만나고 되살아난 것이다. 아빠를 알코올중독으로 몰고, 엄마를 죽음으로 몰고 갔던 술병은, 하이힐로 가열차게 병뚜껑을 따버리던 안작가의 손에서 다시 각인되었다. 이까짓 것 아무것도 아닌 걸로.

2년 반이라는 시간을 찾아 헤맨 끝에 다시 내 옆에 온 그녀를 이번에는 놓치고 싶지 않다. 그래서 최대한 정신을 집중하고 말실수하지 않도록 노력해본다. 이번에는 부디 뇌보다 입이 앞서지 않기를, 순수하고도 간절한 이 마음이 오해 없이 그녀 마음에 가닿기를.

🍶 친절한 종이씨 (남/한우주/37세/종이접기 유튜버, 종이 예술가)

종이접기 콘텐츠로 수많은 구독자를 보유한 인기 유튜버. 사실 본업은 따로 있다. 종이를 가지고 한 차원, 아니 사차원 더 실험적인 예술을 펼치고 싶은 열정 가득한 종이 행위 예술가...

말이 예술가지 언뜻 보면 좀 모자라 보인다. 아무리 저 좋자고 하는 예술이라지만, 유튜브를 벗어나면 관심을 주는 사람도, 인정해주는 사람도 없다. 유튜브 안에서 넘치는 구독자와 '좋아요' 수도 현실까지 따라오진 않는다. 그래도 상관없다. 가로등 하나 없는 골목 한 귀퉁이의 작업실에서 밤낮으로 종이를 오리고 붙이고 날리는 게, 가장 재밌고 의미 있는 일이니까.

어차피 남들이 알아줘서 따라오는 행복은 오래지 않아 사라진다는 걸 알고 있다. 유튜브로 얻은 수익은 기부하며 살고 있다. 봉사활동이나 재능기부를 할 때면 세상 티 없이 밝고 맑은 순수 청년의 이미지다. 거기에 누구에게든 웃는 얼굴로 대하는 친절함과 몸에 밴 자연스러운 매너까지, 태어날 때부터 사랑만 받고 반듯하게 자란 사람처럼 보이지만, 안을 들여다보면 아무도 모르게 생긴 어린 시절의 상처와 얼룩이 가득하다. '친절한 종이씨'라는 닉네임을 만든 날부터, 평생 그 상처와 얼룩을 드러내지 않고 살 거라고 다짐했다.

그러다 손끝까지 검은 얼룩이 짙게 물든 지구를 보게 된다. 말없이 몇 시간이고 종이만 접는 지구의 손이 마치 상처를 숨기려고 꼬깃꼬깃 종이를 구기고 접었던 과거의 자기를 보는 것 같았다. 처음엔 지구에게서 자기의 과거를 겹쳐 봤지만, 지구와 이야기를 나눌수록 점점 지구라는 사람이 궁금해지기 시작했다. 그리고 또 점점.. 지구도 나를 궁금해했으면 좋겠다고 생각했다. 하지만 맥주 한 잔 비집고 들어갈 틈도 내주지 않는 여자. 심지어 갑자기 사라져버렸다. 유튜브에서도, 현실에서도. 마치 원래 없었던 사람처럼.

귀신처럼 홀리고 사라졌던 그녀가 어느 날 또 홀연히 제 발로 뚜벅뚜벅 걸어서 나타났다. 더러운 골목 바닥을 구르기만 하던 종이 꽃잎들이 그녀를 처음 본 날 바람을 타고 흩날렸다. 한 예술가의 눈에는 분명히 그렇게 보였다. 그날로 지구는 예술가의 뮤즈가 되었다. 뮤즈와 함께라면... 꼬깃꼬깃 구겨 가장 어두운 구석에 처박아놓았던 종이도 바람을 타고 양탄자처럼 날 수 있지 않을까?

🍶 김선정 (여/30대 후반/힐링 요가원 원장/선국의 누나)

조선시대 중전마마 상이다. 매사에 인자하고 차분하고 고상하며 무슨 일이 있어도 평정심을 잃지 않는다. 힐링 요가원을 운영하며 요가 강사들의 정신적 지주로 존경을 한 몸에 받고 있다. 모든 사람들이 존경하는 이런 인품은 요가 철학을 바탕으로 오랜 시간 갈고닦은 호흡과 명상을 통해 길러졌으리라. 전통적인 요가 정신에 입각하여, 지금- 바로- 이곳에- 내가 있음을 자각하고 마음 비우기를 늘상 생활화하고 있기에, 단순히 돈벌이를 위해 생활 요가를 가르치는 지도자들과는 근본적으로 깊이와 뿌리가 다르다고 생각한다.

모든 게 완벽했다. 정확히 말하면 한지연이 이곳에 나타나기 전까지만. 산에서 오래 수행하고 온 정통 요가인이라는 말에 의심 없이 지연을 들였건만, 웬걸! 방정맞은 하이톤에 불필요한 영어를 남발하고, 아르바이트로 와 있는 자신의 남동생에게 대놓고 추파를 날리며, 부끄러운 줄도 모르고 툭하면 술 먹는 이야기를 늘어놓는 이 정신 나간 여자는 단 한 군데도 마음에 드는 곳이 없다. 곧 잘라야지 했는데, 어쩌다 보니 이 여자와 부딪혔다 하면 수면 아래 꽁꽁 숨겨둔 '진짜 본연의 모습'을 들키고 만다. 심지어는... 그렇게 숨기고 싶었던 몹쓸 주사까지 들켜버리고 마는데..

사실 선정은 술만 먹으면 단전에서부터 끌어올린 호흡법으로 한을 토해내듯 카악~ 퉤!! 미친 듯 침을 뱉어낸다. 이런 고약한 술버릇 때문에 대학에서도, 동네에서도, 여러 직장에서도 도망치듯 떠나왔다. 스스로 꾸려낸 이 요가원만은 지키고 싶어 술은 입에도 안 대겠다고 다짐했건만.. 또 먹어버렸다. 그리고 봐버렸다. 한지연이... 그런 자신의 모습을..

어떻게 저런 인간이었을 수가 있냐며 자기를 괴물처럼 보던 주변 사람들과는 달랐다. 선정의 욕설 뒤에 있는 상처를, 침에 섞인 아픔을 알아봐준다.

어쩌면 지연 덕에 평생을 괴롭히던 가시에서 탈출하게 될 수도... 있을까?

🍶 김선국 (남/20대 후반/요가원 영상 촬영/선정의 동생)

힐링 요가원의 원장을 맡고 있는 누나 선정의 부탁으로 근근이 촬영 아르바이트를 하고 있다. 말이 부탁이지, 실은 번듯한 직장도 때려치우고 집에서 게임만 하고 있는 동생을 보다 못해 선정이 이거라도 하라고 데려다 놓은 거다. 일단 누나가 하라니까 하긴 하는데.. 누가 봐도 하라니까 하고 있는 거 맞다.

보이는 그대로 열정은커녕, 영혼도 없다. 표정도 없고 말도 없으며, 남들한테 관심도 없고, 누가 뭐라 말을 걸어도 대답도 없다. 정말 기어코 해야 하는 말이라면, 정말 마지못해 한마디 하는 정도.. 함께 일하는 요가 선생님들은... 혹시 귀가 잘 안 들리는 건 아닐까? 미루어 짐작만 할 뿐이었다. 하지만 사실은 그 반대로, 잘 들리다 못해 세상의 모든 소리가 너무 크게 들려 자신을 공격한다고 느끼는 '청각 과민증'을 앓고 있다. 스스로를 지키기 위해 눈과 귀를 닫고 무반응으로 일관하는 거다.

그랬던 선국이... 지연을 만났다. "피디님은 왜 대답을 안 하세요?" 날카로우면서도 정확한 하이톤의 목소리가 선국의 귀를 때렸다. 하이톤으로 쉬지 않고 다다다다 말하는 이 여자. 심지어 세상에서 가장 혐오하는 귓속말로 자신의 귀에 입을 막 갖다 대는 이 여자. 그런데 이상하게 그녀의 하이톤이, 싫지 않다. 아니, 웃겨 미치겠다. 자신도 모르게 큰 소리로 웃어버리고 말았다. 뭘까... 나도 모르게 튀어나와버린 이 리액션은, 도대체 무슨 의미일까. 세상의 모든 소리를 차단해버린 선국의 귀가, 처음으로 쫑긋해진다.

가식도 없고, 꼬인 것도 없고, 겹겹이 쌓아놓은 것도 없고, 그야말로 1차원의 단순 명쾌! 투명한 그녀의 하이톤이.. 자꾸만 더 듣고 싶다. 그리고 지연의 목소리에 집중할수록... 그래서 다른 사람들의 이야기를 멀리할수록.. 점점 안정을 찾아가는 선국의 마음, 그리고.. 귀. 예민하고 날카롭게만 들리던 세상의 소음들이 점차.. 부드럽고 따뜻하게 들리기 시작한다. 어쩌면.. 이 남자, 달라질 수 있을까.

그 외 〉

🍶 오복집 사장님 (황동배/남/40대 후반)

10년 전만 해도 대학가에서 최고로 잘나가던 술집을 운영, 매주 금요일마다 댄스파티를 여는 DJ로 활약하며 반짝했던 시절도 있었지만 당시 대학생이었던 안소희, 강지구, 한지연과의 악연 때문에 '평생 술 공짜'라는 덫에 걸려 지금은 그 반절만 한 술집을 운영하며 인생의 많은 걸 내려놓은 인물. 그럼에도 불구하고 세 사람을 가장 잘 알고 챙기는 마음씨 좋은 사장님이다.

2년 반 동안 삼인방이 자연치유를 하러 들어가자 홀연히 사라져 배낭여행을 떠나버렸다.

🍶 의사 (김현주/여/40대 후반)

동배의 친한 친구이자, 대학병원 의사로 지연의 유방암 담당 주치의.
삼인방을 대학시절부터 봐온 언니 같은 존재면서도, 주치의로서는 냉정함을 잃지 않는다.

🍶 지구 엄마 (여/50대 초반/가정주부)

딸 지구만큼이나 터프하고 시크한 직구형 타입. 조폭이었던 남편은 목사로 만들었고, 둘째 아들은 영재학교에 보냈다. 첫째 딸도 자신이 원하는 대로 고등학교 선생님으로 만들었는데 그 딸이 어느 날 갑자기 사표를 쓰고 집을 나가버렸다. 세상과 단절하고 술독에 파묻혀 사는 딸의 생사를 알기 위해 매일 아침, 딸 친구들의 오피스텔로 출근해 해장국을 끓이고 잔소리를 퍼붓는 게 아침 일과였다.

당장 지구를 찾아가 머리끄덩이를 잡고 끌고 오는 게 성격상 맞지만, 막상 세상과 담쌓은 딸과 마주할 용기도 없거니와, 딸이 먼저 세상 밖으로 나와주기를 기다리는 걸지도 모른다. 그래도 2년 반 동안 딸과 친구들이 속세를 끊고 산으로 들어가자, 매일같이 그들의 소식을 궁금해하며 걱정하는 엄마 중에 엄마다.

🍶 소희 전 남친 (강푸름/37세/생활로커/푸르매로 활동)

'자유로운 영혼'이라 쓰고 '개똥'이라고 읽는다. 그 어떤 나쁜 행동도 자신만의 철학으로 무력화시키는 개똥철학주의자. 소희의 전 남자친구로 3년이나 사귀고 결혼까지 마음먹었지만, 결국 양다리라는 뒤통수를 날리며 몹쓸 트라우마까지 만들어준 똥차 중의 개똥차다.

양다리 트라우마가 섹파 트라우마로 잊혀지나 했더니, 어느 날 예고도 없이 불쑥 소희 앞에 나타난다. 부와 명예를 등에 업은 채로. 개똥도 구르는 재주가 있었는지, 지하 단칸방 곰팡이 같은 인생을 살 줄 알았던 인간이 방송계를 뒤집어놓는 로커가 되셨단다. 대한민국을 뒤집는 스타라 해도 소희에겐 그저 속을 뒤집는 빌런이자 찌질이 구남친일 뿐이다.

용어정리

S#	장면(Scene)을 의미한다. 같은 장소, 같은 시간 내에서 이루어지는 일련의 행동이나 대사가 하나의 씬을 구성한다.
Na	내레이션(Narration)을 지칭하는 용어. 인물과 상황에 대한 정보를 알려주는 목소리를 말한다.
(ol)	오버랩(Over Lap)을 뜻하며 대사를 칠 때 호흡을 주지 않고 앞사람 대사를 끊듯 바로 들어가는 것을 말한다.
(off)	보통 등장인물이 보이지 않고 화면 밖에서 치는 대사.
(F)	필터(Filter)의 약자로, 전화기 너머의 목소리 등을 표현할 때 쓴다.
(E)	이펙트(Effect)의 약자로 화면 밖에서 들리는 음향이나 대사 등의 효과음.
인서트	중간에 특정 장면을 삽입하는 것. 인물의 표정이나 동작, 이야기 흐름상 필요한 장면 등을 의도적으로 보여줄 때 사용한다.
몽타주	따로따로 편집된 장면들을 짧게 끊어 붙여서 하나의 긴밀하고 새로운 장면을 만드는 기법을 말한다.
디졸브	두 개의 화면이 겹쳐지거나, 블랙이나 화이트 화면과 기존 화면이 겹칠 때 사용된다. 시간 경과나 씬을 마무리할 때 사용한다.
팬(팬하다)	팬(Pan)을 뜻하며 카메라는 고정시킨 채 상하좌우로 회전시키며 촬영하는 기법을 말한다.
달리아웃	삼각대에 바퀴를 단 일종의 이동차(Dolly)를 이용해 피사체에서 멀어지는 기법을 말한다.
달리인	달리를 이용해 피사체에 접근하는 것.
플래시백	회상을 나타내는 장면. 지금 일어나고 있는 사건의 인과를 설명할 때 쓰이기도 하고, 인물의 성격을 설명하기 위해 쓰이기도 한다.
틸다운	카메라를 아래로 움직이는 것.
틸업	카메라가 위로 움직이는 것.

🍶 1부

사라진 술꾼들 Part 1

S#1. 길거리 / 교차 / 방송국 로비 (아침)

소희, 아직 덜 마른 머리로 출근 중에 북구 전화를 받는.

소희   후.. 지금 가고 있다구요..
북구   (F/o) 안작가! 우리 됐어!!!
소희   네? 뭐가여?
북구   (F) 됐다구!!! 우리 정규 편성 받았다구!
소희   진짜요???
북구   (방송국으로 들어가며 신난) 빠일럿이 시청률은 안 나왔어도, 화제성이
         있었다구 정규로 가래. 시즌제도 아니고 레귤러로 그냥 쭈욱~ 가래! 자
         기랑, 나랑!
소희   (실감 안 나는) 대박이다... (신난) 저 일단 우리 애들부터 부를게요!
북구   일단 회사로 빨리 와! 나 한 번만 안아줘.
소희   미쳤어요?
북구   농담이야 농담. 내가 안아줄 거야! 우리 메인작가!
소희   뭐야~~~ (하는데 전화 또 들어오고) 피디님 저 전화 들어와서 이따 회
         사에서 봬요! (전화 받는) 어 지구야 (표정 굳는) ...!!!

소희, 오던 반대 길로 서서히 뛰기 시작하는 뒷모습에서.

S#2. 방송국 / 사무실 (아침)

신나서 휴대폰 책상에 놓고 국장과 이야기하는 북구.

국장   강피디! 새 프로 런칭 축하해! 이래서 작가를 잘 만나야 돼!

북구   (신나서) 하하하하! 맞습니다! 이게 다~~ 안작가 덕분입니다 하하!

국장   안작가는?

북구   오고 있답니다!! 아마 날아오고 있을 거예요 하하하!

북구의 휴대폰, 소희의 메시지가 뜬다.
[문자 인서트//
안소희 작가: 피디님, 죄송합니다. 개인적인 사정이 생겨서 아무래도 이번
프로 함께 못 할 것 같아요. 정말 죄송합니다..]

1부. 사라진 술꾼들 Part 1

S#3. 방송국 / 사무실 (낮)

〈하단 자막: 1년 후〉
'마이크게임' 팀 회의 테이블, 북구와 작가들이 회의 대형으로 앉아있 있
으나, 서늘한 침묵 속에 마네킹처럼 정지되어 있는.

피디1   (옆으로 지나가며 한심하게 힐끗) 저 팀 또 저러고 있네.

피디2   정지화면 같지 않아?

자세히 보면 초점도 없고, 영혼도 없고, 그저 엄마 잃은 얼굴들이랄까.
저만치로 멀어지는 피디들의 말소리가 오버랩되는.

피디1   메인이 1년 넘게 공석이란 게 말이 되냐구.

피디2   쯧쯧쯧.. 엄마 잃은 강아지도 아니구... 아구, 못 보겠다 못 보겠어..

혜경   피디님 이런 말씀 드리기는 뭐하지만, 이제는 (소희의 빈자리를 보며) 새
       로운 메인작가님을 구해주셔야 하지 않을까요?

북구   (눈에 힘주고 억지 부리듯) 메인작가는! (점점 힘 빠지며) 처음부터 지금
       까지 계속 안소힙니다.

       북구에게 오는 문자.
       [문자 인서트//
       국장: 강피디, 굿 뉴스. 메인작가가 왔어! 당장 로비로!]

북구   !!!!! (튀어나올 듯 커진 눈 / 넘어질 듯 달려 나가는)

S#4. 방송국 / 복도 (낮)

북구, 엘리베이터를 막 누르고, 복도 사람들 다 제치고 미친놈처럼 내려가
는...

S#5. 방송국 / 로비 (낮)

"여기요!" 인사하는 새로운 메인작가를 보는 순간.. 그대로 힘이 풀리는
북구.
소희가 아닌 줄은 알았지만, 역시 아니다.
컷 튀면, 서로 마주 앉아 있는.

메인작가 (우아하게) 원래는 애 낳고 좀 쉬려 했는데 국장님이 너무 사정을 하셔
        서.. 그리구 저희 이촌동 시부모님이 마이크게임 팬이시거든요.

북구   (허망한 눈) ...제가 만든 거 아닙니다..

메인작가 네?

북구	죽어라 지 새끼 만들어놓고.. 튀었어요. (실성한 듯 웃으며) 나 혼자 남겨 놓고.
메인작가	(조심스레) 어머 피디님 싱글대디? ..가였다.
북구	(불현듯) ..그쳐? 저 가여운 거 맞져? 자식새끼한테 엄마는 있어야 하는 거져?
메인작가	(감정이입, 끄덕끄덕)

S#6. 방송국 / 사무실 (낮)

작가들과 조연출이 의미 없는 수다를 떨고 있는데, 북구가 허겁지겁 사무실로 돌아온다.

북구	(허겁지겁 들어오는) 홍석아! (정신없이 카메라 찾으며) 카메라 어딨니? 카메라.
다들!!	(왜 저래)
홍석	(일단 챙겨주며) 카메라 여있는데.. 왜요?
북구	다음 출연자, 내가 맡아 올게. (카메라 뺏어서 챙기는) 마이크도.
홍석	무슨 마이크요?
북구	우리 소품 마이크!
혜경	피디님이요? 직접?
북구	(마이크 받으며) 어, 내가 하려구 인터뷰.
작가들	네에???? / (화들짝) 누굴요?

S#7. 도로 / 북구의 차 안 (낮)

운전해서 어디론가 가고 있는 북구의 표정이 비장하다.

북구	(조수석에 카메라를 대충 각 맞춰 놓고 야심차게 셀프 인터뷰하는) 저는

지금 이 프로그램을 만들어놓고 사라진 메인작가를 찾으러 가고 있는 중입니다.

S#8. 소희와 지연이 살던 오피스텔 앞 / 경비실 (낮)

경비실 앞에 서서, 반쯤 열린 문 사이로 경비아저씨와 대화하고 있는 북구... 카메라는 아래로 향한 다큐 컷으로 녹화되고 있는.

북구   (E/조심스럽게 공손히) 저 그때 그 명함 드리고 간 피디인데요. 그 3층에 살던 여자들 아직 안 돌아온 거 맞죠?

경비   (무신경) 경비 바뀌었어여~

S#9. 지연의 예전 요가학원 (낮)

요가쌤한테 마이크를 대고 인터뷰를 하는 북구.

요가쌤   글쎄요.. 연락 온 것도 없었구요. 연수원에서도 계속 못 봤는데.. ..혹시.. 시집간 건 아닐까요?

북구   (E/화들짝) 시집이요?

S#10. (시즌1 때) 지구네 집 앞 (낮)

카메라 시선은 바닥으로 향한 채 지구네 집(시즌1 때 살았던 빌라) 앞을 서성이는 북구. 집 앞에 서성거리고 있는 한 아주머니(지구엄마)를 발견한다.

북구   (E) 저 혹시.. 여기 사시는 분이세요?

지구모	(E/방어적) 그건 알아서 뭐 하게요?
북구	(E) 아.. 제가 사람을 좀 찾고 있어서요. 혹시 이렇게 생긴 여자들.. 본 적 있으실까요?
지구모	(E) 너 누구야? 뭐 하는 놈인데 애네들을 찾아?
	(버럭) 어디서 이런 털복숭이 같은 게 나타나서는!

카메라 앵글이 땅에서 거칠게 흔들렸다가,
컷 튀면, 정식으로 카메라 앞에서 인터뷰하고 있는 지구모, 못 미덥지만
문자는 보여주고.. 북구, 카메라로 문자를 찍는.
[휴대폰 문자 인서트//
안소희(E): 어머니 여기 전화가 안 터져서요. 연락은 좀 안 돼도 잘 있으니
까 걱정 마시고 아버님께도 안부 전해주세요.]

지구모	아니 요즘 세상에 전화 안 터지는 데가 어딨냐구 어디 오지에 틀어박혀 있지 않구서야.. 딸은 원래 그렇다 치고 이것들까지 왜들 이러는지.. 근데 그쪽이 정말 찾을 수 있는 거 맞아요?
북구	(의기 충만) 제가 꼭 찾아서 어머님 앞에 데려다 놓겠습니다.
지구모	됐구요. 그냥 살아 있음 살아 있다고만 알려줘요.
북구	..네 그렇게 하겠습니다.

S#11. 이곳저곳을 다니며 수색하는 북구의 몽타주 (낮)

#. 문 닫혀 있는 오복집.
[문 앞에 붙은 종이 인서트// 죄송합니다. 당분간 폐업합니다.]

북구	(문 앞에 붙은 메모를 촬영하며) 여기가.. 안작가랑 친구들 단골 술집인데 이 집은 왜 또... (두리번) 안작가가 안 와서 망했나..

오복집 앞 계단에 카메라 내려놓고 쪼그려 앉아 불쌍하게 김밥을 욱여넣

고 있는.

#. 도로변 일각에 차 세워놓고..
차에서 내리는 지용(지연의 전 남친)과 악수하며 인사하는 북구.
지용에게 무언가를 전해 듣다가.. "해남요?"

#. 북구의 차, '해남'으로 향하는 이정표.

#. 해남 바닷가.
/바닷가 곳곳에 사진 찍는 연인들과 관광객 아줌마 아저씨들만 수두룩..
/바닷가에 있는 민박촌들을 여기저기 수소문하러 다니는.
/담벼락에 기대 있던 노숙자가 북구의 바지를 확 잡고, 놀라는 북구.
알아들을 수 없는 말로 뭐라 하는 노숙자의 손을 겨우 떼어놓고 갈 길 가는.

#. 시골의 어느 슈퍼.
/슈퍼 앞 평상에 앉아서.. 물티슈로 대충 손발 닦고, 얼굴도 닦는.
/휴대폰으로 카페 〈사람을 찾아주세요〉 게시 글에 삼인방의 사진과 함께 글을 올린다.
[제목: 혹시.. 이 사람들을 보신 적 있으십니까?]
[내용: 저는 현재 티빙 피디로 일하고 있습니다.
1년 전쯤 소식이 끊긴 동료가 걱정이 되어 이렇게 글을 올립니다. 혹시라도 이분들을 만나거나 본 적이 있는 분은 연락 좀 부탁드릴게요.]
/컵라면에 김칫국물 털어 먹는 북구. 옷에 또 다 흘리고..
/평상에서 새우잠 자던 북구, 댓글 알람 소리에 깨는.
[인서트// 〈댓글. 저 이분들 본 것 같아요.]
댓글 보자마자 바로 출발하는 북구.

[〈댓글1. 울진 앞바다 고기잡이배에서 본 것 같은데.]
컷 튀면, 망망대해, 고기잡이배에 타 있는 북구...

[<댓글2. 백두대간 종주할 때 산 정상에서요... 설악산 아니면 태백산인데..]
컷 튀면, 산꼭대기 정상에서 땀 뻘뻘 흘리고 있는 북구..

[<댓글3. 고창 청보리밭에서 사진 찍고 있는 거 봤음!!! 확실해요!]
컷 튀면, 자기 키보다 더 큰 황금빛 보리들녘 한가운데에서 메가폰 들고 서 있는 북구. 여기저기 밭을 다 헤집고 다니는..

#. 북구의 차 안 몽타주.
/여기저기 계속 달리는 북구의 차 안, 배경이 바뀐다.
낮에서 밤으로, 맑음에서 비보라로, 산에서 바다로, 바다에서 들로, 다시 일출에서 일몰로.. 이내 배경이 바뀌며 댓글로 올라오는 제보들이 디졸브 된다.
[<댓글4. 부산 서면 쪽 클럽에서 본 것 같아요.
<댓글5. 정선 재래시장에서 본 것 같은데.. 여자 세 명.
<댓글6. 음성 포차 삼거리 주유소에서 본 듯. 확실치는 않지만.
<댓글7. 저 이분들 어제 봤어요!]

맞은편에서 대형트럭이 북구의 차를 향해 역주행으로 빛의 속도로 달려 온다, "으아아아악!" 비명 지르며 핸들을 옆으로 트는데 꿈쩍도 안 하는 핸들. 죽었구나 싶은데, 옆 차선으로 유유히 지나가는 대형트럭..
알고 보니 역주행이 아닌, 반대편 차선에서 지나가는 차였다.
아래를 보니, 너무 놀라서 싸고 말았다. 미쳐버리겠네... 핸들에 머리를 기대며 울고 싶다. 이때 또 댓글 알람 소리..
[인서트//
<댓글8. (종이씨/E) 한두 달 전쯤 서울의 한 병원에서 마주친 적 있습니다만... 충북 쪽 어느 산에 있다고만 들었어요.]

북구, 깊은 한숨을 쉬며 시동을 거는 데에서

북구   (E/지친) 셋이 같이 있단 거 하난 확실하네.

S#12. 깊은 산속 (저녁)

〈자막 : 일주일 후〉

깊은 산속을 헤매고 있는 북구, 턱수염으로 범벅된 울버린 같은 몰골.
다리에 힘이 풀리고 시야가 흐려지며 스르륵 쓰러지고 마는데, 어디선가
공포의 소리가 들려온다. 무언가를 긁는 듯한 소리, 누군가(맹수나 괴물)
게걸스럽게 파헤쳐 먹고 있는 소리에 다시 바짝 긴장하는 북구.
포복 자세로 조심스레 수풀을 제치고 주변을 살피는데 흡사 원시부족처
럼 머리를 산발한 세 여자가 화장실 자세로 앉아 뭔가를 파먹고 있는 듯
한 뒷모습.. 마치 짐승의 사체를 파먹고 있는 것 같기도 하고, 사람고기를
뜯어 먹는 듯도 하고.
직업정신을 발휘해 숨죽여 카메라를 들고 렌즈를 최대한 당기는 북구.
뷰파인더로 봤다가, 뷰파인더를 떼고 멀리 봤다가 다시 뷰파인더를 보는
그 순간, (영화 「곡성」) 별안간 카메라를 잡아먹을 듯 돌진하는 귀신 또는
좀비류의 습격.
땅으로 박혀버리는 카메라 앵글에서 블랙아웃.

(시간 경과) 누군가에게 질질 끌려가고 있는 카메라 앵글...
이것은 흡사 사람을 잡아먹는 원시부족에게 끌려가는 각이다.

S#13. 깊은 산속 / 삼인방의 움막 아지트 (아침)

산속의 평화로운 아침, 새소리가 들린다.
된장찌개 냄새가 북구의 코를 자극하고, 입꼬리가 절로 올라가며 눈을 뜨
는데.. 어젯밤 봤던 원시부족 여자들이 잡아먹을 듯 다가오는 환상이 보

인다.

북구   (어딘가로 숨으며) 으아 살려주세요!!!!
소희   강피디님!!!!!
북구   !!! (일순 정지, 올려다보며) 안작가?

이때 지연과 지구가 뒤에서 나타나, 북구를 내려다보는.

지연   발가락 피디님 안녕?
지구   이 새낀 여기 어떻게 온 거야.
북구   ... (몸에 힘 풀리며) 아.. 찾았다.. (바보처럼 웃는)

컷 튀면, 움막 앞. 그동안 자연에서 삼인방이 어떻게 살았는지 짐작게 하
는 자연으로 된 생활 도구들이 북구의 시선에 보여지고, 된장찌개와 각
종 나물, 제철 음식 반찬들을 봤다가, 이내 삼인방의 자연인 몰골을 번갈
아 보며 넋이 나간.

북구   (넋 나간) 아... 진짜 이건 상상 못 했다...
소희   일단 좀 드세여. 도대체 기절을 몇 번을 하는 거야..
지구   (허공을 보고 놀란 / 2부에서 밝혀질 처녀귀신을 보고 화들짝) !! 뭐야?
소희/지연 왜?
지구   (나만 보이는구나) 어, 아니야..

숟가락을 들어 밥을 먹는 북구. 그걸 바라보고 있는 세 사람.
북구, 그간 힘들었던 여정에 대한 설움이 밀려오는 듯 울컥한다.

소희   우는 거예요?
지구   가지가지 하네.
지연   어머~ 우리 발가락 피디님이 우리 소희가 많이 보고 싶었나 보. (예리)
       아니면.. (음흉한 눈빛) 섹스파트너가 그리우셨나?

소희/북구	!!!
소희	야! 그 얘기가 여기서 왜 나와!
지구	어디 한번 그 더러운 단어 다시 내뱉어보시지? (국자 거꾸로 드는) 죽고 싶어서 온 거면 잘 찾아왔어. 여기 사방이 묻힐 데거든!
북구	(딸꾹질 / 쫄았음)
지연	(지구 손에서 국자 뺏으며 북구에게) 반가워서 이러는 거예요. 피디님이 이해하세여. (생긋) 근데 전.. 그때도 피디님 편이었답니다.

[인서트(오복집)//

〈자막: 2년 전, 문제의 고백받은 날〉

소희: (분노의 쏘맥 원샷 중)

지연: (요구르트 마시며) 왜? 섹스파트너가 어때서.

소희: (먹다 말고) 야!!! 어때서라니?

지연: 그 어떤 파트너보다 로맨틱한 거 아님?

지구: 야 한지연. 너 설마 로맨틱이랑 섹스가 같은 뜻이라고 생각하는 건 아니지?

지연: 같은 건 아니지만, 같이 있으면 더 좋은 거 아냐? 우유랑 콘푸로스 트처럼. 다르지만, 하나잖아.

소희: 아이씨.. (낚이기 직전)

지구: 야 낚이지 마! 듣지 마 듣지 마!!!]

지연	(야시시한 눈빛) 발가락 피디님도 콘푸로스트랑 우유 말아 드시져.
지구	그만.
소희	(정색, 꾹꾹 눌러서) 그 얘긴 없던 일로 마무리했다구.
지연	알았엉~ 이제 섹스파트너는 금지단어, (멈칫) 섹파도 안 되겠지?
소희/지구	야!!

S#14. 깊은 산속 / 삼인방의 움막 아지트 (낮)

모닥불이 타고 있다. 그 앞에 둘러앉은 삼인방.
북구가 마이크를 세 사람 사이에 놓고, 녹화를 시작한다.

북구   나 진짜 많이 기다렸어. 기껏 힘들게 같이 프로그램 만들어놓고..
          다른 작가 구해서 잘해보라니. 이건 마치..
지연   (손 들고 정답 맞히듯) 썸은 나랑 타놓고 잠은 딴 놈이랑?
소희/지구 (정색) ....
북구   비슷하죠 뭐. 대체 어떻게 된 건지들 얘기나 들어봅시다.
소희   흠...

S#15. (1씬과 동일) 길거리 (낮)

〈자막: 1년 전 바로 그날〉

소희, 길거리에 멈춰서 지구의 전화 받고 있는.

소희   어 지구야, ... (멈추는) !!

설마.. 불안한 눈빛으로 반대 방향으로 뛰어가는.

S#16. 과거 회상) 소희와 지연의 오피스텔 / 지연의 방 (낮)

소희, 지연의 방문을 여는데 지연이 급하게 나간 흔적들..
정리 안 된 드라이기, 옷장 문은 열려 있고 가방과 옷들이 나와 있는.
전화를 걸어보지만, 꺼져 있는 전화기. 불안한 표정의 소희..

소희Na   **항암 치료를 하루 앞두고 있던 그날, 지연이는..**

S#17. 과거 회상) 소희와 지연의 오피스텔 / 지연의 방 (오전)

지연, 감은 머리를 드라이기로 말리다가 일순 정지한다.

소희Na   **머리를 말리다 말고, 그대로 튀었다.**

S#18. 과거 회상) 오피스텔 앞 → 지용의 차 안 (낮)

지용의 차가 급하게 미끄러져 오고, 지연이 덜 마른 머리로 급하게 차에 올라탄다.

지용   (걱정되는) 지연씨 무슨 일이에요?
지연   (눈물 참고) 그냥 가주세요. 여기서 제일... 먼 곳으로.

S#19. 달리는 지용의 차 → 땅끝마을 바다까지 (몽타주)

달리는 지용의 차 → 땅끝마을 바다까지 (몽타주)
고속도로를 달리는 지용의 차, 이미지 컷에서..

지연   (E) 저.. 아내분 얘기, 해줄 수 있어요?

차 안. 지용, 진지하게 이야기를 하고... 말없이 조용히 듣고 있는 지연의 표정. 어딘가를 향해 계속 달려가는 지용의 차..

소희Na   **이날 지연이는,**
        남자의 아내가 암투병을 하다 어떻게 세상을 떠나게 됐는지
        처음부터 끝까지 전부 다 들려달라고 했다.

시간 경과. 어딘가에 멈춰 있는 차.

소희Na **길고 긴 이야기가 끝나갈 때쯤..**
지용 (슬픈 눈) 그게, 마지막이었어요. *끄읕.....*

지용의 이야기를 몰입해서 듣고 있던 지연의 슬픈 시선 끝에.. 바다가 보인다.

소희Na **두 사람은 해남의 어느 땅끝 마을까지 와 있었다고 한다.**
지연 (바다를 보며 그렁한 눈으로 엷은 미소) 끝내준다.

파도치는 바다에서 카메라 팬하면, 지연 혼자 바다를 바라보며 서 있다.

소희Na **지연이는 이날, 처음으로 바다까지 와서 남자를 그냥 돌려보냈다.**
그리고..

한 걸음씩 발을 옮기는 지연. 신발을 아무렇게나 벗어두고, 물귀신에라도 홀린 듯 바람을 가르며 바다를 향해 걸어간다. 한 발 한 발... 바닷속으로..

지연 (바닷물에 살짝 엄지발가락을 담그고는) ...어머! 이렇게 차갑다구? (다시 빼는)

발을 뺐다가 이내 비장한 표정으로 다시 한 발, 두 발 내딛는 지연, 물살에 중심 잡기가 쉽지 않은 듯 흔들흔들 팔을 벌려 중심 잡기를 하는 듯했는데..
이내 한 팔을 앞으로 뻗고, 한쪽 다리를 뒤로 올리며 요가 동작에서의 선활자세를 취하는 모양새.. 한 폭의 달력 액자를 보는 듯 아름답다.

지연 (자세 풀며) 나 이 자세 이렇게 길게 된 거 첨이야. (바다를 걸어 나오는)
소희Na **지연이는 그길로.. 산으로 갔다.**

S#20. 과거 회상) 해남 달마산 중턱 (낮)

지연, 씩씩하게 산을 타다가 잠시 멈춘다.

지연   (물 먹고 숨 고르는) 아 좋다~ 나 산 체질인가?
(E)   산이 선생님 체질에 맞는 거겠지요.

보면, 어느 비구니가 서 있다.

지연   어머, 스님이세요? 나마스떼..
비구니   (인자한 미소로) 내 여기를 20년이 넘도록 다녔는데, 한 번도 본 적이 없
          는 우담바라가 피었습니다.

눈빛으로 가리키는데 너무 예쁜 꽃이 피어 있다. 따라서 보는 지연.

비구니   누구는 천 년에 한 번 핀다고 하고.. 누구는 삼천 년에 한 번 핀다고들 하
          지요. 그러니 없는 꽃이라고 봐도 되지 않겠습니까?
          허나 오늘 전, 이렇게 말하고 싶네요. 당신이 오는 날, 비로소 피었다고.
지연   (감동) 어머나.... 무슨 말인지 하나도 모르겠어요 스님.
비구니   (인자하게 웃으며) 소원을 빌어보세요.. 이 꽃도 기어코 여기까지 와서 핀
          이유가 있을 터이니..
지연   (이미 두 눈 감고 소원 빌고 있는) 하느님, 스님, 아니 꽃님.. 저 말이에요.
          하라는 건 뭐든지 다 할 수 있는데요... 민머리 되는 건.. 도저히 못하겠어요.
비구니   .... (민머리)
지연   제발.. 항암 7차, 8차까지 받으란 대로 다 받을 테니까.. 이 머리카락만.. 남
          겨주시면 안 될까요? 저 사실은 머리빨이란 말이에요...! (눈 뜨고 비구니
          를 똑바로 보는)
비구니   (인자하게 웃으며) 저도.. 머리빨입니다아...

S#21. 과거 회상) 해창주조장 앞

지연, 산행을 마치고 내려오는 길에 고소한 냄새에 이끌린다.

소희Na **그길로 지연이를 인도한 건, 어떤 냄새였다고 한다.**

지연   음~~~ 나 이 냄새 왜 일케 좋아?

냄새에 이끌려 어딘가로 들어가는 지연. 오래된 전통 막걸리 주조장이다.

지연   계세여~~~?

사장님   네~

지연   너무 좋은 냄새가 나서 저도 모르게 들렀는데요, 혹시 여기가 뭐 하는 곳인지..

사장님   막걸리 주조장이요.

지연   (미소 지으며) 난 정말 천잰가 봐.

컷 튀면, 주조장 한쪽 평상에서 막걸리 한 잔을 따라 먹는 지연.

지연   (따르면서) 주르륵~~~~ 음~~~~~~ 딱 한 잔..
(한 잔 마시고 컷 튀면) 주르르르륵~~~~~ 한 잔만 더?
(컷 튀면, 심취한) 맛있다아.. 너~~무 너무 맛있다아..

사장님   (녹차처럼 맑은 술을 정종잔에 주며, 무심하게 말하지만 친절한) 이것 좀 드셔보쇼. 이것이 막걸리가 숙성되면서 가운데에 쬐깐~하게 생기는 겁니게 맑고 귀한 것인디, 아가씨한테만 써~비스~

지연   (감동) 어머 사장님 너무 감사합니다아... 근데 어떡하죠? 전 이것밖에 드릴 게 없는데.. (윙크하면서 사랑의 총알을 쏴드리는)

사장님   와따매 뒤져불겠구만, 한 잔 더 줘야 쓰것네~

(시간 경과) 해가 뉘엿뉘엿 지고.. 막걸리 세 병째 마시며 알딸딸히 취한 지연.

지연   (마지막 남은 막걸리를 따르며 농담조로) 이거 먹고 확 뒤져부러?
(E)   뒤질라고?!

보면, 흡사 거지 몰골의 노숙자 할아버지가 막걸리를 끼고 쭈그려 앉아 뭐라 뭐라 하는데 하나도 알아들을 수 없다.

노숙자   !@@##$ 그것이! 이것이 !@$ 스쿠알렌이가.. 어쩌고저쩌고. 이 파네졸이가 쏴그리~~~ 죽여뿌니께 코로나가 얌병해서 !@@#$$% 쏴그리 파네졸이! 스쿠알렌이! 얘네들이! 살아 있따!! 쳐들어온다 막아라!! 두두두두두두!
지연   (취해서 다 알아들은) 맞나. (전라도말, 부산말 다 섞어서) 디스 이즈 거시기 양껏 막꼴리 자시고, 취했으면 알라뷰 베리머취 땅큐 (딸꾹질) 뭔 소용이냐~ 이 말이다 이 말이 이 말이라 이 말이지라~ 그래 안 그래 내 말이 틀려 안 틀려어~ 맞나.
노숙자   (다 알아들음) 뒤지게 맞어부러..

두 사람, 알아들을 수 없는 말로 계속 대화가 되고, 저만치서 보는 사장님.

사장님   (E) 시상에 참말로 저것이 대화가 되고 있는 것이여?

점점 취해서 혼잣말하는 지연.

지연   그니까요 그래서 제가 @!#$% 이랬단 말이에요? 아니 근데! 그 사람 @#$%가 또! @#@% 라는 거예요! 그게 말이야 막걸뤼야~ 말뚱을 말막걸리에 쌈싸다가 !@#$ 막창으로 맞짱을 뜨는 말시끼라 난 너~~~~~무 너무.....
지구   (E) 지연아.

지연	으음? ..많이 듣던 목소리...
지구	(E) 한지연!!!!
지연	(정신 번쩍, 눈 번쩍 뜨는) !!!

지연, 눈 뜨고 보면 지구와 소희가 지연을 내려다보고 있다.
컷 튀면, 평상에 앉아 있는 세 사람.

소희	야 한지연 너 진짜 (잔소리 시작하려는데)
지연	(ol) (혀 꼬인 말투로) 알아 나 진짜 미친 거. 근데 봐봐.. 항암치료 그거 시작하면, 어디 놀러도 못 가고 술도 한 모금도 못 먹을 텐데 1차 끝나면 머리도 다 빠진다는데 그럼 맨날 병원이랑 집 말고는 갈 데도 없을 텐데.. 가고 싶어도 갈 체력도 안 될 거라던데.
소희	(뭔가 말하려는데)
지연	(속사포로 징징) 그럴 바엔 차라리 치료 전에 하고 싶은 거 다 해보는 게 치료하면서 미치는 것보다는 덜 미친 거 아니냐구.
지구	(뭔가 말하려는데)
지연	항암을 안 하겠단 게 아냐. 열심히 할 거라니까? 알잖아 나 시키는 대로 잘하는 거. 근데 갑자기 내일 병원 갈 생각을 하니까, 거기 한번 들어가면 울 엄마처럼 다시는 못 나오는 거 아닌가 막 이런 생각이 들면서..
소희	(불쌍하게 보며/ol) 한지연..
지연	그냥 딱 하루만.. 병원에서 제일 먼 곳으로 가서 딱 하루만 마음껏 놀다가 바로 들어가려고 했는데
지구	(버럭) 야! 말 좀 하자!!
지연	......아.. 어 미안.
소희	그니까 그렇게 하자구!
지연	(술이 깨는) ..?
소희	그렇게 놀자구. 하고 싶은 거 다 하고. 먹고 싶은 거 다 먹구 다 하면서.
지구	하루 가지고 되겠어? 일주일은 돼야지.
지연	(감동)
소희	뭐 또 그렇게 감동 먹은 얼굴이야. 우리도 하고 싶은 거 다 할 건데.

지연	근데 나 여깄는 건 어떻게 알았어?
소희	니가 가는 곳마다 올렸거든!

[인서트// 지연의 인스타
지연, 바닷가 배경으로 찍은 셀카 사진 속 가슴에 걸친 선글라스에 맞은
편 바닷가 횟집의 상호 → 확대해서 보는 소희의 손놀림에서..]

소희	(E) 도대체 몰래 갈 거면 인스타는 왜 하냐?
지연	그럼 나 뭐부터 할까?
지구	다 해 막. 나이트만 빼고.

S#22. 과거 회상) 막 노는 일주일 몽타주

#. 클럽.
행위예술 하듯 탈춤각으로 막춤 추는 지연.
지연을 피해 양쪽으로 갈라지며 흩어지는 사람들 짧게.

소희Na **지연이는 정말.. 미친년처럼 막 놀았다.**

#. 단양.
바람 부는 언덕, 패러글라이딩하기 위해 대기하고 있는 세 사람.
각자 뒤에 조종사들이 함께 타고 출발을 기다리고 있다.

지구	(뒤에 조종사한테 소리치는) 왜 안 가요?!!!!
조종사1	(바람 상태를 보며 외치는) 바람 좀 줄어들면요!! 이런 바람을 우린 미친년 치맛자락 같다고 하거든요!
지연	(외치는) 그럼 지금 가요!!
조종사2	(잘못 들었나 싶은) 네?!!!!
지연	제가 진짜 미친년이거든요!!!

소리를 지르며 전력 질주하는 지연, 언덕에서 점핑, 하늘을 난다.
연달아 점핑, 하늘을 나는 소희와 지구, 거친 바람을 타며 날기 시작한다.

지연   (소리 지르는) 얘들아!!!
조종사2   무전기 무전기!
지연   (무전으로) 얘들아!!!! 이거 대박이야! 하하하하하하하!! 하하하하하하하
          하! 머리카락 겁나 때려!! 아 이거 완전 웃겨! 나 지금 미칠 거 같애!!!!!
소희   (미소 지으며, 무전으로) 어. 넌 좀 미친 거 같애...
지연   (완전 하이톤으로 온 힘을 다해) 아~~~~~~~~~~~~~~~~~~~!!!!!!
          씨발 존나 좋아!!!!!!!!!!!!!!!!!!!!!
조종사1   (무전으로 지연이 소리 듣고) 아가씨들이 욕을 잘하네요!
지구   죄송합니다! 근데 진짜 존나 좋긴 하네요!
소희   (악을 쓰며 스트레스를 날리는) 날자아!!!!! (웃는 모습에 슬로우 걸리며)

[인서트// 시즌1 11부. 취해서 망토 쓰고 나는 시늉 하는.]

소희Na   **툭하면 술 먹고 날았는데..**

하늘을 나는 세 사람 모습에서..

소희Na   **이번엔 진짜로 날았다.**
소희   (날며) 사랑한다!!!!!!!
지구/지연   (동시에) 나도 씨발, 존나 사랑해!!!!!!!!!!

착지한 셋, 헬멧을 벗자 패러글라이딩에 파묻히고 바람에 날려서 미친년
처럼 산발되어 있는 현실컷...

소희Na   **하지만 현실은..**

[인서트// 날면서 찍은 사진들... 풍선에 바람 잘못 들어간 완전 못난이들.]

소희   대박!!! 이게 진짜 우리 얼굴인 거지? 야 빨리 지워! 이거 남자랑은 못 타 겠다! 빨리 지우라고!

지구   아 왜 완전 웃긴데!!!! 푸하하하!

지연   (영혼 나간 채로 혼자만 진지) 나 한 번 더 타야겠어.

지구/소희 (잘못 들었나 싶은) 또????

컷 튀면, 지연, 미친년처럼 함성 지르면서 뛰어내리고, 또 뛰어내리고, 계 속 뛰어내리는 반복컷..

소희Na   **지연이는 일주일 동안, 어디까지 미칠 수 있는지를 보여줬다.**

하늘에 있는 지연. 땅에서 그런 지연을 넋 나간 채로 지켜보는 지구와 소희.

지연   (무전으로) 얘들아!!!! 우리 이제 바다 갈까? 스킨스쿠버 어때!!?

소희/지구 잘 안 들리지? / 응. 무전 꺼라.

#. 바닷가.
방파제 사이로 누군가 기어 올라온다. 이내 자기 키보다 더 큰 미역을 온 몸에 두르고 나오며 좋아하는 지연의 모습에서..

#. 고기잡이배 위.
지연만 계속 월척 잡고, "우와! 또 잡았다!"

소희Na   **그날은 물고기들마저 인생의 마지막이라도 된 듯 지연이한테 죄다 걸려들었고..**

지연, 대왕문어 잡아 들고 "어머 이건 뭘까?"
놀라는 배 주인, 소희와 지구도 "대박!!" 놀라는.

소희Na   **심지어 이 시기에 이런 곳에서 절대 잡힐 리가 없다는 눈먼 대왕문어까지..**

컷 튀면, 탱탱한 문어숙회 옆에서 문어라면이 팔팔 끓고 있고..
배 위에 앉아서 먹기 시작하는 세 사람.. 너무 맛있어하는.

소희   (전라도 사투리로) 아~~따 기가 막히다잉~!!!
지구   (경상도 사투리로) 살아 있네!
지연   (경상도 사투리로) 쥑이네!!!!
지구   (잔 들고) 자, 이제 진짜 마지막으로...!
다 같이   적시자!

의미심장하게 소주잔 부딪히는 세 사람 모습에서 슬로우..

소희Na   **우린 그렇게 문어라면을 마지막으로, 적셨다.**

S#23. 병원 / 현주의 진료실 (현재, 낮)

알 수 없는 표정으로 지연의 검사 결과를 보고 있는 현주의 표정.
죄지은 사람처럼 셋이 쪼르륵 서 있는.

현주   (혼내는 선생님 말투) 니들 뭐 했니?

..잠시의 정적

소희   (모기만 한 소리로) ...많이.. 나빠졌나요?
현주   수치가 20에서 30프로 가까이 줄었어. 항암은 시작도 안 했는데..
셋 다   ....!!
현주   (무섭게) 니들 뭐 했냐구. 말해봐.

그저 얼음이 되어 있는 세 사람 모습에서...

S#24. 그동안 있었던 일들을 곱씹는 영상 이미지들 모음

/우담바라꽃에 소원 비는 지연.
/막걸릿집에서 사장님이 주시는 웅덩이주(정록담)를 마시는 지연.
/노숙자 같은 할아버지와 대화를 나누며 막걸리를 마시는 지연.
**(노숙자 말에 자막: 자네, 농림축산식품부 산하 한국식품연구원의 발표에
따르면 막걸리에 풍부한 스쿠알렌 성분이 항암 작용에 탁월한 것으로 밝혀
졌다는 거 알고 있나? 게다가 한국식품연구원이 연구한 결과 막걸리에는 와
인보다 백 배 많은 파네졸 항암 물질이 들어 있다더군.)**
/패러글라이딩하면서 신나서 미친 듯이 웃는 지연.
/하늘을 날며 아름다운 경치를 바라보며 너무 좋아하다가, 갑자기 무전
기를 끄고 소리 내어 엉엉 우는..
/미역 딴다고 잠수하러 들어가는 지연.
/고깃배 위에서 문어숙회, 문어라면 먹는 지연.

소희Na   (화면 좀 보다가) **사실, 가능성은 많았다.**
달마산에서 봤다는 우담바라가 소원을 들어줬을 수도 있고,
막걸리 사장님이 특별히 주셨다는 웅덩이주가 실은 생명수였을 수도 있고,
그 주정뱅이 할아버지가 알려준 막걸리의 효능이 진짜였을 수도 있고,
**패러글라이딩을 하며 너무 많이 웃는 바람에 일시적으로 엔돌핀과 도파민
이 폭발했기 때문일 수도 있고,**
**웃을 때 입으로 산소가 과다 유입되면서 일시적으로 산소포화도가 상승했
을 수도 있고,**
**그러다가 한 30초 정도인가 아주 펑~펑 울었던 탓에.. 펑펑 울 때만 나온
다는 다이돌핀이 엔돌핀의 4천 배 효과를 냈을 수도 있고, 미역을 딴다고
잠수를 할 때 일시적인 감압 상태로 인한 세포 활성이 일어났을 수도 있고,**

고깃배에서 얼결에 잡힌 대왕문어의 타우린이 폭발해 지연이 몸속에 있는 모든 활성산소와 독소를 말끔하게 날려버렸을 수도... 있다.

물론, 그렇지 않을 가능성이 더 크다.

그 우담바라는 그저 산길에 널린 흔한 들꽃이었을 수 있고,

막걸리 사장님이 특별하게 주신 서비스 술은, 사실 다른 손님에게도 그렇게 주는 흔한 술이었을지도 모를 일이며,

자신이 어딘가의 박사라고 주장했다는 그 주정뱅이 할아버지의 이야기는, 자기가 무슨 말을 하고 있는지도 모르는 알콜 중독자의 쓸 일 없는 얘기였는지도 모른다.

의심하고자 하면 끝이 없이 말이 안 되고

믿고자 하면 끝도 없이 가능한 이야기.

확실한 건, 이 말도 안 되는 가능성들이 모여..

S#25. 병원 / 현주의 진료실 (현재, 낮)

현주의 말을 듣고 있는 세 사람의 뒷모습.

현주   ..기적 같은 일이긴 해.

소희Na   **기적을.. 가능하게 했단 거..**

S#26. 병원 앞 (낮)

병원을 나오는 지구와 지연, 소희의 비장하면서도 희망에 찬 얼굴에서..

소희Na   **그길로 우리는 그 병원을 나왔다. 아주아주 오랫동안..**

S#27. 깊은 산속 / 삼인방의 움막 아지트 (밤)

모닥불 앞. 카메라 렉이 계속 돌아가고 있고, 넋 놓고 듣고 있는 북구...
이야기에서 아직 빠져나오지 못한 듯한 표정.

지구   (태연하게) 이건 마치 인도의 어느 소년이 비행기에서 추락했는데 배에서
          호랑이와 함께 표류하게 되었다는 믿을 수는 없지만 믿지 않을 수도 없는
          이야기를 들은 사람의 리액션인데?
지연   (웃으며) 그러게 너무 웃겨~ 우리 피디님 (리모컨 흉내) 재생 재생~~~
북구   (넋 놓고 있던 입으로 흐르는 침 닦으며) 그래서... 이 산속으로... 왔다?
소희   네. 진짜 이야기는, 그다음부터....

                                                               - 1부 끝 -

🍶 **2부**

사라진 술꾼들 Part 2

S#1. 병원 앞 (낮)

병원을 나오는 삼인방,
지연과 소희를 리드하며 걸어 나오는 지구의 눈빛이 비장하다.

소희   (지구한테) 근데 우리 어디로 가?
지연   (다소 조심스럽게 지구 눈치를 보며) 근데 우리 왜 나온 거야?

[인서트(1부 23씬 동일 시점)// 현주의 진료실.
현주(의사): 일주일 동안 정확히 뭘 했는진 모르겠지만 30프로가 줄었다
는 건 고무적인 일이야. 이 수치가 계속 유지된다면, 이 시점에서 항암만
이 정답은 아닐 수도 있어. 물론 내 입장에선 항암밖에 해줄 게 없지만 선
택은 니들의 몫.
소희: 언니라면요?
현주: (단호) 나라면 안 해. 근데 내 가족이라면.. 하게 할 것 같구. (애들
얼굴을 보며) 그게 친구라면...]

지구   .해보자.
소희   (조심스럽게) 근데 뭘 해야 되나.
지구   (비장하게 걸으며) 현주언니는 할 수 없고, 우린 할 수 있는 거.

S#2. 준비 기간 몽타주 (낮)

#. 지연과 소희의 오피스텔.

식탁에 어지럽게 흩어진 자료들과 배달 음식, 열공 스터디 분위기.

지구는 유튜브를 보면서 뭔가를 열정적으로 스케치하고 있고, 소희는 책들을 쌓아놓고 정독, 곳곳에 라벨링, 메모를 하고 있고, 둘에게 커피를 끓여주는 지연.

소희Na **살면서 이렇게 뭔가를 열심히 해봤던 적이 있었을까.**
우린 지금까지 모아둔 돈과 짜투리 재능,
그리고 술 먹던 체력까지 전부 다 쏟아부었다.

(시간 경과/몽타주) 밤새서 계속되는 열공 모드.

/소희와 지구는 몸 풀어가며 계속 자료 찾고, 스케치하고, 메모하는 컷컷.

/지연, 소파에서 잤다가 합류했다가, 배달음식 챙겨줬다가..

(컷) 소파와 바닥에 널브러져 있는 삼인방.

화이트보드에 '할 수 있는 것 / 할 수 없는 것' 밑으로 리스트들이 적혀있는데 '할 수 없는 것'이 훨씬 더 많다.

소희Na **가장 먼저 해야 할 일은**
우리가 할 수 있는 것과, 할 수 없는 것을 구분하는 일이었다.

지구, 침대 끝 봉에 긴 줄로 매듭을 지어 묶는.

컷 튀면, 소희가 저 끝에서 당기는. "댕겨봐! 더! 더!"

컷 튀면, 당기다가 뒤로 자빠지는 소희, "이게 맞아?" 지구 "어 그게 맞아..."

컷 튀면, 지연이 손에 로프 감는 지구. 지연한테 "절대 안 풀리지!" / 지연, 양손으로 힘주면 바로 풀리는 "풀리는데?" 황당한 지구 표정에서..

소희Na **물론 우리가 누구던가.**
할 수 없는 건, 할 수 있는 걸로.. 만들면 되지.

#. 비장하게 오락실로 들어가는 삼인방.
미친 듯이 게임하는 세 사람 모습 짧게 컷컷. (두더지, 에어하키, 농구, 해머게임) 나올 땐 녹초가 되어 어느새 밤이 되어 있는.

#. 오피스텔.
화이트보드의 '할 수 없는 것' 목록에 전부 줄이 그어져 있고, '할 수 있는 것' 들로 가득 채워진.

소희Na **마침내, 할 수 있는 게 압도적으로 많아진 어느 날.**
소희 (팔짱 끼고 비장하게 화이트보드를 보며) 슬슬 움직여볼까?
지연 (좋아하며 벌떡 일어나는) 우리 이제 진짜 가는 거야?
지구 (지연을 보며 멋지게) 가보자.
셋 가자!!! 아자아자! (파이팅 넘치는 모습에서)

S#3. 산속 / 삼인방의 움막 아지트 (낮)

삼인방의 잔뜩 겁먹은 얼굴에서 카메라 아웃하면, 완전 대자연이다.
거친 야생동물들 소리, 뭐라도 튀어나올 것 같은 정글 분위기에 압도당한.

소희 느낌적으로 딱... 귀신 나올 것 같지 않냐.
소희Na **대자연 앞에 선 지 오 분 만에, 우린 쫄았다.**
지연 (커다란 벌 종류가 감싸고) 으아악!
지구/소희 아 왜!~!!!!!!

지연   (엉덩이에 벌레) 으아아앙! 벌레가 사방팔방에 다 있어!!!

지구   (자기도 무섭지만) 야! 산에 벌레가 있지 그럼!!! 오바할래 진짜?

지연   나 진짜 벌레는 싫단 말이야.. (무섭고 힘들고) ..우리 좀 나중에 다시 올
까?

소희   속세랑 아주 많이 멀어진 느낌인데.. 우리 차는 어따 세웠는지 기억나?

지연   여기 핸드폰도 안 터져.. (울 듯)

소희   (겁먹은 얼굴에...)

지구   (분위기 전환 / 침착하게) 전파가 안 터지니까 잘 찾아온 거지.. (목에 걸
린 나침반 꺼내 들며) 자 보자. 일단 크게 보면 저 북서쪽으로.. 확실히 높
고, 남동쪽으로는 경사가 졌어.. (지도를 보며) 여기가 지금 이쯤인데 뒤로
는 커다란 산을 등졌지? 글구 저 앞엔 물길이잖아. 소희야 휴지 줘봐. (소
희가 꺼내준 휴지를 공중에 떨어뜨리자, 사뿐히 떨어지는) 좀 전까진 바
람이 그렇게 불었는데, 여기만 잠잠해. 맞바람도 없고, 심지어 해도 들고
있잖아. 한마디로

지연   (조심스럽게 속삭이듯) 명당?

소희   (기세 몰아) 수맥 체크!

컷 튀면, 소희, 옷걸이와 볼펜으로 만든 수맥 탐지기를 기억 자로 들고 주
변을 탐색한다. 조금씩 X자를 그리던 탐지기가 정확하게 평행선을 이룬다.

소희   여기다..

지연   (애들 보며) 우와.. 니들 꼭 탐정 같다. (저만치 뭔가를 발견) 저거는.... (호
기심 / 가서 보는) 어머 얘들아! 여기 똥 있어! 똥 싼 자리 대박인 거 맞
지?

지구   !! (와서 유심히 보는) 어우 제대로 쌌네.

소희   (내려다보며 확신) 땅 파보자. 삽!

컷 튀면, 삽으로 땅을 파는 지구와 소희. 팔수록 흙의 색깔은 밝고, 돌처
럼 생긴 흙을 만지니 이내 부드럽게 부서진다.

지구	(흙을 만지며 비장하게) 곱다.. 여기 맞네.
소희	(씨익 웃으며) 자, 다 같이 손.

손잡고 눈을 감는다. 바람결에 흩날리는 나뭇잎 소리가 들리고, 고개를 들자 나뭇잎 사이로 쏟아지는 햇살이 느껴진다. 명상 음악 깔리며.

지연	(눈 감고 기분 좋은) 느껴진다..
소희	땅의 기운~
지구	햇살의 온도..
지연	바람의 살결~
소희	편안해...
지구	(눈 감고) 확실해 명당.
(E)	(고라니) 퀘에에에엑!!!!
셋 다	엄마야!!!!!! (자빠지고 엎어지는)

S#4. 몽타주 – 산속 생활 정착기

#. 움막 짓기 – 움막 짓는 유튜브 영상.

소희Na   유튜브란, 누구나 다 뭐든지 쉽게 할 수 있을 거라는 희망을 준다.

유튜브에서 본 대로 실전에 옮기지만 실패하는.
/움막을 만들 자리에 삽을 파는 삼인방. 삽질이 쉽지만은 않은.
/나무와 칡넝쿨 등을 캐러 산으로 가는 지구와 소희, 가는 길에 계속 넘어지는.
/나무 기둥을 산에서 아래로 옮겨야 하는데 꿈쩍도 안 하는.

소희Na   하지만 실전은 유튜브에서 보여주지 않은 게 훨씬 더 많다는 걸 깨달았을 땐 이미 늦었다.

우린 이미 월세와 전셋집을 모조리 뺐으니까.

지구, 나무기둥 끝부분에 로프(혹은 칡넝쿨)로 매듭을 견고하게 묶는다. 그리고 어깨에 메는 부분에도 동그랗게 매듭을 묶어, 어깨에 메고 나무기둥을 끌기 시작하는데, 쉽게 잘 끌린다. 오~ 좋아하는 소희와 지구.

소희Na **그리고 우린 이날을 위해.. 많은 걸 연마했으니까.**

#. 오락실에서 했던 게임들을 실전에서. (시간과 날 변화)
(1) 오함마 해머게임 - 공중에서 아래로 망치질하고, 신기록 내던 지구.
/실전 - 굵은 나무통을 지구가 도끼로 내려치자 반으로 정확하게 나누어지는.

소희Na **여기 오기 전, 오락실에서 연마한 기술들은 마침내 하나씩 빛을 발했다.**

(2) 에어하키 - 빛의 속도로 쓸어버리는 지연.
/실전 - 지연, 지구가 가른 나무통을 좌우로 사포질을 하는데, 빛의 속도다.

(3) 두더지게임 - 빛의 속도와 정확성으로 미친 듯이 두더지를 잡던 소희.
/실전 - 소희, 나무와 나무를 이어 못을 박는데 정확하게 박혀 들어가는 못.
/(패스트 컷) 나무 틀로 크고 작은 축을 만들어 움막의 형태가 완성되고.
/(패스트 컷) 나무 사이사이에 이엉과 억새풀을 얹는 세 사람.

(4) 농구게임 - 엄청난 손목 스냅으로 농구공을 넣던 삼인방.
/실전 - 삼인방, 흙과 황토물을 개서 이엉과 억새풀 사이를 흙 반죽으로 메우기 시작, 엄청난 손목 스냅으로 황토 반죽을 힘껏 던지니 반죽이 착착 달라붙는다.
/(패스트 컷) 반죽으로 덮인 집 위에 비닐(또는 가져온 쌀 포대)을 얹는.

/(패스트 컷 - 중간 과정) 제법 형태를 갖추어가는 움막.

소희Na   **사실 우리 셋 중 누구도 이게 진짜 될 거라고 생각한 사람은 없었다.**
       확실한 건, 닥치면 다 된다는 거.

/쉬는 타임 - 움막 옆에서 불을 붙이고, 고구마를 굽고, 대충 주먹밥 먹는.
/(시간 경과) 침낭 안에서 다 같이 낮잠 자는 세 사람.
(컷) 일어나서 스트레칭.

소희Na   **닥치면 어떻게든 먹고, 자고, 싸게 된다는 거..**
       그렇게 우린, 처음엔 일 초도 못 버틸 것 같았던 시간을 조금씩 늘려갔고..

/(시간 경과) 나무를 덧대어 무언가를 만들기 시작하는 지구. 소희는 돌
들을 가져와서 쌓기 시작하고, 옆에서 따뜻한 차를 끓여주는 지연.

소희Na   **두렵고 막막할 땐 그저 서로를 믿었다.**

/(점점 완성되어가는 움막) 움막 입구에 문을 다는 지구, 움막 앞에 견고
하게 돌탑을 쌓아 마당처럼 만든 소희. 좋아하는 지연..

소희Na   **혼자는 안 돼도, 셋은 가능한 이야기였다.**
지구   (사다리 타고 지붕 위에 올라가서 보수작업을 하며) 내일은 안쪽 벽에 화
       덕 만들어서 안에서는 불을 때고, 굴뚝은 밖으로 빼서 나쁜 연기만 밖으
       로 나가게 할 거야. (지연을 보며) 내일부터 열 치료 시작이닷.
지연   (지구를 올려다보며 고맙다는 끄덕)

S#5. 아랫마을 / 어느 농가 마당 (낮)

평상에서 고추 다듬고 있는 두 명의 할머니.

릴선을 들고 와 먼발치에서 조심스럽게 묻는 소희와 지연.

소희   할머니~ 저희 쩌~기 위 산속에서 왔는데요. 여기서 산까지 전기를 좀 끌
        어다 쓸 수 있을까 해서요. 매달 사용료는 꼭 드릴게요!
지연   (예쁘게 웃으며 애교) 프리~~즈!
할매1   (뚱하게 보다가 다시 고추 다듬는) 산에 얼마나 있을라고...
할매2   (역시 뚱하게 보다가 인상 팍 쓰고) 고추 말린 거 좀 가지고 갈려?
할매1   (작은 말로) 무말랭이도 있잖여.

        컷 튀면, "감사합니다~ 또 올게요!" 산골로 올라가는 지연과 소희의 신난
        목소리에.

할매1   (다시 고추 다듬으며) ..누가 아픈갑네..
할매2   (인상 쓰고 애들 간 쪽을 보는데, 걱정스러운 눈빛이 있다)

S#6. 산 중턱(계곡) → 산 아래 (낮)

        #. 산 중턱 계곡물 앞 소희 - 바위틈으로 떨어지는 계곡물을 호스로 연결
        한다.
        #. 산 아래 움막 앞 지연 - 호스로 나오는 물을 보며 좋아하는.

소희Na   **우린 아랫마을에서는 전기를 끌어오고
        산 중턱에선 1급수 계곡물을 끌어오는 데 성공했다.**

S#7. 산속 / 삼인방의 움막 아지트 (낮)

        지구는 움막 근처에서 닭장 울타리를 보수하고 있고, 지연이는 나무와 나
        무 사이에 줄을 연결해서 빨랫줄을 만들고 있다.

산에서 나물을 한가득 캐서 자루 뭉치를 들고 오는 소희.

지연   (한가득 뭉치를 보며) 오~~ 뭐 많이 캐 왔나 본데? 그래봤자 다 풀이겠지
      만.

소희   (완전무장 했던 모자와 토시 벗으며) 그래봤자 풀이라니, 서울에선 구경
      도 못 하는 거거든?

지연   (신난) 그럼 오늘 저녁은 나물무침 비빔밥에~ (주머니에서 계란 둘 꺼내
      며) 계란 후라이!!!!!!!!

소희   뭐야, 낳았어?

지연   (흔들어 보이는) 어 두~ 개!

소희   대박~! (좋아하며 닭장 쪽을 향해) 장하다! 고맙다!

지구   (다시 울타리 보수하며) 사람이 셋인데...

컷 튀면, 움막 앞 만들어놓은 화덕 가마솥에서 끓는 된장찌개를 평상 위
로 옮기고.
컷 튀면, 달래된장과 냉이, 질경이, 참나물, 표고버섯, 민들레, 다래 순, 산
미나리 등 제철 산나물로 비빔밥을 비비고, 그 위에 계란 프라이 두 개를
야무지게 셋으로 나눠 한 입씩 떠먹는 세 사람. 정신없이 잘도 먹고..

지구   (먹다가, 한 손으로 나무 소주잔 들며 자연스럽게) 적실까?

"적시자!" 외치며 잔을 소주 먹듯 털어 넣는 모습에서 스틸.

소희Na **우린 술을 끊었다.**

지연   (잔을 내려놓으며, 다소 아쉬운 얼굴) 해독수구나.

소희   (영혼 없이) 무시래기.. 당근.. 무말랭이.. 우엉.. 표고버섯 넣고 끓였지.

지구   (허한 표정) 말해 뭐 해.. 정성이 가득하다.

셋 다   (뭔가 허한 / 갈 길 잃은 손가락 끝으로 테이블만 의미 없이 다닥, 다닥....)

소희Na **우리가 술을 끊다니.. 닭이 하늘을 날 일이다.**

[인서트// CG. 닭장 속에 있던 닭이 세 사람 머리 위로 휙~ 날아가는]

컷 튀면, 활활 타는 모닥불 앞에서 불을 보며 멍 때리고 앉아 있는 세 사람.

지연   산속은.. 정말 밤이 심하게 길구나.

지구   몇 시야?

소희   여섯 시 사십 분.

지구/지연 그거밖에 안 됐다고? / 대박..

소희Na 원래라면 지금쯤 슬~슬 집에서 겨 나와서~

지연   (상상놀이 시동 거는) 싸장니임~~~ 저희 왔어요!

지구   (지연한테 장단 맞춰주는) 닭발 하나 주세요! 청양고추 이빠이요!

소희   (슬슬 흥 돋우며) 쏘주도 하나, 오늘은 시원~~한 걸로. 맥주도 하나 깔까?

지연   첫 잔은 섞어야지~~ 2:1 콜?

지구/소희 (신났음) 콜!

지연   (본격적으로 상상놀이 시작) 자 그럼 한번 따볼까? (맥주 따는 시늉) 빡!!

지구   (소주 돌려 따는 시늉) 빡!!!

소희   잔 주시고~~ (잔 세 개에 소주 따르는 시늉) 또로로록~

지연   음~ 맑다 맑다~ 첫 잔 따를 때만 나오는 이 소리~!

지구   캬아~ 반갑다!

지연   자 그럼 이제 맥주 갑니다아~~~ (일어나서 세 개의 잔에 연달아 맥주를 붓는) 간만에 좀 돌려볼까? (쉐이킹) 동구 밖~ 과수원샷!!

다 같이   (잔 들고) 적시자!!! (시원하게 들이키고는) 캬아!!! (잔 내려놓는 시늉)

지구   (동배 흉내) 자 닭발이 왔어요~!! 뜨거우니까 조심히 먹어라~!

지연/소희 (닭발 본 반응) 닭발이다~~~~!!!!

지구   야, 장갑 껴.

셋   (입맛 다시며 장갑 끼는 시늉 + 닭발을 하나씩 훑는)

지구   앗 뜨거. (불어서 먹는)

소희   (먹기 시작하는) 음~~~~~

지연	(완전 심한 하이톤으로) 음~~~~~~~~~~~~~~~~~~~~~
지구	그만할까?

어느새 현실. 다 타고 사그라든 불씨..

소희	...그를까...
지연	(입 댓 발) 난 한잔 더 하고 싶었는데.
지구	야 근데 마렵지 않냐?

S#8. 산속 / 움막 앞 (밤)

화장실 쪽으로 몰려가는 셋, 나무 뒤쪽으로 하얀 무언가가 사사삭! 사라
지는.

S#9. 산속 / 똥뚜깐 (밤)

'미녀 똥뚜깐'이라고 쓰여 있는 화장실.
발이 쳐져 있고, 커다란 나뭇잎들로 나름의 인테리어가 되어 있고, 커다
란 삽이 꽂혀 있다. 저 멀리 계곡물 소리와 뻐꾸기 우는 소리가 조화롭게
들려오는 웅장한 산과 계곡 아래로 자세 잡고 볼일 보는 세 사람의 머리
(또는 신체 일부)만 귀엽게 보인다. 계곡물, 뻐꾸기 소리에 오줌 싸는 소리
까지 가열 차게 합세하는.

소희	(E) 근데 우리 여기 온 뒤로 맨날 같이 싸는 거 알아?
지연	(E) 알았다! 그 무슨 리듬 있잖아. 뭐더라?
소희	(E) 뭐더라..?
지구	(E) 바이오리듬!
소희	(E) 맞네.

S#10. 산속 / 움막 근처 일각 (밤)

셋이 팔짱 끼고 움막으로 돌아가던 길에 소희의 시선이 나무 위로 향한다.

소희   (무심하게) 야 근데 저 곰 인형은 왜 자꾸 지기에 올려두는 거야?

지연   (보고 놀란) 어머 저게 왜 저기 올라가 있어?

소희   (멈춰 서는) 니가 올린 거 아냐??

지연   아닌데? 안고 자는 걸 내가 왜 올려놔? 지구가 그랬겠지.

지연/소희 (동시에 지구를 보는)

지구   (정색) 나 안 그랬는데..

소희   (아닐 거야) 그짓말하지 마..

지구   (아니어야 돼) 진짜라구. 내가 왜 저걸 저기에 올려, 할 게 얼마나 많은데..

지연   (후덜덜) 그럼 누가.. 그랬을까. (곰 인형을 공포스럽게 올려다보는)

(E)   (여자 울음소리)

셋   엄마아!!!! (우다다다 움막 안으로 뛰어가는)

우다다다 엉망진창으로 움막으로 뛰어 들어가는 셋.
늦게 뛰어가던 지구의 시선에, 나무 뒤로 하얀 무언가(마치 처녀귀신 같은) 쉬리릭 지나가는 게 보인다.

S#11. 아랫마을 / 어느 농가 마당 (낮)

평상 가득 고추를 다듬고 있는 할매1, 2.
지구가 그 끝에 걸터앉아 할매들과 이야기를 나누고 있다.

할매1   뭘.. 본 겨?

지구	정확한 건 아닌데.. 그냥 좀 걸리는 것들이 몇 개 있어서요.
할매1, 2	(이렇다 할 대꾸 없이 고추만 만지작)
지구	뭐 있음 말 좀 해주세요.
할매1	(구시렁거리듯) 알아서 좋을 게 있남..
할매2	..오래 있을 건 아니잖여...?
지구	(절실) 자연치유 하려고 왔어요. 친구가 좀 아파서.. 저희 꼭 나아야 돼요.
할매1	(쳐다보지도 않고) 산엔 다 산귀신들이 있지 뭐.. 무덤도 많고.. 원체 이 동네에 한 많은 여자들도 많았으니까는.
할매2	왜 이렇게 겁을 줘여, 원래 무덤은 다 명당에 있는 겨..
지구	사실... 뼈 같은 걸... 보긴 했어요.
할매1, 2	(고추 다듬다 말고 정지, 그제야 처음으로 지구를 올려보는)

S#12. 산속 / 움막 근처 (낮)

삽으로 파놓은 웅덩이에 작은 뼛조각을 넣고 다시 삽으로 덮는 지구.

지구	난 귀신 같은 거 안 믿는다. 그니까 괜히 사람 겁주고 잠 못 자게 하고 그딴 식으로 나오면 진짜 죽는 거야. (멈칫) 이미 죽었나. 암튼 나 승깔 드럽다. 우리 머리카락 하나라도 건드리는 날엔 씨발 아주 내가 너 지구 끝까지 가서라도 두 쪽을 만들어버릴 테니까!

작은 동산 모양이 된 흙더미를 대충 두들겨서 모양을 만드는 지구.
옆에서 들꽃 하나와 풀떼기 몇 개를 주워 대충 꽂아두며..

지구	내가 원래 말을 좀 세게 해. 다 그렇게 새겨들을 건 없어. 도발했으면 미안하고. ..근데 니 얘기 내가 대충 들었는데 난 솔직히 이해가 안 가. 남자 때문에 죽는다는 게 말이 되냐? 아무리 시대가 그따위였대도, 니들은 존심이란 게 없어? 남자가 인생에 전부야? ..또 도발했네. 미안하다. 갈게.

지구가 가자마자 스산한 바람이 휘익 불며, 꽃이 날아가버린다.

S#13. 산속 / 삼인방의 움막 아지트 (낮)

〈자막 : 3개월 후〉

지구는 무언가를 만들고 있고, 그 옆에서 능숙하게 나물 손질 중인 지연, 후우~~~~ '강하고 길게' 제법 능숙한 솜씨로 화덕에 불붙이고 있는 소희. 셋 다 부쩍 거지꼴이 된 자연인의 일상생활이다.

(E)	(고양이들 교미 소리)
소희	(불에 부채질하며 무신경하게) ...짝짓기 하나 보다.
지연	..할 때 됐지.
지구	(지연을 힐긋 보고) 야 너 옆구리에 벌레.
지연	(태연) 어제부터 붙어 있었어.
소희Na	**우린 점차.. 산속 생활에 무뎌져갔다.**
소희	(불붙이고 일어나며) 이불 빨래하러 계곡 갈 건데 내놓을 거?
지구	없어.
소희	지연은?
지연	(만사 귀찮은) 옷은 빨아서 뭘 해, 볼 사람도 없는데. (옷에다 대충 코 닦는)
소희	(지연을 보며 피식 웃는)
소희Na	**지연이는 손에 달고 살던 거울을 끊었다.**

잠시 하늘을 보며 스트레칭을 하던 지구.
담배 연기를 뿜듯, 긴 입김을 하늘을 향해 내뿜는다.

소희Na	**지구는 달고 살던 담배를 끊었고**

빨랫감 챙겨 나오는 소희.

소희Na   나 역시 일 중독으로 달고 살던 핸드폰을 끊으면서 우린 진짜 자연인이 되어갔다.

그사이 지구, 제법 커다란 성인 남자 모양을 다 갖춘 수호신 조형물을 완성시킨.

지구   (허리 펴며 큰 숨 돌리며) 후.. 완성...
소희   (빨랫감 들고 가다가) 올~ 멋진데? 진짜 뭔가 든든하다.
지연   양기남 어때? 저 수호신 이름.
소희   양기남?
지연   여자 셋이면 음기가 넘 세니깐~~
지구   (얼버무리듯 긍정) 뭐.. 그치. (작업했던 곳 정리하는)
소희   양기남 괜찮네~ 난 빨래하러 간다~

계곡으로 가던 소희, 밭 쪽을 보고 멈칫, 밭 쪽에서 멧돼지들이 밭을 파헤치고 있는.

소희   이씨!!! (멀리 멧돼지들을 향해) 저것들이 야아!!!!
지구   (정리하다가 보는) 또 내려왔어?
지연   (밭 쪽을 향해 온갖 맹수들 소리 다 갖다 내며) 그어어어엉!! 어흐웅!!!!!!!
지구   그거 아냐.

컷 튀면, 근처 밭 일각 - 멧돼지들이 고구마를 다 파먹고 파헤쳐놓고 갔다.

지구   (열받은) 이것들이 미쳤나 이제 낮에도 내려오네. (소리치는) 한번 해보자 이거야?!!!
지연   (진심 빡친) 이번에 서울 가면 내가 총 구해 올게. 다 쏴버리자.
소희   (저만치서 파란 드럼통 들고 발 한쪽 걷고 시뻘게진 얼굴로) 이것들을 내가! 다 비켜어!!!!! (넘어지듯 막 달려오는)

지구   뭐야??

컷 튀면, 땅을 파서 드럼통을 45도로 기울여서 박아놓고 있는 소희.
막걸리를 까서 통 안에 붓기 시작한다.

소희   (막걸리 비장하게 부으며) 멧돼지들은 이 막걸리에 환장한다고 울 아빠가
        그랬거든. 일단 먹고 걸리면 절대 뒤로 못 겨 나와.
지연   멧돼지도 우리 과였구나.. (막걸리만 보고 있는)

소희, 세 번째 통을 까려던 순간, 손에서 막걸리가 미끄러지며, 비탈길로
데굴데굴 굴러간다. 지연, 바로 주우러 뛰어가는데 더 아래로 사정없이
굴러가는 막걸리, 바윗돌에 탁! 부딪히면서 선다.
이를 본 지구와 소희의 표정이 동시에 의미심장하게 변한다.

지연   (막걸리를 주워 올라오다가 애들 표정 보고) 왜에? (뚜껑을 열려는)
지구/소희 (동시에) 따지 마!!!!!

지연, 그제야 지구와 소희가 따지 말라고 했던 의미를 이해했지만, 에라이
모르겠다 그냥 뚜껑을 돌려버리는 순간, 치익!! 소리가 엄청 크게 나며 막
걸리 뚜껑 사이로 막걸리 기포가 터져 나오기 시작, 슬로우로 음악 깔리
며..
지연, 터지는 막걸리를 하늘로 치켜올리며 자유의 여신상 각.
삼인방의 시선에 마치 막걸릿병에서 분수처럼 막걸리가 터지는 축제 느
낌. 막걸리를 향해 정신 나간 좀비 각으로 달려드는 지구와 소희.
하늘에서 내리는 막걸리 빗방울.. 아래에서 그걸 받아먹겠다며 고개를 쳐
들고 혓바닥을 길게 뽑는 지구와 소희의 모습에서...
슬로우 풀리면, 지구와 소희가 막걸릿병에 흐른 막걸리 국물을 혓바닥으
로 핥고 있다가 정신 차리고, 지연이 그런 두 사람을 위에서 내려다보고
있다.

지연	얘들아..
지구	(민망 / 말더듬) 우리. 뭐.. 한 거냐.
소희	(민망) 갑자기 왜 눈깔이 뒤집혔어..
지연	(미안한) 그냥 한잔할래?
소희	에이 아냐~
지구	명상이나 하러 가자, 딱 명상하고 싶던 찰나였어.. (돌아가는) 관세음보살 할렐루야.

S#14. 병원 / 현주의 진료실 (낮)

지연의 결과를 보고 있는 현주. 다리를 떨고 있는 삼인방.

현주	... (무거운 표정 / 마침내 입을 떼는) 음, 나빠지진 않았어.
셋	아.. (안도의 한숨)
현주	근데.. 되게 드라마틱하지도 않아.
셋	....
현주	일단 3개월 후에 다시 보자.
소희	네...
소희Na	**...우리는 최선의 선택을.. 한 걸까?**

S#15. 소희의 차 안 (낮)

달리는 차 안. 운전하는 소희와 조수석에 타고 있는 지구의 표정이 좋지 않다.

소희Na	**항암을 해야 했을까. 하지 않아야 했을까. 병행했다면 더 좋았을까?** **이 병원에 있는 많은 사람들이 그렇듯, 그 누구도 정답을 알지 못한 채 도박 같은 선택을 한다.**

지구	(돌아보며 지연에게) 지연..!
지연	(뒷자리에서 자고 있는)
지구	(앞을 보며) 잔다.
소희	(백미러로 보는) 피곤했나 보다..
지구	응..

한동안의 침묵. 신호에 멈추자, 소희가 조심스럽게 낮은 목소리로 묻는다.

소희	우리 잘하고 있는 거 맞겠지.?
지구	(쓸쓸) 내가 물어보려던 건데.
소희	..만약에.... 우리가 틀린 거라면.
지구	(창문을 보다가 이내 냉정하게) 틀렸을 수도 있어. 내가.
소희	...그게 왜 니가야. 다 같이 선택한 건데..
지구	만약 내가 그때 그냥 항암을 하게 내버려뒀다면..
지연	(운전석과 조수석 사이로 튀어나오며) 튀었겠지잉~~!!!
소희/지구	아우 깜짝이야! / 너 안 잤어?
지연	(신나서) 항암은 나 혼자 해야 되는 건데 나 끈기 없는 거 알잖아. 분명히 몇 번 하다가 튀었을 거야! 안 그래? (특유의 하이톤으로) 아~ 옛날엔 저 술집들이 다 우리 꺼였는데 내가 완~전 건강해질 테니까 빨리 한잔하자구. 신호 바뀌었다! 가자!!!
소희/지구	... (그제야 웃음이 나오는)
소희Na	**이런 반전을 원했다.**

소희, 출발하며 백미러 속 지연이를 보는데, 자고 있다.

소희Na	**하지만 지연이는... 계속 자는 척을 했다.**
지구	(앞만 보고) 한지연.. 안 자는 거 다 알아..
소희	뭐든지 참지 마... 참으면 병 된다잖아.. 우리도 억지로 괜찮은 척 안 할 테니까. 울고 싶으면 울어도 되고, 원망하고 싶으면 원망해도 돼.

말이 없는 뒷좌석. 뒤돌아보는 지구, 백미러로 다시 지연을 보는 소희.

소희Na **역시 앤 반전의 끝판왕.**

입 벌리고 완전 숙면 중인 지연.. 이내 머리를 창문에 박으며 자는.

소희Na **지연이는, 진짜 잤다.**

S#16. 1차원적인 지연의 몽타주

#. 움막 앞 (낮) - 나물을 다듬고 있는 지구와 소희.

소희Na **그렇게 속으면서도 우린 매번 속았다.**

갑자기 뒤돌아 있던 지연이 나물을 눈 코 입에 붙이고 소희와 지구를 웃긴다. 그런 지연을 바라보는 소희와 지구, 웃고는 있지만 슬픈 눈이다.

소희Na **가끔 지연이가 필요 이상으로 밝을 때면**
소희　　(슬픈) 야 한지연, 일부러 안 그래도 돼.
지구　　힘들면 힘들다고 하라고...
지연　　!! 뭐야 이거 안 웃겨? (뒤돌아서 윗옷을 배바지처럼 넣고, 이빨엔 김을 묻히고 돌아서 웃기는) 이게 진짜 안 웃기다고? (그러다 자기도 너무 웃긴지 뒤로 넘어가면서 자빠지는) 이건 웃길 텐데?!! 하하하 아 나 미쳐! 너무 웃겨!
소희　　..... (보다가) 그 느낌이 아닌데?
지구　　어. 아니다.
소희Na **지연인 마냥 1차원적이라는 게 늘 반전의 반전... 그저 웃기면 웃고.**

#. 움막 안 (밤)

소희Na **슬프면 울고.**

다 같이 자고 있는데 지연이 자다 깬 듯 갑자기 운다.

지연   으아앙앙~~~ 꿈에 엄마 나왔어!!!! (우는)
지구   (안아주는)

#. 움막 밖 (아침)
하늘에 구름을 보며 좋아하는.

소희Na **신나면 뛰고.**
지연   얘들아!!!! 빨리 나와봐! 오마이갓, 구름이 하트야!!!!! (폴짝폴짝 뛰는)

#. 숲 - 기체조 시간 (아침)

삼인방, 숲속에 서서 배를 튕기며 "합! 합!" 기합소리와 함께 단전에 힘을
키우는데, 배를 튕기던 지연이 갑자기 신호가 온 듯 미친 듯이 뛰어간다.

소희Na **마려우면 싸고.**

#. 숲속 - 호흡과 명상의 시간 (아침)

지연   (눈 감고) 나는 지금~ 들이마시고~ 내쉽니다.....
      나는 지금~ (조용한) .... (그 상태로 얕게 코 고는) 드르렁~~~~
소희Na **졸리면 자고..**
소희   (!) 저러고 잔다고..?
지구   대박이다..

#. 움막 - 셋이 나란히 자고 있는 (아침)

소희Na	**하라면, 하고..**
지구	(비몽사몽 – 눈 감고) 한지연 일어나.. 너 오늘 불 쬐는 날이야..
지연	(비몽사몽 – 잠결에) 오케....
소희	(비몽사몽 – 잠결에) 계곡물에 입수도 해야 돼. 냉온욕 하는 날이야.
지연	(비몽사몽) 오케.
지구	(비몽사몽 – 장난) 엉덩이로 이름도 써야 돼.
지연	(비몽사몽 – 습관적으로) 오케..
소희	(장난 없어서) 근데 바지 벗고 써야 돼.
지연	..으응?!
소희/지구	푸하하하하! / 봐~ 하란다고 다 하냐? / 너 분명 한다고 했다!
셋	(웃는 데에서)
소희Na	**대부분의 아픈 사람들은.. 많은 걸 의심한다.**
	이렇게 하면 나을 수 있는 건지, 이렇게 하는 게 정말 옳은 건지..
	하지만 지연이는 아무것도 의심하지 않았다. 무식할 정도로 우리만 믿었다.

S#17. 산속 / 밭 근처 멧돼지 덫 있는 곳 (아침)

멧돼지 덫 안에 멧돼지가 박혀서 뒤로 나오지도 못한 채 낑낑대고 있다.
먼저 와서 본 지연이가 펄쩍펄쩍 뛰며 애들을 부른다.

지연	(펄쩍 뛰며) 대~박!!! 진짜 잡혔어!!!!! 빨리 와 애들아 빨리!!!

저만치서 그물 들고 뛰어오는 소희, 그 뒤로 나무방망이 들고 뛰어오는
지구.

소희	다 죽었어!!!

저만치 산 아래쪽에서 이 광경을 지켜보는 어미 멧돼지의 분노의 시선.

그르르르렁.. 곧 받아버릴 듯 삼인방을 노려보고 있는 시선컷.

소희   어떤 새긴지 좀 보자! (걸려 있는 엉덩이를 보고) !!! ...진짜 새끼네...

컷 튀면, 저만치 산으로 뛰어가는 새끼 멧돼지의 뒷모습을 허무하게 바라보고 있는 삼인방.

지구   가네.. 잘 풀어준 거 맞겠지?
소희   ...새끼잖아.

컷 튀면, 막걸리를 덫이 아니라 먹이로 쓰기 위해, 넓은 고무 대야에 막걸리 세 통을 한가득 붓고 있는 세 사람.

소희Na   **멧돼지들은 우리가 오기 전부터 이 길로 산을 넘나들었을 거다.**
         그들의 구역에 우리가 침범한 이상, 피할 수 없다면 공존하는 수밖에.

다 붓고 돌아서 가고 있는 소희와 지구, 지연이 안 와서 뒤를 돌아보는데.. 지연, 부어놓은 막걸리 통에 코를 대고, 손짓으로 바람을 일으켜 코에 가져다 대며.. 냄새를 먹고 있다.

소희   너 뭐 하냐.
지연   (민망한지 씨익 웃으며) 이건 괜찮잖아~ 흐흐.

컷 튀면, 다음 날 아침, 와 보면 밤새 깨끗하게 비워진 막걸리 통.

소희Na   **이번에도 예상은 적중했다.**
         멧돼지들은 막걸리만 먹고는 조용히 사라졌다.

카메라 팬하면.... (디졸브/밤이 되었고) 누군가가 쓰러져 있다. (북구다.)

소희Na	**멧돼지보다 놀라운 건 사람이었다.**
지연	(E/화들짝) 엄마야!!! 이거 사람 아냐?!!!!!!!

S#18. 산속 / 삼인방의 움막 아지트 (낮)

밥상이 차려져 있고 겨우 기운 차린 북구를 지켜보고 있는 삼인방.

소희	일단 좀 드시고 얘기해요.

숟가락을 들어 밥을 먹는 북구. 그걸 바라보고 있는 세 사람.
이때 마침내 정체를 드러내는 처녀귀신이, 북구 뒤에서 북구를 바라보며
서 있다.

지구	(지구의 눈에만 보이는 / 소스라치게 놀란) 뭐야!!?
소희/지연	(안 보임) 왜?
지구	(나만 보이는구나) 어, 아니야..

처녀귀신, 북구가 밥을 먹는 모습을 묘하게 애정 어린 눈으로 뜨겁게 바
라본다. 그런 처녀귀신의 눈빛을 알아채고 어이가 없는 지구.

지구	!! (진짜?? / 저 새끼가 좋다고???? 확인하는 눈빛)
처녀귀신	... (긍정의 음흉한 미소)
지구	어우 참나... (어이가 없다는 듯 돌아앉는) 아놔 미치겠네....

컷 튀면, 인사하고 돌아가는 북구. 발길이 안 떨어지는.

북구	갈게.. 근데 이렇게 두고 가는 게 맞는 건가 싶네.. 여기 밤엔 너무 깜깜하
	던데... 기운도 쎄하고 말야.

이때 지구의 눈에 또 처녀귀신이 보인다.
북구를 먼 길 보내는 서방 보듯 애틋하게 보고 있는 처녀귀신의 눈빛.

소희	여기 완전 명당자리니까 걱정 말고 피디님이나 조심해서 가요. 가는 길은 알죠?
북구	알지~ (방향 잡는데)
지연	그쪽 아니고 이쪽. (웃는)
북구	(어리바리) 아.. 잘 있어요 그럼. 난 갈게.
지구	(처녀귀신을 봤다가 북구를 보며) 취향 참 독특하네...
소희Na	**그렇게 강피디님이 다녀가고..**

S#19. 산속 / 움막 외경 (아침)

한겨울이 된 숲속과 움막 풍경들..
앙상한 가지들과 눈에 덮인 움막. 움막 위로 장작불 연기가 피어오르고
있다. 한편, 곰 인형이 또 나뭇가지 위에 올라가 있는 공포샷.

소희Na	**혹독하게 추운 겨울이 찾아왔다.**
	겨울은 원래 만물이 움츠러드는 계절이라
	컨디션 유지만 해도 성공한 거라 했지만
	그해 겨울은 천하의 지연이도 피해 갈 수 없었다.

S#20. 산속 / 삼인방의 움막 아지트 안 (낮)

재채기하며 누워 있는 지연의 이마에 물수건을 올려주고 있는 소희.
지구는 아궁이에 장작을 때며 아픈 지연이 영 신경 쓰이는 듯, 불편한 표
정이다.

소희	너 어젯밤에도 계속 못 잤지?
지연	(콧물 닦으며) 응.. 꿈에 하얀 소복 입은 애가 나와서, 자기랑 같이 가재. 나 죽나?
소희/지구	.. (멈칫)
소희	(물수건 적시며, 걱정스러운) 야. 죽는 거면 저승사자가 나와야지 하얀 소복은 아니거든.
지연	그치, 처녀귀신보단 남자인 저승사자가 낫지.
소희	(어이없는) 어구.. 그만 말해. 너 지금 열나.
지연	(힘겹게) 내가 이렇게 오래 남자를 끊은 적이 있던가.
지구	(장작 놓고 밖으로 나가다 말고) 난 너 땜에 담배도 끊었거든?
지연	(아픈 채로 말하는) 담배랑 남자는 다르지.. 담배는 쓸모가 없지만 남잔 아니잖아.
지구	야 니가 언제는 쓸모 있는 남자만 만났냐? 다른 사람은 몰라도 넌 그렇게 말하면 안 되지.
지연	(안 지고) 담배보단 남자가 낫다 이 말이지 나는.
지구	(진심 빡쳐서 뭐라 하려는데)
소희	(그만하란 제스처/ol) 그만 그만. 애 지금 열나.
지연	(눈 꼭 감고 있는)
지구	(나가버리는) 어우!!!
소희	(지구 나간 거 보고 지연의 물수건 갈아주며) 넌 이 와중에 꼭 욕먹을 짓을 하냐..
지연	..아플 때 지구한테 욕먹으면 좀 낫단 말이야..
소희	(걱정스럽게 지연을 보는)

S#21. 산속 / 삼인방의 움막 아지트 앞 (낮)

지구, 심각한 표정으로 나와서 움막 앞에 만들어놓은 수호신을 노려보듯 본다.

지구	(언 땅을 삽으로 파는) 그래, 정성이 부족했다 이거지.
소희	(움막에서 나오며) 뭘 또 파?
지구	(미친 듯이 파며) 좀 할 게 있어서. (힐긋 보고) 넌 어디 가게?
소희	(약초 캘 장비 챙기며) 어 나도 잠깐 산에. 이것저것 좀 캐서 먹여보게.
지구	캘 게 있어? 이 겨울에?
소희	겨울을 이겨내고 있다면 그게 찐이겠지.

S#22. 세 사람 교차 이미지 씬 (낮)

#. 산으로 향하는 소희.

소희Na 처음 이곳에 오던 날, 우린 자신했다. 뭐든지 다 할 수 있을 거라고.

#. 움막 안.
지연, 아픈 듯 누워 있는.

현주   (E) 얘들아 언제든 지연이 상태가 좀 안 좋아 보인다 싶으면, 바로 데리고
와야 돼. 자연치유는 분명 좋은 거지만, 무조건적인 믿음이 고집이 되면
안 하니만 못한 게 되니까.

#. 움막 밖.
지구, 황토와 물을 개어 만든 반죽을 만들어 양기남의 아랫부분에 무언
가를 연결해 덧붙이고 있다. (*정확한 실사는 27씬에서)

소희Na 어쩌면.. 우리가 할 수 있는 일이 얼마 남지 않았을지 모른다.

S#23. 산속 (낮)

앙상한 겨울 산의 거친 숲 사이를 급하게 누비며 뭐라도 찾는 소희.

소희   (절박 / 호미로 이곳저곳을 뒤지며) 겨우살이가 분명 있을 텐데..

소희, 갑자기 멈춰 선다. 어디선가 들리는 수풀을 헤치며 다가오는 발자국 소리.. 바람이 불면서 사방의 수풀 사이로 무언가가 곧 들이닥칠 것만 같은 공포. 사방을 재빠르게 눈으로 훑는 소희. 고개를 뒤로 돌리는 순간, 그대로 굳는다. 커다란 멧돼지가 소희에게 공격 전 자세를 취하며 털을 바짝 세웠다. 소희, 겁에 질려 뒷걸음질한다.

S#24. 산속 / 어느 동굴 입구 (낮)

뒷걸음질... 어느 작은 동굴 안이다. 여기가 소희가 갈 수 있는 마지막이다.

소희   (호미를 힘껏 쥐며 눈빛이 변하는) 덤벼.... 덤비라고 이 새끼야.

공격 자세를 취했던 멧돼지가 잠시 소희를 보고 섰다가 이내 돌아서 가버린다. 부르르 떨던 소희의 눈에서 눈물이 주르륵, 다리에 힘이 풀리며 주저앉는다. 동굴 안으로 빛이 새어 들어온다. 다시 얻은 생명의 빛인 듯, 따스하다.

소희   (빛을 보며) 따뜻하다... (!) 엉덩이가.. 뭐야. 나 쌌어? (보면 엉덩이 아래에 질펀하게 싸놓은 똥) (기겁) 아놔 똥!!

그러다 뭔가를 본 소희, 똥 아래 산삼 이파리 같은 걸 본 놀란 표정에서.

S#25. 산속 / 삼인방의 움막 아지트 앞 (낮)

지구, 이번엔 조각칼로 양기남의 얼굴을 디테일하게 깎고 있다.
점점 사람 모양, 북구의 얼굴이 되어가는 양기남.

지구   (혼잣말) 내가 살면서 이렇게 내키지 않는 일에 정성을 다해본 적이 없다.
            (절박) 도와줘라. 도와주세요..

이때 아픈 몸으로 움막에서 나오던 지연의 시선이, 양기남의 아랫부분에
서 멈춘다. (*정확한 실사는 27씬에서)

지연   대~~~~~박.. 우리 기남이... 단 거야?
지구   (묵묵히 얼굴 쪽 조각만 하고 있는)
지연   (뚫어져라) 이거 대박이다... 우와.... (만지려고 뻗는 손)
지구   만지지 마. 아직 안 굳었어.
지연   (음흉한 미소로) 어머~ 아직 안 굳었구나~~

저만치 산에서부터 소희가 우다다다다! 달려온다.

지구   (손에 잡히는 아무 도구나 들고) 뭐야! 뭔데?
지연   무슨 일이야?!
소희   (침을 몰아 삼키며) 나 심 봤어!

[인서트// 조금 전 상황. (산속)
소희, 주저앉았던 똥 사이에서 산삼을 발견하고는 눈이 휘둥그레지는.
소희: (E) 심~ 봤~다아!!!!!!!!!!!!!!!!!!!!!!!!!!!!!!!!!!!]

S#26. 산속 / 계곡 앞 (오후)

소희, 산삼을 계곡물 안에 넣고 살살 흔들어 조심스럽게 씻어서, 뿌리까
지 수건에 정성스럽게 닦은 후.. 지연에게 건넨다.

소희	천천히 씹어~~ 오래오래~~~ 머금었다가
지연	(오물오물, 곧 삼킬 듯)
지구	안 돼 안 돼 삼키지 마! 더 씹어!
소희	즙 될 때까지 천~천히!
지연	(오물오물 + 마침내 꿀꺽)
소희	뭐야, 벌써 삼켰어? 입 안에 남은 거 없어?
지연	(혓바닥으로 입 안 구석을 돌리는)
지구	그래 이빨 사이에 낀 거까지 남기지 말고 다 먹자.
지연	(꿀꺽) 진짜 다 먹었어.
소희	자, 해독수로 입가심해
지연	그럼 산삼이 해독되는 거 아냐?
지구	..맞네.
소희	(해독수 뺏으며) 일단 똥 쌀 때까진 물도 먹지 마.
지연	절대 안 싸지. 최~대한 오래 품고 있을 거야.
지구	(가면서) 더럽다..... 가자.
소희Na	**산삼 때문이었을까.**

S#27. 지연의 몽타주 (낮)

#. 마침내 '커다란 고추'를 세운 채 움막 앞에 기세등등하게 서 있는 양기남.

소희Na	**아니면 더욱 강력해진 양기남 때문이었을까.**
지연	(예리) 근데 이 양기남, 발가락 피디 닮지 않았어?
지구	(뜨끔)
소희	어우 야 그렇게 안 커.
지구/지연	(쳐다보는)

#. 움막 안.
잠자리에서 일어나는 지연. 기지개 켜며 완전 개운하게 잘 잔 얼굴.

소희Na **그날 이후 지연이는 언제 그랬냐는 듯 기력을 회복했고**

#. 나무막대 양쪽에 물통 이고 스쿼트 하는 지연. 지구가 카운팅을 하는.
"이십칠, 이십팔, 이십구! (컷) 사십팔! 사십구! 오십!"

#. 지연, 모래주머니 양쪽 발에 달고 산을 오르는.

소희Na **그렇게 혹독했던 겨울을 이겨냈다.**

S#28. 병원 몽타주 – 점점 건강해지는 지연 (낮)

#. (봄) 긴장한 모습으로 검사 결과를 듣고 있는 세 사람.

현주 6개월 있다 보자.
소희 6개월이요?
지구 (귀를 의심) 3개월이 아니구 6개월이요?
현주 결국 해내는구나. 축하한다.
지연 (씨익 웃는 데에서..)
소희Na **3개월 간격이 6개월 간격이 되고..**

#. (가을) 또 병원에 와서 결과를 듣는 세 사람.

현주 6개월 있다 또 보면 될 것 같아. 암 수치, 호중구, 백혈구랑 간 수치까지 다
      정상.
소희Na **그렇게 또 한 번의 6개월을 지나**

(가을) 병원에 와서 결과 듣는 세 사람.

소희Na **다시 가을이 되었을 때.**

현주   이제 일 년 있다 보면 되겠다.
지구   (안 믿기는) 대박....
소희   이거 꿈 아니죠..
현주   솔직히 이 정도면 철인삼종 나가도 돼. 대단하다 지연아.
지연   전 그냥.. 얘들이 하란 대로 한 건데..

S#29. 병원 앞 (낮)

병원을 걸어 나가는 세 사람의 모습, 슬로우로.. 비장한 눈빛에서

소희Na **언젠가 우린, 이 병원을 나오며 우리의 선택을 의심한 적이 있다.**
        하지만 결국 우리의 선택이 최선이 되었다는 결과와 마주했을 때
        우린 잠시나마 경솔해졌다. 우리의 선택은 옳았다고.
        우리의 믿음은 좀.. 끝내줬다고.

S#30. 현주의 진료실 (낮)

창밖을 보며 현주가 동배와 전화통화를 한다.

현주   어, 아직 여행 중? / 너 이제 그만 돌아와야겠는데?

S#31. 오복집 안 (낮)

오랫동안 폐업해서 먼지가 뿌옇게 쌓인 오복집 창문으로 햇살이 들어온다.

소희Na **2년 반 전, 오복집 사장님은 우리가 사라지자마자 기다렸단 듯 배낭여행을 가셨다. 그리고..**

S#32. 고요하고 평화로운 세상 – 폭풍 전야 이미지들

/길거리 – 풍선 들고 지나가는 화목한 가족들, 행복해 보이는 연인들.
/놀이터 – 사이좋게 노는 아이들과 강아지들.

소희Na **그사이, 세상은.. 전에 없이 고요하고, 평화로웠다고 한다.**

음악이 전조되면서 무언가 다가오고 있는, 그날이 다가오고 있다는 불길한 암시.

소희Na **하지만 곧 그날이 다가오고 있음을..**

/공원 – 어디선가 까마귀가 날고.. 비둘기가 날아가고. 그 바람에 갑자기 풍선을 놓치는 아이가 뒤를 돌아보는 데에서..
/편의점 – 알바생이 정리하다 말고 불안한 눈빛으로 입구 쪽을 바라보는 데에서..

소희Na **......모두가 느끼고 있었다.**

S#33. 8차선 도로 (낮)

마치 VIP라도 행렬하듯 도로 위를 잠식한 까만 차들.
잘 빠진 블랙 대형 5톤 트럭 세 대가 어딘가로 향하고 있고, 좌우로 오토바이 행렬, 검은 세단도 줄지어 함께 간다. 길이 좁아지며, 오토바이와 검은 세단들은 다른 곳으로 빠지고 5톤 트럭 세 대만 좁은 길로 들어선다.

S#34. 오복집 앞 (낮)

5톤 트럭 세 대가 오복집 앞에 멈춘다.
이윽고, 블랙 정장을 빼입은 훈남들이 내리더니, 5톤 트럭 위에 덮인 블랙 천을 걷으면 드러나는 5톤 트럭의 정체.
트럭 겉면에는 카스, 진로, 처음처럼, 버드와이저, 하이네켄, 등 술 회사 이름들이 멋지게 인쇄되어 있고, 컨테이너형 트럭의 뒷문이 열리면, 모델 포스의 훈남들이 술이 든 짝을 하나씩 들고 오복집으로 들어간다.

S#35. 오복집 안 (낮)

(한결 젊어진) 동배가 비장한 눈으로, 술 냉장고의 불을 켠다.
냉장고에 불이 들어오는 순간, 문을 열고 일렬로 들어오는 훈남들...
냉장고 안에 술병들이 하나, 둘씩 채워지기 시작하는 영광스런 장면을 바라보고 있는 동배의 표정에서..

S#36. 강남역 사거리 (낮)

마침내 술꾼 삼인방이 서울 한복판에 떴다. (산속의 넝마 옷 탈출, 선글라스에 검은 정장, 스타일 폼나게)
횡단보도에 대기 중이던 삼인방, 신호가 바뀌자 발로 스텝 맞추며 12차선 횡단보도를 걸어오는 뮤직비디오 같은 모습에서..

S#37. 오복집 앞 (낮)

오복집 앞 픽스 샷.

훈남들이 슬로우 샷으로 오복집에서 나와 트럭에 타고 트럭이 사라지며 프레임 아웃 되면, 오복집으로 위풍당당하게 걸어오는 삼인방의 모습이 프레임 인 된다.

S#38. 오복집 안 (낮)

오복집에 들어온 삼인방, 선글라스를 멋지게 벗자, 이에 맞서 동배가 '오복집 유니폼'을 공중에 한 바퀴 펄럭이며 입는다.

동배, 냉장고에서 시원~한 맥주를 하나 꺼내어 들고 오면, 차마 맥주를 쳐다보지 못하는 삼인방. 이때 동배가 맥주를 따면 치익~! 하는 소리와 함께 모든 게 정적. (음악도 스톱) 삼인방이 고개를 들어 맥주병을 바라보고, 동배가 잔 세 개에 맥주를 따르자, 마치 의식을 치르듯 숙연하게 잔을 받드는 세 사람. 병에서 떨어지는 맥주 방울들이 슬로우로..

지구   (차분하게 / 하지만 잘 나오지 않는 목소리) 적실까....

소희/지연   (그러자는 비장한 눈빛)

세 사람 잔을 들어 맥주를 마신다. 맥주가 넘어가는 삼인방의 목구멍이 꿀렁인다. 고개가 뒤로 넘어가고, 눈이 절로 감긴다. 이내 다 못 마시고 하나둘씩 잔을 내려놓고 만다. 그동안 고생하며 참았던 눈물을 한꺼번에 쏟으며 한참을 그렇게 운다.

소희Na   **장장 26개월간의 금주가 끝나던.. 어느 날이었다.**

S#39. 에필로그

1부 14씬 - 모닥불 앞, 북구가 인터뷰를 따는 메이킹 필름.
각자 인터뷰 대형으로 카메라 앞에 앉아 있는.

북구   (E) 산에 와서 언제가 제일.. 힘들었는지.
소희   음.... (생각하다가) 첫날? 아니, 처음 와서 한 한 달? 그땐 진짜 힘들었던
        것 같긴 해요... 다 두렵고, 막막하고.. 여기서 뭘 하고 있는 건가 싶고. (살
        짝 울컥) 그때 쪼..금?

        컷 튀면,

지구   (삐딱) 딱히 힘든 거 없었는데.
북구   대답을 좀 성의 있게.. (눈치) 해주면, 좋겠는데.
지구   힘든 거 없었다고. 그쪽이라면 친구가 아픈데 힘들 틈이 있어?
북구   (E) ..난 뭐 그런 친구가 없어서.
지구   (한심한 듯 보다가 츤데레식 위로) 살면서 누구나 한 명은 있어요. 없다
        면, 아직 못 만난 거고. (무심히 일어나 가버리는)

        컷 튀면,

지연   (해맑게) 전 원래 뭘 그렇게 힘들어하는 성격이 아니라서요.. (그러다 문
        득 뭐가 생각났는지 감정을 잡으며 가만히 있는... 침묵이 계속 흐르고..)
        근데... (곧 눈물이 터질 듯한 분위기)
북구   (조심스레 렌즈를 땡겨 지연의 표정으로 클로즈업해 포커스 맞추는)
지연   (레드썬) 근데 질문이 뭐였죠?

                                                    - 2부 끝 -

🍶 **3**부

돌아온 술꾼들

S#1. 삼인방의 연립빌라 외경 (낮)

급하게 얻은 방 두 개짜리 낡은 연립빌라.

소희   (E) 창문이 원래 이렇게... 작았나?

S#2. 삼인방의 연립빌라 (낮)

지구는 박스에서 짐을 꺼내고, 소희는 밀대로 바닥을 밀고, 지연은 상부
장 앞에 의자 놓고 올라서서 식기류를 정리하고 있다.

지연   (닿을 듯한 천장을 올려다보는 시선) ..내 키가 큰 건가, 천장이 낮아진 건
        가.
지구   대자연 후유증이야.
소희   그래두 여기 나름 자연이다..? (벽지에 커다란 꽃과 나뭇잎 무늬를 보는)
        호호.
지연   (타일에 붙은 새, 토끼 등 동물 스티커를 만지며) 여기 숲속 친구들도 있
        네. 안녕 친구들?
소희   (밀대 밀다가 방 쪽 시선) 방 두 개는 어떻게 나눌까?

지구 (빈 박스 정리하며) 니들 하나씩 써, 난 방 필요 없어.

지연 (이) 나도 방 필요 없는데, 그나마 거실이 안 답답하단 말야.

소희 헐, 내가 거실 할라 했는데.

지구 (쏘쿨) 그럼 셋 다 거실 해. 언젠 나눠서 잤냐?

지연 (씨익) 방이 쓸데없이 많네~

지구 짐도 쓸데없이 많다!

소희 근데 우리 보증금 내고 나니까 진짜 거지다?

지연 (의자에서 내려오며) 2년 넘게 놀았는데 이 정도면 부자 아냐?

소희 (걱정) 난 두 달 뒤에나 돈 나올 텐데..

지연 (해맑) 돈 워리~ 나 취직해쏭~

지구 너두 빨라야 한 달 뒤고, 당장 생활비는 내가 해결할 테니까 걱정들 말어.

소희/지연 올~~~~~ / 근데 뭔 수로.

지구 (카리스마) 일단 짜장면부터 시켜.

소희/지연 (환호) 올~~~~~ / 개멋쪄!

컷 튀면, 바닥에 신문지 깔고 짜장면 먹는 세 사람 모습에서..

소희Na **26개월 만에 우린 알거지가 되어 돌아왔다.**
     돈이야 뭐 이제부터 벌면 되고~
     중요한 건, 우리가 돌아왔단 거 아니겠어?

3부. 돌아온 술꾼들

S#3. 방송국 / 소희네 예능팀 (오전)

회의 테이블에 앉아 있는 조연출과 작가들.
국장이 북구 자리에 앉아 역정을 내고 있고, 죄인마냥 서 있는 북구.

국장 내가 이 팀만 지나가면 우울증이 와요 우울증이! (답답) 비전도 없고 발

전도 없고 패기도 없고 의지도 없고!

북구 (자포자기) 메인작가도 없죠.

국장 (한심) 그게 할 소리냐? 내가 그래서! 새로운 메인작가를 몇 번을 붙여줬
는데 다 까대고! 메인작가 데려온다고 큰소리 떵떵 치고 카메라 들쳐
업고 나갔다면서 연락도 안 되고! 그리고 정신 차리나 했더니 시청률은
야금야금 다 깎아 먹고! 강북구 피디는 우리 방송국에 숨은 빌런입니까?

북구 요즘엔 빌런이 대센데... (고개 푹) 죄송합니다.

국장 됐고! 가뜩이나 메인작가도 없는데 피디까지 프로 말아먹는 꼴은 내 더
이상은 못 보겠으니까! 이 프로는 다른 피디한테 넘길 겁니다! 작가며 스
텝이며 싸그리~ 다! 전부 다!! 이상 끝!!

소희 (E) 누구 마음대로~!!!!

다들 놀라서 보면 소희가 서 있다.

홍석 (먼저 시선에 들어온) 작가님?

북구 (꿈이야) 안작가?

국장 ...안소희 작가?

작가들 (돌아보며 입 떡) 언니!

소희 제가 좀 늦었습니다! 아니 많이 늦었지만 지금이라도 기회 주신다면 제
새끼들은 제가!! 건사하겠습니다!!! 한 번만 더!! (고개 90도로 숙이며) 믿
어주십쇼!!! (고개 들며 조심스럽게 애교 미소) 국장님 보고 싶었어요. 니
들두..

작가들 언니이... (감동, 반갑)

북구 (애기처럼 울 것 같은)

지연 (E) 나마스떼 하이루!!!!

S#4. 요가원 '비움' / 사무실 (오전)

명상과 호흡을 전문으로 하는 힐링 요가원 '비움'.

요가원장 선정(여/30대 후반/고상하고 단아한 이미지)과, 요가선생님들
이 차분하게 지연을 맞이한다.

지연   (심한 하이톤으로) 처음 뵙겠습니다! 저는 한지연이구요, 반갑습니다~!!!!

선생님들   (하이톤에 깜짝 놀란 / 당황) !!!

선정   (인자한 미소로) 톤이 높으시네요. 차 한 잔 드시면서 호흡부터 진정하시
지요.

지연   어머~ 지 지금 완죤 릴렉스 된 상태인데, 오면서 계속 졸았거든요~ (자기
만 보고 있는 시선에) 다들 너~무 너무 반가워용~~~

선정   반갑단 말씀은 들어오실 때도 하셨지요.

지연   (아랑곳 않음) 그럼 지금 또 반가웠나 보죠~

선정   (차분하게 본인 패턴 이어가는) 알고 오셨겠지만 이곳은 명상과 호흡을
전문으로 하는 요가 수련원이구요. 올해부터는 영상 제작을 통해 채널에
업로드 하는 일에 주력을 하고 있으니, 적게나마 보탬이 되어주시길 바랍
니다.

지연   어머 근데요 원장 선생님 말투 너무 있어 보이는 거 아세요? 뭔가 엄청 인
텔리하면서도.. 지적이랄까. (생각하는) 음~ 옛날에 이런 캐릭터가 티비에
분명 있었는데~ 누구였더라?

선생님들   (그 와중에 생각하는)

선정   (미동 없이) 말씀 중에 죄송하지만 저희는 (머리와 손톱을 보며) 수련에
집중하기 위해서 몸에 인위적인 것들은 일체 하지 않아요. 이를테면 보톡
스나 염색, 펌, 네일 아트 같은....

지연   어머 진짜요? (손톱을 보이며) 저 이거 어제 두 시간 걸려서 한 건데. 오랜
만에 하니까 손이 후달거려가지구, (헤어 만지며) 이것도 아침 내내 죽어
라 고데한 건데 간만에 말았더니 감 떨어져가지고 너무 빠글거리더라구
요. 머리 두 번 감았잖아.

선정   (이) 선생님? '감았잖아'는 반말이구요.

지연   죄송해요. 이건 사실 혼잣말 같은 반말인데, 어릴 때부터 습관이라서..
(눈치) 요.

선정   무엇보다 말이 좀 빠르시네요..

지연   땡큐~!

선정   (단호하게) 아니요. 그럼 과호흡이 옵니다. 과호흡은 산소포화도를 급격히
     낮추고요. 건강한 몸에 방해가 되죠. 선생님도 산에서 수행을 하셨다고
     들었습니다만.

지연   완전~ 수행했죠!

[과거 - 인서트// 산속.
호흡 명상하다가 방귀 소리 나자, 산이 떠나가라 뒤집어지게 웃는 삼인
방.]

지연   근데요. 산에만 처박혀 있다가 이렇게 도심의 고급진 요가원에 오니까 정
     말 너~무 설레는 거 어쩔! 이 현대문명의 시멘트 냄새! 너무 프로페셔널
     하구요~

선정   잠깐 잠깐, 되도록 무분별한 영어 사용은 좀 자제해주시구요.. 저희 수련
     영상, 보고는 오셨죠?

지연   (당연히 안 봤지만 당당하게) 어머 아니요!

컷 튀면, 웃디야나 채널의 대표 영상을 보고 있는 지연.
[영상 인서트// 6명이 숲속에 앉아 명상 호흡하고 있는.
영상 인서트// 개인 방송 - 한 자세로 1분 이상을 머무르고 있는 인요가.]

지연   (E) 어머 웬열. 순간 정지화면인 줄....

지연   (웃으며) 농담이에요 농담! (영상 가리키며) 자세히 보니까 숨 쉬고 계신
     다!

선생님들 .....!! (아무도 웃지 않음)

지연   근데 이러면 솔까 지루하니까... 음... (엄청 빠른 속사포 랩으로) 앞에서도
     찍고 뒤에서도 찍고 옆에서도 찍고 위에서도 찍고 여러 군데서 막 다 찍
     어가지고 그 뭐더라! 그치 편집으로 완전 재밌게 이렇게 저렇게 막 섞어
     가지구 자막도 이렇게 저렇게 막 넣어가지구

일동   ... (정신없는 동공)

요가쌤1	진짜 빠르다..
선정	(한심하다는 듯 차분히) 뭘 그렇게 많이 찍고 뭘 그렇게 많이 넣나요.. 우린 조회 수나 인기를 위해 영상을 만들지 않아요. 겉보기에만 화려하고 예쁜 지도자는 더더욱 원치 않습니다.
지연	(진심) 어머 그럼 저 짤리나요?
선생님들	.. (당황)
소희Na	**지연이가 이렇게 아슬한 복귀전을 치루는 동안**

S#5. 길거리 (오전)

휴대폰에서 무언가를 확인하는 지구.
오토바이에 올라 조심스럽게 시동 거나 싶더니, 헬멧 쓰고 이내 가열 차게 출발하는..

소희Na	**지구는 우리의 생활비를 위해 배달을 시작했다.**

S#6. 여러 장소들 - 배달하는 지구 몽타주 (오전)

#. 어느 돈가스 가게.

지구	(E) 픽업 왔습니다~
돈/사장	(바쁘게 포장된 돈가스를 건네는) 돈가스 나가요~

"픽업 완료" 버튼 누르며 재빠르게 가게 나서고.
/(E) "식팡!" 알림음 소리와 함께 다시 질주하는 지구의 오토바이에서..

#. 어느 빌라 앞에 서는 지구의 오토바이.
/띵동, 초인종 누르고 문 앞에 두고 가는.

[식팡앱 알림 메시지 (CG 자막)// 요청사항: 문 앞에 두고 가주세요]
/식팡앱에 (CG 자막) "배달 완료" 누르자마자 오토바이에 올라타고 출발하는.
/손님, "빨리 왔네~" 가지고 들어가는.

#. 좁은 골목길.
지구, 오토바이로 요리조리 잘도 찾아가는.

소희Na **10년 넘게 사회생활을 끊었던 지구는**
이제야 천직을 만난 듯, 이리저리 날아다녔다.

[식팡앱에 평점과 후기 차례로 올라오는 (CG 자막)//
(좋아요 버튼과 함께) **배달 비교적 빨랐음! / **떡볶이가 하나도 안 식었음. / **집 주소 안 헷갈리고 찾아온 사람 처음 봤음.]

소희Na **반면 나는**

S#7. 방송국 / 소희네 예능팀 (오전)

회의 중 소희, 섭외 리스트 보면서 살짝 따라가기 힘든.

소희Na **2년 새 완전 바보가 된 기분.**
소희   방탄은 요즘 뭐 해?
작가들 (일제히 놀란 눈) ???
영인/아름 (잘못 들었나 싶은) 방탄이요?
소희   어 방탄. 왜?
북구   안작가 방탄 섭외할라고? 이야~ 역시 우리 안작가 멋지다!
혜경   (작게) 언니 방탄은.. 이번에 콜드플레이랑 작업하고 그래미어워드 찍고
        월드투어 중이라 지구 반대편에...

소희	(민망) 아.... 많이 바빠졌구나.
북구	(위로의 미소 지어주는)
소희Na	**이런 썅.**

컷 튀면, 애쓰는 소희.

소희	아, 지승규랑 하은수를 붙여보는 건 어떨까.
	예전에 지승규 매니저 만나서 내가 들은 이야기가 있거든.
아름	언니 지승규는 지금.. 마약이랑 도박으로 감빵..
북구	(특유의 미소)
소희	아 그래? (민망) 컷 튀면, 그럼.. 그 옛날에 머리 잡고 싸운 아이돌들 있잖아. 최선영이랑 이영진!
작가들	(놀란)
영인	(조심스럽게) 언니 최선영은.. 작년에 암 투병하다가..
북구	하늘나라까지 갈 순 없으니까..
소희	(진짜 민망) 어머. 그랬구나... 내가.. 몰랐.네.
북구	자자, 우리 첫날부터 너무 열 올리지 말구 잠시 쉬었다 할까요? (소희 보며 윙크)
소희	(일자 눈) 커피 좀 마시고 올게요.
세미	(빠릿) 제가 사 올게요!
소희	어, 아니야.. 나 바람도 쐴 겸.. 니들 먹고 싶은 거 단톡에 남겨만 놔줘.
북구	그래 그래 언니한테 혼자만의 시간을 주자구. (소희한테 입 모양으로) 파이팅.

S#8. 방송국 / 로비 카페 (오전)

아이스커피를 아그작 씹어 먹으며 요즘 연예 기사들을 속독하고 있는 소희.

소희	(기사들을 보며) 아.. 너무 오래 쉬었어. (한숨)

이때 동기 작가였던 아영이 소희 등을 세게 치며 아는 척을 한다.

아영	대박, 소희구나!!
소희	(커피 빨대 입술에 박은) !! (그래도 반가워) 아영..! 얼마 만이야?
아영	너야말로 도대체 어디로 잠적을 한 거야! 다들 엄청 걱정했잖아.
소희	아.. 좀 그렇게 됐어. 잘 지냈어?
아영	그치... 나 메인 된 건 알지? 성피디님 프로 내가 하잖아. 저~기, 우리 애들.

보면, 계산대 쪽에 5명의 작가팀이 있는.

소희	아~~ 니가 그 자리로 들어갔구나. 내가 속세를 좀 끊고 살았더니 몰랐다. (웃는)
아영	도대체 뭘 하느라구.. 나 작년에 작가상도 받았는데.
소희	(진심) 정말? 진짜 대박이다 너! 우와.. 우리 둘 다 막내 때 봤는데.. 벌써 작가상이라니.. 진짜 축하하구 완전 멋지다.
아영	너두 이제 시동 걸어. 천하의 안소희가 오랜만에 복귀해서 좀 헤매고 있다는 소리 들으니까 내가 다 화나더라. 이래서 이 바닥은 쉴 수가 없다니까. 잠깐만 쉬어도 감 떨어졌다는 소리 들으니까.. 어후.. 우리 팔자가 이렇다.
소희	...!! (정지) 나 오늘 회의 하루 했는데.. 그런 소리가 어디서 벌써..
아영	에이~ 니네 작가들은 카톡 안 하니? 에휴 이 바닥 빠르다~
소희	(한 대 맞은 듯 멍) .....
선정	(E) 선생님~

S#9. 요가원 '비움' / 요가실 (오전)

카메라 앞에서 몸을 풀며 개인 방송 테스트를 앞두고 있는 지연이 돌아

보면, 선정과 선국(남/20대 후반/세상에 관심 없음)이 뚱한 얼굴로 들어온다.

선정   (지연에게 옷을 주며) 우린 그런 레깅스는 안 입으니까 이걸로 갈아입으실게요.

지연   아.. 네.

선정   (확인) 매니큐어는 지우셨구.. 아, 여기는 우리 촬영이랑 편집 맡아주시는 분.

선국   (다소 귀찮은 듯 성의 없이 카메라 세팅하는)

지연   (반갑게 얼굴 들이밀며) 안녕하세요~! 어머 저 남자 너무 오랜만에 봐요!

선정/선국   !!

지연   너~무 좋당!

선정   뭐가... 좋단.. 거예요?

지연   (선국을 가리키며) 저분요.

선국   !! (잠시 멈칫, 짜증 나게 왜 저러나 싶은)

선정   (뼈 있고 단호하게 차단) 내 동생이에요..!

지연   (개의치 않고) 어머~ 어쩐지 귓구멍이 닮았더라니~ 잘 부탁드려용 피디님!

선국   (보지도 않고 건성으로 대충) 피디 아니에여.

지연   (집요) 어머 그럼 뭐예요?

선정   (이/대화 차단) ..그냥 촬영 도와주러 온 거예요. 환복 안 하시나요?

지연   어머 어머 내 정신 좀 봐. (웃으며 갈아입으러 가는)

지연이 나가자 다시 정적. 아무 말도 없는 선정과 선국.

선정   산에서 수행했다길래 믿고 받은 건데 영.. (실망한)

선국   ... (관심 없음)

선정   오래 같이 갈 사람은 아닌 거 같으니까 대충 찍어줘.

선국   ... (뚱) 원래 대충 찍어.

선정   오후에 단체 수련 있는 거 알지? 거기까지 부탁 좀 할게!

선국   ... (들은 건지 만 건지, 카메라 세팅하고 뚱하게 앉아 있는)

옷 갈아입고 나오는 지연.

지연   (필터 없이) 저 산에서도 맨날 이런 그지 같은 옷들만 입고 살았는데 여
         기서 이걸 또 입을 줄은 하하하. (선정과 눈이 마주치자) 너무 예뻐요.
선국   (물 먹다가 힐긋 보는)
선정   .. (애써 못 들은 척) 촬영 들어갈 거니까 호흡 좀 가다듬어주시구요. 일단
         원래 지도하셨던 대로 한번 가볼게요.
지연   오케바뤄~! (자리로 가서 앉는)
선정   (지연에게 눈빛 쏘며) 영어 좀 자제해주시고. (선국한테) 우린 밖에서 모
         니터 하고 있을 테니까 타이트하게 좀 따라가줘!
지연   (갸우뚱) 모니터랑 타이트는 영어 아닌가?
선정   (나가려다 말고) ...이건 업계 용어라, 이걸 대체할 수 있는 말이 없기 때문
         에 쓰는 말이구요. 선생님이 쓰시는 땡큐라던지, 오케바뤄, 이런 건.. 대체
         할 수 있는 말이 충분히 있는 말들이니까요.
지연   (맞장구) 어머~~ 그런 미묘한 차이, 접수! 콜!
선정   (선국에게) 가볍게 찍어줘. 20분 정도만. (하며 나가는)
선국   ... (영혼 없이 뷰파인더로 지연을 보는)
지연   (해맑게) 근데 피디님은 왜 계속 대답을 안 하세요?
선국/선정 ?
지연   (예리) 아까부터 누나가 이야기하는데 한 번도 대답을 안 하시길래.
선국   .... (처음으로 지연을 응시 / 너 뭔데 싶다)
선정   (나가다 말고 정색) ...선생님이야말로 수업에만 좀 집중했으면 좋겠는데
         요.
지연   아 죄송해요. 전 누가 말하는데 대답을 못 들으면 똥 누고 뒤 안 닦은 기
         분이라.
선정   (단호하게 정리) 내 동생은 원래 대답을 잘 안 해요.
지연   어머~ 그런 게 어딨어요? 사람이 말을 하는데 대답을 해야지~!!
선정   (열받은) !!

선국   (시작 안 할 거냐는 식의 눈빛으로 영혼 없이 두 사람을 보는) 시작하죠.

S#10. 유흥가 골목 / 모텔 입구 (오전)

모텔 주차장 가림커튼을 통과하는 지구의 오토바이.
헬멧을 가림커튼이 요란하게 쓸고 지나간다.

S#11. 모텔 / 엘리베이터 (오전)

배달 음식을 들고 엘리베이터에 오르는 지구.
딱 봐도 불륜으로 보이는 40대 남녀가 닫히려는 엘리베이터에 올라탄다.

여자   (지구의 손을 보더니) 그거 치킨 맞죠. 302호 가는 거 아니에요?
지구   (영수증 보며) 네 맞아요.
여자   (얄밉게 가로채며) 우리 꺼다! 저희 주세요~!
지구   (시크하게) 아, 네 맛있게 드세요.

배달 완료 버튼을 누르고 서 있는 지구. 잠시의 정적.

여자   (뒤에서 애교 부리며) 여자분이 배달하려면 힘드시겠다. 그치 자기야.
남자   여자야? (지구의 헬멧 안을 무례하게 살피는)
지구   ...
여자   어우~ 자기는 딱 보면 몰라?
남자   (엘리베이터 도착, 내리며) 난 자기밖에 모르니까~

낄낄거리고 복도로 걸어가는 불륜 남녀의 뒷모습,
남자는 자연스레 허리를 껴안고, 여자는 남자에게 자연스럽게 앵기며 "먹
고 할 거야?" / "하고 먹어야지."

엘리베이터 안에 남은 지구. 헬멧 안으로 눈만 껌뻑... 문이 닫히는.

지연   (E) 이렇게 내려가고~

S#12. 요가원 '비움' / 요가실 안과 밖 (오전)

#. 요가실 안.
수업 중인 지연과 촬영하고 있는 선국. 스튜디오 밖에서 유리로 선국과
지연을 바라보고 있는 선생님들..

지연   (안 내려감) ..안 되면 올라가고~ 다시 마시고~ 내쉬면서 반대로 내려가
는데~ (또 안 내려감) 안 내려가면, 내려가는 척하면 되고~~ 내려갔다
치고~ 호흡하고~ (빵 터진) 하하하! 나 혼자 하니까 이거 너무 웃겨!

선국   (무표정)

#. 요가실 밖.
선생님들과 선정, 못 볼 걸 본 듯한 얼굴로 지켜보는 중.
실로 놀란 착한 요가선생님들의 말투.

요가쌤3   어머나.. (문화 충격인 듯)

요가쌤1   (심각하게) 어쩜... 좋아요?

요가쌤2   (심장을 어루만지며) ..제가 다 과호흡이 올 것 같은데.

선정   (침착하게) 그래도 산에서 수행한 실력자라고 하니 좀 더 지켜보도록 하
죠.

(off)   (안에서 들리는 지연의 목소리) 하하하하하!!!

요가쌤1, 2   (깜짝 놀라는) 어머. / (놀란 가슴 어루만지며) 대체 왜 저렇게 웃으시는
걸까요?

요가쌤3   (못 볼 것 본 듯) 전 명상 좀 하고 올게요.

선정   ..선생님들도 힘드시면 가 계세요. 여긴 제가 마무리할게요.

#. 요가실 밖 → 안.
선정, 문 열고 들어가며 지연의 수업을 끊는.

선정   (친절하고 차분하게) 수고하셨구요. 일단 여기까지 할게요. 일단 저희 수
       련법이랑은 많이 다른 것 같아서... 좀 이따 단체수련까지 같이 맞춰보고
       다시 얘기할까요?
지연   (그저 해맑, 다 알아들었다는 듯) 너무 좋죠~!
선정   (선국에게) 30분 후에 웃디야나방에서 진행할게. 괜찮지? 여기 니 커피.
선국   (또 무시, 대꾸 없이 카메라 정리하는)
선정   아, 웃디야나는 수업 있네. 미안, 챠크라방으로 정정할게!
선국   (대꾸 없음)
지연   어머어머어머 이거 봐. 또 또 대답 안 한다!
선국   ...!
지연   딱 걸렸죠? 대답 딱 안 했죠? 맞죠?
선정   지연선생님, 미안하지만.. 내 동생한테 자꾸 이러는 건 내가 좀 불편한데..
       (인자한 미소로 강력하게) 조금만 조심해줄래요? 부탁 좀 할게요.
지연   (자기도 다 안다는 듯, 가슴을 만지며) 가족의 마음 접수.. 콜.

S#13. 다양한 장소들 – 지구의 배달 몽타주 (오후)

#. 치킨 앤 피자집 앞.

주인   (E) 배달이 밀려서 빨리 좀 부탁할게요~~
지구   (E) 네 출발이요~

치킨을 받아 나오는 지구, 바로 오토바이 타고 쏘는.

#. 회사 건물들.

지구, 오토바이 타고 좀 헤매는 느낌. 지구의 시선에 건물 이름들이 다 비슷해 보인다. 이안1차, 이안2차, 이안1차-A동, 이안1차-오피스텔동, 이안1차-아파트동..

지구 (전화하며 오피스텔 헤매는) 아 사장님 죄송해요 이름이 비슷해가지고 좀 헷갈렸어요! 빨리 가겠습니다! 네! (미친 듯이 뛰는)

#. 어느 회사 사무실.
지구, 허겁지겁 사무실 앞에 도착해 벨을 누르는데 여직원이 나오며 신경질을 낸다.

여직원 점심시간 다 지나서 오면 어떡해요?
지구 정말 죄송합니다. 이름들이 비슷해가지고 좀 헤매느라.. 죄송합니다.!!
여직원 아니 지금 일도 바쁜데 지금 배달 하나 때문에 우리가 신경을 써야겠어요?!

지구, 가만 보는데 여직원 얼굴이 낯익다. 아침에 모텔에서 봤던 여자다.

[인서트(플래시백)// 모텔 엘리베이터 (아침)
여자: (치킨 가로채며) 우리 꺼다! 저희 주세요!]

여직원 (동시에 지구를 알아본) 이 동네 배달은 혼자 다 하나..
암튼 우린 이거 식어서 못 먹으니까 환불을 해주든지 다시 가져오든지.
다른 여직원 (다가오며 조율) ..뭐 그냥 먹져. 배도 고프고.
남직원 (아까 모텔에서 봤던 / 자리에서 일하며) 그래요~ 선영씨, 그냥 먹읍시다.
지구 (꾹 참고) 그럼 이건 드시구요, 제 돈으로 환불해드릴 테니 계좌번호 한 번만..
여직원 (짜증 난다는 듯 한숨, 대꾸 없이 종이에 계좌번호 쓰며) 능력이 안 되면 배달을 하지 말아야지.. (대충 종이 주며 한심하다는 듯 보는)
지구 죄송합니다... 바로 입금해드릴게요.

#. 그 외 여기저기 배달 다니는 지구 몽타주.

S#14. 편의점 앞 (오후)

점심때가 한참 지나서야 삼각김밥 하나 사서 먹는 지구. 바쁘게 편의점 안
으로 들어갔다가 또 바쁘게 뭔가를 사서 나오는 사람들이 지구의 옆을
스치고 지나간다. 편의점 앞으로 쌩쌩 달리는 차들, 그리고 바쁘게 통화
하며 지나가는 사람들.. 지구에게 다소 버겁게 느껴진다.
이때 편의점에서 도시락을 사서 나오던 종이씨(추리닝 차림에 슬리퍼)가
지구를 알아보고 멈칫한다. 삼각김밥을 손에 들고 멍 때리고 있는 지구.

종이   (지구를 알아보고) ..어? (다가가려다가 멈칫)

           [인서트// 1년 전, 병원.
           종이: (알아본) 지구님?
           현수의 진료실에서 나오던 셋, 맞은편에서 오던 종이와 마주치는데,
           지구, 당황해서 안 들리는 듯 도망가려는 듯.
           소희: 저 사람 너 부르는 거 아냐?
           지구: 어? 아.. (눈도 제대로 못 마주치고) 안녕하세여.
           종이: 지구님, 연락이 안 되길래 해외 가셨나 했는데.. (서운 + 반가움) 계
           셨네요.
           지구: (더듬) ..사, 산에 좀 있느라.
           지연: (스캔) 어머~~ 이 남성분은 누구실까~ 의사, 약사? 사짜 느낌은 아
           닌데~
           지구: (바로 차단, 지연 밀며 가자는) 그럼 다음에 봬요!
           도망치듯 가버리고, 시선은 종이에게 향한 채 따라가는 소희와 지연.
           그런 지구의 뒷모습을 바라보는 종이의 시선에서..]

종이, 다가가려다 잠시 멈칫하는 사이
지구, 이미 오토바이를 타고 슝~하니 가버리는.. 그런 지구를 뒤늦게 시선
으로만 쫓고, 이내 지구가 앉았던 자리에 앉는 종이.

종이   (지구가 간 방향을 보며) 오토바이..? 배달??

S#15. 요가원 '비움' / 단체 명상실 (오후)

선정을 중심으로, 요가인들 8명 정도가 단체로 호흡명상을 하고 있고,
한쪽에 지연도 함께하고 있고, 선국은 카메라를 뻗쳐놓고 휴대폰으로 딴
짓을 하고 있다.

선정   호흡을 통해 몸과 마음을 정화합니다.
         숨을 깊게 들이마실 때 신선하고 맑은 공기가 내 온몸을 가득 채웁니다.
         매 호흡마다 숨과 기운을 알아차리며 코로 호흡하고 입으로 내뱉습니다.

         선정의 리딩에 따라 깊은 호흡을 하던 지연의 코가 조금씩 실룩댄다.
         점점 더 심하게 실룩실룩거리다가 이내 재채기라도 할 듯 인상을 쓴 채,
         입바람을 모으고 간신히 호흡을 참는 지연. 결국 더 이상 코로 호흡하는
         게 힘든지 숨을 참고 거칠게 입으로 숨 쉬다가 이내 포기, 터지고 만다.

지연   풉!!!! 켁!
선생님들 ??? (왜 저래, 실눈 뜨고 보는)
선국   (딴짓하다가 지연을 보는)
선정   (불편한 듯 눈 뜨고 / 선국한테) 잠깐 끊었다 갈게.
지연   (호흡이 너무 힘든) 진짜... 죄송해요. 후...
요가쌤1 (작게) 호흡 꼬였나 본데.
선정   (한심한 듯 보며) 명상 중에 과호흡이 오는 건 물을 마시며 갈증을 느끼
         는 것과 같죠...

지연	원장님 정말 죄송한데.. 저... 향초 좀 꺼주시면 안 될까요?

캔들 초가 여기저기 타고 있고, 다들 그 초를 보는..

선정	초요?
지연	네.. 초에서... 썩은 쉰내가 나요. 신선하고 맑은 공기가 가득하다고 최면을 걸어봐도... 쉰내가 너무 진동을 해서..
선정	(어이없다는 듯 초를 보여주며) 선생님... 이 초로 말씀드릴 것 같으면요. 천연식물 추출 오일베이스로 조향한 피그앤와인이라는 인도 친환경 향초 구요. (더 차분하게) 은은하고 시원한 숲속의 나무 향으로 한국에서는 워낙 귀한 향이라 선생님이 익숙지 않은 모양인데 인도에서는 알아주는 친환경 기업에서 핸드메이드로 조향하고 있답니다. (안타까운 듯) ..중요한 건 선생님 마음이에요. 마음이 산만함으로 가득 차 있다면 아무리 이롭고 비싼 향도 불편하게 느끼실 수 있어요.
요가쌤2	(얄밉게 거드는) 좀 전에 편백수 분사해서 피톤치드도 가득한데.
선정	(우아하게 손을 들어 막으며) 일단 선생님 힘드시면 좀 나가서 쉬시겠어요?
지연	죄송합니다.. (일어나며 선반에 있던 편백수를 실쩍 분무해보는) 혹시 말씀하신 편백수가 이건가요? 근데 이 편백수는... (쿵쿵 냄새를 맡다가, 이내 분무기 안을 열어보며) 보세요. 안에 물곰팡이 핀 거. 곰팡이 쉰내가 이거였나 봐요. 그리고. 저 향초는 (향초를 보며) 인도에서 넘어온 냄새가 아닌데..
선정	(열받은) 지연선생님!!
지연	(향초를 들고 보더니) 맞네!!! 메이드 인 차이나. 하하하하!!!
선생님들	(달려와서 확인하는) 어머 진짜?? / (안 보이는) 진짜? 어디가?
지연	여기..

향초 한쪽에 점처럼 너무 작아서 안 보이게 쓰여 있는 깨알 같은 글씨.
도저히 육안으로는 확인 불가능한 상태.

요가쌤1	이게 글씨라구?
지연	안 보이세요? 사실 제가 별명이 타조였거든요. 시력이 너무 좋다구. 근데 산에 갔다 온 후로 더 좋아진 거예요! 눈알에 망원경 박힌 기분? 정말 별의별 게 다 보인다니까요~ 하하하.
선정	(아니기만 해) 돋보기 가져와.

돋보기로 비춰 보는 선생님들, 돋보기에 명확하게 보이는 메이드 인 차이나.

요가쌤1	(E) 어머 메이드 인 차이나!!!!
선정	(완전 당황, 뒷걸음질) 말도 안 돼!!! (손 떠는)
요가쌤2	이거 엄청 비싸게 주고 사신 건데. 원장님 사기 당하.. (차마 말 못 잇는)
지연	물론 뭐 중국 꺼라고 다 나쁜 건 아니지만 예전에 뉴스에도 나온 거 아시죠? 향초에서 가습기 유해 성분 나와서 난리난리~ 난리도 아니었잖아요. 이것도 안 피우는 게 좋을 거 같아요. 냄새가 딱 구린 거 보니까 천연이 아니라 백퍼 싸구려 화학성분 쓴 걸 거예요. (자기만 보고 있는 시선 의식하고) 아 실은 제가 요즘 산에 다녀온 후로 후각이 너무 쓸데없이 발달해서, 쩌~기 백 미터 떨어진 시장에서 뭐 만들어 파는지도 맞힌다니까요? 오늘 아침엔 무슨 전 파는지도 맞혔잖아요. 글쎄, 깻잎전. 아, 어제는 아랫집에서 무슨 라면 끓인지도 맞혔지? 글쎄 삼양라면. 애들이 뻥치지 말래서 내려가서 물어봤더니, 레알 삼양라면. 후훗.

혼비백산이 된 선정과 요가선생님들.. 선국은 처음으로 지연을 본다. 뭔가 웃을 듯 말 듯 입꼬리가 올라갈 듯 말 듯, 진기한 표정이다.

요가쌤들	(곳곳에 켜져 있는 다른 향초들을 보며 공포에 질린) 어떡해요? 얘네들.... 꺼요?
선정	(완전 당황했지만 괜찮은 척) 일단 창문 한번 열고 다시 시작하죠.
요가쌤1	(수군) 끄란 이야기야?
요가쌤2	꺼. 꺼.

지연   (누군가 창문 열자 밖으로 창문에 기대 코 쿵쿵대며) 음~~~ 이제야 좀
       살 것 같다. (씰룩) 근데 누가 삼겹살 굽나 보다~ 너~무 맛있겠다~ 근데
       저희는 회식 같은 거 안 하나요?

       창문에 대고 코를 쿵쿵대고 있는 지연을 바라보는 선국의 표정에서.

S#16. 방송국 / 소희네 예능팀 (오후)

       회의 마무리 분위기. 영 기분이 좋지만은 않은 소희.

북구   자자! 오늘 회의는 여기까지 하고 안작가 환영회 겸 오늘은 제가 삼겹살
       을 쏠까 하는데.
소희   ..다음에 하시죠. 오늘은 약속 있는 사람도 있을 것 같으니까 다음에 미리
       날짜 잡고 하는 게 나을 것 같으니까.
혜경   저흰 괜찮긴 한데요 언니.
아름   네 삼겹살도 좋고. 흐흐.
북구   (눈치 제로) 다 좋대! 가자!
소희   (작가들 얼굴을 천천히 보는)

       [인서트 8씬// 아까 카페 상황.
       아영: 니네 작가들은 카톡 안 하니? 에휴 이 바닥 빠르다~]

북구   자, 그럼 슬슬 정리하고 일어납시다!
세미   (페이퍼, 소희에게 주며) 언니 이거 오늘 회의 내용 정리한 거요.
소희   .. (꼬였음) 막내야. 내가 오늘 회의 내용도 기억 못 할까 봐?
북구   ??! (왜 저러나 싶은)
세미   (당황) 죄송..
영인   (세미 앞을 가로막으며) 언니 그게 워낙 오늘 바뀐 내용들이 많아서 제가
       세미한테 정리해서 언니 드리라고 시킨 거예요. 세미는 잘못 없어요.

소희	(막내 두둔하는 영인을 보며 기가 찬) ….

소희, 작가들을 쳐다본다. 왕따가 된 기분이 극대화되고, 싸늘해진 분위기. 소희가 한마디 하려는 순간, 건너편에 있던 아영(소희 동료작가)의 팀에서 완전 빵 터진 웃음소리가 들린다.

건너편 일동	(off) 하하하하하하!!
연출1	(off) (대본 던지며) 아 진짜 우리 작가님들은 개그맨 해도 될 거 같지 않아? 왤케 웃겨?
연출2	(off) 오늘 회의 이거 하나면 끝! 집에 갑시다!
일동	(off) 하하하하!
북구	…..좀 시끄러운데 빨리 삼겹살집으로 이동을 하는 게 어떻겠어?
소희	(정색 / 일자 눈) 아니요. 저는 됐구요. 니들 삼겹살 먹고 싶으면 가.
작가들	(고개 푹)
(E)	(초인종 벨소리)

S#17. 어느 아파트 / 복도 (오후)

벨을 누르고 서 있는 지구.
컷 튀면, 현관문이 확 열리며 신경질을 내는 여자.

여자	(문 열며 다짜고짜 신경질) 아니 내가 벨 누르지 말라고 그랬는데!!!
지구	(영수증을 체크하는) ..그런 말은 안 써 있어서.
여자	(신경질) 이봐요! 그럼 내가 써놓지도 않은 말을..!! (지구를 보고 얼음)

이 여자, 아침에 모텔에서 봤고, 낮엔 회사에서 봤던 여직원이다. (동일 인물)

애들	(E/뛰어다니며 신나하는) 치킨 왔다~~~!!

남편	(뒤에서 나타나며) 여보 왜? 아는 사람이야?
지구	(남편의 얼굴을 보는)

[짧은 인서트//
1. 모텔에서 봤던 남자 얼굴과 다른 얼굴이다.
2. 낮에 회사에서 봤던 남직원 얼굴. "선영씨, 그냥 먹읍시다."]

지구	(불륜이 확실해진, 눈만 껌뻑)
여자	(괜하게 오버하며 막는) 아니야!!! 아는 사람 절대 아니야, 난 본 적도 없어! (배달음식을 두 손으로 급하게 받으며 돌변) 아가씨 정말 미안해요! 내가 메모를 한다는 걸 깜빡한 것 같아요..
남편	(뒤에서 빼꼼하게) 여자야?
여자	어어 당신은 들어가 있어. (남편을 막으며, 다급하게 지구에게 속삭이듯) 내가 괜한 화를...
지구	...맛있게 드세요.

복도를 걸어가는 지구의 모습에서.. 여자의 외침이 들린다.

여자	(off) 미안해요 정말!!!
지구	(표정 없는 얼굴로 걸어가며) ...참 바쁘게들 산다.

S#18. 오복집 / 외경 (저녁)

오복집 문밖에는 '오복집이 돌아왔습니다. Open!!' 안내 메시지가 쓰여 있다.

S#19. 오복집 / 주방 → 홀 (저녁)

된장찌개에 불고기, 진미채볶음, 멸치볶음, 장조림, 계란말이, 콩자반 등
정성스럽게 저녁 밥상을 차려서 올려놓는 동배.

소희   (입 떡) 사장님 이게 다... 뭐예요.
지연   (감탄) 우리 한정식집 온 거?
동배   니들 컴백한 기념으로 따뜻한 밥 한 끼 해주고 싶었거든. 먹어라들.
         지구는 왜 안 와.

         이미 숟가락 들고 허겁지겁 먹기 시작한 지연과 소희.
         때마침 들어오는 지구 "저 왔어요~!"

소희   (먹는 데 집중) 빨리 와 여기 완전 엄마 집밥이야.
지연   (먹는 데 집중) 쟤 엄마 싫어할걸.
지구   (반찬 보고, 고조되는 리액션) 우와..... 우와.... 우와 (동배랑 하이파이브)
         진짜 딱! 밥 먹고 싶었는데.

         컷 튀면, 말 한마디 없이 집중해서 허겁지겁 먹는 세 사람.
         그냥 먹는 거에 집중하고 싶은 하루였다.

동배   (보다가) 좀 천천히들 먹지... 다들 오늘 힘들었구만!

         셋, 허겁지겁 밥 먹다가.. 동배의 말에 문득 서로의 모습을 보는데.. 셋 다
         심하게 밥에 집중한 모습들을 인지하는.

지구   (다시 먹으며) 힘들었냐?
소희   (먹으며 대충) 뭐 난 쫌..
지연   (그저 먹고 있는) 음~ 너무 맛있다 너무 맛있어.
소희   아 나 이렇게 불고기 양념 자박자박한 거 너무 좋아. 사장님 밥 하나 더
         요!

다시 허겁지겁 밥 먹는 세 사람.
컷 튀면, 싹쓸이한 그릇들... 그릇 치우며 슬쩍 세 사람 표정 살피는 동배.
이제야 배가 차니, 긴 숨 내쉬며 몸을 뒤로하는 셋.

지구   어우 배불러. 이제 좀 살 것 같네.
지연   (물 마시며) 나두.
소희   (맥주잔을 보며, 준비됐냐는 말투) 이제 진짜 한 잔?

생맥 한 잔을 처음부터 끝까지 시원하게 원샷하는 세 사람 모습에서..

지구   어떻게, 한 잔 더 해?
소희   (살짝 고민) 아~ 오늘 달리면 살짝 사고 칠 느낌인데~
지구   어우. 간만에 안작가 사고 치면 무서운데~
지연   그럼 오늘은 복귀 첫날이니까 느낌 있게 여기까지만?
소희   (아쉽지만) 그래~ 오늘만 날이냐~!

S#20. 치킨집 / 야외테라스 (밤)

치킨에 소주다. 치킨 야무지게 뜯어 입에 넣고, 소주 한잔 맛깔나게 털어
넣는 셋, 카~!
필받아서 점점 취기 오르고, 텐션 오르는 느낌으로..

셋   (신나서) 적시자!!!
지구   아 치쏘~ 배달만 때리다가 내 입에 넣으니까 너무 좋다.
지연   역시 도시 이즈 치킨, 치킨 이즈 도시! 도시 이즈 쏘주, 쏘주 이즈 도시!
소희   (술 따르며 어깨 들썩들썩) 신난다~ 신난다~♬
지구   (술과 치킨 사이에서 살짝의 버퍼링) 근데 나 원래 안주 먹고 소주 먹었
         냐, 아님 소주 먹고 안주 먹었냐?
지연   (양쪽에 들고 시연해보며 갸우뚱)

| 소희 | 야, 어차피 쉬지를 않는데 먼저가 어딨어, 우리 그런 거 원래 없었거든? |
| 지구 | 아.. 술이 낯설다.. 미치겠다! 너무 좋다!!!! |

말 떨어짐과 동시에 지연을 보는데, 지연 양손에 치킨과 소주를 들고 동시에 입 안에 욱여넣고 있다.

지구	대박.. 진기명기하다.
지연	(술과 치킨을 동시에 넣으며) 뭐든지 쉬면 손해야. 쉬지 마.
소희	근데 쟨 왜 저렇게 먹어도 예쁘냐? 재섭써!
지구	세상 못생겼구만~ (웃으며) 한 병 더 가자.

소주 시원~하게 한 바퀴 돌려 까는 소희.
"적시자!" 건배하고 털어 넣는 세 사람 모습 컷컷컷.

소희	(마시고 내려놓으며) 캬아~ 컴백 만만치 않다!
지구	(한 손으로 치킨 뜯고, 한 손으로는 소희 빈 잔에 소주 채워주며) 왜 오늘 누가 빡치게 했냐?
소희	(말하려는데)
지연	딱 보니까 후배년들이 한 방 먹었네.
지구	(마시며) 너는 년이 뭐냐~
지연	내 친구 힘들게 하면 다 쌍년이지 뭐.
소희	쌍까지 붙네.. 그새.

(시간 경과) 셋 다 아까보다 취한..

지연	야 우리 팀은 회식을 차 마시면서 한다는데 이게 말이 된다고 생각하심?
소희/지구	(술잔 들고 어이없는) 대박. / 미친 거 아냐? 때려쳐! (술잔 팍 부딪히는)
지연	(영구 웃음) 그거 빼곤 다 좋아 흐흐.
지구	그들도 니가 좋은 거 맞지?
지연	것두 알아야 되나?

소희	아니? 니가 최고야. 마셔.
지구	적시자! (털어 넣는)

도심 속 치킨집 야외에서 술 먹는 세 사람의 이미지들.
도시의 차들과, 사람들이 앞으로 지나간다. 술집 창 너머로, 혹은 테라스 등 곳곳에서 언성을 높여가며 이렇게 저렇게 술을 먹고 있는 평범한 사람들의 풍경..

소희Na	**도시가 술을 부르는 건지**
	고됐던 하루가 술을 부르는 건지
	산에 있을 땐 한 번도 생각나지 않던 술이
	오늘은 없었으면 어쩔 뻔했나 싶을 만큼 술술 들어간다.

소희	(혀 꼬임) 야 근데 엘리베이터 타면 다 핸드폰 보는 거 존나 이상하지 않냐.
지연	(눈 풀림) 그게 뭘, 존나 자연스러운데?
소희	(머리 긁는) 아 몰라 산 갔다 오니까 다 이상해 보여. 나 왜 이러지? 미쳤나 봐아...
셋	(짠 하고 마시는)
소희	근데 말이야.. 도시에 오니까 뭔가 욕이 착착 붙지 않냐? 우리 산에선 존나 씨발 이런 거 안 했잖아.
지연	욕 이즈 도시~ 도시 이즈 쌍욕~!
지구	(웃으며) 아 욕하니까 생각나는데 나 오늘 한 여자한테 배달 세 번 갔거든? 아침엔 불륜남이랑 모텔에서 치킨을 시켜 먹더니, 점심엔 회사에서 불륜남인데 동료인 그 남자랑 그 치킨을 또 시켜 먹고, 저녁엔 남편이랑 집에서 치킨을 또 시켜 먹더라고.
소희	헐.....
지구	(헛웃음과 함께) 씨발 뭔가 짠하지 않냐?
지연	치킨을 엄청 좋아하는 여자네! 와이낫? 치킨 이즈 사랑~ 사랑 이즈 취킨!
소희	헐..!

지구   ..그럴 수 있어!

세 사람 머리맡에 있던 가로등 불 하나가 뒤늦게 켜진다.

지구   (취해서 눈 제대로 못 뜨며) 쟤는 왜 이제 켜져?
지연   (초점 없는 눈으로 겨우 가로등 보는) 그르네.... 산에서는... 불땔 때 불빛
         딱 하나였는데, (주정 부리듯) 여긴 불빛이 너무 쓸데없이 많다~!! (닭 다
         리 들고) 꺼져랏!!! 얍!!!!! 파파팟!!!
소희   (술잔 들고) 파파팟!!!!!!!!!!!!!!!
지구   (지연 닭 다리 보며) 그거 내가 뜯고 버린 건데 너 아까부터 버린 거 먹는
         다...
지연   (닭 다리 들고 취한) 어쩐지 지구 냄새 나드라.. (혓바닥으로 섹시하게 아
         래서 위로 핥으며) 지구 냄새 좋아아~~
지구/소희 (질색) 드러워엇!!!

컷 튀면, 세 사람, 동시에 몸이 앞으로 천천히 고꾸라지고 있는..
동시에 몸이 앞으로 기울었다는 느낌적인 느낌을 동시에 느낀 세 사람.

지구   (혀 꼬인) 야 우리가 기우는 거냐... 땅이 기우는 거냐.
소희   셋 다 기우는 거면... 땅이 기우는 거쥐.
지연   ....졸려어...
지구   난 오줌 마려... (팔꿈치로 턱 받치다가 아래로 떨어지는)
소희   (눈 감고 이미 느끼고 있는) 쉬이........ 쉬이..........
지연   아냐 아냐! 똥뚜깐 가서 싸야 돼! (일어나다가 와장창 자빠지는 데에서)
소희Na   **우린 완전 맛이 갔다.**
         이 모든 게 꼴랑 소주 두 병을 먹고 일어난 일이었다.

겨우 소주 두 병 먹은 세 사람, 만취되어 있는 풀샷에서.

S#21. 움막과 비슷한 어딘가 (밤)

어딘가의 안 / 움막이라고 착각하고 너무나 자연스럽게 자리 잡고 누운 세 사람. 지연, 자리 잡고 누우며 잠들려다가 문득 부스 천막 우레탄 투명 비닐로 밤하늘이 보인다.

지연   비 올라나...
지구   (자면서) 빨래 걷었나..
소희   (자면서) 추워..

소희, 일각에 있는 듀오백 의자(작업복이 걸쳐진) 아랫부분을 아궁이로 착각하고, 앞에 쭈그리고 앉아서 불을 쬐고 있는..

(E)   (휴대폰 진동소리)

소희의 휴대폰. [인서트// 강북구 피디]
지연이 뒤척이며 얼결에 통화 버튼 누른.

북구   (F) 안작가? 술 마셨어?
지연   (만취 상태로 웅얼웅얼)

S#22. 발렛 파킹 부스 앞 (밤)

길가에 북구의 차가 멈춰 선다.
차에서 내린 북구, 커다랗게 '발렛'이라고 쓰여 있는 천막 부스를 쳐다보다가 설마 하고 천막을 걷는데 어이가 없다. 천막에 붙은 '발렛' 글씨와 천막 안의 뻗은 세 여자를 번갈아 본다.

북구   아... 이건 진짜 말이 안 되는 건데.. / 아... 이거는 이러면 안 되는 건데..

북구, 안으로 들어가는

북구   (E) 안작가!! 정신 차려봐! 여긴 움막이 아냐!

컷 튀면, 힘겹게 지연을 업고 나오는 북구.
컷 튀면, 소희를 업고 나오는 북구.

북구   (업고 조수석에 처넣으며) 어우. 왤케 무거워. (컷 튀면, 다 실은) 어우씨. 취한 것들이 세상에서 제일 무겁고 제일 무서워. (지구의 얼굴이 뒷좌석 유리창에 좀비처럼 뭉개져 있는데 혀도 나와 있는) 아우!! 선생님 왜 이러세요!! 어우 소름.

S#23. 북구의 차 안 (밤)

달리고 있는 북구의 차 안, 뒷자리에 널브러져 있는 지연과 지구.
조수석에 널브러져 있는 소희가 굳이 기어서 뒤로 넘어가는데, 물구나무 서듯이 뒷자리 바닥에 거꾸로 꽂히며 우당탕탕.

북구   안작가 제발 가만히 좀! 아니 좁은데 왜 뒤로 넘어가!! 미치겠네 진짜!!

소희, 지구와 지연의 사이로 파고들며 안정을 찾고 좋아한다.
이때 지구가 잠시 깨는 듯하더니, 품 안에서 먹다 말고 가져온 소주병을 꺼낸다.

지구   일어나... 막걸리 줄 시간이야.
북구   (놀래서) 막걸리? 막걸리를 왜?
지연   (잠결에) 부어...
북구   (백미러로) 뭘 부어, 뭘?!! 그거 막걸리 아냐! 그거 소주야! 어? 어? 뭐 할라고, 어?????

컵홀더에 소주를 붓는 지구의 모습에서. 끼익 서는 북구의 차.. 절규하는
북구의 목소리.

북구   (E) 그걸 왜!! 안 돼에!!!!!!!!!!!!!!!!!!!!

S#24. 삼인방의 연립빌라 / 거실 (밤)

북구, 삼인방을 한 명씩 차례로 업고 와서 거실에 눕히는..

북구   아우씨.. 이 또라이들 진짜..!!

가려다가 잠든 세 사람을 보며 나름 따뜻한 마무리로 이불을 덮어주는
북구.

북구   어우.. 나 없었음 어쩔 뻔했어? 이래가지고 시집들은 가겠냐고.... 이기 누
        가 데려갈 거야 이거..!

그동안 힘들었던 시간과 오늘 아침 소희를 보고 반가웠던 게 교차되는
북구. 소희를 애틋하게 바라보는데, 소희의 눈과 코 사이에 이물질이 붙어
있다.

북구   (떼어주며) 이건 뭐.. 눈곱이야 코딱지야...
        (소희를 그윽하게 보며 낮은 소리로 멋지게) 돌아왔으니까 됐다...

이때 소희가 스르륵 눈을 뜬다.
북구와 눈이 마주치는 소희, 기분이 묘하다.... 또 잘생겨 보인다. 잠시 서로
를 말없이 똑바로 응시한다. 키스로 이어질 수도 있겠다 싶은데..

지연   (E) 마려워..

S#25. 삼인방의 연립빌라 / 앞 (밤)

북구, 좀비처럼 밖으로 나오는 여자 셋을 따라 나온다.

북구   (놀래서) 뭐야, 뭔데? 어딜 가는데? 마려우면 안에서 싸야지? 왜들 이래 진짜!

소희   (뿌리치며) 마려워...

지구   (좀비 각) 싸야 돼....

아무 데서나 바지 내리려는 세 여자. 기겁하며 말리는 북구.

북구   뭐야 뭐야 뭐야!! 여기 화장실 아냐! 왜 이래 왜 이래! 미쳤어!!!!!

이미 바지 내리려고 하는 소희를 보고 기겁하며 말리며 골목 쪽으로 방향 정해주는 북구.

북구   안 돼 안 돼 여긴 진짜 안 돼. (그나마 골목의 화단 숲 쪽으로 인도하며) 그래 그래. 차라리 거기로 가. 아냐 아냐!! 아직 싸는 거 아니야! (차에서 커다란 담요 꺼내서 튀어오는) 미쳐버리겠네!

컷 튀면, 화단에 자리 잡는 세 사람..

북구   (E) 그래 그래! 차라리 거기다 싸. 미치겠다. 잠깐만 잠깐만!

컷 튀면, 뒤에서 커다란 담요 들고 서서, 주변을 경계하고 있는 북구.

북구   (담요 들고) 미치겠네. 뭘 이렇게 오래들 싸..

지연   (E) 계속 나와아.....

소희   (E) 옛날에.. 우리 개가.. 낯선 데 가면 꼭 그렇게 쌌는데..

지구   (E) 낯설어서 그릏지 뭐. 낯설어서...

소희Na   **돌아온 도시가 낯설어서였는지,**
           오랫동안 산에서 맞춰진 바이오리듬 때문이었는지
           우린 그렇게 한동안을, 같이 쌌다.

           주변을 살피던 북구, 담요를 든 채로 하늘의 별을 올려다보는 데에서.

- 3부 끝 -

4부

떠나간 마음보다 따뜻한..

S#1. 삼인방의 연립빌라 / 거실 (아침)

자다가 90도로 벌떡 일어나는 소희, 아직 자고 있는 지구.

소희   이 기억 뭐야? (깜짝 놀라며) 우리 어제 여기 어떻게 왔지?

지구   (귀찮은 듯 돌아누우며) 니네 피디가 데려다주지 않았나?

소희   (생각난다) 강피디님?!!!

지구   ...어딘가에 막걸리를 부은 기억이..

지연, 숲속 친구들 스티커 벽을 보며 명상 중.

지연   (E) 막걸리 아니구 소주.

지구   (깜짝이야) 너 뭐 하냐.

소희   (잘됐다) 너 어제 기억나?

지연   뒤에만 어 리를? 너의 발가락 피디님이~ (신나서 말하려는데)

소희   (베개로 다시 돌진) 말하지 마! 출근해야 된단 말야. (다시 고개 들고) 아이씨, 근데 우리 어제 술 그렇게 많이 안 먹지 않았어?

지구   그러게, 훅 갔네..

지연   산에 있는 동안 눈 코 입부터 간까지 완죤 클리어하게 리프레쉬 된 거지. 한마디로 지구   (ol) 알콜 쓰레기.

지연   (큭- 웃으며) 정답. (괴로워하고 있는 소희를 보며) 소희야, 근데 그건 기억
       나? 우리 발가락 피디 앞에서 싼 거.

       [인서트// 3부 엔딩.
       담요 들고 서 있는 북구. 화단에 싸는 셋.]

소희   (E) ...이런 쌍!!!

소희   (화들짝) 그게!! 강피디 앞에서였다고?!!!!!

지연   (온화하게) 나랑 같이 명상할래? 기분 드러울 때 하면 좋은데.

소희   (째려보는) !!

지구   나랑 배달이나 하자~ 넌 이제 끝났어.

소희   아우씨!!!!

       팬하면, 식탁 위에 어제 북구가 사놓고 간 숙취해소제가 있는 데에서..
       [메모 인서트// "컴백홈 한 거.. 맞지? -북구-"]

                    4부. 떠나간 마음보다 따뜻한

S#2. 방송국 / 소희네 예능팀 (아침)

       이래저래 무거운 얼굴로 출근하는 소희, 회의 준비하다가 인사하는 작가
       들. "오셨어요~"
       [인서트//
       아영(동료 작가): 이래서 이 바닥은 쉴 수가 없다니까. 잠깐만 쉬어도 감
       떨어졌다는 소리 들으니까.. / 니네 작가들은 카톡 안 하니?]

       소희, 작가들 눈을 잘 못 마주치고 불편하게 자리에 앉는다.

소희Na	**불편.**

자기 책상에 앉아서 컴퓨터 하고 있는 북구가 힐긋, 소희를 본다.

지연	(E) 근데 그건 기억나? 우리 발가락 피디 앞에서 싼 거.
소희Na	**여기는 더 불편.**
영인	(인쇄물 들고 오며 기밀이라는 듯) 언니, 지금 라디오국에 푸르매 와 있다는데요.
소희	푸르매?
작가들	(모르는 눈치?)
북구	(책상에서 얼굴만 빼고) 푸르매는 알아야 할 텐데 ...
소희	(난감하게 노트북을 열며)
소희Na	**푸르매는 또 누구야... 미쳐버리겠네.**
세미	(평소보다 표정이 좋진 않지만, 노트북으로 영상 보여주는) 언니 여기요. 푸르매.

[인서트// 유튜브 영상 – 푸르매 레전드 영상 (소희의 전 남친 푸름)]

소희	(알아본) !!!? 뭐야 / 얘가...!! 뭐라고???
북구	..큰일이다 큰일.

[유튜브 영상/ 푸름, 심취해서 전자기타를 들고 생활 록을 하고 있는.
푸름: 빨래! 너의 땀 냄새와 쉰 냄새를 날려버려!
너덜너덜 내 마음속 새하얗게!!!
때가 쏙 파워!
Shake it Shake it! 니트 옷은 울 코스로!
Shake it Shake it! 면 빨래는 표준 세탁!!]

혜경	(E) 생활락커 푸르매라고.. 지금 완전 핫해요. 웃기죠.
소희	(어이가 없는) ..얘가... (침 꿀꺽)

영인	(휴대폰 들고) 다른 팀 작가들은 벌써 가 있대요.
소희	...그나저나 니들은 정보가 참 빠르다. 단톡이 좋네.
작가들	??
소희	(일단 막자 싶은) 근데.. 남들 다 섭외한다고 우리도 하는 게.... 맞나 싶기도 하고.
북구	(컴퓨터 보며) 그치? 내 생각도 그래.
소희	(ol) 아니다. 내가 해 올게 섭외.
북구	(의자에 길린 카디건 걸치며) 그치? 가자! 권위 있는 피디가 또 같이 가줘야지.
소희	(싫지만 만회해야 한다. 비장한) 다녀올게. 회의 준비하고 있어.
작가들	네~ 다녀오세요!
세미	언니 기다리시는 동안 푸르매 자료조사..
소희	(ol) 아니 됐어. 대충 알 것 같애.
북구	(가면서 농담) 화장실은 다녀왔지? 또 막 아무 데나.
소희	(일자 눈)
작가들	?? (재네 또 뭐야)
지연	(E) 좋은 아침이에용!!!!

S#3. 요가원 '비움' (아침)

해맑게 출근하는 지연.

지연	(하이톤으로 인사하며 들어오는) 안녕하세요 원장님 오늘 날씨 너~무 해피하져~
선정	쉿. 안에서 촬영 중이니까 목소리 조금만...
지연	(온몸으로 오바하며 속닥) 아 네. 알겠습니다! 제가 늦은 건 아니지요?
선정	(옅은 미소로 응대) 그렇게 속삭일 필요까진 없는데.. 지연선생님은 가만 보면 좀 중간이 없는 스타일, 맞지요? (아직까진 귀엽게 보겠다.)
지연	하하 맞아요. 가만있으면 중간이라도 간다는 말을 제일 많이 들었는데,

가만있고 중간까지밖에 못 갈 거면 그냥 꼴리는 대로 막 사는 게 낫더라구여~

선정   ...... (정색)

지연   (신남) 저 촬영하는 거 구경해도 되져?

컷 튀면, 통유리로 촬영하는 거 구경하고 있는 지연, 촬영 중인 선국과 눈이 마주치자 바로 윙크하고 순간, 오다가 선정이 그걸 캐치한다.

선정   (혼잣말) 잘못 본 거여야 돼..

지연   (구경하다가 선정이 오자 눈인사하고 다시 보는)

선정   방금 혹시 윙크..

지연   (당근) 네 맞아여.

선정   혹시 누구한테.

지연   아~ 피디님이랑 눈이 마주쳐가지고 뇌보다 빠른 반사 뤼액숑~?

선정   후.. (차분하게 지적) 선생님. 제가 지난번에 말씀드렸죠? 제 동생한테 불편하지 않게 해줬으면 좋겠다는 거. 그리고 불필요한 영어 사용도 좀 자제해달라구.

지연   아 맞다 맞다! 또 깜빡했네. 빨리 고치겠습니다. (필승! 각으로) 집, 중!

S#4. 방송국 / 라디오 스튜디오 앞 복도 (낮)

스튜디오 앞 복도. 푸름을 기다리고 있는 다른 팀의 몇몇 작가들, 소희와 북구도 대충 벽에 기대서 기다리고 있는데, 소희가 심히 초조해 보인다.

북구   (작게) 안작가, 화장실 가고 싶으면 싸고 와. 진짜 마려워 보여서 그래.

소희   (손톱까지 뜯는) 그런 거 아니에요.

(E)   (작가) 끝났다!

보면, 푸름과 매니저가 녹화를 마치고 문 열고 나오는.
기다렸다는 듯 푸름에게 붙는 작가들.. "푸름씨~! 안녕하세요 / 잠깐만 시간 좀 / 저는 어디 어디 작간데요." 인기를 실감케 한다.

북구 (보자마자 무식하게 돌진) 푸름씨! 저 마이크게임 피딥니다!! 공채 출신 이에요!!

작가들 (짜증) 뭐예요! 우리가 먼저 왔는데.

북구 같이 좀 씁시다 쫌 아~

푸름 (북구에게) 여기 작가님들이 먼저 오셨으니까.. (뒤에 서 있는 소희를 보고 멈칫) 어? 잠깐만요.. (소희한테 꽂히는)

북구 (소희를 앞세우며) 여긴 우리 잘나가는 메인작가구요! 전에 라디오스타 도 하고, 1박2일도 했어요!

푸름 그럼 제가 아는 분이 맞는 것 같은데..

소희 (oI/눈 제대로 못 마주치고) 안녕하세요. 피디님이랑 같이 마이크게임 하고 있는 안소희 작간데요. 저희 뒤에서 기다리고 있을 테니 십 분 정도만 시간 내주시면.

푸름 (oI) (작가들한테) 죄송하지만 여기 작가님이랑 좀 먼저 얘기해야 할 것 같네요.

작가들 (신경질) 뭐야... / 아 진짜. 우리가 먼저 왔는데.

북구 (입 모양으로 소희를 향해 '대박')

푸름 점심때가 다 됐는데, 밥이라도 먹으면서 얘기하실래요? (매니저한테) 어 차피 우리도 밥 먹고 이동해야 되니까 난 이 팀이랑 먹을게.

북구 저희랑요? (소희를 보며 웬 떡인가 싶은)

S#5. 쌀국숫집 외경 (오후)

쌀국숫집 앞 주차되어 있는 카니발.. 삼각김밥 먹으며 운전대에 앉아 있는 매니저.

S#6. 쌀국숫집 (오후)

왕갈비가 하나씩 박혀 있는 쌀국수 세 개가 나왔다.

북구   (쌀국수를 보다가 생각난 듯) 나 급하게 나오느라 법카를 안 들고 왔네. 어쩌지?

소희   (창피, 째려보는)

푸름   제가 사야죠. 제가 먹자고 한 건데..

북구   저희 프로그램 출연하시면 출연료로 갚겠습니다! 하하. 농담 농담~ 많이 드세어!

소희   (일자 눈)

푸름   (영혼 없이) 재밌으시네요. 제가 실은.. 제 전전전전 여자 친구랑 매일 먹던 게 이 쌀국수였거든요.

소희   !!! (어이없는)

북구   (먹다 말고) 아~ 그래요?

푸름   (소희를 보며) 정말 고마운 게 많은 친구였어요.

[과거 인서트// 푸름의 거지 같은 자취방.
푸름, 일렉기타 치며 기괴한 헤비메탈 중, 옆에서 소희가 푸름의 속옷을 널고 있다.
소희: 오빠.. 그런 헤비한 영어 말구, 빨래나 청소, 설거지. 이런 걸로 곡 한 번 써보면 어때? 쉽고 재밌게.
푸름: 너 지금 퓨어한 헤비메탈 정신에 빨래를 돌린 거니? (열받은) 사과해. 다프트 펑크한테. 커트 코베인한테! (기타를 집어 던지며) 메탈리카한테!!!!]

푸름   그 친구는.. 곱슬머리였어요. 오늘처럼 비가 올 듯 습한 날엔 그 친구의 앞머리가 더 곱슬거렸죠. 꼭 양처럼요...

북구   (밖을 보며) 비 온댔나? (갸우뚱)

소희	(슬쩍 앞머리 억지로 펴는)
북구	(입 안에 음식 잔뜩) 근데 양이 실제로는 그렇게 썩 좋은 성격의 동물은 아니더라구요. 제가 동농 팬이라서.. 흐흐.
소희	(정색 / 일자 눈) ..
푸름	(소희를 보며) 작가님도 좀 드세요. 쌀국수 좋아하지 않으세요?
소희	(일자 눈) 저.. 맥주 한 잔만 마실게요.
북구	안작가.. 여기서 맥주는 좀.
푸름	(이) 아니요. 시키세요. 오랜만에 술 먹는 모습도 보고 싶고.
북구	네? (낌새가 이상하다 싶은)
소희	(찌릿)

컷 튀면, 맥주를 마시는 소희.

푸름	(소희를 보며) 그 친구가 술 한잔하면 그렇게 섹시했어요.
소희	(뿜는)
푸름	술을 먹으면 윗사람들한텐 그렇게 들이대면서 저한테만 그렇게 섹시하게 들이대는데 꼭 화난 고양이랑, 낑낑대는 강아지를 섞어놓은 것 같달까.
북구	(먹나가 상상) 강아지랑 고양이를 섞으면.. 좀 징그럽지 않을까요?
푸름	치명적이죠. 강아지처럼 파고들었다가 고양이처럼 교태를 부릴 땐 정말...
소희	(자기도 모르게 숟가락 팍 놓는)
북구	(놀라서 사레들린) 안작가 왜 그래..?
푸름	괜찮으세요? 전 그냥 전전전 여자 친구 이야기를 한 것뿐인데..
북구	(물 먹으며 그 와중에) 아까는 전전전전이라구..
소희	(째려보는) 됐구요. 단도직입적으로 이야기할게요. 저희 프로그램 보신 적 있죠? 섭외를 좀 하고 싶은데 혹시 생각 있으세요? ....없으시면 괜히 길게 이야기할 건 아닌 것 같구요.
북구	(나름 참으며 분위기 조절) 저희 안작가가 좀 화끈합니다~
푸름	(얄밉게) 그럼 피디님이 사귀시는 건 어때요?
소희/북구	?! / ?
푸름	농담이에요. (비릿하게 웃는) 실은 그 여자 친구가 저랑 헤어지고 아직도

연애를 못 하고 있는 것 같아서 마음이 아파서요.

북구 (천천히 올라오는) 아이씨..

북구, 갑자기 테이블을 있는 힘껏 푸름 쪽으로 확 밀친다. 그러자 푸름이 의자와 함께 뒤로 밀리며 나자빠지고, 그 위로 쌀국수 그릇이 주르륵 기울며 푸름의 중심부위에 엎어진다.

푸름 으아아아악!!! 아이씨..!! (아랫부분 옷 다 버린)

북구 (오바 / 고함 치며) 아이쿠 이거 정말 죄송합니다!!! 제가 화장실을 가려고 일어난다는 게!! 의자가 아니라 테이블이 밀린 것 같은데!! 제 실숩니다!! 제 잘못이고요!! 머리를 조아려서 아주 그냥 깊숙이 사죄드립니다!! !!!!!!!!!!!

푸름 (옷 닦으며 자세 잡고, 소희를 보며 비릿하게) .....잤냐? 이 새끼랑?

소희 (냅킨 들고 도와주려다가 일순 정지) 뭐?

북구 (이성 상실 / 폭발 직전, 미친놈처럼 웃는) 하하하하하하하! 하하하하하하하하!

소희 (북구를 번갈아 보며, 쟤까지 왜 이래 싶은)

북구 우리 선생님!!! 위트와 농담이 참! 쉴 새 없는 웃음을 유발하네요! 하하하하! 마침 제가 손이 좀 놀고 있어서 그런데, 좀 잡아드려도 될까요?

북구, 푸름을 일으켜 세워주는 척 손으로 푸름의 손을 잡으며 다가간다.

북구 (귓가에 대고 서늘하게 경고하는) 잘 들어. 이 변태 쪼무래기 새끼야. 니그 전전전전 여친인지 전전 여친인지 알고 싶지도 않고 궁금하지도 않고 뭐라 씨부리든 내 알 바도 아닌데... (강조) 근데 안소희는 안 돼. 니가 그따위로 그렇게 입에 올릴 그런 여자가 아니거든. 동료인 나도 아는데 전남친이 그런 걸 모르면 되겠냐. 예의 좀 갖추고 품위 있게 좀 살자. 어디너 같은 놈 또 만날까 봐 안작가 밖에 내놓고 다니겠냐. 마지막으로 나 주먹 쥐기 전에 쌀국수값 내고 조용히 나가라. 빗맞아도 최소 3주니까.

푸름 (진심으로 궁금) 진짜 잤네...? 둘 중에 누가 더 오래 해? 나 이제야 흥분

	돼. (소희를 보며) 너 맨날 나만 보고 있는 거 지겨웠는데.. 피스.
북구	(완전 열받아서 튀어나올 것 같은 눈 / 주먹을 쳐드는) 이 개새끼가!
소희	야압!! (오락실 펀치 자세로 이미 달려든)

북구의 말보다 소희의 행동이 더 빨랐고, 순식간에 펀치 넘어가듯 뒤로
제쳐진 푸름.

\#. 쌀국숫집 앞 메니저.
삼각김밥 우걱우걱 먹으며 음악을 트는데 푸르매의 생활락 노래가 엄청
크게 들린다. 날아차기, 돌려차기를 총동원, 소희한테 맞고 있는 푸름과
슬로우로 교차되는.

S#7. 도로 (오후)

부아아앙~~ 달리는 지구의 오토바이.

S#8. 아파트 엘리베이터 (오후)

어린 꼬마 여자아이가 피아노가방을 들고 엘리베이터를 기다리고 있다.
지구도 배달음식을 들고 헬멧을 쓰고 엘리베이터 앞에 서는데, 순간 여자
아이가 지구를 보더니 멈칫, 겁을 먹은 표정이다.

지구	(눈이 마주치자) 안녕~?

순간, 여자아이가 겁먹고 뒷걸음질을 한다. 그리고는 무슨 일이라도 생기
면 바로 누를 듯, 경계하는 눈빛으로 휴대폰을 꽉 쥔다. 엘리베이터가 도
착하고, 타는 지구.

지구	(열림 버튼 누르고 친절하게) 꼬마야 안 타?
여자아이	(또 뒷걸음질, 고개 절레)
지구	왜 그래 꼬마야, 어디 아파?
여자아이	엄마가.. 헬멧 쓴 사람이랑 엘리베이터 같이 타지 말랬어요.
지구	아... (현타)

잠시 서 있던 지구, 엘리베이터에서 내린다.

지구	(헬멧 벗으며) 꼬마야.. 먼저 타. 이모가 다음 거 탈게.
여자아이	(엘리베이터 타면서도 경계를 풀지 않고) 고맙.. (닫힘 버튼 재빨리 누르는)
지구	잘 가~ (웃어주며 손 흔들어주는)

엘리베이터 문이 닫힌다. 이내 웃음기가 사라지는 지구.
다소 쓸쓸하게 손에 든 헬멧을 바라보는 데에서.

S#9. 방송국 / 로비 (오후)

사무실로 돌아오는 중인 북구와 소희.. 서로 말이 없다.

북구	쌀국수도 못 먹고.. 샌드위치라도 사줘? 아님 점심 다시 먹을까?
소희	아뇨. 들어가서 빨리 회의해야죠. 섭외도 못 했는데.

이때 (3부에 나왔던) 동료작가인 아영이 커피 물고 반대편에서 오다가 마주친다.

아영	소희야! (북구 보며 대충) 피디님 안녕하세여~
소희	어, 아영..
아영	너한테 전화할까 했는데 딱 만났네. (낮은 소리로) 그... 니네 막내작가 있

잖아.

소희   김세미? ..세미가 왜?

아영   (조심스레) 우리 팀에.. 이력서를.. 냈네?

북구/소희   ???

아영   받아도 되는 건지.. 일 잘한다고 듣긴 했는데... (표정 보며) 너 몰랐구나.
그런 거 같더라..

소희   ... (민망함과 서운함에 할 말을 잃고, 고개를 떨구는 데에서..)

북구   (E) 참.. 왜들 이러나.. 왜들 이래..

S#10. 방송국 / 소희네 예능팀 (오후)

점심 먹고 커피 마시며 회의 준비 중인 작가들, 소희와 북구가 싸늘하게
들어온다.

작가들   오셨어요!!

혜경   (기대) 섭외는, 어떻게 되셨어요?

소희   어... 잘 안 됐어. (자리에 앉는)

혜경   아 네..

북구   (눈치 보며 멀찌감치 자기 자리에 앉으며 혼잣말) ...춥다.. 추워..

소희   (싸늘하게) 회의하시죠.

북구   (자리 앉으려다 일어나는) 어, 그럴까?

컷 튀면, 회의 대형으로 앉은 팀 전체, 뭔가 분위기가 쏴하다.
소희는 볼펜만 돌리며 생각에 잠긴 듯.

북구   (괜히 할 말 없으니) 홍석이는.. 어디 갔나?

영인   ..인서트 찍고 들어오고 계시대요.

소희   (페이퍼를 보며 일에 몰두하려고 애는 쓰는) 성우 대신에.. 스튜디오 세트
에서 진행하는 형식으로도 한번 바꿔보면 어떨까 싶은데..

북구   그래요? 이를테면?

소희   ... (생각하다, 노트북에 뭔가를 치고 있는 작가들을 보며 영 집중이 안 되는 듯)

        [소희의 상상 인서트// 노트북 한쪽에 켜져 있는 작가들의 단체톡 창.
        /메인언니 감도 떨어졌는데, 섭외력도 떨어지고..
        /우리도 이제 팀 옮겨야 하나여.. ㅠ]

소희   (레이저) 니네 뭐 해?

작가들   네?

영인   방금 말씀하신 거 적고 있는데...

소희   그래? 봐봐.

        황당한 영인, 노트북 보여주는데.. 방금 전 소희가 한 말이 그대로 적혀 있다.

소희   어, 그랬구나. 미안. (긴 한숨 내쉬며 세미를 보는데 다른 생각 중인 듯) 세미야.

세미   (깜짝) 네?

소희   ...오늘 나한테 할 말 있지 않아?

세미   ... (당황)

소희   (날 선) 우리 지난번에 삼겹살 회식 못 한 거 오늘 할까요?

북구   (눈치) 그르지 뭐.

S#11. 치킨집 앞 (오후)

        분식집 앞에 세워져 있는 지구의 오토바이.

사장   (E) 대면결제 잊지 말아요~

음식을 픽업해 나오는 지구의 모습에서 배달 알람음이 울리는.
[인서트// 주문 메시지: 올 때 편의점에서 담배 하나만 사다 주세요. 돈 드릴게요.]

메시지를 보고, 오토바이에 음식을 실으며 주변을 살피는 지구.
마침 옆에 편의점이 보이긴 하고.

S#12. 어느 고등학교 뒷문 (오후)

고등학교 뒤쪽으로 돌아가는 지구의 오토바이.

S#13. 어느 고등학교 뒷문 일각 (오후)

대여섯 명의 고등학생들이 모여 있다.
그중 두 명은 담배를 피우고 있다. 오도바이에서 천천히 내리는 지구.

여학생   아 왜 일케 늦어 배고파 뒤지는 줄 알았는데.
남학생1   담배는여?
지구   (담배 말없이 건네며) 4500원.
남학생1   (5천 원 꺼내서 한 손으로 대충 주며) 됐어요 500원은.
지구   (복대 주머니에서 굳이 500원을 꺼내 주며 쿨하게) 나도 됐어~

받는 동시에 살짝 지구한테 어떤 포스를 느끼는 남학생1.
담배를 저만치에서 줄담배 중인 짱에게 건네주는데, 지구가 힐긋 본다.

지구   (툭) 저 줄담배가 짱이야?
남학생1, 2   뭐래... / (무시하는)

지구	3만 2천 원.
남학생1	(주머니에서 쿠폰을 주는) 여기여~
지구	쿠폰은 미리 말해야 되는데.
남학생1	미리 말하면 양 엄청 쪼금 주잖아요.지난번엔 날개도 없지 않았냐?
남학생2	학생이니까 한 번만 받아주세여~
지구	이러면 전산 주문이 쿠폰으로 안 들어가서 정산할 때 계산이 안 맞는다고, 듣기만 했어.
남학생1	(얄밉게) 그거는 우리 사정이 아닌데..
여학생	(성의 없이) 그냥 해주시면 안 돼요? 우리 진짜 쿠폰만 믿고 있었는데.
짱	배고픈데 이씨... (담배 피고 연기 내뿜는)
지구	(짱을 힐긋 봤다가 남학생1한테) 그럼 줘.
남학생1	오~ (쿠폰 주는) 감쏴.
지구	그거 말고 담배. (짱이 피우고 있던 담배를 가리키는 지구) 그거.
짱	이거? (어이없이 웃으며) 푸하... 미치셨어요?
지구	달라고. 담배.
남학생3	(비웃는) 뭐래~ 지가 선생이야?
남학생1	죄송한데요. 요즘엔 선생님들도 담배 안 뺏어요. 어차피 또 피는데?
짱	쫌 맞춰드려. 선생님 놀이 하고 싶으시다잖아.
학생들	푸하하하하!
짱	근데요 쌤~~ 쿠폰도 안 받아줄 거면서 담배를 달라고 하면 안 되죠. 저희가 착하니까 망정이지 아니었음 한 대 맞으세요.
학생들	하하하하하~
지구	난 뭐 그냥 착한 학생들한테 치킨 좀 사주고 싶었어. 어차피 쿠폰은 못 쓰거든.
학생들	뭐래? (버퍼링) / 사준다고?

지구, 짱이 있는 앞까지 가서 헬멧을 벗는데, 헬멧 벗는 액션에 한 대 맞는 줄 알고 잠시 쫄았던 짱, 움찔했다.

| 지구 | (눈빛으로 압도) 어. 3만 2천 원 치킨 내가 쏜다고. 그 담배 주면. |

짱	(민망하지만 이미 한번 쫄았다) ...야, 니네 어떡할 거야.
남학생1	(누가 봐도 혼나는 느낌으로 의견 내는) 담배는 4500원이고 치킨은 3만 2천 원이잖아....
남학생2	누가 모르냐. 뭔가 찜찜하니까 그렇지, 지가 선생도 아니고..
지구	(저만치서) 이거 몰래카메라 아니다~~ 선택 잘하자!
짱	(정리하는) 야 됐어. 어쨌든 지가 사준단 거 아냐. (지구한테 가서 담배 한 갑을 한 손으로 대충 주는) 자요. 여기 담배. 됐죠?
지구	(한 가치만 빼고 다시 주는데 포스 있는) 한 가치면 돼.
짱	(자기도 모르게 두 손으로 받아버린)
지구	고맙다. (은빛 탈색모를 힐긋 보며) 머리 이쁘게 뺐다?
짱	(자기도 모르게 눈 아래로) 감사.. (하다가 마는)
지구	내가 뺐어? 감사는 무슨~
남학생1	(뒤에서 짱의 모습을 보며) 뭔가 삥 뜯기는 각인데.

담배를 포켓에 넣고, 오토바이에 올라타는 지구. 학생들은 고개 푹.. 뭔가 쫄아 있다.

지구	맥주는, 안 필요해? 지킨엔 맥준데.
학생들	.... (쫄아서 지구 말 안 들리는 척 치킨 봉지 뜯고 있는)
지구	필요하면 또 얘기하고 (오토바이 타고 가며) 맛있게 먹어라~

지구가 가고 남은 학생들.. 한껏 쫄았다가 민망한..

남학생1	.... (현타) 근데 우리 왜 쫄았냐.
짱	니네 쫄았어?
학생들	(어이없는) ...
여학생	(짱을 보며 비웃는) 니가 제일 쫄았잖아.
짱	(괜히 버럭) 내가 뭘! 그럼 사준다는데 됐다 그래?
학생들	...먹자. 먹어.
여학생	(지구가 간 곳을 보며) 뭔가 멋진데?

오토바이를 타고 가는 지구.

컷 튀면, 학교 뒷길로 해서 도로로 진입하려는데.

(E) (여고생) 선생님!!!

지구, 자기도 모르게 학생 목소리에 돌아본다.
순간적으로 자기를 불렀다는 착각에 대답을 할 뻔했다.
저만치 여고생이 학교에서 나오던 선생님을 부른 거다.
지구, 이야기 나누는 선생과 제자의 모습을 잠시 넋 놓고 보는데 클랙슨
소리가 울리고, 뒤늦게 바뀐 신호 보고 출발하는.

S#14. 서울 근교의 어느 낮은 산 (오후)

자연과 함께하는 호흡과 명상 채널 영상 녹화를 위해 지연을 포함, 요가
인들이 2열 횡대로 앉아 있고, 무표정으로 촬영 시작하는 선국.
다 같이 눈을 감고 평온한 표정으로 명상에 들어간다.

선정   (단아하게) 호흡과 명상, 오늘의 수련을 시작합니다. 아 잠시만요.
일동   ?
선정   (지연을 향해) 지연선생님, 혹시 오늘은 뭐 걸리는 거 없으세요?
지연   네?
선정   (쿨한 척) 어제처럼 향초 냄새가 걸린다던지 뭐 그런 거, 미리 이야기해주
       시면 선생님 의견 반영할게요. (다른 선생님들한테도) 다들 건의하실 거
       있으시면 언제든지 편하게 얘기해주세요. 어느 팀이나 지도자는 귀를 열
       어두어야 합니다.
선생님들 (역시.. 멋지다는 눈빛)
지연   오늘은 완~~~전 완전!! 집중할게요! (필승 각으로) 집. 중!
선정   자, 이제 시작할게요. 모두 자신의 호흡에 집중합니다.

모두 눈 감고 명상 시작, 카메라를 켜놓고 폰 보는 선국,
저만치서 살모사 뱀이 스르륵.... 이곳을 향해 방향을 트는 데에서.

S#15. 삼인방의 연립빌라 앞 (오후)

빌라 앞 주차장 한편에 오토바이를 세우는 지구.
헬멧을 벗어서 땀에 젖은 머리를 털어 말리며 단체톡을 남긴다.
[적시자 단톡방 인서트//
지구: 다들 저녁 먹고 와?
(발생) 소희: 후... 난 회식...
(쓰는) 지구: 뭔 일 있구만 또.
(발생) 소희: (슬픈 이모티콘)]

S#16. 편의점 앞 (해 질 녘)

편의점에서 삼각김밥과 맥주 한 캔을 사서 나오는 지구.
파라솔 의자에 앉아, 맥주 한 캔을 벌컥벌컥 마시고 큰 한숨을 깊게 내쉰다.
주머니에 있던 담배를 테이블 위에 올려두고, 배달앱에서 오늘 하루 번
실적을 확인한다.
[인서트// 수입: 25만 2천 원]

지구, 이내 삼각김밥을 뜯으려다 말고 그냥 맥주로 배 채우는 데에서..

S#17. 서울 근교의 어느 낮은 산 (해 질 녘)

명상 중인 지연이네 요가팀.

저만치서 뱀이 오는 걸 선국이 먼저 봤다. 어떻게 해야 하나 싶은데, 마침 요가쌤1이 보고 소스라치게 놀라며 어수선해지고, 다른 선생님들도 뱀을 보고 놀라서 따라 일어난다. 하지만 선정과 지연만 명상에 초집중한다.

요가쌤1   (작은 소리로 다급하게) ...뱀! 뱀이에요 뱀!
선정/지연   (안 들림)
요가쌤2   (큰소리는 못 내고 걱정) 두 분 피하셔야 될 것 같은데!

선국도 휴대폰을 놓고 천천히 다가가며 누나를 부른다.

선국   (낮은 소리로) 누나..!

선정, 눈을 뜨자마자 저만치서 자신을 향해 오고 있는 뱀 발견.
반사적으로 일어나려는데 옆을 보니 지연이 눈을 감고 온화한 표정으로
명상 중이다. 마지못해 다시 눈을 감아보지만, 선생님들의 공포에 질린 소
리가 다 들린다.

요가쌤1   (E) 저거 살모사 아니야?
요가쌤2   (E) 어머 어떡해! (호들갑)
선정   (초긴장 상태로 작게) 지연선생님 잘 들어요. 지금 우리 바로 앞에 뱀이
          있어요.
지연   (그제야 온화한 표정으로 눈 뜨더니) 살모사네요.
선정   ...움직이면... 안 되겠죠?
지연   (나긋하게 눈 감고) 네에. 살모사는 적의 심장 박동수를 다 느끼거든요.
          박동수가 빨라지는 순간 공격하죠.
선정   (심호흡을 하는데 생각할수록 과호흡이 오는) 흠.... 흠....
지연   눈을 감으시구요. 지금이 바로 원장님의 그 명상을 할 시간이에요.
선정   눈을.. 어떻게 감아 이리로 오고 있는데...!
지연   (편안하게) 마시는 숨보다 내쉬는 숨을 더 길게... 마실 땐 편안하게~ 내
          쉴 땐 완전하게..

선정   (따라 해보지만 점점 더 밀려오는 과호흡)

요가쌤1 원장님... 과호흡 오신 거 같아!

요가쌤2 (뱀을 보며) 움직인다!

두 사람을 향해 서 있던 살모사가 스르륵 움직이며 지연을 향해 다가간다.
선국도 긴장한 눈빛.

요가쌤들 어떡해! (호들갑)

요가쌤3 (선국을 때리며 호들갑) 어떻게 좀 해봐요!

선국   (당황하기는 마찬가지) 다들 좀 조용히 좀 해요. 더 정신이 없어.. (미치겠
        네)

뱀이 마침내 지연의 앞까지 온다. 그리고는 스르륵 지연의 무릎 위까지
올라온다. 스무스하게 지연의 무릎을 타고 넘어가는 뱀. 숨 막히는 광경.
호들갑 떠는 요가쌤들과 얼음이 된 선국의 리액션. 하지만 조금의 미동도
없이 온화한 표정으로 명상 중인 지연.
지연의 무릎을 타고 다시 바닥을 내려온 뱀이 이번엔 선정에게로 향한다.

선정   (못 참고 눈 뜨자마자) 엄마앗!!!!!!

소리를 지르는 순간, 선정을 향해 전속력으로 달려드는 뱀.
슬로우로 화면 전환, 요가쌤들은 차마 못 보고 눈을 가리고 선국이 이제
야 누나를 향해 달려드는 일촉즉발의 순간, 지연이 가는 나무막대를 집
어서 뱀의 몸통(등)을 가볍게 톡! 건드리자 뱀이 사지를 쫙 뻗으며 부르
르 떨더니 맥없이 기절한다.

지연   (기절한 뱀을 보며 강아지 다루듯) 안 돼- 안 되는 거야.

선정   (팔딱팔딱 뛰면서) 엄마 엄마!!! 엄마!!!!!! (물린 것처럼 난리법석)

일동   (감은 눈을 뜨는)

지연   (기절한 뱀을 막대에 걸쳐서 들며) 기절했으니 모두 돈 워리!

선정	(이내 다리에 힘 풀리며 정신 잃고 쓰러지는)

컷 튀면, 큰일을 치른 듯 선생님들한테 둘러싸여서 담요를 두른 채 따뜻한 차를 마시고 있는 선정.

요가쌤1	원장님 좀 괜찮으세요?
요가쌤2	청심환 하나 사다 드릴까요?
선정	(혼미한) 괜찮아요... (아직도 과호흡 중)
요가쌤3	지연선생님 아니었으면 정말 큰일 날 뻔했어요.
선정	...어딨나요? 지연선생님..

보면 저만치 잔디에 앉아서, 단체톡에 답문하고 있는 지연.
[적시자 단톡방 인서트//
지연: 회식은 삼겹이쥐~ 지구는 뭐 먹을 거야? 난 가는 데 한 시간은 더 걸릴 듯!]

문자 보내고 있는데, 선국이 다가온다.

선국	(E) 괜찮아요?
지연	(반가운) 어머! 피디님!
선국	저 피디 아니라고.
지연	맞다. 그럼 뭐라고 부르지?
선국	(뭔가 부끄러운 듯) 김선국입니다..
지연	어머~~~ 이름 너~무 좋당!!! 저 초등학교 때 우리 반에 김선국이라는 애 있었거든요? 근데 걔가 완전 축구왕이었거든요. (비논리로 예리하게) 축구 잘하죠?
선국	(정색) 완전 못하는데.
지연	(선국을 때리며) 어머~~~ 이렇게 바로 바로 대답하니까 얼마나 좋아!!! 너~무 좋당!
선국	.. (궁금한 건 물어봐야 함) 뱀은 어떻게 잡았어요?

지연   (하이톤으로 신나서 막 이야기하는) 뱀이요? 음~ 산에 있을 때 툭하면
        멧돼지에 뱀에 벌에.. 안 나오는 게 없었거든요. 도가 텄죠 뭐! 원래는 살
        모사를 만나면 안 움직이는 게 장땡이거든여? 근데 일단 공격할 것 같다!
        하면 회초리같이 얇은 막대로 뱀 몸통을 살짝만 톡! 쳐주면, 완전 맛탱이
        가요. 넘 재밌지 않아여?

선국   (투박하지만 진심으로 묻는) 무릎 위로 갈 땐 무서웠을 텐데..

지연   것보다 사실. (비밀 말해주듯) 그 전부터 다른 거 참느라 엄청 힘들었어
        요. (선국의 귀에 대고 귓속말을 하는)

        선정이 있는 곳.
        "하하하하하!" 선국의 빵 터진 웃음소리가 들린다.

일동   뭐야? (돌아보는)

요가쌤1 어머, 어머어머! 저거 선국씨 웃음소리 아니에요?

선정   (놀라서 보는)!!?

요가쌤2 웬일이야 저 여기 와서 동생분 웃는 거 처음 봐요.!

요가쌤1 누구랑 얘기하는 것도 첨 보는데? 대박이다 진짜..

        선정, 너무나 어이가 없다는 듯 저만치 선국와 지연을 바라보는 데에서.

S#18. 고깃집 (저녁)

        회식하는 소희네 팀. (북구, 소희, 작가들과 조연출 2명 포함)
        작가들이 전부 소희 테이블로 와 있고, 소희가 혜경에게 천천히 소주를
        따라준다. 혜경이 받자마자 바로 원샷, 잔을 비운다.

소희   (자학 모드) 옆 팀 메인은 작가상도 받고 툭하면 회의시간에 깔깔대는데..
        우리 메인은 섭외는커녕 감도 못 잡고 어리버리대고 있으니.. 그래, 나라도
        그랬겠다.

아름	그런 게 아닌데..
혜경	(ol) 언니 저.. 막내 뗄 때 언니가 해주셨던 말 아직 기억해요.

"이제 혜경이 홍보자료 써도 되겠네. 밑에 막내 구해줄게."
맨날 회의록 받아 적는 일만 하다가, 처음으로 저도 뭔가를 써볼 수 있게
됐다는 게 얼마나 기쁘던지.. 그때가 저 2년 차였어요. 그렇게 언니가 계
속 키워주신 덕에 여기까지 왔구요. 근데...

소희	(그런 니가 나한테? 라는 눈빛)
혜경	세미 지금 5년 차예요.
소희	....! (세미를 보는)
혜경	근데 아직도 막내예요. 다른 팀 가면 자기보다 낮은 연차 애들도 벌써 막

내 떼고 촬영구성안도 쓰고 그러는데 지금 세미 연차에 아직도 막내인
건 세미밖에 없을 거예요. 어제 저희끼리 술 한잔했는데 세미가 그러더라
구요. 여기 있으면 자기 평생 막내일 것 같다고. 그래서.. 제가 이력서 써줬
어요.

세미	.... (고개 푹 /모기만 한 소리로) 죄송합니다..
소희	(뭔가에 맞은 듯 현타 온) 아... 잠깐만. 잠깐만...
혜경	그리구 애네들한테도 너네도 가고 싶은 곳 있으면 얘기하라구, 제가 흔들

었어요.

소희, 뭔가에 맞은 듯.. 무릎 위에 손을 짚고 작가들 얼굴을 본다.

소희	(혼잣말) 아.... 미쳤구나.... (자작하려는데)
영인	(소주병을 두 손으로 거들며 따라주는) 죄송해요 언니..
소희	(손으로 막으며, 멘붕) 니들이 뭐가 죄송해.
영인	그래도 이렇게 하는 게 아닌데... 뭔가 언니도 힘들어 보이시는데 거기다

대고 팀 옮기고 싶다는 말을 할 수가 없었어요. 근데 다른 팀에 가고 싶었
다기보다는...

소희	!!!!!!!!!!!!!! (소주잔을 자신의 얼굴을 향해 때리듯 붓는)
작가들	(놀라는) 언니!!!

S#19. 종이의 작업실 밑 / 어느 좁은 골목 (저녁)

지구, 편의점에서 나와 주머니에 손을 넣고 인도를 걷던 중에 어느 좁고
어두컴컴한 골목으로 시선이 간다.
지나쳤다가 다시 와서 후미진 골목의 안쪽 끝을 유심히 본다.
하얀 커다란 무언가가 공중에서 펄럭이고 있다. 저게 뭐지....?
이끌리듯 주머니에서 손을 빼고 골목 안으로 들어가는 지구.
보면, 한 남자가 온몸에 하얀 털실을 두르고 쪼그려 앉아 양쪽 겨드랑이
엔 하얀 널빤지 같은 걸 끼우고 날갯짓하듯 퍼덕이고 있다.

지구   (기괴하다) 뭐야.... (가까이 가려다가 마는데, 가만 보면 아는 얼굴) ...어..
        어..?

퍼덕이는 데 집중하고 있다가 이내 인기척을 느낀 종이가 지구를 올려다
본다.

종이   ...!! 시구님?
지구   (믿기지 않는) ...뭐 하세요.
종이   아 그게... (당황) 여긴 어쩐 일이세요?
지구   아니.. 뭐 허여멀건한 게 왔다 갔다 하길래... 아니 여기서 왜..
종이   (민망.. 자세를 정돈하며) 맥주는 다 드셨어요?
지구   ???

S#20. 고깃집 (저녁)

소희가 소주 한 잔을 또 비운다.

소희   (실성한 듯 웃으며, 살짝 취한) 나 감 떨어진 거 맞네. 나 아까도, 니들이

내 뒷담 하는 줄 알고 혼자 빠졌었거든. ...근데... 뒷담 할 만하다. 진짜 나, 최악이다.

아름 언니... 왜 그러세요...

세미 (고개만 숙이고 있다가 이내 눈물이 뚝) 저 때문이에요...

혜경 (굳은 얼굴로) 제 잘못이에요 언니.

소희 야!!! 니네들은 도대체 무슨 잘못을 했다 그래... 내가 미친 거지.... 2년이나 메인도 없는 팀에 니들이 왜 남아 있었을까. 그러게 니들 정도면 충분히 다른 팀 갈 수 있었을 텐데, 다른 팀 가면 더 좋은 대우에, 돈도 더 올려 받았을 텐데.. 나 기다려준 거잖아. 엄마 없는 집.. 바람에 날아갈까 싶어.. 못 떠나구... 근데 난, 고맙다고는 못 할망정.. 감 떨어졌단 소리 들을까 봐.. 내 안위나.. 하...!

세미 (훌쩍훌쩍 우는)

혜경 그런 거 아니에요 언니. (세미한테) 너 그만 울어 이제.

소희 세미야, 내가 놓친 거야. 진즉 니 밑에 막내 구해줬어야 했고, 복귀하자마자 니들 연차, 빠우처부터 챙겼어야 돼.

영인 (울다 말고 소희를 안아주는) 언니.. 울지 마세요. 사실 저희요... 좋아서 이러는 거예요. 그동안은 어리광 부리고 싶어도 부릴 데가 없어서... 그냥 이 악물고 참았는데 막상 언니가 오니까... 좋으면서도 서럽고 뭔가 또 서운하고..

소희 (안아주며) 알아 알아... 안다고..

아름 (껴안고) 저희 언니 새끼잖아요...! 저희가 가긴 어딜 가요.

소희 (안아주는) 이리 와 내 새끼들, 다 이리 와. (부둥켜안고 우는)

S#21. 종이의 작업실 밑 / 어느 좁은 골목 (저녁)

골목 아무 곳에나 대충 앉아 있는 두 사람.

종이 사실 전 지구님을 어제도 보고.. 좀 전에도 봤어요. 삼각김밥 드시는 거.

[인서트(플래시백)// 인사하려고 하는데 지구가 가버리는.]

종이   (E) 어제는 인사할 타이밍을 놓쳤구요.

[인서트// 16씬, 혼자서 삼각김밥이랑 맥주 놓고 앉아 있는.]

종이   (E) 오늘은, 김밥 대신 맥주 드시는 거 보고 또 타이밍을 놓쳤어요.
종이   아는 척하는 거 안 좋아하시는 거 같아서.. 그때 병원에서도 그렇고.
지구   네 맞아요..
종이   근데 지구님이 어떻게 알아서 제 구역에.... 신기하네요. (웃는)
지구   여기가, 본인 구역이에요? (둘러보는)
종이   아니 그냥 뭐.. 이 건물 2층에 제 작업실이 있는데... 너무 더워가지고.. 여기 자주 내려와 있거든요. 근데 오는 사람이 저밖에 없다 보니.. 자연스럽게 제 구역이 된..

지구, 둘러보니 골목길에 있을 수 있는 에어컨 팬, 파이프, 하수구 외에도.. 이해할 수 없는 잡동사니들이 많다. 커다랗고 하얀 누에고치, 알 수 없는 종이들, 판사들, 철사와 나무판, 알 수 없는 전신 회로들, 바닥엔 이 가을에 말이 안 되는 벚꽃잎들이 떨어져 있다.

지구   (미친놈인가 싶은)
종이   그때 병원에서 뵙고, 전화 한번 드렸는데 안 받으시길래 대충 눈치는 챘는데 지구님이 여기를 찾아주실 줄은...
지구   찾아온 게 아니구요. 그냥 어디서 담배나 한 대 필까 하고 기웃대다가.. 흡연구역 찾기가 힘들어서.
종이   아, 그렇다면.... (머쓱하게 씨익 웃으며 호스트 각으로) 정말 잘 찾아오셨습니다. 누추하지만, 여기서 편하게 한 대 피우시길 바랍니다.

컷 뒤면, 담배 피우고 있는 지구, 옆에 앉아 있는 종이.
지구, 문득 종이의 허접한 슬리퍼와 거지 같은 패션과 머리 스타일을 바라본다.

지구   (스캔) 원래 이런 분이셨나.
종이   ?
지구   책에 싸인해줄 때랑은 좀 달라 보여서.
종이   지구님도 마찬가지세요.
지구   ?
종이   밖에서 보는 게 더 예쁘세요.
지구   (민망하기도 하고 현기증도 나고) 아이씨.. 간만에 핑 도네..
종이   오랜만에 피시는 거예요?
지구   ..네 끊었었는데. (담배 보이며) 이건 오늘 제가 번 거라서...

담배 연기와 함께 골목 끝으로 바쁘게 지나가는 사람들과 유흥가의 네온
사인이 보인다. 잠시의 침묵.

종이   이제... 종이 안 접으시나 봐요.
지구   네 뭐.. 다시 하고 싶진 않아서.
         (담배 끄며) 잘 폈습니다. 한 가치 처리 잘했네요. (일어나는데)
종이   (따라 일어나는)
지구   (어색하니) 안 일어나셔도 돼요!
종이   (일어나지도 앉지도 못하며) 뭐 여기가 제 집도 아니고.. 저도 가긴 해야죠.
지구   (몇 발자국 가다가 멈춰서) 저 근데요.. (멈칫, 돌아서) 그 아까 막 날갯짓
         하던... 그거 있잖아요. 그건 어따 쓰는 거예요?
종이   (고해성사하듯) 아.. 그게.. 지금 당장은 쓸 데가 없어요.
지구   (어이가 없는) ?
종이   꼭 비전 있는 일만 하고 살아야 하는 건 아니니까..
         또 뭐.. 그러다 보면 어떻게 얻어 걸리기도 하고..
지구   (가만 생각해보다가) 그러네요... 가볼게요.

옆에 있는 쓰레기통에 꽁초 버리고 가는 지구의 얼굴에서...

종이   (E) 저... 지구님!

S#22. 고깃집 앞 (밤)

소희네 팀 취한 작가들.. 인사하고 헤어지는 분위기
"안녕히 가세여~" "내일 뵙겠습니다!" "잘 가~"

소희   (가는 북구를 불러 세우는) 저.. 피디님.

북구   (가다가) 어?

소희   오늘, 고마웠어요.

북구   뭐가.

소희   아까 쌀국숫집에서도... 좀 전에 술 자제시켜준 것도.

북구   ....술 적당히 마셔. 보니까 술을 못 먹네..

소희   네... 그럼 이만..

북구   (가는 뒤통수에 차분하게 부르는) 안작가.

소희   (돌아보는)

북구   우리 프로 안작가가 만들고 간 거잖아. 감 못 잡고 헤맬 게 뭐가 있어? 안작가가 하고 싶은 게 답이지.

소희   (감동) ..술 한잔 더 하실래요? 아 맞다 술 못 먹지.

북구   나 먹으면 먹거든?

소희   그짓말.

북구   (소희를 지그시 보며 차분하게) 그짓말 맞는데 먹어도 너랑은 못 먹겠다. 어제 너무 추하더라.

소희   (화는 나지만 이상하게 설렌다) 방금 너라 그랬냐?

북구   너도 반말이신데요..

티격태격하는 두 사람의 모습에서 카메라 그대로 팬..
도로에 신호 대기 중인 차, 선정의 차다.

S#23. 선정의 차 안 (밤)

선정과 선국이 타 있다.

선정   야.

선국   (휴대폰만 보고 있는)

선정   야..!

선국   .... (한참 뒤에 대충) 아 왜.

선정   너 아까 웃었냐?

선국   .....

선정   웃었냐고.

선국   (또 씹는)

선정   .뭐가 그렇게 웃겼어?

선국   (짜증 나는 듯 이어폰 꽂는)

선정   (버럭) 야!!!!!!!

선국   (창밖을 보며) 그러다 과호흡 온다.

창밖을 보는 선국... 그러다 문득 지연이 했던 말이 떠오른다.
[17씬 인서트//
지연: 그것보다 다른 거 참느라 힘들었잖아요. 실은 그 전부터 뀌고 싶은
거 참고 있었는데, 무릎 위로 뱀이 올라오는 순간! 입으로 바람 빠지는 소
리, 비행기 소리처럼 완전 리얼하게) 피융~~~우-우-우-우웅~ 푸쉬!! 아무
래도 뱀은 그때 기절한 게 아닐까.]

창밖을 보고 있던 선국, 입 실룩실룩거리다가
또다시 푸하하! 터지는 데에서... 카메라 그대로 팬하면,
인도로 지구가 길을 걷고 있다.

S#24. 인도 (밤)

길을 걷고 있는 지구의 표정에서.. 조금 전 나눴던 종이와의 대화가 복기
된다.

종이   (E) 다음엔 혼자 맥주 드시지 마세요! 누추하지만.. 여기서 같이 마셔요.
지구   지네 집이냐구.. 참나..

S#25. 길거리 – 삼인방 교차 (밤)

소희는 북구와 헤어지고,
지구는 종이와 헤어지고,
지연이는 집으로.. 걸어오는 길.

소희Na **두려운 건지 설레는 건지.. 봄바람인지 가을바람인지..**
묘하게 헷갈리는 하루가.. 지나간다.

전화 통화하는 세 사람.

소희   니네 어디야?
지연   나 다 와가~~
지구   나두~

이때 어디선가 정말 세 사람의 머리 위로 벚꽃이 흐드러지게 날린다.
(**종이의 종이예술 실험 중 일부) 봄바람 같은 가을바람이 세 사람을
스치고, 판타지처럼 세 사람의 머리 위로만 벚꽃잎이 날린다.

소희   야 근데~ 왜 가을에 벚꽃이 날리지? 나만 그런가?

지연   그르게, 가을바람에서 봄바람 냄새가 나네~ (허공에 냄새 맡는) 음~~

지구   (벚꽃을 보며 옅은 미소가 지어지는 데에서..)

- 4부 끝 -

5부

가급적이면 그런 날

S#1. 동네 마트 (비 오는 아침)

신중하게 나물의 상태를 살피고 있는 지연.

지연   (점원1에게 조심스럽게) 죄송하지만 얘네.. 좀 덜 신선해 보이는데 오늘 딴
         게 맞겠죠?
점원1   .... (이상하게 보다가) 중국산이라고 써 있네요.
지연   (깜짝 놀라 내려놓으며) 어머, 중국...! (침착한 척)

컷 튀면, 지연, 신선 냉장실에 있는 계란을 뚫어져라 보고 있다.

지연   (계란을 꺼내 만져보더니) 어머 너무 차다. (옆에서 물건 정리 중인 점원
         2에게) 이거.. 오늘 새벽에 출산한 거 맞겠죠?
점원2   ...... (무슨 말이야 저게..)

S#2. 삼인방의 연립빌라 / 거실 (아침)

거실에서 자고 있다가 눈뜨는 지구.. 허리가 아픈지 영 맥을 못 춘다.

지구   아우 허리야...

(E)   (노트북 타자 소리 다다다)

지구   (누운 채 소희를 올려다보며) 뭐 해?

소희   (소파 위에서 노트북 중) 아이디어 떠올라서. 난 꼭 비 오면 머리가 돌더라.

지구   (창밖을 보고) 어쩐지 허리 아프더라...

소희   야 오늘은 배달하지 마 위험해. 돈 없음 굶음 되지.

(E)   (문 여는 소리)

지연이 한 손에는 장 봉투를, 한 손에는 커피 캐리어를 들고 신나서 들어온다.

지연   일어났어? 장 봐 왔지롱~ 맛있는 거 완전 많이 사 왔당~

소희   .. (지구한테) 넌 허리가 아픈 게 아니라 등골이 휘는 거였어.

지구   (웃으며 일어나 장 본 거 체크) 와우 커피. 와우 빵. 우리 지연이 잘했네.

지연   (하부 장에서 프라이팬 꺼내며) 오늘 아침은 계란 후라이 앤 브레드 앤 커퓌. (프라이팬에 기름 두르다가) 근데, 산에서 오는 비 냄새보다 도시 비 냄새가 더 비린 건 왜일까?

소희   (타자 치며) 흙과 아스팔트의 차이 아닐까.

지구   (식탁에 앉아 눈곱 떼며) 근데 산에서 낀 눈곱보다 도시에서 낀 눈곱이 더 안 떼지는 건 왜일까?

소희   (타자 치며) 도시가 더 건조해서 아닐까.

지연   음~ 우리 소희 똑똑해. (계란을 까서 프라이팬에 떨어뜨리는데, 쌍알이다) 어머 쌍알이네.!

지연, 두 번째 계란도 쌍알, 세 번째도 쌍알, 그대로 멈춰서 보고 있는 지연. 커피 마시며 식탁에 앉아 있던 지구도 뭔가 싶어 보고 있는..

소희   (전화 받는) 어 엄마.. 일어났지. 이제 밥 묵고 회사 갈라고. 엄마는? / 비가 그라고 많이 온대? 여기는 그라고는 안 와~ 아따 이모랑 김치전이나 부쳐 먹음 쓰겠구만? 잉.. 걱정하지 마랑께.

지연, 프라이팬에서 계란을 꺼내 식탁에 놓는다.

지구   대박이긴 하다... 어떻게 셋 다 쌍알이냐... (지연을 슬쩍 보는)
지연   (유의미한 미소) 그러게.
소희   (전화 끊고) 쌍알? 진짜? (식탁으로 와서 확인) 대박..!! (지연을 슬쩍 보
      는)

둘러앉아서 프라이 먹는 세 사람. (지연은 프라이 대신 커피를 마시고)
비가 오는 창밖으로 팬하면 창문에 붙어 있는 메모(각서)로 줌인..
[메모 인서트// 각서
1. 낮술 금지 2. 주중 술 금지 3. 밤샘 술 금지]

소희   (E) 야, 저거 오늘부터 지킬 거지?
지구   (E) (건성) 지켜야지~
지연   (E) 근데 뭐 덧붙일 거 없을까?
지구   (E) 가급적이면은 어때.
소희   (E) 그거 좋다. 너무 좋다.

5부. 가급적이면 그런 날

S#3. 요가원 '비움' 건물 앞 (아침)

비 오는 요가원 앞. 지연이 우산을 쓰고 건물로 들어가려는데 선정의 차
가 들어오고, 지연이 알아보고 멈춰서 기다린다.

선정   (운전석에서 내리며) 빗물 튄 거 아니죠?
지연   (선정에게 자기 우산 본능적으로 씌워주며 쿨하게) 좀 튀면 어때요~

선정   아, 저도 있어서. (자기 우산 펼치는)

지연   (하늘 보며) 비가 올라면 시원~하게 쏟아지든-가 돼지 오줌 싸듯이 찔끔 찔끔~ 어머, 아침부터 오줌 얘기는 좀 그릏죠? 근데 오늘은 남동생은 같이 안 오셨나 보네요~ 오늘은 촬영이 없는 걸까요?

선정   선생님 먼저 올라가세요. 전 잠시 두고 온 게 있어서.

지연   아, 네! (먼저 올라가는)

선정, 조수석 쪽으로 가서 차 문을 조금 연다.

선정   (문틈 사이로) 왜 안 내려?

선국   (휴대폰에 집중) ..내릴 거야.

선정   지금 너 내린다 하고 안 내리고 있잖아.

선국   ..누나가 거기 서 있음 어떻게 내려. 아 빗물.

선정   (문 열라고 한 발 뒤로 물러서서 기다리는)

열린 문틈 사이로 아무 반응 없는.

선정   (급 폭발, 문을 확 여는) 야!!! 니가 내려야 차 문을 잠그든지 말든지 할 거 아냐!!!!!!!!!!!!!

(E)   (저만치 요가쌤들 / 출근하며) 원장님~~

선정   (급 수습) 아 어서들 오세여~ 크흠.

S#4. 방송국 / 소희네 예능팀 (아침)

회의 대형. 소희가 작성해 온 페이퍼를 보고 있는 작가와 연출진들.

혜경   (진심) 아 언니 이거 너무 좋은 거 같애요.

아름   (신나서) 완전 재밌을 것 같애요.

소희   (안도의 숨) 다행이다. 아침에 급하게 떠오른 생각이긴 한데.. 연출진들 생각은..?

홍석 세트가 언제부터 될지 알아는 봐야겠지만.. 선배님 생각이 중요하져.

북구 (비 오는 창밖만 보고 있는) 나? (뻔뻔) 난 안 봤어! 비 내리는 거 보느라.

작가들 (왜 또 저래)

북구 (페이퍼 보며) 이건 봐서 뭐 해.. 어차피 대박일 텐데. (소희 보며 씨익 웃는)

소희 (어이없는) 왜 이래.. 빨리 똑바로 보고 얘기해줘요. 그래야 회의를 하지.

북구 (거만하게) 우린 이제 끝났어~ 안작가 돌아왔는데 뭐. (뒤로 기대며 기지개, 일부러 옆 팀 들으라는 듯 큰 소리로) 오늘 회의 끝!!! 그만 퇴근하자구! 우리도 퇴근한다!!!

소희 (헛웃음)

북구 (의기양양) 그리고 다음 달부터 작가님들 빠우쳐 5 아니고 10! 아니고!

작가들 ???

북구 15 올라갈 거야.

작가들 대박!!!! / 15? 그럼 60????

북구 (으쓱) 안작가 건의로 올린 거 내가 닦달해가지구 아침에 오케이 떨어졌어. 내 덕이 아주 커.

소희 (피식 웃는)

작가들 (좋아하는) 대박! 우와 / 고맙습니다!!! / 언니 감사합니다!!!

소희 (기분 좋은) 담주부턴 새 막내도 올 거야. (세미 보며) 축하해 막내 떼는 거. 그동안 애썼고, 앞으로도 잘 부탁한다.

세미 (감동) 고맙습니다!

일동 (환호하고 난리 난) 와우!!!

지나가는 피디들, 달라진 팀 분위기 보며 한마디씩 하는.

피디1 분위기는 연예 대상 받은 팀인데?

피디2 저게 얼마 만이야, 눈물 난다 눈물 나~

이때 소희한테 오는 카톡. 적시자 단톡방이다.

[인서트//

지연: (링크 주소 첨부) 우리 요가 채널, 이번에 조회 수 대박 났대. (하트)! 두 번째 줄 가운데에 나!!! 히힛]

소희, 기분 좋아서 첨부된 링크 주소 타고 들어가는.

S#5. 요가원 '비움' / 사무실 (아침)

지연의 영상이 '호흡과 명상으로 함께하는 힐링 요가 채널'에 떠 있고.. 상당한 조회 수에 댓글들 실시간으로 올라오고 있는 걸 다 같이 보고 있는.. (선국은 한쪽에서 휴대폰 중, 관심 없음)

요가쌤1 저희 채널 오픈하고 최고 기록인데요?

선정   꾸준히 업로드 한 보람이 이제야 결실을 맺나 봐요. 다들 축하해요.

요가쌤3 혹시 지연선생님 여파는 아닐까요?

다들   (지연을 보는)

지연   혹시 뱀 덕분 아닐까요? 녹음실에 귀신 나오면 음반 대박 난다는 말 있잖아요.

선정   우리가 조회 수에 연연하지는 않지만 (지연 보며) 어쨌든 선생님의 기운이 좋은가 봅니다. 오늘 소개 영상 촬영 있는 거 아시죠?

지연   (웃으며) 돈 워리~ 돈 워리~

요가쌤1 (방금 올라온 댓글을 보며) 여기 댓글 좀 보세요. 진짜 지연선생님 여파가 맞는 것 같은데요?

[댓글// 저도 요가 좀 했다는 사람입니다. 근데 두 번째 줄 가운데 분 뭔가요? 머리끝부터 발끝까지 광채 작렬! 진정한 요가 고수의 스멜이 영상 밖으로 튀어나올 것 같네요. 살면서 댓글 처음 남깁니다. 이 요가학원 다니면, 저 선생님한테 요가 배울 수 있는 건가여? ♡♡♡♡♡]

지연 　　　　(머쓱) 하하... 제 친구 같아요... 배달 간다더니..

S#6. 삼인방의 연립빌라 (아침)

　　　　지구, 소파에 아무렇게나 누워 자기가 단 댓글 보며 뿌듯해하는 중이다.

지구 　　　　(자기 댓글에 추천을 막 누르는데 안 됨) 아 내 꺼는 추천이 안 되는구나?

　　　　이어서 배달 커뮤니티 '배달세상'에 올라온 공지 리스트들을 훑어보는.
　　　　[알림글 인서트// (스크롤 아래로 내려 보는)
　　　　공지글. 오후까지 비 온대요. 오토바이 초보님들은 식팡 뛰지 마세요!
　　　　공지글. 목동 다리 밑 침수됐습니다. 우회하세요.
　　　　공지글. 오늘 은평구 야간 헬멧 단속 있으니 참고.
　　　　공지글. '심부름 플리즈'에서 짬 날 때마다 돈 버세요. 쏠쏠함.]

　　　　지구, '심부름 플리즈' 앱에 들어간다.
　　　　[알림글 인서트// (스크롤 아래로 보는)
　　　　* 폴로 모자 정품 구별 좀 해주세요. 3만 원.
　　　　* 제 P2P 아이디 좀 찾아주실 분, 2만 원.
　　　　* 가방 잃어버렸어요.가방 좀 찾아주세요. 가격 제안받아요.
　　　　* 급합니다. 바퀴벌레 잡아주실 분, 여자분만 5만 원.]

　　　　지구, 오케이~ 소파에서 벌떡 일어나는.

S#7. 어느 아파트 복도 (낮)

　　　　띵동. 초인종 누르고 서 있는 지구. (우비 착용)

여자	(E) 누구세요?
지구	바퀴벌레 잡아드리러 왔는데요.
여자	(걸쇠 건 채로 문틈 사이로 보다가) 여자분 맞으시져?

지구 들어가고 문 닫히고.
컷 튀면, 문 열리고 지구가 나온다.

여자	(E) 정말 감사합니다~! (진심으로) 바퀴 진짜... 잘 잡으세요. (빽간)
지구	또 뭐 때려잡을 거 있으면 불러주세요! (멋지게) 바퀴는 범죄 현장에 꼭 다시 나타납니다.

복도를 걸어 나오는 지구. '심부름 플리즈'에 올라온 여러 알림글을 확인한다.
[알림메시지(E)// 강아지 산책시켜주실 분, 3만 원.]
[우로보로스 답글(E)// 지금 갑니다.]

S#8. 요가원 '비움' / 요가실 (오후)

지연, 자기소개 영상을 찍기 위해 카메라 앞에 요가 자세로 앉아 있다.

선국	(무표정으로 카메라 세팅하며) 자기소개 갈게요~
지연	(자리 잡고 앉으며 태연하게) 어머~ 난 자기 없는데~~
선국	(세팅하다가 멈칫, 지연을 놀라서 보는) 네?
지연	(손 스트레칭하며) 촬영 들어가기 전에 입 한번 풀어봤어요. 웬만한 건 다 씹으시던데 자기에는 좀 반응하시는 스똬일? (윙크하는)
선국	(정신 줄 다시 잡고) ...가겠습니다... (뷰파인더 보며) 시작할게요.
지연	넵! (힘차게 카메라를 보며 미소) 요가인 여러분 안녕하세요 저는... (순간 멈칫, 카메라 렌즈가 엄청 커 보이면서 버퍼링이 오는) ...!

[인서트// 지연, 9살 때 "누가누가 잘하나 노래자랑 대회"
어린지연: (또랑또랑) 안녕하세요 저는! 참가번호 10번! 아홉 살! 쌍문동에 살고 있는! 한지연입니다!
사회자(E): 네, 참가번호 10번 한지연 어린이, 시작해볼까요?
어린지연: ..... (관객석에서 누군가를 찾는)
사회자(E): 한지연 어린이?
어린지연: 엄마가... 없어졌어요. (관객석에서 엄마를 찾는) 저기 앉아 있었는데...]

선국   (E) 선생님?

지연, 선국의 카메라 뒤로 뭔가를 본 듯, 시선이 가 있다.

선국   안 하세요?
지연   (선국의 뒤편을 응시) 아 네..
선국   (뒤돌아 확인) 뒤에.. 뭐 있어요?
지연   죄송합니다. (누군가를 본 듯 옅게 미소 지으며) 시작할게요. (이내 밝게 웃으며, 하이톤으로 자기소개 시작) 안녕하세요 요가인 여러분~! 저는 요가강사 한지연이라고 합니다. 나마스떼~~~

S#9. 똘이네 아파트 문 앞 (오후)

아파트의 벨을 누르는 지구. 인터폰으로 "누구세요" 소리 들리자.

지구   저.. 강아지 산책..

문 열리고, 우비 입은 강아지와 강아지 가방을 들고 나오는 주인.

주인   저희 똘이는 산책을 해야 배변을 하는데, 밖에 비가 와서 제가 좀..

지구	걱정 마세요. 산책시키고 똥 싸게 할게요.
주인	(미안한 듯) 두 번 정도 쌀 거예요.
지구	넵! 가자 똘아. (강아지 인수받아서 가는)

S#10. 카페 안 (오후)

학부모들과 함께 이야기 중인 지구엄마.

학부모	근데 사실이에요? 지후가 영재학교에 다녔던 게.
지구맘	사실이에요. 아이는 아이답게 자라면 좋겠어서.. 제가 그냥 다니지 말라 했어요. 그랬더니 지금은 애써 평범한 척하면서 다니고 있는 거 같아요.
학부모	세상에... (+ 대단하다는 리액션들)

S#11. 카페 앞 일각 (오후)

학부모들과 웃으며 기분 좋게 카페를 나서는 지구엄마.
강아지 산책 중이었던 지구와 딱 마주친다.

지구	(얼떨결에) 엄마?
지구맘	(너무 놀라서) 강지구? (강아지를 내려다보며 니가 왜...)

이때 뒤에서 나오던 학부모 중 한 명이 지구가 데리고 있던 강아지를 알아본다.

학부모1	얘 똘이 아냐? 이거 주하엄마 갠데? (지구를 의아하게 보며) 똘이야?! (강아지를 만지는) 얘 똘이 맞네!
지구	(개 만지는 학부모들 어수선, 지구맘 눈치를 보며) 아.. 저는 잠깐.. 산책시켜주는 알바를..

지구맘	(이/다급히 막으며) 어머~~~ 그러시구나. 참 좋은 알바를 하고 계시네
	요.
지구	....!!
지구맘	(학부모들 이끌며 상황 모면) 저희 이제 차 마시러 갈까요?
학부모2	차 마셨는데?
지구맘	(무리하게 방향 돌리며) 더 좋은 카페가 있거든. 얘기도 남았구. (서둘
	러 피해서 가는) 가시죠~
학부모1	혹시 아는 분이세요?
지구맘	(당황) 아니요!
지구	(거의 동시에) 엄마.

일순 모두가 정지.

학부모1	(휘둥그레진 눈) 딸이에요???
학부모2	딸 역사선생이라 안 했어요?? (강아지를 내려다보는)
지구	그건 진즉 그만뒀구요. 지금은 배달하면서 남는 시간 틈틈이 심부름 알
	바 하고 있어요.. 집에 뭐 막혔거나, 음식물 쓰레기 버리기 귀찮으실 때 연
	락 주세요. 대신 다 해드립니다.
학부모들	(당황) 어머나 세상에...
지구맘	(죽일 듯이 째려보는)

S#12. 요가원 '비움' / 사무실 (오후)

자기소개 영상을 마치고 사무실로 오는 선국과 지연.
사무실에는 요가선생님들과 선정이 명상음악에 천천히 차를 마시고 있다.

요가쌤들	(지연 오는 거 보며) 끝났나 보다.
선정	고생하셨어요.
지연	정말 너~무 재밌었어요~ 전 아무래도 카메라 체질인가 봐요.

요가쌤1	(웃으며) 차 좀 드시면서 마음 좀 가라앉히세요 선생님.
지연	또 차요? (마지못해 앉는) 아.. 네 (선국에게) 피디님도 오세요!
선국	(카메라랑 트라이포트 넣으며 대충) 전 괜찮어여.
요가쌤2	(차 마시며) 지연선생님은 사랑 많이 받고 자라셨죠?
지연	어머 어떻게 아셨어요?
요가쌤2	티가 나요.
지연	맞아여. 저희 엄마가 결혼은 해본 적이 없는데 저를 낳는 바람에 남편한테 줄 사랑까지 저한테 다 몰빵했다 그러더라구요. 럭키걸.
다들	(살짝 정적)
선국	(정리하고 일어나는) 갈게.
선정	고생했다. 상갓집 가니?
선국	(대꾸 없이 나가는)
지연	(나가는 뒤통수에 대고 김수미 욕) 선국이 이노무 쉬끼야! 상갓집 가냐고 누나가 묻좦아!!! 귀때기가 막혔냥!!!!
일동	(정지) !!!
선정	선생님...? (지금 뭐 한 거?)
지연	아~ 마음의 소리. 요즘 명상을 많이 했더니 원장님 마음의 소리가 여까지 들리는 바람에 김수미쌤 버전으로 성대모사 잠깐.
일동	풉! (터진)
선국	(지연을 보고, 이내 선정을 보는) 아까 차에서 상갓집 간다고 했는데 또 물어보길래 대답 안 했어. 나 가.
선정	(애타게) 누나 차 갖고 가!! 비 오는데!
지연	(이미 본) 차 키 들고 가던데요? (씨익)

S#13. 요가원 앞 카페 (오후)

퇴근한 지연이 카페에서 커피를 주문하려고 줄을 서서 기다리고 있다.

| 지연 | (메뉴판을 보며 혼잣말) 아~ 뭐 먹지? 아메리카노? 라떼? |

| 앞사람1, 2 | ?? (우리한테 한 이야긴가 싶어서 돌아봤다가 다시 앞을 보는) |

지연   (웃으며) 음~ 커피 냄새 맡으니까 살 것 같네요. 하루 종일 몸에 좋은 차만 마시니까 완전 돌아버리는 줄 알았거든요.

앞사람1   ..아는 사람이야?

앞사람2   아니? (고개 저으며, 뭔가 싶은)

앞사람이 가고, 지연이 주문할 차례.

지연   (알바생에게) 저 진짜 미친 듯이 커피 같은 커피가 먹고 싶은데요.

점원   (마침 잘됐다 싶은 / 플라스틱 메뉴판을 가리키며) 저희 오늘부터 핸드드립 커피 시작했는데, 괜찮으시면 추천해드릴게요.

지연   ... (저만치 핸드드립을 갈고 있는 직원을 유의미하게 보는) 드립 향이었구나..

점원   아니면 저희 이번 달 신제품 프로모션 하고 있는..

지연   (ol) 주세요. 핸드드립으로, 두 잔이요.

S#14. 어느 공원 / 벤치 일각 (오후)

비가 어느 정도 그쳤다. 공원의 기다란 벤치(또는 사람들 앉는 넓은 계단)에 강아지와 함께 앉아 있는 지구.

지구   (똘이를 보며) 너도 내가 잘못했다고 생각하냐? ....엄마를 엄마라고 부른 게 뭐. 물론 무조건 내가 잘했단 건 아냐~ 안 그래? 안 그러냐구.

힘없이 하늘을 보는 지구. 저만치 비행기 한 대가 지나간다.

물끄러미 보는 지구. 단톡방에서 지연의 메시지가 뜬다.

[적시자 단톡방 인서트//

지연: 얘들아 오늘, 제주도 안 갈래?]

S#15. 방송국 / 소희네 예능팀 (오후)

회의 마무리 중인 소희. 문자를 확인하는.

S#16. 길거리 → 선국의 차 안 (오후)

커피를 들고 택시를 기다리고 있는 지연. 선국의 차가 멈춰 선다.

지연   피디님??
선국   어디로 가세요?
지연   (물었다) 어머 물어보면 데려다줘야 되는데!
선국   (어떤 리액션 해야 할지 모르겠는)

차 안, 지연 덥석 조수석에 타는.

지연   (벨트 하며) 근데 상갓집 간다고 안 했어요?
선국   늦게 가는 게 더 나은 상갓집이라. (출발하려는) 어디로 가세요?
지연   (약간 미안한) 제주도요..
선국   (화들짝) 제주도요???
지연   어머~~ 지금까지 본 리액션 중 가장 그뤠이트한 뤼액션, 그럼 같이 가실 래요? 하하하하 농담 농담!

컷 튀면, 지연을 태우고 출발하는 선국의 차가 도로 위를 달리며 "떠나요 ~ 둘이서~" 제주도의 푸른 밤 노래 따라 부르는 지연의 목소리에서.

S#17. 버스 안 (오후)

음악 깔리며 버스 타고 기분 좋게 창밖을 보는 소희, 창문을 열고 바람을 느낀다.

S#18. 똘이네 아파트 문 앞 (오후)

강아지를 주인에게 데려다주는 지구, 인사하고 문 닫히자마자 뛰기 시작
하는.

S#19. 상수역 앞 (오후)

선국의 차에서 내리는 지연, 고맙다고 인사하며 보내는데, 상수역이다.

S#20. 상수동 탐라식당 앞 (오후)

탐라식당 간판, 가게로 들어가는 지연.
(디졸브) 지구와 소희가 차례로 탐라식당으로 들어간다.

소희Na   **우린 마음만 먹으면 지하철 몇 정거장으로 제주에 온다.**

S#21. 상수동 탐라식당 안 (저녁)

제주도 바닷가 포스터가 걸린 벽을 배경으로, 테이블에 막걸리를 뒤집어
놓고, 안주를 기다리는 세 사람. 사장님(여/50대 후반/과거, 지연맘의 술
집 이모였던)이 각재기국과 멜튀김을 주방에서 꺼내 오는데 포스가 장난
아니다.

소희Na   **비록 서울 한복판에 있지만,**

음식만큼은 제주 본토 장인의 찐 술집.

제주사장 (살짝 제주 사투리가 섞여도 좋고) 각재기국이랑 멜튀김.

셋 (감탄 리액션) 우와...

제주사장 간만에 한잔 말아줘?

현란하게 술병 따고, 현란한 기술로 술 마는 사장님. 넋 놓고 보고 있는
삼인방.

소희Na **사장님은**
　　　　술에도 손맛이 있단 걸 우리에게 처음 알려주신 분이다.

지연 (사장님과 눈 마주치며 찡긋) 녹슬지 않았다.

제주사장 시원하게 한잔들 쭉.

지구/소희 (감탄하며 잔 받드는) 우와..

셋 (건배하며) 적시자!

"음~~~" "꼬소해 꼬소해" "멜튀김 너어~" "각재기국 넘 오랜만인데?"
멜튀김과 각재기국에 맛있게 술 들이키는 이미지들.
이때 테이블 위에 올려눈 지구의 폰이 울린다.
[인서트// 발신자: 받지마]

소희 (지구를 보며) 엄마 아냐?

지연 (정신없이 먹으며) 웬일로 지구한테? 우리한테 안 하시구.

소희 (먹으며) 뭔 일 있으신 거 아냐?

지구 (전화기 엎고 다시 먹는) 없어 그런 거.

소희 그래도 받아봐~

지구 됐다구. (술 마시는)

지연 (지구의 휴대폰 잽싸게 통화 버튼을 누르며) 받았지롱~!! (지구의 귀에 대
　　　주는)

지구 야!!

소희 (엄지 척) 굿.

지연, 분위기 이어받아 소희의 휴대폰을 들고 1번을 길게 누른다.

지연 너두 해. 엄마한테. ('사랑하는 울엄마'로 전화 가고 있는)
소희 (전화기 뺏으려는) 야 뭐야! 나 오늘 아침에도 통화했는데~!
지연 (안 뺏기려고 액션) 그건 니네 엄마가 너한테 한 거구. (받자 소희 귀에 대주는)
소희 지금 잔다고! (전화 받고) !! 여보세요? 엄마?

당황해서 전화기 들고 있는 지구와 소희.
지연, 씨익 웃으며 (낮에 테이크아웃 해 왔던) 핸드드립 커피 한 잔을 들고 슬쩍 밖으로 나간다.
소희, 전화기를 들고 옆 빈 테이블로 자리를 옮기며 전화를 받는다.

소희 아따 지연이가 갑자기 장난한다고 전화를 걸어갖고잉, 내가 깨운 거 아니지? (뭔가 이상한) ......엄마, 엄마 술 마셨어? 엄마.. (표정 어두워지며 전화에 집중)
소희Na **엄만.. 취해 있었다.**
소희 (불안) 이 시간에 누구랑?
소희맘 (F/말이 느리다) ..동네서 쪼까.
소희 지금 집 아냐?
소희맘 (F/혀 꼬인) 집이랑께....
소희 아니! 뭔 놈의 술을 그라고 집에서..... (이마로 손을 가져다 대며 말이 계속 나오다 마는) 뭔 일 있는 거 아니지?
소희맘 ... (대답 없는)
소희 엄마?
소희맘 (F/가까스로 정신) 잉... 잉.
소희 (문득) 엄마 혹시 밤마다 맨날 이러고 혼자 마셔?
소희맘 (F/잠시 정적, 강한 부정) 아따... 아니랑께... 아니여 절대 아니여.
소희 .... (바로 알아챈) 맞네... (열받은 / 천장을 올려다보며 깊은 한숨) 아... 짜증나..

소희, 이내 고개를 떨구면 저만치에 지구 역시 칼 맞은 사람처럼 전화기를 붙들고 앉아 있는 게 보인다. 역시 표정이 좋지 않다.
전화기 너머로 들려오는 지구엄마의 악쓰는 소리, 듣고 싶지도 않지만 억지로 전화기를 붙들고 참고 있는 지구.

지구맘   (F/악을 쓰며) 어떻게 니가 이럴 수 있어. 어? 어떻게! 어떻게 니가!!! 나한테!!!!!

지구, 휴대폰 옆의 불륨 버튼을 누르며 최대한 작게 조정하고 소희를 한번 본다. 하지만 소희의 귀에도 여전히 지구엄마의 악쓰는 소리가 들린다.

지구맘   (F) 내가 왜 너 때문에 이러고 살아야 돼! 내가 왜! 내가 너한테 뭘 잘못했는데! 기껏 낳아주고 길러줬더니 지멋대로 칼 들고 연 끊고 코빼기도 안 비추고 부모 개무시하고 지멋대로 사는 년이 언제부터 그렇게 반갑게 아는 척을 했다고!! 나 맥이는 게 재밌디? 그 여자들이 얼마나 입이 싼데! 니 인생만 쪽팔리면 됐지 왜 내 인생까지 쪽팔리게 만들어! 왜 니 동생 인생까지 쪽팔리게 만드냐고!

휴대폰을 들고 있는 지구와 소희가 눈을 마주친다. 소희, 지구에게.. 진정하라는 위로의 눈빛을 보낸다. 지구, 소희의 눈빛을 피해 허공으로 시선을 돌리더니 이내 휴대폰을 귀에서 떼어 공중에 잠시 둬버린다.

S#22. 상수동 탐라식당 밖 (밤)

제주식당 사장님이 담배를 피우며 나와 앉아 있고, 그 옆으로 앉는 지연. 가져온 핸드드립 커피의 뚜껑을 열어둔다.

제주사장 (힐긋 보고) 향 필요해?

지연 (웃으며) 아니요. 사장님이 태워주시잖아요... (담배 연기가 모락)
담배랑 커피 있음 끝난 거예요 울 엄만.

제주사장 그래도 오늘 이럴 줄 알았음 고기국수라도 해놨지.

지연 울 엄마 제사는 병개인 거 아시면서.

[인서트// 오복집.

〈자막: 4년 전 어느 여름〉

소희Na **지연이의 엄마가 돌아가시고 일 년 반쯤 지났을 때였다.**

소희: (소주잔 네 개가 포개진 걸 보고) 잔이 하나 더 왔는데?

지연: (즉흥) 그래? 그럼 이건 울 엄마 술 하자. (빈 잔에 술 따르는)

지구: 뭐야.. (문득) 어머니 기일이야?

소희: 무슨~ 어머니 늦가을에 돌아가셨는데.. (화들짝) 뭐야, 기일 지났는
데???

지연: (소주잔을 보며) 그랬나?

지구: 야 너 어머니 기일 안 챙겼어?? 이거 완전 미쳤네?

지연: (태연) 내가 말하지 않았나~ 울 엄마, 자기 죽은 날 내가 숙제처럼
기억해야 하는 거 싫다구 자기 기일은 잊어달라구 한 거.

소희: 진짜?

지연: 근데 잊어먹으라고 하는 순간 완전 기억하게 되는 거 알지. 전 남친
번호 지우는 순간, 갑자기 다 외워버리는 것처럼.

지구: 니가 하도 잊어먹으니까 어머니가 수 쓰신 거지! 자기 기일은 좀 기
억하라구.

소희: 맞네! 어머니 똑똑하시다.

지연: 근데 나아.. 진짜 까먹었다? 아무리 생각할라 그래도 진짜 생각이
안 나. 대박이지 않아? 나 진짜 돌대가린가 봐. 하하하하!

소희, 지구: (어이없이 보는)

웃는 지연, 오복집 창밖으로 비가 오는...]

소희Na   청개구리는 엄마의 유언을 따라 엄말 냇가에 묻고... 비만 오면 울어댔지만 지연이는 엄마의 유언을 따라 기일을 새까맣게 잊어먹고... 이렇게 웃어댔 다.

다시 현재, 탐라식당.

제주사장   이제 비는 더 안 올라나 보다..

지연   (하늘을 보며) 그러게요...

제주사장   서울 왔을 때 이 비 냄새가 적응이 안 돼서 비만 왔다 하면 향수병이 도 지더니.. 이젠 제주 비 냄새가 기억이 안 난다.

지연   (미소 지으며) 계란 동동 쌍화차..

제주사장   ?

지연   엄마가 그랬거든요. 쌍화차에 계란을 동동 띄우면 제주도 비 냄새랑 똑같 다고.

제주사장   ..니 엄마도 참 또라이야.

지연   아니 근데 오늘 아침에 까는 계란마다 다 쌍알인 거예요. 심지어 세 개가 다!

[인서트(플래시백)// 오늘 아침, 쌍알을 터뜨린 지연의 모습에서]

[인서트(과거 회상) - 초등학생 어린지연과 지연맘이 허름한 집에서 밥을 먹는.
어린지연: (젓가락 양손에 들고) 우와!!! 노란 게 두 개다!!! (좋아하는)
지연맘: (E) 이거 불쌍한 거야.. 어린 게 알을 품으니 어떻게 하는 줄을 몰 라 이렇게 품은 거라구.
어린지연: 그럼 이거 안 좋은 거야?
지연맘: (E) 안 좋긴, (콧등을 톡 건드리며) 엄마가 너 안 좋아하는 거 봤 어?
어린지연: (휘둥그레진 눈) 내가 쌍알이야?]

지연   결국 저는 못 먹었잖아요. 꼭 나 먹는 거 같아서.

제주사장   (피식 웃는) 별걸 다..

지연   근데 그리구 오늘 회사 가자마자 자기소개 찍는다고 카메라 앞에 앉았는
         데.. 갑자기 그 생각이 드는 거예요. 어릴 때 노래자랑 대회 나갔는데 분명
         히 좀 전까지 있던 엄마가 갑자기 사라진 적이 있었는데.. 혹시 울 엄마가
         내가 술집 딸인 게 창피했을까..?

제주사장   (이) 야 지랄 마라! 니 엄마가 그런 걸로 쪽팔려했을 거 같애? 니가 세상
         에 모든 술집 딸 통틀어 제일 똑똑하다구 동네 똥개한테도 얘기하고 다
         녔어!

지연   (진심) 내가 똑똑한 거 같긴 해. (커피 보며) 이거 보자마자 느낌 딱 오더
         라구.

제주사장   ... (커피를 보며) ?

         [인서트(플래시백)// 아까 카페에서.
         점원: 저희 오늘부터, 핸드드립 커피 시작했는데, 괜찮으시면 추천해드릴
         게요.
         지연: (핸드드립 커피 이미지를 보고 있는) !!]

지연   (E) 여기서 튀어나올 게 아닌데 여기서 이렇게 튀어나온다..?
         아 이거 울 엄마다..

         [인서트(과거)// 핸드드립 원두를 원 모양으로 돌리며 갈고 있는 지연맘
         의 손.
         지연맘: 얘. 술병 돌리는 것보다 뭔가 우아하지 않니? 그래봤자 그냥 커피
         가는 노가단데 이게 뭐라고 이렇게 있어 보여? 나 다시 태어나면 드립으
         로 태어날까?]

제주사장   (담배 하나에 불을 붙여서 커피 뚜껑 위에 올려두며) ...니가 어지간히 보
         고 싶었나 보다... (새 담배를 꺼내는)

지연	(불붙여주며) 각재기국.. 오늘 진짜 맛있었어요.
제주사장	그거야말로 니 엄마가 잘 끓였지.
	죽기 전에 내가 제주를 못 데려다준 게 평생 미안해.
지연	무슨~!! 울 엄마가 제주도 떠날 때 뭐라 그랬는데~ "잘 있어라 제주야! 살아생전엔 다시 올 일은 없을 거다! 죽어서 돌아올게!"
제주사장	?? 니 엄마가? 니가 그걸 어떻게 알아.
지연	내가 들었으니까.
제주사장	(어이없어 웃음) 야, 너 그때 엄마 배 속에 있었거든?
지연	그니까 제가 제일 잘 알죠. 내가 제일 가까이 있었는데.
제주사장	??? 구라 칠래?
지연	진짠데? 나 엄마 배 속에 있을 때 다 생각나는데? 엄마가 물질하러 들어가면 나도 엄마 따라 엄마 탯줄 잡고 이리 갔다~ 저리 갔다~ 같이 수영했던 기억 다 나!
제주사장	........구라 치지 말라 했다?.
지연	(해맑게) 구라 아니라니까요? 하루는요. (어릴 적 배 속에 있던 기억 계속 이야기하는) 제가 막 위로 갔다 아래로 갔다 수영하고 있는데 엄마가~ (토닥토닥~ 배를 두드리더니, "내 배 속에는 물개 한 마리가 사는 것 같아. 종일 물장구를 치네." 하더라구요. 지금도 물개들 보면 남 같지가 않은데, 아마 그때 생각이 나서 그런가 봐. 나 얼굴도 물개 닮지 않았어요? (물개 흉내))

계속 이야기하는 지연, 깔깔거리며 듣는 사장님.

소희Na	**지연이는 늘 말했다.**
	자긴 엄마 배 속에서 놀던 시간들이 생생하게 다.. 기억이 난다고.
	어제 먹은 술안주도 기억 못 하는 게 믿을 순 없지만.
	가끔은 또 진짜인 거 같기도 하고..

S#23. 상수동 탐라식당 안 (시간 경과)

지연, 가게 안으로 돌아오면 소희와 지구가 고개를 숙인 채 침묵 속에 앉아 있다.

지연   (앉으며) 분위기 뭐지? 이거 울 엄마 제사상인 거 눈치 깐 거임?
         (한라산 소주 까며) 근데 그거 알아? 나~ 아빠 닮았대.

지구   (깜짝) 아빠?

소희   누군지 알았어?

지연   (태연하게) 그건 모르는데 내가 아빠 닮아서 아이큐가 160이라던데?

소희   사장님이 니네 아빠도 알아?

지연   우리 이모가 어떻게 알아~ (확신) 근데 난 언제라도 아빨 보면 단 한 번
         에 알아볼 거야. 왜냐, 목소리를 기억하니까.

소희   (또 시작이다) 엄마 배 속에 있을 때 얘기..?

지구   그래.. 우린 믿어...

소희   (웃어주며) 그럼~ 마셔..

지연   진짜야~ 난 목소리만 들어도 어떻게 생겼는지 쉐입 다 나온다니까?

지구   거까진 못 믿고.

지연   (태연하게) 나 절대음감이잖아. 목소리 듣는 순간! 두개골 광대 쇄골 치골
         골격 사이즈 견적 싸그리 다 나온다고.

소희   마시라구.

지연   (으쓱하며 마시는)

지구   (빈 잔 채우며) 나야말로 오늘 길에서 엄마 만났다. 근데 쌩까더라.

소희   진짜???

지연   니 얼굴 까먹으신 거 아냐?

지구   까먹긴. 쪽팔린 거지, 옆에 사람들한테.

지연/소희 ...

지구   선생님이었을 땐, 그렇게 어디 못 내놔서 안달이더니.. (쓴 한 모금 하며)
         지금은 못 숨겨서 안달이더라.

소희   근데... 솔직히 넌 어머니한테 그런 걸로 서운해하면 안 돼..

지구   알아. 하나도 안 서운해.

지연	에이 딱 보니까 서운한데? (술 따라주는)
지구	..됐고, 난 진짜 행여라도 나중에 내 자식한테 그렇게는 안 할 거야.
소희/지연	(동시에) 딱 너 같은 딸 하나만.. 찌찌뽕!
지구	(이) 야 내가, 결혼 따위 일도 하고 싶지 않은데!

나 같은 딸 하나만 낳아서 꼭 보여줄라고 내가 결혼할 거다.

잘~나고 자랑스러울 때만 잘해주는 거 말고!

제일 못 나가고 힘들 때! 그래서 제일 내놓을 것도 없고 창피할 때!

그때 제일 잘해줄 거라고. (감정 격해지는) 오랜만에 얼굴 본 자식한테, "너 때문에 못 산다. 니가 어떻게 나한테 이럴 수가 있냐. 너 때문에 내가 잠도 못 자고 병원을 달고 산다." 이런 말들 말고..! ....

밥은 먹었냐고... 아픈 데는... 없냐고. 그렇게 말해줄 거다. 나는.

소희/지연	(숙연...)
소희Na	**우리는 술만 먹으면 앞다퉈 엄마 욕을 한다.**
	마치 팔쥐 엄마 경연대회라도 하듯.
	어른이 되면.. 엄마 욕은 안 하고 살 줄 알았는데..
	엄마들은 알까.. 우리가 툭하면 이렇게 자기들 욕하는 거....
소희	(취한) 맨날 안 아픈 척, 안 힘든 척, 그거 알고 보면 얼마나 짜증 나는 줄 알아? 결국엔 다 들켜! 끝까지 들키질 말던가. 그럼 그냥 나만 나쁜 년 되는 거야 오늘처럼.
지연	(취한) 야! 다 너 걱정할까 봐 그러시는 거 아냐.!!!
소희	(술 따르는데 완전 취한) 그럼 전화를 받질 말던가!! 그리고 전화는 왜 받는데!
지구	(취한) 어떻게 온 전화를 안 받냐.. 그래도 니네 엄마는 대놓고 힘들단 말은 안 하잖냐. 그게 엄마지. (감정 격해지는) 맨날 너 때문에 수면장애가 왔느니 공황장애가 왔느니 꼭 내일 죽을 사람처럼 굳이 자식 맘 더 불편하게 만드는 게 엄마냐?
소희	야! 진짜 엄마면 딸한테 말을 해야지!!!
지구	진짜 엄마는 딸한테 그런 말을 못 하지이!!!!
지연	(테이블 쾅 치며 일어나는) 아우 이것들이 진짜 조용 안 해!!! 나는 엄마도 없거든!!!

소희/지구 (조용) .....씨...

적막이 이어진다.
소희가 슬쩍 지연이 눈치를 보며 술을 따라 마신다. 그러다 문득.

소희 (생각해보니 / 한 손으로 쾅) 우씨, 난 아빠 없거든!
지연 (두 손으로 쾅 / 가게가 떠나가라 외치는) 우씨! 난 아빠 원래 없었거든!!!!!
소희 ....!! (숙연)
지구 (숙연 / 고개 박는) ....내가 잘못했다...

저만치서 제주사장이 듣다못해 한마디 한다.

제주사장 (버럭) 이런 싸가지 없는 년들 다 집으로 가 이제!!!! 니 같은 년들을 낳고
도 니 엄마들은 미역국을 끓여 먹었다!!!
소희 (취해서 테이블에 엎드려 있는) 울 엄마 미역 싫어하는데...
제주사장 어구... 어구... 어구!! (테이블 정리하러 온) 어우 비켜! (남은 안주들, 숟가
락으로 한 그릇에 요란스럽게 모으며) 지겨운 피붙이들...

S#24. 상수동 탐라식당 앞 (시간 경과)

북구의 차가 멈춰 선다. 구시렁거리며 탐라식당 안으로 들어가는 북구.
잠시 후 차례로 세 여자를 업고 나와 차에 태우는.

S#25. 삼인방의 연립빌라 / 거실 (새벽)

거실에 차례로 눕히는 북구. 벽에 붙은 각서를 보는.
[메모 인서트// "낮술 / 주중 술 / 밤샘 술 금지!"]

북구   얼씨구?

그 밑에 쓰여 있는 글씨...“가급적이면....”

북구   참나~ 각서의 뜻을 모르는 건 아니지?

북구, 펜을 들어 그 옆에 덧붙여 써놓는.
[가급적이면, 이건 빨리 떼라!]

소희Na   **가급적.. 마셔줘야 하는 날이 있다.**
오늘처럼...
엄마가 좀 ... 보고 싶은 날엔..

북구도 가고 캄캄한 거실, 취해서 자고 있는 삼인방에서 달리아웃.

S#26. 에필로그 – 상수동 탐라식당 (밤)

(아까 전) 취해서 엄마 욕하던 세 사람.

소희Na   **술 먹고 엄마 욕을 하다 보면**
하나같이 내 엄마는 이해 못 하면서도
친구의 엄마는 다 이해하는 우리..
친구들의 말은 사실 다, 맞는 말이었다.

소희   (취한) 아니 왜 혼자서 그렇게 술을 마시냐고.. 청승맞게!! 그래 놓고 나한
테는 아~무 일도 없다는 듯이! 이건 진짜 사기 아니냐?
지연   (취한) 야야! 너 걱정할까 봐 그러시는 거 아냐.!!!!

[인서트// 소희엄마, 자다 깨서 통화목록 보고 깜짝 놀라 메시지 남기는.
메시지: 소희야, 엄마가 동네 아줌마들이랑 마을잔치 갔다가 한잔했어. 그러니까 괜한 걱정 하지 마. 알지?]

컷 튀면,

지연   야 울 엄마는 어땠는 줄 알아? 어떤 날은 나한테 나 혼자 시집가면 자기 너무 질투 나고 외로울 것 같다구, 시집가지 말라고 했다니까? 그게 엄마가 할 말이냐?
지구   야 그건 니가 너무 아무나 만나서 결혼한다고 할까 봐 한 말이겠지!

[인서트// 병원에 힘들게 누워 있는 지연맘. 제주사장이 손을 잡아준다.
지연맘: 언니, 내 딸 데려가는 놈한테 좀 전해줘.
너 이노무 자식, 내 딸 예쁘게 생겨서 데려가지? 보는 눈은 있어가지고..
나도 내 딸 예뻐 죽겠거든? 그니까 평생 예뻐만 해주고 살아.
나이 들어서 그렇게 안 보일 때까지도.]

컷 튀면,

지구   야 내가, 결혼 따위 일도 하고 싶지 않은데! 나 같은 딸 하나만 낳아서 꼭 보여줄라고 내가 결혼할 거다. 잘~나고 자랑스러울 때만 잘해주는 거 말고! 제일 못 나가고 힘들어 보일 때, 그래서 제일 내놓을 것도 없고 창피하게 느껴질 때.. 그때 제일 잘해줄 거라고.
소희   지구야... 어머니도 그렇게 말하고 싶었을 거야.

[인서트// 동네의 어느 허름한, 마감하고 불이 다 꺼진 호프집.
지구엄마가 생맥을 두 잔째 먹고 있고, 그 앞에 앉아서 졸고 있는 호프집 아줌마.
지구맘: (혼자 넋두리하듯) 딸이.. 어릴 때 다들 천재라 그랬어. 미술도 잘하고 노래도 잘하고 운동도 잘했거든. 근데 난 걔가 언제 제일 자랑스

러웠는지 알아여?

(눈앞에 어린 지구가 보이는 듯 회상) 이백일 다 돼서였나. 하도 여기저기 기어 다니길래 내가 너무 힘이 들어서 소파 위에 올려놨었거든. 근데 저 만치에서 걸레질을 하고 있는 날 보더니 갑자기 그 소파에서 뒤로 기어 내려오는 거야. 지 딴엔 그냥 내려오긴 너무 높았던지, 몇 번을 발을 내려 보고 고민하다가 결국엔 뒤로 기어 내려오더라구. 그리고는 날 보고 막..... 기어 오는데, 내가 그때 얼마나 기뻤는지.. 걔는 알까여...?]

S#27. 과거) 지구맘의 홈비디오 영상

100일 된 지구, 소파에서 겨우겨우 뒤로 기어 내려오고... 엄마 있는 곳까 지 웃으면서 기어 오는 모습에서, 그걸 보며 감탄하는 지구맘의 목소리..

지구맘   (E) 어구 어구! 어구 잘한다 우리 딸! 어구 잘해!!! 어구 어구..
우리 딸 천재네! 천재야!!. 이리 와 엄마가 안아줄게.

- 5부 끝 -

6부

거의 모든 술의 역사

S#1. 차이나타운 분위기의 거리 일각 (밤)

범죄의 거리 분위기가 물씬 나는 어두컴컴한 차이나타운 거리..
지구, 지연, 소희가 비장하게 걸어가고.. 노숙자와 불량한 사람들이 하이에
나처럼 기분 나쁜 눈빛으로 삼인방을 쫓는다.

소희Na   **어쩌다 우리가.. 여기까지 왔을까. 분명 오늘 아침까지도 우린..**
(E)   (알람 소리)

S#2. 오늘 아침 - 삼인방의 연립빌라 (아침)

거실에서 아무렇게나 자고 있는 삼인방, 알람이 울린다.

소희   (지연을 발로 깨우는) 야 일어나아....
지연   (짜증 + 잠꼬대)
지구   (벌떡 일어나 앉아 있는) 아.. 나 똥 싸는 꿈 꿨어. 로또 살까.
소희   (부스스 일어나며) 그냥 똥 마려운 거 아냐?
지구   아냐, 기분이 상쾌해.

S#3. 오늘 아침 - 길거리 또는 골목 일각 (아침)

달리는 지구의 오토바이. 살짝 무리하게 우회전하려다가 고급 외제차 박고 옆으로 쓰러지는.

S#4. 오늘 아침 - 정형외과 (아침)

망연자실한 얼굴로 반깁스하고 앉아 있는 지구. 소희가 놀라서 달려온다.

소희   야!!! 너 괜찮아? (몸 살피는) 괜찮냐고!
지구   (소희를 보며 똥 씹은 얼굴) 망했다...

컷 튀면, 망연자실한 얼굴로 앉아 있는 지구와 소희. 지연이 놀라서 달려온다.

지연   야!!! 너 괜찮아? (몸 살피는)
지구   (지연을 차마 못 보는)
지연   ?! (소희를 보는)
소희   망했어.. (지연을 올려다보며 작은 소리로) 얘 벤틀리 박았대.
지연   ...어머 벤틀리.

S#5. 현재 - 차이나타운 거리 (밤)

으슥한 골목길을 따라 들어가고 또 들어가는 삼인방.
지연, 어느 문을 열자, 소희와 지구가 겁먹은 얼굴로 따라 들어가고,
문이 닫히면, 장기 매매 메모들이 잔뜩 붙어 있는

소희Na   **폭망한 우릴 이곳으로 데려온 건, 지연이였다.**

S#6. 차이나타운 / 의문의 가게 (밤)

문을 열고 들어가자, 장기를 파는 곳 같기도 하고, 불법 전당포 같기도한.. 험상궂게 생긴 빠박이(남/온몸에는 문신)가 곧 죽여버릴 듯한 표정으로 셋을 맞는다. 지연이 가슴팍에서 립스틱 하나를 꺼내 빠박이 앞에 건네자 인상을 팍 쓰고 립스틱을 돌려 꺼내본다. 날카로운 칼이 자동으로 올라오고, 칼날의 쨍한 표면에 빛이 반사된다. 검증을 마쳤다는 듯 지연을 보는 빠박이.

컷 튀면, 빠박이가 철창의 자물쇠를 열면 쇠 철창이 열리고, 어두컴컴하고 좁은 복도를 따라 들어가면 또 철창, 자물쇠를 열고, 또 따라 들어가면 마침내 열리는 창고 문. 창고 문이 열리는 순간, 세 사람의 표정이 한순간에 바뀐다.

지구   (너무 놀란) 어우 씨발!

소희   (놀란) !!!! 이게 다 (말도 안 나와) 어. 어. 얼마에요?

창고에는 어마어마하게 오래되고 희귀한 술들이 컬렉션 되어 있다.

빠박이   (대충 보며 습관성 욕) 씨발 이 정도면 한남동에 집 두 채는 사지 않겠어?

소희   (발목 꺾이며 휘청 / 가까스로 벽 잡는)

지구   (지연을 보며, 믿기지 않는) 야.. 뭐냐.

씨익 웃는 지연, 컬렉션 된 진귀한 술들로 달리인 되며.

지연Na   **흠.. 이렇게 된 이상 오늘의 주인공은**
        울 엄마가 아닐까 싶은데.. 일단 한잔하면서 얘길 시작해볼까?

6부. 거의 모든 술의 역사

S#7. 제주도 (1973~1992년)

#. 지연모 – 지연이를 낳기까지의 몽타주
/제주도 해변의 어느 집, 한 여자아이(지연모)가 태어난다.

〈정중앙에 자막 CG: 1973년 9월 26일〉

지연Na **때는 1973년 9월 26일.**
이날은 울 엄마가 태어난 날이자,
25도짜리 두꺼비 소주가 세상에 처음 출시된 날이기도 해.

/6세) 두꺼비 진로 소주병이 바닷가로 흘러들어오고, 그 병으로 소꿉놀이하는.

지연Na **그래서였는지 엄만, 자기가 소주와 비슷한 인생길을 걷게 될 거란 걸**
어린 나이에 이미 직감했다나..

/18세) 바닷가에서 물질한 바구니를 들고 나오는 지연모.
해변 포장마차에서 남자들이 소주를 마시며 지연모를 힐긋 본다.

지연Na **여튼 울 엄마가 제주에서 제~~~일로 예쁘고 잘나가는 해녀가 됐을 때쯤**
소주도 전 국민에게 사랑받는 국민 술로 거듭났고.

/19세) 지연모 앞에 지연부(20대 후반/이방인)가 각그랜저를 타고 나타난다. 지연부를 보고 첫눈에 반한 지연모가 차에 올라탄다.

지연Na **엄만 열아홉 살에 육지에서 온 한 남자랑 불같은 사랑에 빠졌대.**
내가 금사빠인 건 유전이었어.

/차에서 내리는 지연모, 임신한 채 차에서 내리고, 쌩하니 가버리는 그랜저.

지연Na   **하지만 얼마 안 있다가 날 임신했단 걸 알게 되고,**
                남자와 가족들에게 모두 버려지고 나서야 엄만 제주를 떠날 결심을 했어.

S#8. 서울 - '수지 미용실' 배경 (1992년~1997년)

#. 지연이가 태어나고 난 후의 몽타주
/미용실 한편에 예쁜 갓난아이.

지연Na   **그리고 이듬해 1992년 9월,**
                엄마는 쌍문동에서 제~~~~일로 예쁜 딸, 바로 나를 낳았지.

/1997년, 6살 지연이 놀고 있고, 티비(뉴스)에서는 진로의 부도 소식이
전해진다.

지연Na   **그렇게 5년 뒤, IMF가 터지면서**
                잘나가던 소주 회사 진로는 부도를 맞았고

/지연모, 뭔가를 결심한 듯 손을 털며 셔터를 내린다.

지연모   (미련 없이) 장사 끝!
지연Na   **같은 해에 엄마의 잘나가던 미용실도 문을 닫았어.**
                뭐 울 엄마가 이런 걸로 눈 하나 깜짝할 사람은 아니지만.

/'수지 미용실' 간판 사라지고, 술집 간판으로 바뀌는. (술집 이름: 이슬)
아래에서 그걸 바라보고 있는 지연모와 지연(6세).

지연모   (힘차게) 장사 시작!
지연Na   **엄마는 미용실 자리에 이어 술집을 차렸고**

/1998년 – 진로, 참이슬 출시.

지연Na **그해에 진로는 어려운 가운데서도 23도짜리 참이슬을 출시!**

S#9. 지연모의 술집 (1998년)

#. 술집 장사 잘되는 몽타주
/손님들로 가득 차기 시작하며 장사 잘되고, 테이블마다 '참이슬'이 올라와 있는.

지연Na **아니나 다를까 엄마의 술집 '이슬'은.. 그야말로 초대박이 났어.
더불어 23도짜리 참이슬도 대히트를 쳤지.**

/가게 한쪽에서 엄마가 차려준 밥 먹는 지연.
물 가지러 냉장고 문을 여는데, 물은 안 보이고 술병만 가득한.

지연Na **그리구 그날은 정말 너~~~~~무 너무 억울해서 아직도 기억이 또렷해.**

/지연, 술병에 있는 술을 물컵에 따르고, 아무렇지도 않게 먹으려는 순간, 지연모 달려와서 "안 돼!!!" 지연이의 손을 사정없이 쳐버리고, 물컵이 바닥으로 떨어진다. 놀래서 으앙~ 울어버리는 지연.

지연모 너 미쳤어?!!!
지연(7세) (울면서 소리 지르는) 목마른데 물이 없었단 말야~!
지연모 그런다고 술을 마셔?!!!!
지연(7세) 엄마 술 파는 게 물장사라며!!
지연모 (완전 무섭게) 기지배야 술이 어떻게 물이야!!! (어깨 세게 잡고) 너 명심해! 너는 죽을 때까지 단 한 방울의 술도 입에 대선 안 돼! 알았어? 너한테는 다른 사람들한테 조금씩 다 있는 알콜 분해효소가 전혀 없어. (어깨를 더 세게 잡고) 먹으면 죽는 거야!!!!!!

지연(7세) (토끼 눈으로 소주를 보는) 죽..어?

지연모 (단호하고 무섭게) 그래!!! 죽는다구! 미안하지만 니 엄마가 그런 유전자를 물려줬어! 그러니까 살고 싶으면

지연(7세) 엄마는 술 잘 먹잖아.

지연모 엄마 혼자만 너 낳았어? 넌 절대 안 돼. 죽을 때까지. 이건 너한테 독이라고 독!!

지연(7세) 응.. (겁먹은 눈)

지연모 밥 먹어. 물 갖다줄게.

지연Na 하여간 술이라면 나한텐 그렇게 엄격하더니만...

지연모, 지연을 앞에 놓고 비장하게 말한다.

지연모 지연아. 니가 천재인 이유는, 아무래도 날 닮은 것 같아.

지연(7세) ..엄마 천재야?

지연Na 울 엄만 술 천재였어.

지연모, 비장하게 안대로 눈을 가린다.
컷 튀면, 소주 한 잔을 마시고, 소주병에 붙은 원산지를 맞히는 지연모.

지연모 (마시고) 이천.

지연(7세) (E) 딩동댕~

지연모 (마시고) 충북?

지연(7세) (E) 땡!!! 청원이었습니다~!

지연모 야 청원이 충북이야.

지연(7세) 오... 엄마 진짜 천재야?

S#10. TV 방송 – '이런저런 놀라운 특종 세상'

VCR - 〈소주의 원산지를 맞히는 여자〉
제작진이 지연모의 술집에 찾아와서 지연모를 만나는 오프닝 그림.

지연Na   **결국 울 엄마 이걸로 티비에도 출연했다? 텔레비전은 내가 나가고 싶었구만~**

성우Na   분명 같은 회사의 같은 소주가 확실한데~~ 소주 라벨에 표시된 원산지에 따라 정말 소주의 맛이 다를 수 있을까요? 충북 청원과 경기도 이천에 있다는 이 소주 회사의 공장을 찾아가봤습니다.

이천 공장, 청원 공장 - 소주를 만들고 있는 모습에서..

성우Na   두 소주의 차이점이 있다면, 알콜에 섞는 물의 원산지라는데요.
공장관계자   (인터뷰) 이천이라고 써져 있는 건 이천 남한강 물이고, 충북이라고 써져 있는 건 청원 금강에서 나온 물입니다.
지연모   (인터뷰) 음.. 이천 소주는.. 훨씬 더 부드럽게 넘어가요. 살짝 더 달기도 하고.. 목에 촥 붙으면서 편하게 넘어가는 느낌이 있구요. 청원 소주는.. 뭔가 더 세면서 싸한 느낌? 이천 것보다 쓴 느낌이긴 한데 굉장히 맛있어요.
성우Na   정말 가능한 이야기인지, 소주 회사 관계자의 이야기를 들어봤습니다.
공장관계자   (인터뷰) 그럴 순 없습니다. 소주의 원액이 되는 주정의 생산과 희석 과정, 사용하는 물 모두 똑같은 조건 아래 생산되기 때문에 맛의 차이는 있을 수가 없습니다.

제작진이, 지연모의 영상을 보여주자... 놀라는 진로 관계자.

공장관계자   (한참 신기하게 보다가) 말도 안 돼.. (어이없게 웃으며) 이거 조작 아닌가요?
제작진   (E) 백 번 가까이 해봤는데 두 번 틀리고 다 맞히셨어요.
지연Na   **사실 방송이 나가고 진짜 화제가 된 건, 엄마의 절대 미각이 아니라 이 실험을 위해 소주 백 잔을 마신 엄마의 주량이었지..**

S#11. 전라남도 / 소희네 집 (1998년) (저녁)

〈자막: 전라남도〉
티비에서 줌아웃, 밥 먹고 있는 소희부와 소희모, 소희(7세).
쌀 대신 지게미밥, 반찬은 김 하나와 간장, 김치 등 초라하다.

소희부   오메~ 백 번을 마셨는디 저라고 말짱하다고? 시상에..

소희모   아따 술을 겁나게 잘 먹는 여잔가 보네. (소희한테 지게미를 떠먹이는)

소희(7세)   (맛있게 먹는데 실실거리는 표정)

소희모   아구 잘 먹네 우리 딸..

지게미를 밥처럼 먹이는 소희모, 그런 소희를 미안하게 보는 소희부. "맛있어?"

지연Na   **언젠가 소희가 자긴 일곱 살 때까지 밥 대신 찌게미를 먹고 컸다 했잖아? 그때 내가 했던 말 기억나? "뭐!!!? 찌꺼기를 먹고 컸다고?"**

소희Na   **아니! 찌꺼기가 아니라, 막걸릿집에서 막걸리 만들고 남은 지게미!!!**

지구Na   **근데 너.. 그거 먹고 진짜 안 취했어?**

마지막 지게미까지 다 먹은 소희가 기분이 좋은지 실실거린다.

지연Na   **설마... 어머니 아버지가 그렇게까지..**

소희모   (불안) 애가 왜 이렇게 실실댈까..

소희부   ... (불안) 기분이 좋은 거겠지.. 그치 소희야? 밥 먹으니까 배불러서 기분이 좋지?

소희모   애가 원래 태어날 때부터 잘 웃고 그랬잖아요. 지극히 정상.. 하하...

소희부   그치.. 흐흐.. 아구 기분 좋다~

소희, 실실 웃다가 갑자기 일어나서 개다리춤을 춘다. 안 췄으면 좋겠는데... 할 수 없이 박수 치며 호응해주지만 어딘가 모르게 불안한 소희모와 소희부 리액션.

소희모　아니 애는 왜 꼭 밥을 먹고 나면 춤을 춰... 참나...

소희부　(불안) 뭐.. 소화되라고.. 잉... 소화... 그치? 우리 소희 배불러서 그러지?

소희모　(어색하게) 아이고 잘하네~ 이제 고만해잉...

지연Na　**소희야, 너 저 때 기억이 나?**

소희Na　**당연하지~ 저 일곱 살 때까지가 인생에서 제일 또렷하게 행복했던 기억인데.**

지구Na　**큭큭.. 취했었네..**

(E)　강지구, 티비 꺼.

S#12. 경기도 / 지구네 집 (2001년) (밤)

티비를 끄고 방에서 거실로 나가는 지구(10세).

거실에는 종갓집의 위엄 있는 제사상이 차려져 있다.

지구부 아래로 남자형제들(큰아빠들)이 중심이 되어서 일렬로 절을 올리고 있고, 그 뒤로 지구 또래의 남자아이들이 주르륵 서 있고, 지구모를 비롯한 며느리들과 손녀들은 부엌 쪽 뒤로 빠져 있다.

절을 다 올리고, 음복 차례.. 큰아빠들이 지구의 남자 사촌들한테 한 잔씩 술을 따라주기 시작하는.

지구모　(명령조로 귓속말) 너도 가서 받아.

지구　? (내가?)

지구모　너도 이 집안 핏줄이잖아. 넌 강씨 아니야?

지구, 엄마가 시키는 대로, 남자 사촌들 옆에 가서 앉는.

다들　(지구를 보고 의아한)

지구　(큰아빠에게) ..저도 한 잔 주세요.

지구부   지구야 넌 안 돼.. (하다가 지구모와 눈이 마주치자 눈을 아래로 까는)

놀란 큰아빠들, 지구를 못마땅하게 쳐다보며 헛기침.

작은아빠 (타이르는) 여자는 술 받는 게 아니다. 어디 종갓집 제사에..
큰아빠   (유독 지구를 귀여워하는) 됐다. 니도 한 잔 받아라. 대장부감이네! (술을
        따라주며) 옳지 옳지. 한 잔 마셔봐.

지구, 술잔을 들고 토끼눈이 되어 아빠를 바라봤다가, 엄마를 보는데..
엄마, 지구를 향해 먹으라는 강렬한 눈빛을 보낸다. 엄마의 시그널에 술
을 한 잔 꿀꺽 먹자 다들 "어구! 잘도 먹네!" 웃는 데에서..

지연Na **열 살에 첫 원샷! 강지구, 이날 기억나?**

컷 튀면, 방으로 돌아온 지구. 다시 티비 앞에 앉는데, 지구의 시선에 티비
속 광고가 뱅글뱅글 돌기 시작한다. 그리고는 이내 기분이 좋은지 실실
웃기 시작하다가 호탕하게 웃는.

지구Na **그럼. 엄마가 하란 대로 했는데 행복했던 유일한 날이었으니까.**

지구가 보고 있는 '참이슬' 광고에서 디졸브.

지연Na **딱 그맘때쯤이었을 거야. 우리 가게가 새로운 변화를 맞은 게.**

S#13. 지연모의 술집 (2006년) (낮)

술집 벽에, '처음처럼' 포스터가 '참이슬' 포스터와 나란히 붙은.
/냉장고에 가득 차 있던 참이슬, 옆에 처음처럼 술병이 들어서는.

지연Na	**영원할 것만 같았던 참이슬에 대적해 두산의 처음처럼이 치고 올라오면서 소주의 양대 산맥이 탄생했지.**
지연모	(간판을 보며) 이 판국에 가게 이름이 이슬인 게 좀 걸린다. 처음처럼을 좀 안고 갈 수 없을까?
지연(15세)	섞으면 되지, 이슬처럼~
지연모	내 딸 천재.

간판 '이슬' 뒤에 '처럼'을 덧붙여서 '이슬처럼'이 되는.

지연Na	**뭐 이 정도쯤이야~** **이름이 바뀌고 엄마의 가게는 전성기를 맞았고** **이 시기가 바로 대한민국 역사상 가장 많은 사람들이 소주를 찾은 시기였어. 물론 술 좀 먹는다는 사람들은 다 우리 집을 찾았고.**

컷 튀면, 밤.
왁자지껄 손님이 많은 가운데, 이제 막 온 교수들 서너 명이 자리를 한다.
나이가 좀 있는 교수가 단골이라 젊은 교수들을 데리고 온 모양.
그중 지연부(남/말끔한 40대 초반)도 있다.

중년교수	(앉으며) 요즘 제일 잘나가는 술집이야. 사장님이 제주 출신.
지연부	아.. 네. (둘러보는)
지연모	어서 오세요~ 교수님 오셨네요! (정지)
지연부	....!! (서로 알아본 / 잠시 정지)
중년교수	여기 사장님,
교수들	(인사하는) 안녕하세요~
지연모	(정색 / 인사하는 둥 마는 둥)
중년교수	(E) 우리 일단 탕 하나랑 파전 하나에 참이슬 하나 주고. 아니지, 요즘 처음처럼이 잘나간다며 그거 한번 먹어보지?

주문받고 주방으로 돌아온 지연모, 얼이 나가 있다.

지연(15세) (냉장고에서 소주 꺼내 와 쟁반에 담으며) 술이랑 반찬 먼저 나갈게요~!

지연모   (정신 차리고, 다급) 아니야! 니가 나가지 마!

지연(15세) ...?

지연모   (단호) 언니더러 나가라 그래.

지연(15세) ? 이모 주방에서 음식 하고 있는데? 왜?

이때 쨍그랑! 소리 나며 지연부 옆 테이블에서 유리잔 떨어뜨리는 소리가 나고 지연이 자동반사적으로 빗자루를 들고 간다.

손님   죄송합니다!

지연(15세) 괜찮아요~! 안 다치셨어요? (친절하게 치워주다가) 손대지 마세요 제가 할게요!

(E)   여기 주문이요!

지연(15세) 네! (치우며 주방 쪽 보며) 엄마 3번 테이블 주문 좀!

엄마라는 말에, 옆 테이블에 있던 지연부가 지연을 본다.
이어서 주방 쪽에 이러지도 저러지도 못하고 있던 지연모를 쳐다보는데...
지연모, 순간적으로 지연부의 시선을 피한 채 어딘가로 숨는다.

지연(15세) (E) 엄마!

[인서트(과거, 5부 8씬 동일 시점)// "누가누가 잘하나 노래자랑 대회"
지연(9세)이 관객석에 있던 엄마를 애타게 찾는다.
지연(9세): 엄마?!
관객석에 있던 지연모, 급하게 몸을 숙여 숨은 상태.
그곳에서 얼마 떨어지지 않은 관객석 일각에 아이를 안고 있는 지연부와 아내가 있고, 지연모는 마침 그것을 본 것.
지연부: (지연을 보며) 쟤는 엄마가 안 왔나 본데?
아내: (아이를 안고) 근데 쟤 너무 예쁘게 생겼다~ 꼭 인형 같지 않아요?

지연부: *(무대 위 지연을 보는 시선에서)* 그러네..]

3번 테이블에서 주문을 받고 있는 지연을 바라보는 지연부의 시선에서..

지연Na **그날 밤 엄마는 나를 데리고... 아마도 튀었던 것 같아.**

S#14. 밤길 / 트럭 안 (밤)

어디론가 가고 있는 트럭, 트럭 옆에 타고 있는 지연과 지연모.

지연(15세) 엄마, 무슨 죄졌어? 우리 왜 도망가?
지연모   (천연덕스럽게) 도망은 무슨! 한곳에 오래 붙어 있으면 자유롭게 살 수가
        없어!
지연(15세) 그래도 지금 가게 장사 완전 대박인데..
지연모   그게 어디 가게가 대박인 거니? 내가 대박인 거지!

이천 표지판을 지나는 트럭. 저 멀리 커다란 공장이 보인다.
그러자 지연모, 다급하게 차를 멈춰 세운다.

지연모   기사님! 저~기 공장 보이시죠? 저 앞에 좀 세워주세요.
기사   강원도까지 간다고 안 했어요?
지연모   거기까지 안 가도 될 것 같네요. (비장한 미소)
지연Na **엄마는 언제나 끝까지 가기 전에 답을 찾았지.**

S#15. 이천 소주 공장 (밤)

이천 소주 공장 앞에 세우는 트럭.

지연Na ..아직까지도 미스테리야.
       그 캄캄한 오밤중에 이천의 소주 공장이 어떻게 엄마의 눈에 띄게 된 건
       지..

       이천 소주 공장 관계자와 딜하는 지연모, 수천 개의 오크통을 눈여겨보
       고, 싼값에 대충 넘기는 이천공장 관계자.
       옆에서 딴짓하고 있는 지연..

지연Na 때는 소주 회사였던 진로가 맥주 회사인 하이트에 매각되던 시기였고
       엄마는 소주 공장에 남아 있던 수천 개의 오크통 중 50통을
       단돈 5만 원에 사들였어. 세상에 누가 알았겠어?
       이 처치 곤란한 오크통들이
       몇십 년 뒤에 엄청나게 비싼 일품진로로 다시 팔리게 될 거라는 걸.

S#16. 이천 / 엄마의 새로운 술집 + 창고 (낮)

       엄마의 새로운 술집 '뉴~ 이슬처럼'이 오픈한다.
       가게 옆 일각에는 엄마의 비밀창고가 있다.
       비밀창고 문이 열리면, 엄마가 사들인 오크통들과 함께 엄마가 모으고 있
       는 희귀한 술들이 쌓여 있다.
       35도짜리 초창기 양조상회 소주, 25도짜리 초창기 두꺼비 소주, 그 외 수
       입 양주(발렌타인 30년산, 로얄샬루트 30년산), 그리고 세 짝에 한 병씩
       만 들어 있다는 암소주(모양이 둥근 소주병) 등이 모아져 있다.

지연Na 엄만 술에 관해서만큼은 항상 천리를 내다봤고
       새로 오픈한 이천의 술집 창고에서 엄마는 한마디로 재테크를 시작했어.

       손님들(남자 셋)이 암소주를 찾는다. 옆 테이블에서 정리하고 있는 지연
       모.

손님1	(다 안다는 듯) 사장님, 그거 있져? 암소주.
지연모	(능청) 뭐 그게 아무 때나 있나~
손님1	에이~ 다 알고 왔는데 우리. 여기 별의별 술 다 있다면서.
지연모	(능청) 그걸 아무한테나 주나~~
손님2, 3	아 이모~~ / 아 누나~
지연모	대충들 먹고 가~ 병 모양 그게 뭐가 그렇게 중요하다고.
손님1	(진지하게 찌르는) 공 하나 더 붙으면 나옵니까?

컷 튀면, 암소주를 테이블 위에 내려놓는 지연모.
우와~ 환호하는 남자들. 암소주 모양을 이리저리 살피며 호들갑을 떤다.

지연모	(웃으며) 좋기도 좋겠다. 이리 줘봐, 한잔 말아줄게.

소주를 돌려 따더니 현란하게 맥주를 말아주는 지연모.
술집 전체 손님들이 전부 환호하는.

지연Na **도매상인들과 인맥을 돈독히 해두었던 엄마는**
세 짝에 한 병 들어 있다는 암소주처럼 희귀한 술은 물론이고
더 이상 찾지 않는 높은 도수의 소주들, 그리고

창고 안. 비싼 양주와 위스키들이 진열되어 있는

지연Na **경매로 나온 양주와 위스키들까지 전부 다 사들였어.**

지연모, 새로 들어온 위스키들을 진열하다가 문득 시선이 가는 술.
초록색 병의 압생트다.

도매상인 (E) 한 집에서 서른 병이 넘게 경매로 올라왔어. 좀 사는 집인 거 같은데
이것만 마셨나 봐.

지연모   다 내가 살게. (그중 한 개의 위스키병 뚜껑을 따고 냄새를 맡는데 이유 없이 눈물이 나올 듯 가슴이 아리다) 얘는 왜 이렇게 아프니..

[인서트(과거)// 양주장 안에 있는 위스키병들에서 줌아웃 하면, 잘사는 고급 집.
남자아이(10세): 왜 아빠는 밥 안 먹고 술만 먹어?
엄마: 우리가 밥을 먹어야 사는 것처럼 아빠는 술을 먹어야만 살 수가 있대. 아빠한테는 술이 밥인 거야.
남자아이: 밥 먹으면 착한 어린이라며. 근데 아빤 왜 술 먹고 엄마 때려?
엄마: ....
(아이의 시선에서) 문 열리는 소리와 함께 아빠가 들어온다. 들어오자마자 수납장을 열어 위스키를 꺼내 가는 아빠. (같은 압생트가 잔뜩)
이때 엄마가 아빠의 손에서 위스키를 가로챈다. 그리고 보란 듯 벌컥벌컥 한 병을 다 마시더니, 이내 확 쓰러져버리는 엄마.
그런 엄마를 저만치에 숨어서 바라보고 있는 아이.
엄마(E): 잘 들어. 좀 이따 엄마가.. 아빠 앞에서 술 먹고 쓰러지는 연기를 할 건데 그건 술이 아니라 물이야. 그러니까 절대 놀라면 안 돼. 알겠지?
쓰러져 있는 엄마를 바라보고 있는 아이.
아빠(E): 뭐야, 일어나! 일어나라고!!! 이 사람이 진짜, 왜 이래?? 일어나!!!!!!!
구급차 소리와 함께 실려가는 엄마...]

술집 주방. 위스키병에 든 물을 한참 보고 있다가.. 이내 싱크대에 따라 버린다.

지연(15세) 그걸 왜 버려?
지연모   (의미심장하게) 물이 들어 있네.
지연(15세) 왜? 누가 거기다 물을 탔는데?
지연모   모르지... 일부러 그랬는지, 실수로 그랬는지.. 이 안에 얼마나 많은 인간들의 사연이 들어 있겠니.

지연(15세) 근데 엄마는 왜 술을 모아?

지연모　이제는 파는 것보다 모으는 게 더 재밌거든. 술은 유통기한이 없잖니.

지연(15세) 아~

지연모　이제 저 창고에 있는 25도짜리 소주들은 독주라고 한동안은 처다도 안 볼 거다 아마.

지연Na　**엄마의 예상은 적중했어.**
저도수화 경쟁으로 소주는 6개월 간격으로 도수가 내려갔고
마침내 20도의 마지노선이 깨졌지.

[전문가 인터뷰1: 19.5도가 사람이 마시기에 가장 부드러운 도수입니다.
전문가 인터뷰2: 18.5도가 가장 이상적인 도수죠.]

2011년. 어느새 어엿한 대학생으로 성장한 지연, 여기저기 날아다니며 능숙한 홀서빙을 하고 있는 반면 안색이 창백한 지연모, 홀 정리를 하다가 몸이 추운지 카디건을 겹쳐서 입는다.

지연Na　**물론 난 그땐 알지 못했어.**
소주와 공동운명체였던 엄마의 체온도
소주의 도수와 함께 조금씩 떨어지고 있었다는 걸.

지연(대학생) 엄마 나 오티 갈 때 창고에 있는 술 몇 개만 가져가면 안 돼?

지연모　한지연. (쩨려보는)

지연　…아니 친구들 주려구.

지연모　너 절대 안 되는 거 알지? 다들 먹으려고 안달이면 니가 그냥 시원하게 한 잔 말아줘. 그리고 똑바로 이야기해. 못 먹는다고. 못 먹으면 못 먹는다고 이야기하는 게 진짜 술꾼인 거야.

지연　(시무룩) 알았다구..

지연모　(카디건을 여미며 웃는) 대학생 된 거 축하한다. 파이팅.

S#17. 대학생 신입생 오티 장소 (아침)

대학교 신입생들 몰려 있는 오티 장소.
완전 신나 있는 지연, 카메라 팬하면 각자의 과에 위치하고 있는 지구와
소희.

지연Na **나 진짜 대학 못 갈 줄 알았는데 대박 사건.**
이왕 이렇게 된 대학생! 내가 아주 뽕 뽑고 간다!
했는데 둘러보니 신입생들이 다들 바짝 쫄아 있더라구.
그 무섭고도 무섭다는 선배들의 술 때문이었지.

S#18. 대학생 신입생 오티 장소 / 지연이네 과방 (밤)

선배들이 지연에게 술 먹으라고 난리.

선배1 야 그냥 마셔. 처음부터 술 잘 먹는 사람이 어딨냐고. 먹으면서 배우는 거
지!

선배2 이럴 거면 오티는 뭐 하러 오냐? 선배가 먹으라면 무조건 먹는 게 오티야.

선배3 (대폿잔에 소주 따라주며) 마셔. 마시라면 그냥.

지연 (담담하게) 저 죽는대요.

다들 (?)

지연 제가 술을 해독하는 유전자가 없는 유니크한 스타일이라 마시면 그냥 가
버린다는데 선배님들 손에 쇠고랑 채울 순 없잖아요.

선배1 (섬뜩) 에이씨.. 쟤 열외시켜. 재미없게.

선배2 (잔 치우며) 예쁘면 다냐?

지연 대신 제가~ 기가 막히게 한번 말아드릴게요.

지연, 현란하게 병 따서 샴페인 터뜨리듯 종이컵에 붓고, 다들 놀라는.

선배들	대박 / 뭐야!!! 너 술 못 먹는 거 맞어? / 수상한데? 너 거짓말이면 죽는다!
지연	하하하~ 저 술 못 먹는 여자 맞습니다~~ 맥주가 다 떨어졌네? 제가 다녀올게용~

S#19. 대학생 신입생 오티 장소 / 지연이네 과방 앞 (밤)

지연, 밖으로 나오는데
옆방으로 카메라 이동하면... 다른 과방 엠티, 소희가 난동을 부리고 있다.

소희	(E) 야!!!!

S#20. 대학생 신입생 오티 장소 / 소희네 과방 (밤)

일동	(놀라서 보는)
소희	너!!!!! (선배1에게 삿대질하는)
선배1	나?
동기	왜 그래.. (말리는) 저 사람 우리 선배야..
소희	이쒸 비켜!! (밀치자 나가떨어지는 동기. 선배1에게 다가가며) 너 말이야 너!!!!!!!!!! 너 아까 (여자애 가리키며) 쟤 한테 쪼물락쪼물락 했어 안 했어!
선배1	... (당황) 그게.. 무슨... 야! 너 미쳤냐? 이게 지금 어디 하늘 같은 선배한테 (손 올라가는)
소희	(이/손 막으며) 이게 지금 어디 신성한 후배한테 손찌검을! 확! 손모가지를 휘뚜루 제가부고 으깨부까! 어디 한조막 꺼리도 안 되는 조랑말코 같은 것들이 꼴에 선배라고 아~따 낯간지러 뒤져불것구만.
선배2	안소희! 너 지금 뭐 하는 거야? 이쁘다 이쁘다 해주니까 너 죽고 싶어 환장했나?

소희	아따 니 같은 사기꾼 시끼도 사는디 으짠다고 내가 죽어야 쓰것냐?
선배2	사기꾼? (멱살 잡는)
소희	(멱살 잡힌 채로 그대로 반대 벽까지 밀어붙이는) 그래 사기꾼!!!!!! 니!! 아까 마트에서 장 보고 간이 영수증에 장난질했냐 안 했냐. 분~명히 30만 원어치 장 본 걸로 알고 있는디, 그래놓고 니 슬쩍 60만 원이라고 썼냐 안 썼냐잉!! 아따 뒤지게 공부해갖고 대학 들어왔더만 대학생들 꼴딱서니들 하고는 참말로
선배3	이년이 미쳤나!!!! (뒤에서 소희의 머리를 낚아채는)
소희	(잡힌 채로 경고) 놔라잉. 내가 분명히 말했다잉! 마지막으로 한 마디만 하께. 이거 놓으라고~~~!!!!!!!!!!!!!!!!!!!!! (폭발)

이빨로 선배3의 안쪽 겨드랑이를 좀비처럼 물어버리는 소희.
비명을 지르며 말리는 동기와 선배들. 하지만 점점 더 포악해져가고..
그림자에 비친 소희- 괴성을 지르며 주변에 달려드는 모든 사람들을 좀비처럼 물어뜯고 난동을 부린다.

S#21. 대학생 신입생 오티 장소 / 소희네 과방 앞 (밤)

소희의 과방 앞을 지나치던 지연이 창문에 보이는 이 장면을 바라보며 서 있다.

지연Na   엄마가 그랬지. 어느 오티에 가나 꼭 미친년 하나쯤은 있을 거라고. 그래서 그렇게 놀라진 않았지만 저 좀비가 안소희였다니.. 어후...

이때 좀비가 된 소희가 튀어나왔다가 다시 동기들의 부축에 이끌려 들어가고, 그런 소희를 피해 가는 지연.. 자연스럽게 지구의 과방 앞을 지나는데, 전화를 받으며 방에서 나오는 지구.

지구   어 엄마... 응.. (계속 보고하는) 각자 방에서 자기소개 하고 선배님들 얘기

듣는 중... 아니 난 안 먹었지.. 선배들? 다 괜찮아.. 나쁜 사람 없어.. 어..

지연, 얼핏 지구의 전화 통화 소리를 들으며 옆으로 지나쳐 간다.

지연Na　　**게다가 오티 가면 꼭 한 명씩 있다는 저 범생이... 강지구였다니..**

S#22. 대학생 신입생 오티 장소 / 지구네 과방 (밤)

방으로 돌아온 지구, 선배들한테 한 소리 듣는.

선배1　　야. 넌 무슨 전화를 그렇게 자주 받으러 나가냐. 남자친구야?
지구　　아니요 엄마..데요.
선배2　　(지구의 휴대폰을 가져가며) 대학생도 됐는데 이제 엄마는 좀 끊자.
지구　　주세요...
선배2　　(쏘맥 주며) 이거 한 잔 마시면 줄게.
지구　　(다 마시고는 빈 잔을 주며) 한 잔 더 주세요.
다들　　올~~~~~~~~!!!!
지구　　(두 번째 잔 원샷) (비장) 한 잔 더.

세 번째 쏘맥을 원샷하는 지구. 놀라는 선배들 반응..
이때 또 울리는 엄마의 전화. 지구.. 쏘맥을 마시며 한 손으로 전화를 엎어
둔다.

지구　　(잔 내려놓으며) 캬... (거하게 트림을) 끄억!!!!

지구 엄마에게 문자가 온다. 메시지를 확인하는 지구.
[메시지 인서트//
엄마: 강지구, 너 왜 전화 안 받아? 너 술 먹는 거 아니지?]

S#23. 대학생 신입생 오티 장소 / 지구네 과방 앞 (밤)

방문 밖으로 나와 평상에 걸터앉는 지구. 보름달이 환하게 보인다.

지구   (살짝 취기가 도는) 토끼가 방아를 찧나...

달을 유심히 올려다보는데, 짐을 지고 걸어가고 있는 낙타로 보이는.

지구   (눈에 초점 맞추는) 낙탄가.... 뭘 저렇게 이고 가나...

컷 튀면, 엄마의 전화를 받고 있는 지구. 살짝살짝 몸이 앞으로 기운다.

지구모   (F) 강지구. 너 똑바로 잘 들어. 어제 뉴스에 뭐 나온지 알아? 뼈 빠지게
         공부해서 일류 대학 들어갔더니 선배들이 강제로 술 먹여 죽은 신입생!
         난 너 그 꼴 못 봐. 그러라고 내가 너 뼈 빠지게 공부시켜 대학 보낸 거 아
         니니까. 그니까 지금부터 정신 똑바로 차리고 엄마 말 잘 들어.
지구   엄마 근데.. 나 어릴 때.. 제사 지내면서 엄마가 나 술 마시라고 했잖아..
지구모   (F) 너 바보니? 그거는 너랑 내 자리를 지키기 위해서 무조건 받아야 했
         던 술이었고! 지금은 널 지키기 위해서 무조건 먹지 말아야 하는 술이고!
지구   (조심스레) 날 지킬지 말지를 내가 판단할 순 없는 거야?
지구모   (F/정색) ..너 방금 뭐랬어, 너 취했니? 너 술 먹었어?
지구   술을 강제로 먹여서 싫으면.. 내가 싫다고 말하면 되는 거잖아..
지구모   (F/버럭) 야 이년아!! 걔네들이 그런 말을 들어줄 거 같애?!!
         그리구! 니가 퍽이나 싫다고 말하겠다!!!
지구   ... (말이 안 통함)

지구의 시선에 보름달이 보인다. 가만히 전화를 끊어버린다.

지구   싫어..!

지연Na	근데 정말 그때.... 보름달이 변했어?
지구Na	어. 분명히 낙타로 보이던 게... 사자로 변하더라구.
	확실해. 사자였어.
소희Na	**야. 너 그때 쏘맥 세 잔 원샷했다며. 그냥 취한 거야.**
지연Na	**좀비는 좀 조용히 있지?**

지구, 누군가 두고 간 담뱃갑을 바라본다.
조심스럽게 담뱃갑을 열어서 담배 한 개비를 꺼내어 든다.
안에 들어 있는 라이터 꺼내 불을 붙이는데, 서툴러서 라이터 불도 잘 못
켠다. 이내 불이 붙고, 담배 첫 모금을 흡입하는 지구.
후..... 내뱉자 담배 연기가... 하늘로 올라가 보름달을 가린다.
보름달에는 선명한 사자 그림이 보인다.

지구	(하늘을 올려다보며) 알딸딸하니.. 좋네.. (담배 연기를 내뿜는)
지연Na	**지구가 술과 담배를 동시에 시작한, 역사적이었던 그날.**

S#24. 대학생 신입생 오티 장소 외경 (아침)

아침이 밝아온다.

지연Na	**나에게도.. 아주 역사적인 해가 밝았어.**

S#25. 대학생 신입생 오티 장소 / 지연이네 과방 (아침)

다들 뻗어 있고, 지연이 기분이 좋아서 콧노래를 부르며 설거지를 하고
있다. 이때 누군가가 술이 덜 깬 채로 일어난다.

선배1	(숙취 중) 물....

지연 (설거지하다 말고 재빠르게) 선배님 물이요? 잠시만요 (페트병의 물 따라
   주는)

선배1 (마시고) 퉤! 야! 이거 술이잖아!

지연 어머 진짜요? 죄송합니다!

선배1 너 이거 어디서 가져왔어?

지연 저기에서요.

선배2 (페트병의 3분의 2 비워져 있는 술 보며) 야 이거 담금주 아냐?

선배1 (게슴츠레) 그거 꽉 차 있었는데 ... 누가 먹었냐.

지연 (해맑게) 제가 아침에 물인 줄 알고.

선배1 (놀라서) 뭐???? 그거 40도가 넘는 건데?

선배2 (놀란) 너 괜찮아?!!!

지연 ......어쩐지 그래서 기분이 좋았구나.

선배3 너 술 먹으면 죽는다며?

선배1 맞다! 너...!

지연 엄마가 뻥쳤나 봐요. 큭. (자기도 웃긴지 웃는)

S#26. 병원 / 입원실 (2011년) (밤)

누워 있는 지연엄마.

지연모 ...죽음이 코앞인가 봐. 입 안이 사막 같네..
    명치 속까지 뜨거워지는 데낄라 한잔 마시고 가면 딱 좋겠다. 그러면 저
    어기 멕시코쯤에서 태양처럼 뜨겁게 다시 태어날 수 있지 않을까..

지연 ...엄마.

지연모 응.

지연 진짜 엄마 말이 맞더라. 소주가 14도짜리도 나온대.

지연모 내가 그 꼴은 못 보겠어서 그만 살려구. 14도짜리 술 팔긴 쪽팔리잖아.
    술이 써야 맛이지. 어디 그게 술이니?

지연 엄마.

지연모	힘든데 왜 자꾸 불러대.
지연	...엄마 왜 나한테 뻥쳤어?
지연모	...?
지연	나 알콜 분해하는 유전자가 없다며. 확실해?
지연모	.... (조용)
지연	죽은 척하지 말구.
지연모	..넌 기어코 그걸 먹니. 진짜 피는 못 속인다 피 못 속여..
지연	달더라. 술이.
지연모	이거 봐. 내가 안 그랬음 넌 고등학교 때부터 먹어댔을 년이야!
지연	참나, 아니거든!
지연모	너! 그 술이 왜 단 줄 알아?
지연	뭐 다니까 달겠지.
지연모	원래 술은 쓴 거야 기지배야. 대부분은 다.. 술이 쓰다구.
	근데 넌.. 내가 그렇게 안 키웠으니까.
	아무리 인생이 써도, 넌 달다고 느끼게..
	넌 내가 그렇게, 솜사탕처럼 키웠으니까.
지연	.... (고개를 푹 숙이고 눈물을 참는)

S#27. 제주도 바닷가 (2016년) (낮)

2016년. 제주 바다에 엄마의 유골을 뿌리는 지연.
25도짜리 진로 소주를 함께 뿌린다.

지연Na	**엄마는 그렇게 몇 년을 누워 있다가.. 갔어.**
	자신과 생일이 같은
	25도짜리 두꺼비 소주를 함께 뿌려달라는 말과 함께. 그리고..

컷 튀면, 지연의 앞에 한 양복 남자(거칠게 생긴)가 다가온다.
작은 선물상자를 건네받고, 열어보면.. 립스틱이다.

지연모   (E) 배운 게 도둑질이라고.. 대단하게 물려줄 유산이라고는 이것뿐이네.
        기쁜 일, 슬픈 일, 힘든 일, 대소사 기타 등등에 요긴하게 팔아 쓰렴~!

S#28. 현재 - 차이나타운 / 창고 (밤)

        뽀얗게 먼지 앉은 술들을 하나하나 만져보는 지연, 이때 빠박이가 온다.

빠박이   방금 팔렸어. 한 통에 7천만 원.
지구/소희 (입이 떡) 대.....박!
지연   살았다.. (공중에 대고) 엄마 쌩유!
지구   (진열된 오크통들을 보며) 그니까 저게.. 우리가 19년도에 그렇게 살려고
        쌩지랄을 하고도 못 샀던 그..
소희   어.. 그 일품진로래...
지구   나 아침에 똥 꿈이 이거였구나. 진짜 이것도 꿈이면 죽여버릴 거야.
지연   (25도짜리 두꺼비 소주 한 병을 진열대에서 꺼내며) 저, 이것도 한 병 가
        져갈게요!

S#29. 오복집 (밤)

        동배, 버너에 올려진 편백나무 찜통 뚜껑을 열면 열기가 확 퍼진다.
        재빠르게 수증기 안으로 얼굴 들이미는 삼인방.
        찜통 안에는 정성스레 말아 차곡차곡 쌓은 차돌박이숙주찜이 들어 있다.

동배   독한 술일수록 안주는?
셋   순하고 기름지게!
동배   (25도짜리 진로 소주를 보며) 귀한 술일수록?
셋   차분하고 은근하게~

동배   굿!! (가는)

지연, 소주 세 잔을 일렬로 놓고, 경건하게 25도짜리 진로 소주를 잔에
따른다.

지구   (잔을 들고) 이게 바로 어머니랑 생일이 같은 오리지널 두꺼비다 이거지.
소희   경매 사이트에서는 열 배 넘게 팔린다는 그 두꺼비.
지구   어머니는 언젠가 이렇게 될 거라는 걸 알고 계셨던 거잖아.
지연   (25도짜리 두꺼비 술을 보며) ..그러게 울 엄만 알고 있었나 봐.
       비싼 돈을 주고서라도 잊혀진 술을 다시 찾고 싶은 사람들의 마음을.
소희   (잔에 대고 고개 절) 존경합니다아..
지연   나마스떼에.
지구   잘 먹겠습니다. (잔 들며) 적시자..!
셋   (마시고 동시에) 크으....
소희   (음미하며) 좋다!

이때 소희한테 오는 메시지, 북구다.
[인서트//
강북구 피디: 안작가 일은 잘 해결됐어? 실은 아까 이야기 듣고 내가 적금
하나를 깼어. 2천만 원 가능할 것 같아.]

소희   헐.. 강피디 적금 깼다는데?
지구   왜?
지연   그러게 왜?
소희   ... (무안) 그니까..

S#30. 강북구의 집 (밤)

컴컴하고 외로워 보이는 집. 스탠드 하나만 켜고 부엌에 앉아 있던 북구.

소희한테 오는 문자를 급하게 확인한다.
[문자 인서트//
안작가: 강피디님이 왜요?]

문자를 보고 잠시 멍하니 있는 북구.

북구   (벌떡 일어나며) 그니까 내가 왜 그랬을까. 다들 알아서 잘하는데...

휴대폰을 두고 방으로 들어가는 데에서..
식탁 일각에 세워져 있는 어린 시절 엄마와 함께 찍은 행복한 가족사진..
16씬에서 위스키를 먹고 죽은 여자, 북구의 엄마다.

- 6부 끝 -

7부

별것 아닌 것 같지만
도움이 되는

S#1. 술집 / 국민대 국문학과의 밤 (밤) - 10년 전

> **〈자막: 10년 전 / 국문학과의 밤〉**
> 단체로 모여 술 먹는 신입생들.
> 처음엔 어색하게 눈치 보다가 점점 분위기 무르익어가고, 취해가는 소희
> 의 시선.

소희Na **술맛은커녕 내 주량조차 모르던 대학 시절.**
어른이 되었단 걸 증명하기 위해 한 잔,
점점 취해가는 게 신기해서 또 한 잔..

마주 앉아 있는 학생들의 입 모양이 점점 느려지고, 소리는 점차 둔탁한 동굴 소리로 변하며, 시선컷은 위아래로 흔들리며 흐릿해진다.

소희Na **점차 술잔을 넘기는 손목에 탄력이 붙고**
술이 목구멍에 자석처럼 달라붙는 느낌이 들기 시작하면
어느덧 알콜의 쓴맛은 사라지고 술은 물이 된다.
지금부터는 내가 마시는 게 아니요.

이내 고꾸라지는 소희의 시선컷, 몰려드는 학생들.

소희Na   ...내가 자빠지는 게 아니다.

소희를 부축해 일으켜주려는데, 테이블 다리를 붙잡고 진상짓 시작.

소희   (질질 짜며 진상) 불쌍해- 불쌍해- 씨발 다리가 너무 불쌍해에...
주변인들   (수군) 뭐라는 거야.. / 다리가 왜 불쌍해...
소희   (테이블 다리를 잡고) 존나 벌서고 있어어.... 뼈밖에 없는데... (통곡) 불쌍
         해-!!!
소희Na   **그때 처음 알았다.**
         난 술에 취하면 불쌍한 걸 못 보는 주사가 있다는 걸.
         그리고 불쌍하지 않아 보이는 모든 것에 시비를 건다는 걸.
소희   (소희를 둘러싸서 걱정해주는 척 내려다보고 있는 애들에게) 뭘 봐 이것
         들아!!! 걱정하는 척하면서 구경하고 있는 거 내가 모를 줄 알아!!! 이씨!
         (인사불성)
소희Na   **경찰에 대통령, 그 누가 온대도 제압이 안 되는 만취 상태에서 날 차분하게**
         진정시키는 단 한마디가 있다. 그건 바로
지구   (중저음) 안소희.
소희Na   **지구가 불러주는 내 이름 세 글자, 안소희.**
지구   가방 들어.
소희   어... (가방을 온순하게 껴안는)
소희Na   **그렇다. 한 마리의 개였던 내가 가방을 들었다는 건..**
         정신이 돌아왔다는 거다.
         술 취한 진상들에게 가방이란... 그런 거다.

S#2. 대학교 일각 / 일일주점 (밤) – 10년 전

         포차 분위기의 대학 내 일일주점.
         남녀 학생들이 섞여 앉아 신나게 술을 먹고 있는데 지구의 맞은편에 앉

아 있던 남학생이 한 여학생에게 러브샷을 강요하듯 팔을 두르려 한다.

소희Na **물론 나만 이 모양인 건 아니었다.**

지구 (양쪽 테이블 끝을 잡고, 특유의 눈을 치켜뜨며) 아놔 진짜.. (복식 호흡하듯 끌어 올려서) 야! 얘가 너랑 러브샷 하기 싫다잖아!!! 한국말 못 알아듣냐?

남학생 야 신경 꺼 니가 뭔데 껴들..

몸부터 나가는 지구. 테이블을 와장창 엎어버린다.

소희Na **지구 역시 한번 빡이 돌았다 하면..**
눈에 보이는 건 죄다 들고 엎어야 성이 풀리는 주사가 있었는데

의자를 던질 기세로 들어 올리는 지구.

소희Na **이런 지구를 제압하는 건, 의외로 지연이였다.**

지연 (눈에 불 켜고 외치는) 지구!!!! 여기 테이블 더 큰 거 있다!!!
이것도 와서 다 던져!! 싹 다 엎어 그냥!!! 오늘 다 그냥 죽여버리게!!!!

지구 .... (보다가) 에이씨..... (의자 내려놓는)

소희Na **뛰는 또라이 위에**

지연 (앞머리를 입술 바람으로 부는)

소희Na **나는 또라이, 한지연.**

컷 튀면, 지연이의 이야기.
지연, 만취해서 비틀비틀 일어나다가 슬쩍 다른 테이블에 껴서 앉는다.

지연 (자연스럽게 합류) 어머~~~ 그거 완~전 웃기다! 하하하.

남자 (이야기하다가 흠칫 놀란) 누구세요.

지연 우리는 한민족, 한 가족, 내 이름은 한지연~ 만난 것도 인연인데 한잔 콜?
(취해서 윙크를 번갈아가며 정신없이 날리는)

학생들	뭐야~~ (당황스럽지만 그렇게 싫지는 않은 듯) 그럼 뭐 한잔. (술을 따라 주는)
소희Na	**아무 데나 합석하는 주사가 있던 지연이는** **예쁜 얼굴 덕에 바로 까이진 않지만, 10분을 넘기지도 못했다.**
지연	음~~~~~~~~~~~~~ 오늘 술 너~~~~무 너무 달다. (컷) 근데 그게 진짜 너~~~~~~~~~~~무 너무 맛있는데, 또 너~~~~~~~~무 너무너무 중독성이 쩔어가지구, 틈만 나면 너~~~~~~~~
학생들	(점점 지치는 얼굴) 크흠!!... / 너무 하이한데?
소희Na	**이런 지연이를 진정 시키는 멘트는, 다섯 글자.**
소희	(지연한테 다가가서, 무섭게) 지연아 가자.
지연	(귓등으로도 안 듣고) 너~~~~~~~~~~~
소희Na	**하고 세 글자 더.**
소희	(귓속말로) 지구 와.
지연	(급격히 다운되는) ~~~~~~~무 너무 즐거웠습니다아... (발딱 일어나는)
소희	(가방 건네는) 니 가방.
지연	(온순하게 가방 메는)

소희, 지연과 팔짱 끼고 가는데 저 멀리서 기다리고 있는 지구.
비틀비틀 취해서 가는 세 사람의 풀샷에서..

소희Na **아무리 끝 간 데 없이 마셨어도, 이렇게 서로를 지키며**
어떻게든 가방은 챙겼던 우린..
그래서였을까, 취하는 게 두렵지 않았다.

S#3. 길거리 (밤) - 10년 전

술에 취해 길바닥에서 자고 있는 엄청난 거구(뚱보북구-누군지 모르게/
찌질한 곱슬머리 대딩)의 몸에서 지갑을 빼내고 있던 소매치기범.

지구   (E/어디선가 다다다 달려온) 새꺄!!!!!!!!!!!!!!!!!!!!

소매치기를 날아차기 발차기로 제압한 지구에 이어 가방 스매시를 연타로 날리는 지연과 소희, 놀라 자빠져서 빛의 속도로 사라진 소매치기범.. 남은 거구를 내려다보는 삼인방의 얼굴에서.

소희Na **술 먹고 진상짓 좀 해봤다는 사람들은 직감적으로 안다.**
       오늘 밤, 이건 우리가 챙겨야 한단 걸.
지구   (한숨 쉬며) 아.. 이걸 어떡하지.
소희   불쌍해.
지구   야. 불쌍하긴 세상에서 제일 잘 먹은 놈 같구만.
소희   (신들린 듯 뚱보를 보며 느끼는) 불쌍해...!
지연   (못 말린다는 듯) 애 또 꽂혔어. 알잖아.
지구   (소매치기가 가져가려 했던 지갑 안에서 주민등록증을 꺼내 보며) 집주소는 확보했는데.. 좀 멀다.
소희   (이미 업고 있는)
지구   !!! 진짜 업고 간다고?
지연   (부축하며) 이미 업었잖아. 못 말려.
지구   (뒤에서 부축하며) 어우 술 잘 먹고 마지막에 이게 뭔 난리야....
지연   (애들 셋 가방 들고 으쌰으쌰하는) 빨리빨리 가자!

삼인방, 소희를 주축으로 힘겹게 북구를 업고 가는 뒷모습에서.

7부. 별것 아닌 것 같지만 도움이 되는

S#4. 요가원 '비움' / 요가실 (아침) - 현재

요가원 선생님들이 선정의 지도 아래 다 같이 단단한 나무 자세를 취하고 있다.

선정	브릭샤 아사나, 이 자세는 요가 경전 고락샤 샤따까에 나오는 땅에 깊이 뿌리를 내린 나무 자세로서, 수행자의 성취를 이끌고 소원을 들어주는 성목의 의미를 담고 있어요.
지연	(자세 취한 채로) 그럼 제일 오래 버티는 사람 소원 들어주기 어떨까요?
선정	(어이없다는 듯 웃으며) 아사나 수행은 그렇게 가벼운 내기나 경쟁으로 다뤄져서는 안 된다고 제가 몇 번을..
지연	(ol) 원장님 자신 없으시구나?
선정	(찌릿!)

S#5. 종이의 작업실 옆 건물 (아침)

지구의 오토바이가 멈춰 선다.
잠시 후, 배달을 마치고 나오는 지구, 오토바이에 다시 올라타려다 말고 헬멧을 벗고 건물(종이의 작업실)을 힐긋 본다.

[인서트// 4부 플래시백
종이: 다음엔 혼자 맥주 드시지 마세요! 누추하지만.. 여기서 같이 마셔요.]

지구, 슬쩍 골목으로 가본다. 낮에 보니 더 거지 같은 잡동사니 소굴.
슬며시 종이의 작업실 창문 쪽을 올려다본다. 저쯤인가..

(E)	(종이) 오셨어요?
지구	깜짝이야.

돌아보면 종이가 완전 말끔하게 차려입은 차림으로 지구를 보고 섰다.

지구	(살짝 민망) 여기 온 게 아니구 이 옆 건물 1층 배달..

종이	(말끔히 웃으며) 우연치고는 좀 운명적인데요?
지구	뭐가...
종이	저도 원래 이 시간에 잘 안 나오거든요.
지구	근데요.
종이	...오늘 같이 갈 운명인가 봐요. 타시죠. 삐빅! (스마트키처럼 길거리에 세워져 있는 트럭에 대고 진심으로 소리 내는)
지구	(어이없는) 뭐야..?

컷 튀면, 지구의 오토바이가 작업실 앞 한쪽에 세워져 있고, 그 옆으로 지구를 태운 종이의 트럭이 출발한다.

S#6. 요가원 '비움' / 요가실 (아침)

부들부들 떨며 나무 자세 내기하고 있는 지연, 선정, 요가선생님들.

| 북구 | (E) 컷! 컷! 컷!!! |

S#7. 상가건물 / 요리 주방 공간 (아침)

요리 씬을 찍고 있는 재연배우. (상당히 뚱뚱한 거구)
당근을 써는데 땀이 뚝뚝 요리로 떨어지자 북구가 촬영을 중단시킨 상황.
연출팀(카메라맨 등, 홍석)과 작가진이 북구를 쳐다본다.

북구	(발끈) 아니 음식에 왜 이렇게 땀을 흘려요.
재연배우	(당황, 땀 닦으며) 죄송합니다.. 제가 좀 땀 흘리는 체질이라.
소희	(재빨리) 아름아 수건.
아름	네! (수건 가지러 가는)
소희	(뚱보한테 친절하게 다가와서) 조명이 좀 덥죠? 땀 닦고 다시 가면 돼요~

북구	본인이 땀이 많으면 머리에 띠를 두르든가 조치를 하고 왔어야지..
	(홍석한테 괜히 짜증) 너는 그런 거 체크 안 하고 뭐 하나?
홍석	(입 댓 발) 아니 그거까지 제가..
소희	(옆에 있는 혜경한테) 왜 저렇게 또 예민해?
혜경	감독 놀이 하고 싶으신가...
북구	(인상 꽉) 다 들립니다아~ (되게 불편해 보이는)

그런데 소희의 시선에 여느 때보다 땀을 많이 흘리고 있는 북구가 보인다.

소희	...근데 피디님도...! (겨드랑이에 땀을 가리키는)
북구	나 뭐.
소희	아니 땀을 엄청..
북구	(ol) 그게 뭐요? 지금 내가 재연 찍습니까? 내가 요리하냐구요?

스튜디오에 있던 사람들 시선이 북구에게 쏠리고, 소희는 이 자식이 오늘 유독 왜 저러나 싶다. 이때 아름이 수건을 가지고 와서 재연배우한테 준다.

재연배우	(받는) 감사합니다. (북구를 향해) ..죄송합니다.
북구	(버럭, 자기 위치로 가며) 홍석아 다시 가자! 작가님들 나오세요!
소희	(민망할까 봐 물 까주며) 물 좀 드릴까요?
북구	(귀는 이곳에 집중. 돌아가면서도 짜증/ol) 물 주지 마요! 그럼 더 땀나!
소희	(물 주려다가 정지, 왜 저러나 싶은) ...!!
재연배우	맞는 말입니다...

컷 튀면, 다시 시작된 촬영... 유독 땀을 삐질삐질 흘리며, 어딘가 모르게 긴장되어 보이고 불편해 보이는 느낌의 북구, 그걸 바라보는 소희의 모습에서.

S#8. 상가건물 / 복도 → 엘리베이터 앞 (아침)

촬영이 끝나고 상가건물 복도를 걸어 나오는 소희가 북구한테 한마디한다.

소희　(참았다가 터뜨리는) 피디님! 오늘 좀 너무하셨던 거 알죠?

북구　(ol/예민하게 시치미) 내가? 뭘? 누구한테?

소희　(일자 눈) 알면서 이런다.

코너를 도는 순간, (혹은 복도 끝에) 재연배우가 엘리베이터를 기다리며 서 있다. 급 어색해지는 공기...

소희　(당황) 아... 이제 가세요? 오늘 수고 많으셨어요. (애써 웃는)

재연배우　저 때문에 촬영이 길어져서 죄송합니다.

소희　(ol) 아니에요! 저희 딱 예상시간에 끝났는걸요~

북구　(누군가의 전화 받는) 어 치영. (쫌 듣다가 짜증) 야 내가 아까 말하지 않았냐? 자꾸 두 번 세 번 말하게 할래? 아이 진짜!

소희　(배우한테 귓속말로) 원래 좀 성격이 그지 같애요.

엘리베이터 문 열리고, 재연배우가 두 사람한테 먼저 타라고 양보하는 몸짓.

소희　(친절하게 웃으며) 타세요 먼저~ (뒤따라 타려는데)

북구　(전화 끊으며 타려다가 말고 인상 팍) 다음 거 탑시다 우린.

소희　....아.. (난감 + 미안 + 애써 밝게) 그럼 먼저 가세요. 오늘 고생하셨어요!!!!

문이 닫힌다.

소희　아 진짜... 우리 피디님 오늘 왜 이렇게 싸가지가 없지?

북구　(살짝 지쳐 보이는 / 한숨 내쉬며) 언제는 싸가지가 있었나요..

이때 조금 전 내려간 줄 알았던 엘리베이터 문이 다시 열린다.
조금 전 재연배우가 그대로 타 있다. 동그래진 소희와 북구의 눈..

소희   (당황) ...아직 안 내려가셨...네.

(E)   (무게 초과를 알리는 엘리베이터 알림음)

재연배우   (민망해서 더 차분하게) 안 내려가네요. 그새 살이 더 쪘나 봐요.

북구   (눈도 안 마주치고 대충 말하는데 동정의 눈빛이 스치는) 화장실 저쪽이
에요.

재연배우   (힘겹게 내리며) ...네 감사합니다.

힘겹게 내려서 엘리베이터 옆 화장실로 가는 재연배우.

소희   (속삭이며) 계단을 알려줘야지 왜 화장실을 알려줘요?

북구   (낮은 톤, 차갑지만 따뜻한 말인) 계단으로 어느 세월에, 싸고 다시 타는
게 낫지.

소희   (그러고 보니 그런가? ..북구를 다시 보는)

S#9. 요가원 '비움' / 요가실 (낮)

다들 포기, 선정과 지연만 아직도 나무 자세 중.
힘들게 자세 취하고 있는 두 사람. 땀이 뚝뚝 떨어진다. 고통스럽다.
하지만 이 악물고 버티는데 누군가 실패하고 쓰러지는 듯한 소리.
컷 튀면, 승부는 갈렸고 둘 다 바닥에 거친 숨 쉬며 시체 각으로 누워 있다.

요가쌤1   (시계 보며) 한 시간 20분.. 와우...

선생님들   두 분 다 진짜 대단하세요..

지연   (거친 숨) 앞으로 다시는 내기하자는 말 안 할게요. 원장쌤 말이 맞았어요.

선정   (거친 숨) 말해요. 소원.

지연   어머 리얼리?

선정	(진심 담아 인정) 이겼잖아요. 지연선생님이. 승부는 승부니까.
지연	그럼 우리 오늘 회식은 술 마실까요? 저 더 이상 차는 못 마시겠거든요.
선생님들	(어이없지만 싫지만은 않은) 대박.
지연	그럼 대낮부터 콜? (술 먹는 시늉)

선생님들, 지연의 제안에 좋아하는 표정을 숨길 수 없는데
선정, 열받은 표정을 애써 누르는.

S#10. 재심여자정보산업학교(소년원) / 주차장 (낮)

종이의 트럭이 주차장에 서고, 지구와 종이가 종이 관련 소품들을 꺼낸다.

종이	재능 기부는 돈 주고도 한다는 말이 있어요..
지구	....그래서요?
종이	배달 시간은 뺏었지만 이것도 좋은 일일 거라는..
지구	그건 제가 판단할게요. 어차피 제 의지로 온 건데.
종이	(박스 들고 가다가 멈춰 서서) 지구님은 항상 날 서 있는 말만 하는데 가만 생각하면 따뜻한 말이에요. 꼭 가만 생각해야 되긴 하지만.
지구	그럼 거기 계속 가만히 계시던가. (먼저 가는)
종이	아..

S#11. 재심여자정보산업학교(소년원) / 사무실 앞 → 복도 (낮)

소품 들고 소년원 복도를 들어가는 지구와 종이.
24시간 CCTV로 감시하는 사무실을 지나 복도를 걷는 종이와 지구. 곳곳에 CCTV가 설치되어 있고, 생활관이나 교실마다 철창이 설치되어 있다. 이때 열댓 명 되는 학생들이 나오고, 교사의 지도에 따라 줄지어 교실로 이동하는 학생들, 종이와 지구가 잠시 비켜주며 멈춰 선다.

종이   (따뜻하게) ..학교랑 다르지 않아요.

한 여학생(시은)이 지나가다가 불량한 눈빛으로 지구를 본다.

지구   (시선을 피하지 않으며 냉정하게) 그래도 학교는 아니죠.

S#12. 호프집 (낮)

지연   자 그럼 술 한번 볶아볼까요?

지연, 화려한 소맥 말기 쇼를 선보인다.

요가쌤들 대박.... (입 떡)
지연   (잔 돌리며) 항상 차만 드시는 우리 쌤님들을 위한 입문용으로 스페셜하
       게 소프트하고~ 크뤼미한 쏘맥 롸뗴 느낌으로 말아보았어요. 그럼 다 같
       이 잔 들고~ 요가인들답게 '개지랄' 한번 갈까요?
요가쌤들 (완전 놀란) 개지랄요??!!!

컷 튀면, 한마음으로 잔 머리 위로 들고 건배사 외치는.

지연   개!
요가쌤들 개성과!
지연   지!
요가쌤들 지성으로!
지연   랄!
요가쌤들 발랄하게!!
다 같이 건배!!!
요가쌤1 (한 모금 먹고) 뭐야, 너무 맛있는데? (원샷으로 전환)

요가쌤2   (원샷 하고) 캬.. 미쳤네 이거. 미쳤어.

지연   다들 많이 드세요. 왜냐면~ (카드 빼 보이며) 오늘은 원장쌤이~ 쏘니
      까!!!!

요가쌤들   (환호)

S#13. 요가원 '비움' / 사무실 (낮)

잔에 위스키를 따라 마시는 누군가(선정)의 손에서..

(E)   (학생/속닥) 누구야?

S#14. 재심여자정보산업학교(소년원) / 교실 (낮)

감성교육 미술치료 시간. 다소 불량스러워 보이는 여학생들 열댓 명이 삐
딱한 자세로 지구를 보고 있다.

종이   오늘은 특별 지도 선생님이 수업을 도와주실 건데요. (소개하려다가) 예
      쁘죠?

지구   (찌릿)

시은   (무심하게 힐긋 보고 마는)

종이   한때 종이접기 유튜버로 활동하셨고, 현재는...

지구   (또 찌릿- 설마 배달 깔라고?)

종이   (진심으로 칭찬) 멋진 배달 일을 하고 있어요. 오토바이 진짜 잘 타요.

컷 튀면, 침묵.. 지구가 접는 화면이 뒤에 스크린에 보이고, 다들 말없이 따
라 하는 중이다. 여기저기 하품하거나 딴짓하는 학생들.

종이   (눈치) 저... 지구님. 말을 좀...

지구   (뚱하게) 전 원래 말 안 하고 접는데... (눈치) 뭐 하다가 모르겠음 물어봐
여.

학생들   (뭐야.. 싫으면서도 살짝 관심이 가는 표정들)

종이   (수습) 원래 유튜브 할 때도 말이 없으셨던 분이에요. 이해 좀 해줘요.

(시간 경과) 여전히 다들 침묵 속에 종이 접고 있는...
괜히 안절부절못하는 종이, 나름 진행을 해보려 시도한다.

종이   (지구한테 낮은 말로) 저.. 선생님.. 학생들 잘하고 있는지 한번 봐주실까
요?

지구   (힐긋 보더니) 이왕이면 똑바로 앉지?

학생들   ??

지구   난 시간을 돌린대도 절대로 지긋지긋한 학창 시절로는 다시 안 돌아가. 근
데 딱 하나, (그제야 학생들을 보며) 내가 그 자리에 다시 앉게 되면 하고
싶은 게 있어. 허리가 아니라 엉덩이로 앉을 거야.

그러고 보니 학생들 대부분이 삐딱하게 의자 끝부분에 거의 허리를 대고
반 누워 있듯이 앉아 있다.

지구   왜냐면, 아침에 일어날 때 존나 힘들거든... 이미 틀어진 몸은 절대 안 돌
아와.

곳곳에 학생들, 슬쩍 누운 몸을 일으켜 엉덩이로 앉아보는데 허리가 펴지
자 뭔가 어색하고...다시 내려앉아야 하나 그러고 있는데

시은   (일부러 허리를 더 아래로 내려앉은) 씨발 존나 꼰대네.

지구   (시은을 보며) 음... 이상하게 바르게 앉으면 쪽팔리는 기분이지? 그럼 아
싸리 그냥 눕지그래? 멋있게.

종이   (불안, 뒤에서 속삭이며 다독이는) 시은아... 바르게 앉자.

시은   (째려보며) 씨발 뭘 알려줘야 접든가 말든가 하지.

지구, 시은한테 다가온다. 시은의 종이를 보면서 말한다.

지구   잘못 접었네.

시은   (올려다보며 째려보는) 어쩌라고여.

지구   망한 거지 뭐.

시은   (기가 찬) 하!

종이   (당황) 지구님.. 그렇게 말씀하시면.. (안 된다는 제스처)

지구   그니까 처음 접을 때 잘 보고 접었어야지. (힘줘서 말하는) 다들 잘 들어. 종이는, 접는 순간 자국이 나, 한마디로 빽이 안 되지. 한번 잘못 접은 종이는 그냥 망한 거라고.

침묵.... 다들 종이 접다 말고 숙연해지는데, 시은이 종이를 확 집어던진다.

시은   (혼잣말하듯 다 들리게) 씨발 전과 있는 우리더러 하는 소리네. 한번 잘못 간 인생, 니들은 답이 없다. 그 말이잖아. 미친년이 존나 재수 없네.

종이   (안 되겠다 싶어 수습하러 오는) 잠깐만 잠깐만 시은아 그런 게 아니라.

시은   (분노 폭발) 그런 게 아니라뇨. 딱 그 말인데 아 기분 좆 같네 씨발!!!!!

종이   (미치겠다 싶은)

지구   아이 씨발-

학생들   ? (잘못 들었나 싶은)

지구   (열받은) 거 참 존나 씨발씨발거리네. 니가 종이야!!!?

시은   .....!!

지구   (힘주어) 니가 겨우 이깟 종이 쪼가리냐고.

시은   (현타 온 표정에서)

S#15. 호프집 (낮)

지연과 요가선생님들, 한참 술이 올라서 신난 분위기.

요가쌤1	(이야기에 빠져 있는) 대박. 진짜 그게 들려요?
지연	제가 절대음감이라서요. 대부분의 남자들이 칫솔질할 때 나는 소리는 미 플랫. 근데 그게 같은 남자라도 상황에 따라 미세하게 좀 달라지긴 해요. 그거.. 하기 전에는 파샵 정도였다면 하고 나서는 대부분 반음이 두 번 정도 떨어져요. (칫솔질 시연하면서 재연해 보이는) 파샵~~~~ 미~~~
요가쌤들	하하하 넘 웃겨.
요가쌤3	또 뭐 있어요? 절대음감?
지연	음~~ 재채기? 딸꾹질! 이런 것도 다 고유의 음역대가 있어요. 아, 저 대학 때 만난 남자는 꼭 이렇게 재채기를 했거든요. 히~~ (온음 올라가서) 히 ~~~~~ 헤헤헤휴우!!! 이건 E 코드예요. 미~~~ 솔샵~~ 시시라솔파!!
요가쌤들	하하하하하!

이때 모르는 번호로 전화 오는 지연.

지연	여보세요?
?	(F) (알 수 없는 괴물 소리) 커어어어어어어.......
지연	응? 뭐지? 잘못 걸렸나? (끊으려는데)
?	(F) !@#$%ㄲ... 간다 이씨... @#$#@% 나가..#$
지연	(이 목소리는? 어디선가 들어본) 저 혹시...
선정	(F) 고락샤 샤따까 쉬퐐 커억~퉤! 브릭샤 아솨나아...!
지연	!! (갸우뚱) 원장님?

[인서트// 4씬 플래시백. 오늘 아침, 요가원에서..
선정: 요가 경전 고락샤 샤따까에 나오는 브릭샤 아사나는 땅에 깊이 뿌리를 내린 나무의 자세로서..]

요가쌤1	왜요?
지연	아, 아니에요! (다시 해맑게) 2차는 곱창 어때요?
요가쌤들	(E) 좋죠!

S#16. 호프집 앞 → 택시 → 호프집 주변 일각 (저녁)

어느새 해가 졌고, 지연과 요가선생님들이 신나서 호프집을 나온다.

지연   (저만치 뭔가를 보고 돌변) 어머 어쩌죠? 제가 오늘 약속 있는 걸 깜빡했어요! (머리 때리며 어설프게 다급한 연기) 세상에 이걸 까먹다니 나는 정말 돌대가리!

요가쌤1, 2   갑자기? / (뭔가 이상한데)

지연   (일단 자빠지자) 엄마얏!!!! (맨땅에서 아무렇게나 중심 잃는)

요가쌤들   괜찮으세요???? (시선 집중)

지연   하하하하! 별안간에 자빠졌어요! (도로 쪽을 보며) 택시!!!

컷 튀면, 택시 타는 지연.

지연   내일 봬요! (문 닫고 출발하자마자 다급하게) 기사님! 죄송한데요. 여기서 그냥 우회전해서 세워주시겠어요? 빨리요 빨리!

택시   (일단 우회전)

지연   스타압!!! (기사 손에 오천 원 쥐어주며) 여기요! 땡큐우! (내려버리는)

지연의 시선컷으로 미친 듯이 골목 사이를 뛴다. 골목을 나오자 저만치 반대편에 우르르 서 있는 요가선생님들이 보인다. 선생님들이 돌아보려는 찰나, 스턴트맨처럼 전속력으로 뛰어 슬라이드로 누군가를 골목 코너 안으로 낚아채서 납치하듯 끌고 가는 지연. 거친 숨을 내쉬는 지연 앞에 내동댕이쳐지듯 제압당한 사람은 바로 술 취한 선정이다. 신발은 양쪽 손에 낀 채, 머리는 산발이다.

선정   (반전) 뭐야 이 쒸발!!!! 캬악~~~~~~~~~ 퉤!!!!! (우악스럽게 침을 끌어 올려 뱉는)

지연, 거친 숨을 몰아쉬며 그런 선정을 바라보고 있는 데에서...

S#17. 방송국 / 소희네 예능팀 (저녁)

아이디어 회의 중인 소희네 팀.
소희는 볼펜을 까딱이며 회의에 열중, 북구는 이마에 난 여드름에 열중한 듯, 연신 여드름을 만지작거리고 있다.

아름	위치추적 어플을 이용하면 어떨까요?
소희	...좀 더 감성적인 건 없을까?
세미	혹시 이건 어떨까요? (아이디어 내려다가 북구를 본) 피디님 이마에 피...!

북구, 여드름을 짜다가 터져서 이마에서 피가 주르륵 흐르고 있다.

북구	(소매로 대충 닦으며 대수롭지 않게) 아 이런 드름이가 터졌네. 꽤 오래 곪아 있었는데 허허. 신경 쓰지 말고 회의들 하세여.

홀린 듯 북구를 쳐다보고 있는 소희, 아름과 영인이 속삭이는 소리가 들린다.

영인	(아름한테 복화술로) 진짜 더러워요.
아름	보지 마.
소희	.... (홀린 듯 보는)
소희Na	**이거.. 뭐지?**
혜경	언니.
소희	(못 들은)
소희Na	**무슨 감정이 이렇게 스믈스믈 올라와? 불안하게.**
혜경	언니?

소희	어, 어!
혜경	괜찮으세요?
소희	어, 어..
소희Na	**미치겠네. 술도 안 마셨는데..**

여드름 핏자국을 침 발라 닦고 있는 북구를 보는 소희.

영인	둘이 초등학교 동창이니까 교실에서 만나면 어떨까요?
다들	(나쁘지 않은 듯한 끄덕끄덕 반응)
혜경	언니, 어떠세요?
소희Na	**아.. 대낮에 미치지 않고서야...**
소희	(북구를 노려보며 심취, 속마음 발사) 개끌려.
모두	????
북구	!! 개끌.. 그렇게까지?
소희	(북구랑 눈 마주치자, 발그레해져서 동공 지진, 갈 곳 잃은 시선)
소희Na	**아 씨발, 미쳤나.**
북구	그럼 해야지!
소희	....!!
소희Na	**뭘.??**

[인서트// 시즌1. 5부 3씬
소희와 북구, 모텔에서 격하게 관계를 나누던]

소희Na	**이런, 씨!!!! 이게 여기서 튀어나온다고? 갑자기??**
북구	안작가가 좋다면야 난 무조건 해. 하자구.
소희	(미친 듯이 다리 떠는)
소희Na	**아.. 이씨.. (천천히 되뇌듯) 슬. 픈. 생. 각! 슬. 픈. 생. 각!!!!**
세미	(보면서) 언니, 왜 이렇게 얼굴이.. 빨가세요?
소희	아.. 어제 먹은 술이 올라오나... 갱년긴가.
작가들	....? (보는)

소희	하하 농담.
북구	그럼 좋은 아이디어도 나왔으니까 간만에 회식 갈까요? 새 막내작가 환영회 안 하지 않았나?
아름	회사 앞에 족발집 새로 생겼던데. 히히.
영인	배고파요..
북구	그럼 먹어야지. 가자구.
소희Na	(땀 닦으며 애써 정신 차리는) **너무 오래 굶었다.**

S#18. 족발집 (저녁)

MZ 스타일로 소주병 바닥으로 맥주를 쳐서 소맥을 마시는 홍석.
한층 업 된 회식 자리 분위기.
반면 저돌적으로 족발을 뜯고 있는 북구를 바라보는 소희.

소희Na	**라고 하기엔, 이렇게 하루 종일 끌릴 수는 없다.**
	뭔가 있다. 내가 아니라 저 자식한테 뭔가가.
	그렇지 않고서야 내가 이렇게!

북구, 다 뜯은 족발 뼈를 추잡하게 쪽쪽 빨아먹고 있는.

소희	어우 그것 좀 그만 빨아먹어요!
북구	왜? 내 꺼 내가 빠는데? 왜 또 그렇게 화가 났어~
소희	후... (소맥 벌컥벌컥 마시는)
소희Na	**그러지 않고서야 내가 이렇게!!!**

이때 소주를 더 가져다주던 주인아주머니가 북구를 보며 걸지게 한 소리 한다.

소희Na	**저딴 거에 끌릴 수는 없다.**

아주머니 어우! 이 총각 다 흘리고 먹네!!!! (벽에 걸려 있던 앞치마를 주며) 잘생겨
　　　　　가지고 아무 데나 막 그렇게 흘리면 돼?

북구 (바보처럼 웃으며 앞치마 하는) 아 감사합니다 사장님! (쟁반국수 칠칠찮
　　　게 먹으며) 여기는 족발보다 쟁반국수가 맛있습니다. 앗! (기술적으로 앞
　　　치마 안 한 부분으로 국물이 다 튄)

일동 (그런 북구를 보며 어이없는) 헐.

북구 앞치마의 나쁜 예. 난 괜찮아. 흐흐.

작가들 (못 말린다는 듯 고개를 절레절레)

소희 (애써 외면하듯 소맥을 벌컥 마시는)

아름 언니 괜찮으세요? 좀 빨리 드시는 것 같은데..

소희 어, (이제야 인지) 그런가?

북구 (홍석에게) 나 장실이한테 좀~~ (신나서 나가는)

S#19. 족발집 앞 / 야외 화장실 앞 (저녁)

　　　야외 화장실에서 나오는 북구. 기분 좋게 다시 족발집으로 들어가려는데
　　　이때 누군가가 뒤에서 확! 북구의 목을 두르듯 안는.

북구 (삑치기인 줄 알고 자동 저항) 우씨 뭐야!!!!

소희 (힘으로 제압하며 속삭이듯) 나에요 나!!! 나라고!!!!

북구 안작가??? !! (일순 정지)

소희 가만 좀 있어봐요.

북구 (진짜 놀란) 이거 지금 납치야?

소희 (수줍게) 안은 건....데요.

북구 (공포에 목이 졸린 채로) 이게? (기침)

　　　담배 물고 나오던 치영이 두 사람을 보고 빛의 속도로 뒷걸음질..
　　　여전히 그렇게 서 있는 두 사람의 이상한 풀샷에서.

소희   (E) 다 먹었어요? 족발.

북구   (E) 쟁반국수 좀 남긴 했는데

소희   (이/E) 잘래요? ...오랜만에... 지금. (저 멀리 모텔이 보이는)

S#20. 모텔 / 방 안 (저녁)

모텔 현관에 서서 로맨틱하고 부드럽게 키스하는 두 사람.
틸다운, 누가 먼저랄 것 없이 동시에 한쪽 신발로 다른 쪽 신발을 비벼가
며 기술적으로 신발 벗으며 키스하기에 성공하는 두 사람.
북구, 소희를 침대로 눕혀놓고 상위자세로 티셔츠를 벗는다. 급한 마음에
서툴긴 하지만 소희를 좋아하는 마음에 욕정만으로 짐승처럼 서둘지는
않는다. 그런데, 부드럽게 키스하려 다가오던 북구를 막는 소희, 시선이 북
구 옆구리로 꽂힌.

소희   !! / ....이거, 왜 이래요?

옆구리에 선명하게 터져 있는 튼살을 만지려 하자 흥분했던 북구가 멈칫,
소희의 손길을 피해 이불로 튼살을 가리려는데 소희, 어떻게든 봐야겠다
는 의지로 이불을 제치고 튼살에 손을 가져다 댄다.

북구   왜 그래.. (부끄러운) 그냥.. 튼 거야. 꼭 그렇게.. 만져야 돼? 이런 상황에?

소희   (생각해보니) 미안요. (뭔가를 느낀 듯, 무당처럼) 뭔가, 슬퍼..

북구   뭐가.. (당황) 슬프단 거야.

소희   (튼살을 만지며 감정이입) 불쌍해..

북구, 이 상황에서 빨리 벗어나고 싶고, 소희의 손길을 뿌리치고 침대에
걸쳐 앉는다. 당황하기도 했지만, 뭔가 슬픔이 느껴지는 북구의 등.

북구   하기 싫으면 싫다고 하지.. 뭘 이렇게 끊어.. (말은 그렇게 하지만, 본인도

맥은 끊긴 듯, 떨어진 윗도리를 주섬주섬 주워 입는데 거꾸로다)

소희 (초라해진 북구의 등에 대고) ..거꾸로..

북구 응.. (돌려 입는)

소희 술 한잔.. 안 할래요?

북구 (반만 고개를 돌리는 데에서)

(E) (선정) Fuck!!

S#21. 길거리 (저녁)

선국에게 전화를 하면서 택시를 다급하게 잡는 지연.

지연 (다급) 이 동생은 왜 또 이렇게 전화를 안 받.. 선생님 정신 좀 차려..

선정 Fuck! Fuck!!!! (웅얼웅얼) 가시 빼... 가시 빼... 캬아·~~~~악 퉤!!!!

지연 (택시를 잡아서 태우려는데)

선정 (택시에 침을 뱉으려는) 캬아~~~~~~

지연 (입을 막으며) 안 돼!!! (기사한테) 죄송합니다! 그냥 가세요! (문 닫으며) 죄송합니다!

선정 가시 빼야 된다고! (지나가는 개 보고) 아 씨발 이 도그 Fuck!

개 왈왈!!!!

선정 (같이 개처럼 짖는) Fuck Fuck! Fuck Fuck!!

지연 죄송합니다!!

S#22. 재심여자정보산업학교(소년원) / 주차장 → 종이의 트럭 안 (저녁)

트럭에 도구들을 싣는 종이와 지구. 나란히 트럭에 올라탄다.

지구 좀 의외네요. 트럭은..

종이 (운전하면서) 어릴 때 부모님이 이 트럭을 몰고 장사를 하셨거든요.

두 분이 여기에 나란히 타고 제가 이 가운데 앉으면.. 뭔가 한 팀 같았어요. 뭔가 진짜 가족 같은 끈끈...함.

근데 신기하게 승용차로 바꾸고 제 자리가 뒷자리가 되면서 부쩍 싸우는 횟수가 느시더라구요. 결국 이혼을 하셨지만 그래선지 전 '가족' 하면 이 트럭이 동시에 떠올라요. (지구 자리를 보며) 그 자린 진짜 내 여자만 태우려구요.

지구 (정색, 앞만 보고) ....저 좀 내려도 될까요? 좀 불편한데.

종이 하하하. 부담 갖지 마세요~ 거기 탄 여자, 이미 엄청 많아요.

지구 ....많아요??

종이 (이럴 땐 선수 같은) 적진 않죠? 트럭 데이트 생각보다 좋아들 하던데.

지구 (아주아주 약간의 질투가 섞인 혼잣말) 안 물..

S#23. 모텔 / 방 안 (저녁)

침대 위에 아무렇게나 기절한 선정.
지연, 선정의 자세를 정리해주며 선국에게 전화를 건다.

지연 (통화된) 피디님, 원장님이 술에 좀 취했어요.

선국 (F/ol) 아이씨...

지연 근데 자꾸 목에 가시가 걸렸다고 하는데.

선국 (F/ol) 혹시 침, 뱉나요?

지연 (어떻게 알았지?) 네..!!

선국 (F) 다른 선생님들도 다 본 건가요?

지연 아니요. 제가 따돌렸어요.

선국 (F) 제가 지금 예비군 마치고 춘천에서 가는 길이라 좀 막히는데..

지연 다행히 지금은 잠드셨으니까..

선국 (F/ol) 잠든 게 아닐 겁니다. 혹시 거기 수갑 같은 거 있을까요?

지연 (당황) 수갑요?? 모텔에 수갑이... 아!

S#24. 모텔 / 복도 (저녁)

통화를 하면서, 성인용품 자판기 앞에 서서 안에 진열된 용품들을 뚫어 져라 보는.

지연   (진지하게) 이 모텔은 그쪽 취향은 아닌가 봐요.. 전반적으로 노말하네요.
선국   (F) 그럼 일단 목에 걸 만한 건 다 치우시는 게 나을 것 같구요.
지연   목이요??
(E)   (공포스럽게 모텔 문 열리는 소리)

싸늘한 느낌에 뒤를 돌아보는 지연, 눈을 의심한다. 저만치에서 선정이 처 키처럼 웃고 있다. 그리고는 신발도 안 신고 괴물처럼 우다다다 지연을 향 해 복도를 돌진하는데, 가만 보니 목에 가방(탬버린백)을 걸었다.

지연   (눈 찡그리고 뭔가 싶어 보는) .....가방?

가방을 걸고 돌진하던 선정, 갑자기 지연 앞에 다 와서 미친 사람처럼 탬 버린백을 무기 삼아 목을 돌리며 지연에게 돌격한다. 초고속으로 위잉~~ 위잉~ 공중에서 위협적으로 돌아가는 가방에 정통으로 맞을 뻔한 지연, 찰나의 유연성을 발휘해 허리를 매트릭스 자세로 뒤로 젖히고 휴대폰을 든 상태로 팔을 휘저으며 선정의 백 공격을 피해낸다.

지연   (놀라서 주저앉은) 나마스떼...!

선정, 사물놀이 행진하듯 가방을 목으로 돌리며 좀비처럼 뛰쳐나가는 데 에서..

S#25. 길거리 / 4차선 또는 8차선 횡단보도 (저녁)

목에 가방을 걸고 빨간불로 바뀐 횡단보도를 차 사이로 막 가고 있는 선정. 목에 가시가 박힌 듯 막 토하려 한다.

운전자1   (클랙슨 누르며) 야 이 미친년아!!! 죽고 싶어 환장했어?
운전자2, 3 비켜!!!!

선정 때문에 혼잡해진 도로, 점점 더 거세게 소리 지르며 클랙슨 울리는 차들. 그 소리에 잠시 정신이 돌아온 듯한 선정, 당황해서 이렇게 저렇게 발을 내디뎌보려는데 몸은 말을 듣지 않고 비틀거리며 점차 거세지는 클랙슨 소리가 선정을 더 혼미하게 한다. 차라리 가만히 있으면 차들이 피해 갈 텐데 이렇게 저렇게 움직이는 바람에 혼잡만 더 가중되는 상황, 이때 들려오는 맑고 차분한 동굴 소리..

지연   (E/명상톤) 브릭샤 아사나.
선정   (멈칫)
지연   (차분하게 선정의 귀에 대고) 어느 수행자가 추락한 엘리베이터 안에 갇혀서 그랬대요. "지금이 딱- 명상하기 좋~은 때입니다."
       우리도 지금이 딱- 브릭샤 아사나 하기 좋~은 때인 것 같아요.

컷 튀면, 빨간불.. 지연과 선정이 양쪽에서 차가 오가는 도로 중앙선에 나무 자세로 서 있고, 차들이 그 사이로 지나가는 풀샷.

운전자4 (지나가면서 위아래로 보며 가는/E) 저거 미친년들 아냐?
선정   (운전자들의 말에 비틀, 중심 잃을 듯)
지연   (동요되지 말라는 스님 말투로) 어쩔티비....

선정, 어느새 평온하게 나무 자세에 집중, 이어 신호가 바뀌고 차들이 멈춰 서며 평온을 찾은 도로.

지연	(맨발 앞에 신발을 놔주며) 신호 바뀌었다! 자, 가요! 가방은 저 주고.
선정	내 꺼야!
지연	맞아요. 술을 어떻게 먹었든 가방만 챙기면 본전은 챙긴 거예요.
	그럼 이제 진짜 술 마시러 한번 가볼까요?

S#26. 오복집 / 구석진 테이블 일각 (밤)

앉아 있는 두 사람. 선정은 아직 취해는 있지만 주사는 잠시 소강상태다.
이때 동배가 물을 들고 다가온다.

동배	(가방 걸고 앞뒤로 움직이며 졸고 있는 선정을 보며) 어구.. 많이 드셨네.
지연	사장님 이슬 하나 주세요. (비장하게) 놋그릇에.

컷 튀면, 동배가 술잔 대신 국그릇만 한 놋그릇과 참이슬을 내려놓는다.

동배	간만에 쑈타임? (주머니에서 빨간 단풍잎 하나를 꺼내 놋그릇 위에 두며)
	살살 해라~ (선정을 힐긋 보며 가는)
지연	(윙크) 감사해요~
선정	이것들이 세트로 약을 파나.
지연	(소주를 들며) 원장님도 툭하면 명상이 답이라고 약 파시잖아요.
	명상이나 술이나~ 술이나 명상이나~

지연, 소주병을 셰이킹 하듯 흔들자 회오리친다. (CG로 극대화)
회오리를 바라보는 선정의 동공이 최면에 걸리듯 빠져 들어가고, 지연의
목소리도 마치 최면술사처럼 몽환적으로 들린다.

지연	밑바닥이 깨진 술잔에 술을 채우는 방법이 뭔지 아세요?
선정	.... (풀린 눈으로 궁금하긴 한 / 애써 눈을 떠보려)
지연	깨진 잔을.. 술독에 던져버리면 돼요.

지연, 차가운 소주병의 끝부분을 냅킨으로 감싼다. (소주병 물기로 착 붙는) 냅킨으로 감싼 부분으로 놋그릇 옆면을 치자, 댕- 하는 싱잉볼류의 종소리가 울려진다.

지연   그 술독의 끝엔 나조차도 알 수 없는 무의식이란 놈이 살고 있거든요? 원장님처럼 주사가 있는 사람들은 대부분 그놈을 두려워해요. 그래서 꼭 꼭 숨겨두거나 열심히 도망을 다니는데 그러다 그놈을 만나기라도 하면, 나를 놔버려요. 필름이 끊기는 거죠.

싱잉볼처럼 가장자리를 문지르듯 회전하자 공명음이 점점 더 커지고..

지연   그때부턴 그 무의식이란 놈이 나를 완전 잠식해버렸고, 더 이상의 나는 없어요.

공명 소리가 점점 커지며 대나무 피리소리와 흡사하다.
어디선가 바람 부는 소리, 바람에 부딪치는 대나무숲의 소리가 들려오며.. (CG) 오복집이 대나무숲으로 바뀐다.

지연   (E) 진짜 술은요.. 나한테 나를 뺏기는 게 아니라. 용기 있게 내가 나와 마주하는 거예요. 바로 그놈이랑.

마치 최면에 걸린 듯 명상 자세로 눈 감고 있는 선정..

지연   (E) 누구한테도 들키고 싶지 않아서 꼭꼭 숨겨두었던, 그놈.

[인서트1 (오늘 아침)// 요가학원
선정, 나무 자세 내기하다가 결국 비틀하며 쓰러지는.]

선정   (E) 쌍, 니가 감히 날 이겨?

[인서트2 (오늘 아침)// 요가학원 플래시백
회식하자는 지연의 제안에 좋아하는 요가선생님들고 표정.]

선정   (E) ..개 같은 년.

[인서트3 (4부)// 야외 명상수업 플래시백
지연의 말에 빵 터져서 크게 웃는 동생 선국의 모습.]

선정   (E) ...나쁜 자식!

[인서트4 (선정의 어린 시절 회상)// 선정의 집
선정, (무언가가 녹화되어 있는) 비디오테이프의 필름을 주욱 빼내서 망
가뜨려놓는 분노의 손.]

선정   (E) 다.. 부숴버릴 거야!

[인서트5 (선정의 어린 시절 회상)// 선정의 집
어린선정의 손에서 순식간에 불타 사라지는 (누군가의 여권).]

선정   (E) 전부 다!!

(CG) 대나무숲으로 둘러싸인 오복집, 선정이 깊은 최면에 걸린 듯 명상
자세로 눈을 감고 괴로워하고 있다.

선정   (격하게 부정) 내가 그런 게 아니야.. 아니라구...!!

[인서트6. (선정의 어린 시절(초등학교 5, 6학년) 회상)// 선정의 집
초딩선정, 몰래 생선 한 마리를 다 입 안에 욱여넣고 있는 옆모습.
그런 초딩선정을 관찰하듯 조심스레 다가가는 성인 선정의 시선컷.

선정   (E/공포에 질려서 조심스럽게) 너는... 누구야?

생선을 욱여넣던 어린선정이 카메라를 확 노려보는 공포컷에서.
초딩선정: 니가 그랬잖아..!]

선정   (E) (외마디 비명) 악!!!!

선정, 의자가 뒤로 넘어가는데 동배가 빛의 속도로 넘어가는 의자를 잡
아준다.

동배   괜찮아요? / (목에 걸린 가방을 빼서 의자에 걸어주며) 이걸 걸고 있으니
       까 넘어가지~ 어구.
선정   (넋 나가서 눈에 눈물이 맺힌, 뭔가 시원하다)
지연   후련하죠?
선정   (깊은 한숨.. 한결 편해 보이는 얼굴)
지연   참고로 원장님은 명상보다 술이 더 잘 맞아요.
선정   (존심 상하지만 인정한다)
지연   (놋그릇에 술을 따르는) 자, 이제 원장님은 오늘 처음으로 술을 다시 먹습
       니다. 이 술은 원장님을 도망치게 할 생각도 없고, 원장님이랑 싸울 생각
       은 더더욱 없는.. 그냥 내 편인 술.. 오케?

놋그릇에 담긴 소주를 바라보는데 단풍잎이 동동 떠 있다.
선정.. 마치 성수를 받듯 놋그릇을 성스럽게 양손에 쥐는 데에서.

S#27. 모텔 안 (밤)

소희, 마치 제조를 하듯 차분하게 소주 한 병을 물컵에 다 따라버리고는
빈 소주병에 물을 담는다. 가만 지켜보고 있는 북구.

물이 든 소주병을 마치 소주처럼 북구의 잔에 따라주는 소희.

소희	저는 소주.. 피디님은 소주 같은 물.. 물이랑 소주는 무게가 다른 거 아시

소희 저는 소주.. 피디님은 소주 같은 물.. 물이랑 소주는 무게가 다른 거 아시죠? (물이 든 소주잔 건네며) 소주라고 생각하고 소주의 무게를 느끼면서 한 스냅에 털어 넣는 거예요. 오케? (자신의 소주잔과 건배)

북구 (짠 하고 마시는) ..

소희 (마시고 북구의 반응을 살피는)

북구 뭐 나쁘진 않네.

소희 (씨익 웃으며 소주병에 든 물을 또 한 잔 따라주는) 오늘 하루 종일.. 피디님이 자꾸 거슬렸어요. 아침부터 피디님이 그 재연배우한테 땀 흘린다고 틱틱대면서 지도 겨드랑이에 한 바가지 땀 흘리고 있는 걸 보는데, 그때부터였던 것 같아.. 그냥 막.. 자꾸만 막.... (가슴을 만지며) 막 애리고.. 안아주고 싶고.. 다들 드럽다고 난린데 왜 나만 자꾸...!

북구 (진짜 궁금한) 자꾸 뭐?

소희 (속사포로 버럭) 몰라. 그냥 내가 안고 가야 될 것 같았어요.

북구 그래서 여기로 온 건가.

소희 죄송해요... 그래놓고..

북구 (이) 아니 맞어. 나 오늘 아침부터 좀 힘들었어. (가슴을 만지며) 비 오면 무릎 쑤시는 것처럼.. 이 튼살이 종일 욱신대더라구. 근데 좀 전에 안작가가 귀신처럼 그걸 만지더라. 무당인 줄. 자리 펴도 되겠어.

S#28. 회상) 북구의 대학교 / 일각 (낮) - 10년 전

엄청나게 뚱뚱한 대학생(남/이름: 중구/대딩)이 길을 걷고 있다.

북구(성인) (E) 인생에서 유일하게 친했던 친구 놈이 하나 있었어.

20대의 대학생 북구(핸섬하고 잘생긴)가 아이스크림을 들고 합류한다.

북구(대딩)   중구!!!! 아이스크림 먹어라.

중구   (땀 흘리며 힘겹게 걸어가면서) 뚱뚱한 사람은 길에서 음식 먹는 거 아냐.
저러니까 살찐단 말 듣는다고. 난 마트에서도 살찌는 음식은 되도록 밤에
사. 사람들이 내 카트에 담긴 음식을 보면서 '저 음식을 먹으면 나도 저렇
게 살이 찌겠군. 저건 앞으로 안 사야지'라고 생각하는 게 내 눈엔 다 읽
히니까.

북구(대딩)   너는 참 별걸 다.

중구   그래서 난 하숙집에서도 되도록 애들이 다 잠든 새벽 시간에 이동하고,
공용 선풍기를 쐬고 싶어도 밤에 몰래 나와서 쐬는 편이야. 내가 선풍기
앞에 있으면 다들 코를 막거든. 내 겨드랑이에는 땀이 차 있을 거라고 생
각하는 거야. 난 다 알아.

북구(대딩)   근데.. 그렇게 살 거면 그냥 살을 빼는 게 낫지 않겠냐.

중구   (담담하게) 음.. 그건 안 돼. 살 빼면, 엄마 닮아지거든.

북구(대딩)   왜, 엄마 닮으면 안 되냐? 엄마가 혹시 막 엄청 못생겼어?

중구   아니, 엄청 미인이셔. 근데 아빠가 나 보면 엄마 생각난다고 싫어해. 고인
이 된 사람보단 현존하는 사람한테 맞추고 살아야지.

북구(대딩)   (그런 뚱친구를 짠하게 보는)

S#29. 모텔 안 (밤)

북구의 이야기를 듣고 있는 소희.

소희   엄마 닮은 게 싫어서 살을 찌웠다.. (자기 잔에 술 따르며) 안됐네요. 그래
서 그 친군 지금 잘 살고 있어요?

북구   ....뭐.. 어딘가 잘 살고 있거나.. 죽었거나 하지 않았을까.

소희   (전혀 안 놀라며 한 잔 마시더니) 너잖아.

북구   ....!!

북구, 한 잔 마시다가 사레들리면서 엄청 크게 기침을 하는데, 순간 북구

의 얼굴이 엄청나게 뚱뚱했던 대학 시절의 북구로 바뀌었다가 돌아온다.

소희	(태연하게) 본인이 그렇게 뚱뚱해놓고 보조 출연자한테 그렇게 승질을 내고.. 못났다. 못났어..
북구	(그대로 정지 / 진심으로 놀란)
소희	(두 개의 빈 잔을 채우며) 나는 다 느낀다구요. 세상에 아픈 것들은 죄다.. 감춘다고 발악을 해도 내 눈엔 다- 보인다구.
북구	초능력이야?
소희	일종의 괴력이랄까.. (턱 괴고 고개 끄덕끄덕) 근데 피디님은 누구 닮아 그렇게 술을 못 먹어요.
북구	... (말하고 싶진 않지만 술잔 들며 대충 답하는) 아빤 중독자였으니까 엄마지 않을까.
소희	(술잔을 보다가 문득 이상한) 응?

소희, 물이 든 술병과 소주병을 잠시 바라본다. 그리고 북구의 잔에 든 물 (아니 술)을 보고, (틸업) 북구의 얼굴을 본다.
진짜 소주를, 물이 든 소주와 헷갈려서 잘못 따라주고 있었던 것.

소희	대박..
북구	(따뜻하게) 안작가는.. 이제 보니 엄말 닮았네.
소희	피디님은 아빠요.
북구	응?
소희	....혼자서 3분의 2병을 다 처드셨는데요?
북구	(웃으며) 뭔 소리야.. (의심) 이거 물이라며. 응? 물 아냐? 물이 아니라고!!?
소희	(다른 병을 보여주며) 이게 물. 이건 술.... 제가 헷갈렸어요. 죄송..

북구, 바로 기절한다.

소희	뭐야.. 뭐냐구.. 아니 방금 전까지 말짱했잖아!! (진짜야?) 피디님!!!! 강북구!! 아놔 이 새끼 또.. 후...

(E)　　(지연) 한 잔 더?

S#30. 오복집 / 구석진 테이블 일각 (밤)

취해서 놋그릇에 술 받고 있는 선정.

지연　　난 한 번도 정신줄 놓고 취해본 적이 없다고 말하는 사람들 있잖아요. 그런 사람들 보면, 좀 안돼 보일 때도 있어요. 가끔은 침도 좀 뱉고~ 가방도 목에 좀 걸고 돌리고 그래야 피가 통하지 않나.

선정　　..... (좀 민망하다. 술을 마시려는데)

지연　　(강조) 대신, 버튼 하나만 챙기면 돼요.
　　　　아무리 끝 간 데 없이 먹어도, 돌아오는 버튼. 딱 하나만.

[인서트// 1씬에서 만취한 소희의 시점에서 보이던 지구. "소희야.." 한마디에 정신 돌아오는.
만취한 지구의 시선에서 보이는 지연. "야! 더 옆어! 여기 더 큰 테이블 있다!" 지구, 에이씨... 정신 돌아오는.
취해서 노래 부르는 지연의 시선에서 보이는 소희. "지연아, 가자. 지구 와." 지연, 그만두고 벌떡 일어나는.]

지연　　(E) 전.. 그 버튼이 친구들이에요. 아무리 취하고 막 나가도 그 버튼 하나면 정신이 빡! 하고 돌아오죠.
　　　　어릴 때, 해 지는 줄도 모르고 미친 듯이 놀다가도 저~ 멀리서 밥 먹으라고 부르는 내 엄마 목소리는 기가 막히게 들리는 것처럼.

현타 맞은 듯한 선정, 누군가의 다급한 목소리가 디졸브 된다.

(E)　　김선정....!

선국이 거친 숨을 몰아쉬며 선정을 보며 서 있다.

| 지연 | 원장님한테도 있는 것 같네요. (미소) 돌아오는 버튼... / 수갑은 좀 깬다.. |

S#31. 모텔 안 (밤)

대자로 쓰러져 있는 북구. 다급하게 전화하는 소희.

소희	피디님! 정신 좀 차려봐요!!! (전화기 들고) 아우씨 이것들 왜 전화를 안 받아...
북구	(중얼) 엄마....
소희	...

S#32. 종이의 작업실 앞 일각 (밤)

트럭이 선다. 종이와 지구가 내린다.
골목 한편에 오전에 세워둔 지구의 오토바이가 보인다.

종이	오늘 정말 감사했어요. 사실 쉽지 않은 일이었는데 선뜻.
지구	(ol) 뭐 저도 나쁘지 않았어요.
종이	(미소) 전 좀 힘들었는데.
지구	왜요?
종이	사고 쳐서 거기 가 있는 녀석들보다 지구님이 더 아슬아슬한 거 알아요?
지구	.... (뭐 조금은 인정)
종이	그래서.. 계속 보게 돼요. 세 살짜리 애처럼.
지구	????? (화들짝, 소리 지르는) 애요?

너무 어이가 없어서 놀란 지구가 화들짝 놀라며 비틀, 중심을 잃고 무언

가를 밟는데... (*지저분한 종이들과 낙엽에 가려져 있던 폐달류의 무언가) 순간, 바닥 위에 떨어져 있던 벚꽃 가루들이 바람결에 하늘로 솟아오르듯 떠오르며 지구의 머리카락을 들썩이고 지나간다. 바람 탓 같지만, 종이의 실험(정전기 실험) 중 일부가 작동한 거라는 걸 종이는 안다.

종이   오!! (벚꽃을 보며 애처럼 신난) (지구의 발아래를 슬쩍 보며) 이거 고장났던 건데.. 대박이네! (순수) 혹시 화 한 번만 더 내줄 수 있어요? 좀 더 격하게!

지구   지금 뭐라 그랬어요?!!!! (진짜 화 한번 제대로 내보려는데)

이때 전화가 온다. 소희한테 걸려온 전화다.

지구   (받는) 어 소희야. 어. 어. 알았어 지금 갈게.

종이   오늘은 언제 오나 했네요 친구 전화.

지구   후.. 가볼게요. (오토바이 타러 가는)

종이   (다급히) 부탁, 아니 여쭤보고 싶은 게 하나 있는데..

지구   (불신) 뭔데요.

[인서트 짧게// 조금 전 소년원에서..
시은: 저.. 일주일에 한 번, 밖에 전화할 수 있는데요.
종이: ... (근데?)
시은: 혹시..]

지구   ...?

종이   뭐 해코지하거나 장난 전화. 그런 거 하진 않을 거예요.

지구   제 전화번호가 뭐 별거라고.. 알려주세요

종이   (미소 지으며 혼잣말인 듯) 역시. 가만 보길 잘했어.

지구   (오토바이 올라타고는) 근데.. 저도 뭐 하나 묻죠?

종이   아 네.

지구   (불쑥, 애처럼 서툴게 묻는) 이름이 뭐예요?

종이	아... (살짝 당황한 듯 고민하는)
지구	(무안) 아니 뭐 알려주기 싫음.
종이	(이) 제 이름은 좀 별거라.. 다음에 맥주 마실 때 알려드려도 될까요?
지구	(뭐래, 무심한 척) 그러시던지~

헬멧을 확 써버리는 지구, 얼굴이 덮이는 찰나에 극히 짧은 미소가..

S#33. 선국의 차 안 (밤)

선국, 조수석에 자고 있는 선정을 태우고 집으로 가는 길.
신호에 걸려 창밖을 보는데, 길거리에서 막 수다 떠는 사람들, 취해서 난동 부리는 사람, 싸우는 연인, 통화하는 사람 등등 그들의 입 모양만 보이며, 갑자기 시끄러운 소음들이 더 크게 들리는 듯하고 갑자기 불편한 듯 인상을 찌푸린다.

선정	(속이 아픈 듯 인상 쓰고 괴로운 듯 중얼) 미안해.... (*무슨 말인지 안 들리게)
선국	뭐라고?

계속 자는 선정... 클랙슨 소리에 다시 출발하는 선국.
운전하는 선국의 얼굴 위로, 지연이 했던 멘트가 디졸브 된다.

지연	(E) 술 먹은 사람은 제압하려고 하면 더 힘이 세져요. 그럴 땐.. 나는 누가 뭐래도 니 편이다.. 하면서 조금만 차분히 기다려주세요. ...별거 아닌 것 같지만, 도움이 될 거에요.

S#34. 모텔 앞 (밤)

기절한 북구를 겨우 들쳐 업고 나온 소희, 그런 소희를 부축하는 지구.

지구   (어깨를 들며) 나 참.. 이 자식은 왜 또 술을 처먹은 거야? 니가 먹였어?

소희   (한쪽 어깨를 들며) 아니야! 아니지 내가 먹였나? 아 몰라 얘 주량 이상해!

지구   그럼 모텔에 버리고 나옴 되지 뭘 끌고..! (생각해보니) 근데 너 모텔은 왜 갔냐?

소희   (이/제 발 저림) 아냐 안 잤어!! 절대 안 잤어!

(E)   얘들아~!

          저만치서 지연이 온다.

소희   빨리 와 한지연!!!

지연   (뛰어오며) 어머~~ 나 오늘 가는 곳마다 모텔이니?

지구   (북구를 업으려는) 야 일단 니들이 팔다리 들어. 내가 업을 테니까.

소희   아니야! 내가 업을게!! (업으려는 자세)

북구   ....엄마아....

지구   이 새끼는 나이가 몇 갠데 엄말 찾아 확!

지연   (최대한 부축하며) 일단 들자. 소희 준비됐어? 다리 힘줘!!!!

소희   (업은 상태에서 이 악물고) 둘, 셋!!! (괴력으로 들어 올린)

지연   갈 수 있겠어?? 안 힘들어?

지구   얘 옛날에 거의 백 키로 넘는 뚱보도 업었잖아.

소희   !!! (갑자기 멈춰 서는)

지구/지연 왜 그래?

소희   에이~ 설마 그렇게 뚱뚱했을라고. (다시 걷는)

지연   누가?

소희   있어. 엄마 닮은 놈.. 엄~청 용 된 거더라구.

S#35. 어느 고깃집 앞 / 씬3과 동일 시점 – 10년 전 (밤)

/창밖에서의 그림으로 궁금하게, 유리창 안으로 고깃집 안이 보인다.
/뚱보북구, 아버지와 함께 심각하게 마주 보고 있다. (디졸브) 아버지가
나간다.
/아버지가 먹지 않고 둔 소주 한 잔을 마시는 북구.
/고깃집에서 나오는 뚱보북구 비틀비틀거리다 이내 쓰러지고 마는데..
누군가(소희)가 자신을 업으려고 하는 느낌이 든다.

지구   (E) 이걸 업네.. 안소희 이 정도면 초능력 아니냐?
지연   (E) 괴력이지.
지구   (뚱보북구한테) 이봐!!! 얘 이름 안소희거든? 기억했다가 나중에 꼭 갚아
        라!!!!
지연   (뚱보북구 얼굴을 보며) 근데 살 빼면 좀 잘생겼을 것 같지 않아?
북구   (세상모르게 업혀 가는)
소희Na   **세상은 우리의 눈에 보이는 것보다 훨씬 더 복잡하게 엮여 있다.**
        어느 누군가에게 이유 없이 마음이 간다면..
        그건 언젠가.. 이유 없는 마음을 받았는지도 모를 일.

10년 전 대딩 삼인방이 뚱보북구를 업고 가는 그림에서, 현재의 삼인방
이 북구를 업고 가는 그림이 밀고 들어온 2분할에서..

소희Na   **언젠가는 또 이유 없는 마음을 받게 될지도 모르는 일이다.**

- 7부 끝 -

8부

술꾼과 아기와 나

S#1. 삼인방의 연립빌라 앞 + 맞은편 빌라 앞 (밤)

집이며 상점이며 다 불 꺼진 늦은 밤, 술 먹고 귀가 중인 삼인방. 만취 상태로 말도 안 되는 화음 넣으면서 신났다.

소희   (시동 거는) 기분 좋다아아~~~~ (도)

지연   (화음 보태서) 아~~~~~~~~ (미)

지구   (화음 보태서) 아~~~~~~~~~~~ (솔)

소희   (본격적으로 복식발성) 중국집엔 유린기이~

지연   깐풍기이~~~~~~~

지구   (절정) 라조기이~~~~~~~~~~~~~ (스캣 넣는)

어디선가 창문 열리는 소리와 함께 (삼인방의 맞은편 빌라) 커튼 사이로 긴 머리의 한 여자 실루엣이 나타나며 짐승이 포효하는 듯한 욕이 쏟아진다.

여자   (짐승 소리 같은 미친 절규) 으허허!! #@$^%$%&$% 이 개 같은 잡년들@#$ㄲ#%!! 죽여버릴 거야!!!!

(E)   (애기 울음소리) 으앙~~~~

다른 집 사람   (E) 뭐야! 시끄러! 잠 좀 자자!!!!!

다다다다다다다 빌라로 도망가듯 뛰쳐 들어가는 삼인방.
하이한 아기 울음소리가 동네가 떠나갈 듯 울려 퍼지며.

8부. 술꾼과 아기와 나

S#2. 삼인방의 연립빌라 외경 (해 뜨는 아침)

S#3. 삼인방의 연립빌라 / 부엌 & 거실 (아침)

펄펄 끓고 있는 곰국 위에 파를 송송 썰어 넣는 지연, 제법 능숙한 주부 같다. 냄비 뚜껑을 열면 김이 모락모락 나는 갈치조림. 식탁에는 이미 진미채와 오이지, 콩자반 등이 정성스럽게 차려진.

지연   (신나서) 잠꾸러기들~ 일어나세용~~~~
소희   이거 갈치조림 냄샌데... 지구야. 지연이 시집가려나 보다.
지구   (잠결에 뒤척이며 입맛 다시는) 배고파....

컷 튀면, 부엌에 앉아 있는 세 사람.
소희와 지구가 갈치조림과 곰국을 한 입 먹을 때까지 기다리는 지연.

지연   어때 어때? 맛있어? 좀 싱겁나?
소희   (잠결이지만) 아니. 졸라 맛있어.
지구   (한 입 먹고 물로 가글) 난 안 먹어. (바로 일어나는)
소희   뭐야???? 왜?? 진짜 맛있는데? 맛없어?
지구   (신경질 내며 다시 이불 속으로) 엄마가 한 거잖아~
지연   (들켰네? / 씨익) 파는 내가 썰었는데?
소희   너 지구네 집 갔다 왔어?

지구   (버럭) 너! 설마 집 알려준 거 아니지?

지연   야! 나 너네 집에서 이거 다 들고 오느라고 죽는 줄 알았거든? 한 숟가락
          이라도 먹어. 어머니가 너 먹으라고 만들어주신 거잖아~

지구   싫다고.

소희   너 안 먹으면 우리도 안 먹는다!

지구   그러던가.

소희   (지연한테) 야 우리끼리 먹어. 지만 손해지 뭐.

지연   (복스럽게 먹으며) 근데 말야~ 저렇게 먹자마자 울 엄마 음식인 거 알아
          채는 거 넘 감동적이지 않아?

소희   (갈치조림 맛있게 발라 먹으며) 엄마 음식은 단번에 알지~ 나도 울 엄마
          가 해준 두부조림은 백만 개를 깔아놔도 맞힐 수 있을 것 같은데?

지연   (물 따르며) 맞네, 나도 울 엄마가 탄 쏘맥은 거품 모양만 봐도 알아.

소희   으흐..

          (시간 경과) 소희와 지연은 출근했고, 지구가 배가 고픈지 일어나 식탁으
          로 간다.

지구   다 치우고 갔어?

          냉장고를 여는데 지구맘이 해다 준 타파통에 반찬들이 정갈하게 다 보
          인다.
          [타파통에 포스트잇으로 붙어 있는 메모들 슬쩍 인서트//
          갈치조림: 덜어 먹고, 데워서 3일 안에 먹을 것. / 곰국: 파 넣어 먹을 것.
          소금 간 X / 죽: 술 처먹고 다음 날. / 멸치볶음: 술안주 아님.
          진미채: 한 번에 다 처먹지 말어. / 두부조림: 쉰다. 빨리 먹어라.]

지구   이씨.. *(애써 시선 거두고 우유 꺼내는)*

          시리얼을 말아 먹는 지구. 휴대폰으로 '심부름 플리즈'를 확인하는데..

[인서트// 급합니다. 세 시간만 아이 좀 봐주세요.]
넘기려는데.. 금액을 보고 놀라는.
[인서트// 세 시간만 아이 좀 봐주세요. 20만 원 드려요.]

지구　　20만 원..

일단 클릭해보는.
[인서트// 내용: 순한 애기. 옆에만 있어주시면 돼요. 우송빌라 2층이에
요.]

지구　　앞집..?.

창문을 통해 맞은편 빌라의 2층을 보는 지구. 관심 없다는 듯 다른 목록
들을 보는데, 같은 사람이 올린 글이 연달아 올라와 있다.
[인서트// 제목: 급합니다. 세 시간만 아이 좀 봐주세요. 15만 원 드려요.]
[인서트// 제목: 아이돌보미 급구 - 그냥 봐주기만 하면 됩니다.]
[인서트// 제목: 곧 돌 되는 아이 세 시간만 봐주세요 제발.]
[인서트// 제목: 애기 좀 봐주세요. 제발 부탁드립니다. 세 시간에 20만
원]
[인서트// 애기 봐주실 분.. 애기를 죽이고 싶어요.]

지구　　아이씨!!! (깜짝 놀라 휴대폰 떨어뜨리는)

지구, 휴대폰을 주우며 일어나 창문으로 반대편 집(우송빌라)을 본다. 커
튼 뒤로 한 여자가 미친 듯이 빠른 속도로 왔다 갔다 왔다 갔다 하는 실
루엣이 보인다. 지구, 채팅창으로 말을 건다.
[채팅메시지// 우로보로스님: 그냥 보기만 하면 되는지..]
[채팅메시지// 믿음으로님: 네!!! 언제 오실 수 있나요?]
[채팅메시지// 우로보로스님: 한... 5분 후?]

S#4. 아기의 집 (아침)

힐링캐슬 빌라 안으로 들어가는 지구.
문 앞에서 초인종을 누르려는데 문 옆 재활용 더미들 중에 술병(예거마이스터)이 엄청나게 많이 보인다. 초인종을 누르는데 채팅이 온다.
[도어 비번 3960.]

지구   (E) 뭐야.. 벌써 나갔다고? 도대체 뭐가 이렇게 급해서...

비밀번호 누르고 들어가는 지구, 애기용품들은 많은데 뭔가 정리가 하나도 안 되고 이곳저곳에 널려 있는 엉망진창인 집에 떡하니 애기만 있다. 조심스럽게 다가가자 기다렸다는 듯 울음을 터뜨리는 애기, 그런 애기를 공포스럽게 바라보는 지구의 표정에서..

(E)   (토마토송)

S#5. 방송국 / 소희네 예능팀 (아침)

소희네 팀, 곧 회의 시작할 분위기인데 옆 팀에서 '멋쟁이 토마토' 동요가 들려온다.

북구   (의자 질질 끌어서 회의석으로 오며) 자~ 이제 회의를 시작해볼까요?

치영과 홍석도 회의 자리(작가들 사이사이에)에 앉고, 세미는 회의 페이퍼를 돌리고, 다 같이 페이퍼 보며 회의를 시작하려는데 더욱 선명하게 들리는 토마토송.

혜경   (한숨)

소희	저게 뭐야?
혜경	(일자 눈으로 노트북 하며) 피피엘인 거 같은데, 아침 내내 틀어요....
아름	귀에 딱지 앉겠네...
소희	일단 집중하자. (페이퍼 보며) 음~ 다다음 주에 하동건이랑 지은영을 한 회차만 뒤로 미루면 어떨까 싶은데 저 노래 왜 이렇게 야하니?
모두	????!!
북구	안작가 방금 뭐라 그랬어?
소희Na	**썅. 나 뭐라 그런 거야.**

북구, 소희한테 뭐라 뭐라 이야기하는데, 소희의 시선에 그런 북구의 말은 다 뭉개져서 들리고, 갑자기 지난 모텔에서 북구의 벗은 몸이 떠오른다. [인서트// 7회, 소희를 눕히더니 옷을 벗는 북구, 드러나는 근육질 몸매]

동요	(뭉개져서 들리는/E) 울퉁불퉁 멋진 몸매에~ / 울퉁불퉁 멋진 몸매에~ / 울퉁불퉁 멋진 몸매에~
소희Na	**아 그 쓸데없이 좋은 몸을 보는 게 아니었는데...!!**

북구를 노려보듯 넋 놓고 보고 있는 소희의 시선.

모두	?????
북구	안작가, 괜찮아? 저 소리 땜에 빡친 거지? 내가 다녀와?
소희	됐구요. 오늘 회의실 빌릴 수 있는 데 없나?
치영	(바로 일어나는) 알아볼게요~

S#6. 요가원 '비움' / 탈의실 (아침)

지연, 요가복 입고 거울 보며 정갈하게 머리를 빗고 있는데 지구한테 전화가 온다. 전화 받으려는 순간, 선성이 들어온다.

선정	저.. 선생님.
지연	(받으려다 말고) 아 네 원장님?
선정	저..... (머뭇, 부끄)
지연	아, 잠시만요! 친구 전화 좀 받고요. (받고) 어 지구야! 나 좀만 있다 전화... 응? 그게 무슨 말이야? 누구?
선정	(쳐다보는)
지연	응. 응... 음~~~ 글쎄... 배가 고픈 건 아닐까? 아니면 똥 마려운가? 아!!! 알았다! 이미 똥을 싼 거야!!!
선정	똥..?
지연	(전화기 들고 다짜고짜) 저 원장님, 똥이 마려운 건지, 아니면 이미 똥을 싼 건지, 어떻게 알 수 있죠?
선정	네???? 누가요?
지연	아~ (그걸 말 안 했구나) 애기요. 갓난애기.
선정	(놀란 가슴 쓸어내리며) 벗겨보면 알지 않을까요?
지연	아~ (전화기에 대고) 지구야. 벗겨봐. 바지를 내리고 기저귀를 내리고.. 아니다, 팬티가 먼전가? 아니다. 애기들이 팬티를 입나? 바로 기저귀만 차나? 기저귀 위에 팬티를 입겠구나? 지구야? (끊긴) 끊었네. (선정을 보며) 아.. 죄송해요. 친구한테 일이 좀 생겨서. 근데 무슨 일이세요?
선정	(작은 선물상자를 수줍게 내밀며) 저 이거.. (모기만 한 소리로) 선물...
지연	어머, 나 오늘 생일인가?
선정	..어제 고마웠..
지연	어제요?? 아하~~ 어제요? 어우~ 원장님! 원래 술자리에 있었던 일은 다음 날 해 뜸과 동시에 싹 밀어버리는 거예요. 안 그럼 술을 어떻게 마신대요?
선정	(억지로 떠밀며) 받으라면 받아요. 이건 진짜니까. (급하게 가는)
지연	진짜? (박스 보며) 명품인가?

S#7. 아기의 집 (낮)

웅장한 클래식 음악과 함께 마침내 기저귀가 오픈되었다.

지구 우웩!!! (다시 덮는) 야! 본 지 얼마나 됐다고 똥칠이야? 아우 진짜!!! (다시 힘겹게 여는) 욱...! (다시 덮는) 야!!!! 니네 엄마는 도대체 나가면서 똥기저귀도 안 갈아주고 뭐 하는 거냐? (다시 여는) 잠깐만.... (자세히 살피는) 이거 언제부터 싼 똥이야? 야! 너 언제부터 똥 깔고 누워 있었어. 어우 진짜.

겨우 기저귀 돌돌 말았는데, 맥없이 다시 펼쳐지는... 에이 참! 다시 말아서 찍찍이로 잘 붙여서 봉한 후에 쓰레기통에 버리려는데, 쓰레기통을 여니 재활용 안 된 술병과 각종 오징어 안주들, 먹다 둔 햇반, 음식물도 일반쓰레기에 그대로 들어가 있는 엉망인 상태.

지구 아... 뭐 하는 여자야 대체.

지구, 애기엄마한테 전화를 하는데 꺼져 있다. '심부름 플리즈'에 채팅을 남기는.
[채팅창 인서트// 혹시 통화 가능할까요?]
[채팅창 인서트// 채팅이 차단된 상태입니다.]

이런 씨, 느낌이 불길하다. 시계를 보는 지구. 아직 12시 반밖에 안 되었고... 방문을 열어보는데, 애기 사진도 가족사진도 없이 옷들은 엉망인 채로 널브러져 있고, 뜯지도 않은 박스들은 그대로, 그나마 열려 있는 박스에는 장난감과 공갈 젖꼭지, 우유병 등이 엉망으로 섞여 있고... 문을 닫아버리는 지구. 창문을 내다보는데, 삼인방이 살고 있는 연립빌라 창문이 보인다.

지구 아.. 우리 빨래 뭐 널었는지까지 보이네...

문득 아래를 내려다보는데, 아이들 몇 명이 술래잡기를 하는지 깔깔거리며 다다다다다! 언덕길을 내려가는 소리가 너무 크게 들린다.

지구   (애기를 보며) 너구나 어제 운 놈이?

(E)   (선정) 누구야?!!!!

S#8. 요가원 '비움' / 요가실 (낮)

단체 수련 중, 지연의 전화벨이 울린 상황.

지연   (뛰어나가며 무음으로 바꾸는) 죄송합니다! 제가 아까 전화 받고 깜빡...
죄송합니다! (지구한테 오고 있는 전화)

선정   ..받아요.

지연   네?

선정   아까 그 친구 맞죠? 급한 거 같던데, 받아요.

요가쌤들 수군수군.. 선국도 누나의 행동에 놀란 듯 보는.

지연   아.... 그럼 잠깐만.... (전화 받는) 여보세요? 또 울어? 똥은 쌌고? 아~ 똥
쌌으니까 배고픈 거 아닐까? 안 먹는다구..? 그럼 왜일까? 혹시 어부바 해
봤어?

지구   (F) 그게 뭔데.

지연   !! 어부바 모르는 건 심한데?

S#9. 아기의 집 (낮)

울고 있는 애기, 지구... 카톡으로 받은 영상을 플레이한다.
[영상 인서트// 요가원 선생님들이 총동원해서 어부바를 재연을 하고 있
다. 지연, 짧은 폼롤러를 애기처럼 등에 업고, 담요 천을 포대기 삼아 등에

두른 후, 요가밴드로 한쪽 어깨에 미스코리아 띠처럼 두른 후, 다시 애기의 엉덩이 아래를 감싸서 떨어지지 않게 교차해서 두른 후, 앞으로 묶으면 끝.]

지구   미쳐버리겠네.....

인형을 애기 삼아 해보는데 계속 땅으로 떨어뜨리는 지구. 곤두박질친 인형이 머리를 바닥에 묻고 박혀 있는 걸 보고 있다.

지구   안 되겠다.

로봇처럼 감정 없이 애기를 들어 올렸다가, 다시 내리고, 세상 어색하게 안았다가 다시 내리는데.. 희한하게 울음을 그친다.

지구   (자기도 신기한) 뭐야.. 왜 안 울어. 어? (다시 하는데 심지어 애기가 웃는) 말이 안 되는데 이거... 야. 너 왜 웃어...?

꺄르르 웃는 아기... 지구, 계속 같은 행동 반복 중... 팔이 끊어질 듯 아프다.

지구   (약속한 5시가 20분 지난) 5시까지 온다더니 이 여자 진짜.

지구, 전화를 거는데 여전히 꺼져 있다. 채팅창을 연다.
[채팅창 인서트// 우로보로스님: 저기요! 5시까지 온다고 하셨잖아요. 연락도 안 되고 이게 뭡니까?]
[채팅창 인서트// 채팅이 차단되었습니다.]

지구, 문득 창문 밖 어디선가 자신을 쳐다보고 있는 듯한 서늘한 시선을 느낀다. 창밖을 살피던 지구. 순간적으로 어떤 빛이 플래시 터지듯 눈을 강하게 찌른다.

지구   (인상 꽉) 뭐야..?!

[인서트 짧게// 어느 빌라의 옥상에서 누군가 창문 안을 바라보고 있는 시선..]

또 울기 시작하는 애기. 문자 알림음이 울리고, 엄마인가 싶어 급히 확인한다.
[종이에게 온 메시지// 오늘 6시 반, 여기서 봬요. 오늘도 까이면, 울 겁니다. (링크 첨부)]

아우씨...! 미치겠는 지구. 애는 더 크게 우는.

S#10. 오복집 / 주방 → 바 (저녁)

싱싱한 산낙지를 손질하는 동배.
지연, 기름장과 초고추장을 세팅하며 동배를 돕고 있고, 이때 소희가 들어온다.

지연   (앉으며) 왔어? 산낙지 나갈 거야, 소주 좀 꺼내!
소희   난 맥주 마실래. (주방 쪽으로 와서 냉장고 앞에 선) 어우 목 타.
동배   (소희보고) 왔어? 빨리 앉아라. (낙지 지연한테 건네는)
지연   (동배한테 낙지 받으며 노래 부르는) 낙지 낙지 산낙지~~~♬
소희   (냉장고에서 진지하게 테라 꺼내는) 그럼 오늘은 묵직~하게 테슬라로 달려볼까?
동배   지구는?
지연   오늘 약속 있댔... (문 쪽 시선) 어? 지구네?.. (저게 뭔가 싶은) !!!!
소희   (테라 꺼내 오다 말고 정지) ???

포대기에 애기를 옆으로 업은 희한한 자세로 들어오는 지구.

동배, 소희, 지연 동시에 두 눈을 의심한다.

동배   저거 뭐야?

소희   (두 눈 의심, 포대기를 보며) 저건 뭐야?

지구   (다크서클, 지친 얼굴로 소희의 맥주병에 시선) 나 니 손에 들고 있는 것
       좀...

킷 튀면, 바에 나란히 앉아 있는 셋.
소희가 잔에 능숙하게 소맥을 말아서 지구한테 준다.

지구   (소맥) 일단 좀 마시고. (마시려는데)

동배   안 돼-

지구   (마시려다 움찔)

동배   사정이 어찌 됐건, 애 안고 술 먹는 건 안 되지. 법도 까다롭고.

셋(동시) 대...박.

지구   아니 애가 술을 먹는 것도 아닌데.. (안고 있던 애기를 지연한테 슬쩍 건
       네주는데)

지연   (고개 절레, 낙지만 보고 있는)

소희   (고개 절레, 술부터 입에 넣는)

애기   (때마침) 으아아아앙!!!!

지구   이씨...

소희   (주변 사람들 의식) 야 어케 좀 해봐! 애 엄마한테 전화를 하던지.

지연   애 엄마가 연락이 안 되니까 데리고 온 거 아냐~

이때 북구한테 전화 오는 소희.

지연   발가락 피디? (번쩍)

S#11. 오복집 앞 / 북구의 차 (밤)

오복집 앞에 멈춰 서는 북구의 차. 오복집에서 쫓기듯 달려 나오는 소희.

북구　(급하게 내리며) 뭐야?!! 무슨 일인데????

소희에 이어서 지연과 지구가 애기를 안고 우르르 나오며, 북구 말은 듣지도 않고 북구의 차에 탄다. 북구는 내리자마자 다시 떠밀려서 차로..

S#12. 북구의 차 안 (밤)

일단 가고 있는 북구, 미친 듯이 우는 애기와 어르고 달래는 삼인방 때문에 정신 못 차리는 북구.

북구　(깜빡이 왼쪽 켰다가, 오른쪽 켰다가) 아니 누구 앤데 저렇게 울어!! 애 엄마는 어딨는데?

소희　(다급, 신경질) 그걸 알면 우리가 이러고 있겠어요? 일단 빨리 가기나 해!

지연　(애기 달래다가) 우회전했어야 하는 거 아냐?

북구　아... 맞네! 아이 참..... 미치겠구만 미치겠어!!!

소희　(신경질) 아 정신 좀 차려요! 한두 번 오는 길도 아니고.

북구　(우는소리) 나는 애 우는 소리만 들으면 멘붕이 와. 아우 진짜 어떻게 좀 달래봐들! 여자가 셋이나 되는데 그거 하나를 못 달래고 미치겠네.

지구　(발끈) 헤이, 여자가 셋이면 무조건 애 잘 봐야 돼? 여기서 여자가 왜 나와?

북구　(더 발끈) 아니 여자 셋을 셋이라 그러지. 넷인데 셋이라 그래?

지구　입 닫아야 될 거 같은데.

북구　아니 입은 저 애가 닫아야죠. 저렇게 악을 쓰고 우는 게 정상이냐고. 병원 가봐야 되는 거 아냐?

소희　원래 애는 우는 게 정상이거든요!! (뒤를 보며) 야 근데 애 이름은 뭐야?

지구　그걸 어떻게 알아.

북구	(우회전하며) 아니 지금 이름도 모르는 애를! 미치겠네, 혹시 술 먹고 애 납치한 건 아니지?
지연	(창밖 보며) 우회전 아닌데!
북구	아놔!!!!!!!!!!!!!!!!!!!!!!!
지구	아이씨!!! 운전이나 똑바로 하라고!!!!!!!!!!
북구	(신경질) 나 안 해!!!!! 안 가!!!!

길거리 한복판에 서버린 북구의 차 부감샷에서 자지러지는 애기의 울음 소리에 뒤차에서 빵빵거리는 클랙슨 소리까지.

북구	(E) 제발 좀 조용!!!!!!!!!!!!!!

S#13. 삼인방의 연립빌라 / 거실 (밤)

현관 조명 켜지며 정신없이 들어오는 세 사람. 더 자지러지게 우는 애기.. 뛰어 들어와 쿠션 치우고 눕힐 곳 마련하는 소희.

지구	(애 안고) 야! 거기 눕히면 떨어지지 않겠냐?!
소희	맞네, 그럼 바닥!
지구	그냥 쌩바닥에 눕혀?
소희	(당황) 아이씨 너무 우니까 머리가 안 돌아가!
지연	(급하게 이불 담요 펴면서) 재희야~~~ 이리 와! 이리 와! 여기 눕자!
소희/지구	(일제히 돌아보며) 재희?
지연	(다급하게) 미래의 내 애기 이름, 잠깐 렌트해줄라고. (애기 받으며) 이리 와 재희야~ 눕자 누워!
소희	넌 이걸 보고도 미래에 애기 날 생각이 드냐?
지구	아우씨 정말 더럽게 우네! (주변을 돌아보며 장난감 될 만한 걸 찾다가, 아무 물건, 리모컨이나 휴지 등을 집어서 흔드는) 자 이거 봐 이거! 헤이!
애기	으아아아앙!! (더 자지러지게 우는)

지연   (부엌에서 숟가락 꺼내 와서 흔드는)

소희, 다급하게 인터넷으로 검색해보는.

소희   야 얘 수유 언제 했어?
지구   그게 뭔데?
소희   이씨, 그럼 배고픈 거네!!! 잠깐 근데 모유 수유해야 하는 거 아냐?
지연/소희   (동시에 양손을 가슴에 가져다 대는)
지구   장난하냐. 이유식 먹이면 되잖아.
소희   그게 어디서 팔아? 마트에서 이유식 본 적 있어?
지구   모르겠는데?
지연   그거 그냥 죽 아냐? (하다가 뭔가 번뜩이는 듯)

컷 튀면, 지구네 엄마가 해준 죽을 이유식으로 떠먹이고 있는 지연.. 잘 먹
는다.

지연   (신난) 아구 잘 먹네~ 마시쪄? 완전 마시쪄용? 옳지 옳지!
소희   역시 지구네 엄만 반 무당이었어. 이럴 줄 누가 알았겠냐고.

컷 튀면, 새근새근 자고 있는 애기. 조용한 집 안..

소희   (속삭이며 소파에 기절하듯 조심히 눕는) 대박.. 조용한 게 이렇게 좋은
            거였다고?
지연   (영혼 이탈 / 식탁에 앉아서 난장판 된 집 안을 바라보는) 이건... 암만 봐
            도 맨정신으로 버틸 수 없는 일이야.
지구   (목이랑 허리 잡으며) 씨발 담 왔어.. 어우씨 진짜 애 한 번만 더 봤다간...
소희   너도 좀 누워. 애 언제 깰지 몰라.
지연   (완전 탈진해서 화장실로 가는) 난 씻어....

S#14. 삼인방의 연립빌라 / 화장실 → 거실 (밤)

완전 지친 얼굴로 칫솔질 중인 지연. 서서 졸고 있다. 이때 이 닦는 소리가 애 울음소리로 들린다. 눈 동그래져서 칫솔 물고 거실로!

지연   또 울어?!!!
지구   (누워 있다가 놀래서) 쉿!!!
소희   (아무렇게나 새우잠 자다가 깜짝)
지연   .....대박.. 이 닦는 소리가 애 울음소리로 들렸어.. (다시 화장실로)

#. 화장실.
다시 이를 닦는 지연. 또 애 울음소리가 들린다.

지연   (또 환청이 들린다) 미쳤어 미쳤어... 후... 귀가 맛이 갔네.... (계속 닦는)

#. 거실.
화장실에서 나오는 지연, 자지러지게 울고 있는 아이를 보고 뒷걸음질..
지구와 소희는 완전 넋이 나간 듯 멍하니 보고만 있다.

소희   난 이제 모르겠다... 밥도 아니고 똥도 아니고....
지구   (정신 나간) 때릴까?
소희   (지연한테) 야 쟤 손 묶어.
지연   (오르골 태엽을 감으며) 지구 워....

오르골 멜로디 소리가 들린다. 그러자 조금씩 울음을 그치는 아이.

소희   야 뭐야, 너 그거 어디서 났어!
지연   (본인도 놀라서) 원장쌤한테 선물..
지구   (oL) 당장 갖고 와 태엽 감아!
지연   (한편에 있던 쇼핑백을 보며) 근데 이건 뭘까?

소희	뭔데?
지연	니가 들고 온 건데?

지연이 쇼핑백 안을 보면, 튤립 장난감이 나온다.

소희	잠깐, 그게 뭐야?

#. 필름 전으로 Rewind 되면.
[인서트(오늘 오후)// 빌라 앞. 북구의 차가 서고 정신없이 내리는 삼인방.
북구: 안작가! 이거 가져가!
북구가 쇼핑백을 건네주자 뭔지도 모르고 일단 낚아채듯 받아서 가버리
는 소희.]

#. 필름 더 전으로 Rewind 되면.
[인서트(오늘 낮)// 방송국. 옆 팀 조연출이 찾아온 상황.
조연출: 혹시 저희 팀에 있던 튤립 장난감 못 보셨어요?
세미: 그걸 왜 저희한테..
조연출: 몇 분 사이에 없어져서요.
아름: 그니까 그걸 왜 저희한테 묻냐구요. (어이없이 웃는)]

#. 필름 더 전으로 Rewind 되면.
[인서트(오늘 낮)// 옆 팀이 자리 비운 사이 북구. 지나가는 척하며 슬쩍
튤립을 안주머니 안에 넣고 가는.]

소희	(E) 아놔 이런 도둑놈의 새끼!

튤립을 보며 황당한 소희의 표정.. 아우씨..

지구	왜 훔친 걸 너한테 반납해?
소희	그니까 또라이지.

지연	고양이가 주인한테 선물로 쥐새끼 물어다가 놓고 가는 거랑 비슷한 심리 아닐까?
소희	야!!!
지구	더러워 만지지도 마!

보란 듯 버튼을 누르는 지연, 그러자 토마토송 동요가 나오고 갑자기 애기가 동요 소리에 맞춰 꺄르르르르~ 웃기 시작한다.

셋	대박!!!!

S#15. 어느 사이비 교회 / 강당 (밤)

앞에서 설교하고 있는 교주. 교주를 향해 엎드려서 광적으로 빌고 있는 여자(30대 초반/여/애기엄마)

소희Na   이렇게... 간절했던 적이 있었을까...

S#16. 천국의 시간 - 몽타주

재희가 튤립 장난감에 몰두해 천사처럼 웃고 있다. 행복하고 평화로운 자유의 시간을 만끽하는 삼인방의 모습.
/소희, 화장실에 앉아 똥을 싸며 휴대폰을 보며 행복한 미소를..
/지연은 소파에 누워 과자를 끼고 드라마를 보며 세상 행복한 웃음을..
/지구는 부엌에서 신나게 오징어를 구우며 행복한 미소를...

소희Na   그저 먹고 싸고 자는 평범한 일상이....

시원하게 씻고 나온 소희가 머리를 말리며 냉동실에 넣어둔 맥주 캔을 꺼내 놓는데, 맥주 캔에 맺힌 이슬방울이 또르륵 캔을 타고 내려온다. 그걸 보며 세상 행복한 표정의 세 사람, 회심의 맥주 캔을 딴다. 치익~ 딱!!!

소희Na **이렇게 간절했던 적이 말이다. 이 말은 거꾸로 하면...**
아이란 자고로 세상의 모든 엄마들을 미치게 만드는 존재임이 확실하다.
그래서 지금 이 순간 우린, 미치게 행복했다.

(E) 으아아아아아아아앙~~~

미처 따지 못한 맥주 캔에서 얼었다 녹은 물방울이 또르륵 테이블로 떨어진다. 아기한테 가는 세 사람의 뒷모습이 맥주 캔에서 점점 멀어지며 슬로우..

소희Na **운다... 또, 운다.. 운 지 얼마나 됐다고 또, 운다..!**

오르골을 틀고, 튤립을 흔들고 별짓을 다 하는 세 사람의 모습 슬로우로...

소희Na **총알은 다 떨어졌고, 그에 비해 밤은 너무나 길게 남았다.**
수많은 애기엄마들이 이렇게 긴긴 밤을
단지 엄마라는 이유 하나만으로 버티고 있단 말인가.

지연 이제... 오르골이고 튤립이고 아무것도 안 들어.

소희 (소파에 노트북 들고 앉아서 살짝 짜증 난) 미치겠다. 나 내일 새벽에 녹화 나가야 되는데 오늘 자기는 다 글렀네. 강지구, 뭐 대책 없어?

지구 대책이 어딨어.

소희 그니까 어떻게든 그 집에서 끝내고 왔어야지.

지구 (삐친) 알았어. 니들은 자. 내가 데리고 나가서 죽이 되든 밥이 되든 내가 죽든 저 새끼가 죽든.

지연 (이) 잠깐~ 우리 지금 어 리를 예민한 것 같아.

소희 아니 애 엄마란 사람이 심부름 앱에 애를 맡긴다는 게 말이 되냐고.

지구 (또 슬쩍 올라오는) 사람이 어떻게 맨날 말이 되는 일만 하고 사냐고.

소희 아니 어떤 엄마가 거기에 애를 맡겨. 아무리 급해도 니네라면 그렇게 할 수 있어?

지구   난 애 안 낳을 거거든!

지연   난 니들한테 맡길 건데?

지구/소희 (죽일 듯 쩨려보는)

소희   경찰서에 데려다주자. 얘네 엄마, 애 버린 걸 수 있어. 난 느낌이 와.

재희   (더 크게 우는) 으아아아아아앙!

지구   야! 애가 다 알아듣잖아!!!

소희   그럼 니가 키우든가.

지연   (버럭) 잠깐!!!

지구/소희 !!

지연   아까부터 누가 우리 집 문 두들기는 것 같애..

컷 튀면, 인터폰 화면에 웬 남자가 반만 보인다.

소희   뭐야, 남잔데?

지연   (애 안고 달래며) 발가락 피디 아냐?

지구   (다가와서 인터폰 보는) ...저 인간이 왜..

문 여는 지구, 종이씨가 서 있다.

지구   (놀라서 그대로 서 있는) 뭐....에요?

종이   말하자면 긴데..

지연   (반갑게 튀어나오며) 지구야~ 문 앞에 남자 그렇게 오래 세워두는 거 아
          냐.

컷 튀면, 종이가 어색하게 세 사람 앞에 앉아 있다.

지연   그때 그 병원에서 본 분, 맞죠?

소희   (종이와 지구를 번갈아 보며) 맞네... 둘이.. 연락하고... 지낸 건가? 요?

종이   (대답하려는데)

지구	(ol) 우연히 만났어 배달하다..
종이	(물건 꺼내며 미소) 아주 우연히.
소희	(맞장구로 웃어주며, 눈은 예리하게) 그런데~ 집도 알려줬나 봐?
지구	아냐, 나 이 사람 이름도 몰라.
종이	아.. 지구님이 오늘 애기 때문에 좀 곤란한 상황이라고 하시길래, 혹시나 도움이 될까 해서 산책 겸 와봤다가 마침 이 집에서 애 울음소리랑 싸우시는 소리가 동시에 나길래..
지연	(의미심장하게 위아래로 살피며) 뭐 굳이 그렇게까지 논리 정연하게 알리바바 안 하셔도 돼요. 어쨌든 웰컴~!
종이	제가 잠깐 애기 좀 봐도 될까요?

지연한테 애기를 건네받는 종이, 능숙하게 애기를 받아 가슴 위로 안정되게 올리고 한 손으로 엉덩이를 받치는데 팔뚝에 근육이 솟으며 삼인방의 시선이 쏠린다.

지연	(팔뚝 시선 고정) 애기를 많이 업어봤나 봐..
종이	동생을 제가 키우다시피 했거든요. (입에 손을 가져다 대보고, 기저귀에 손도 대보고, 입 안도 살피고, 명치 쪽에 귀를 가져다 대기도 하고, 손으로 눌러보기도 하며) 어구 그랬어~ 그런 일이 있었구나~ 그런 일이 있었어~ 그래 그래..
소희	...뭐 하는 거야..
지연	소통하고 있는 것 같아. 강형욱처럼.
소희	그건 개고.
지구	차라리 개가 나은 거 아냐?
종이	(애기를 눕히며 귀에 새끼손가락을 넣고 살살 돌려주는) 옳지.. 착하지..
지연	(작은 소리로) 지금 이건 어떤 소통일까요?
종이	(작게) 이렇게 넣고 돌려주면 어릴 때 엄마 뱃속에서 이것저것 부딪히던 소리랑 비슷한 소리가 나서 금방 안정을 찾아요.
소희	대박...
지구	(이런 면이 있었어? 라는 시선으로 보는)

지연	이 사람 실력자다.

종이, 애를 번쩍 뒤로 돌려 고꾸라질 듯 높이 안더니 등을 친다.

소희	왜 저래?
지연	(다 틀리는 확신) 영혼이 빠져나가나?
소희/지구	야...!
(E)	(트림 소리) *끄억*...............

이윽고 엄청난 트림 소리가 들려온다. 깜짝 놀라는 삼인방.

종이	어유.. 이게 하고 싶었어~ 한 번만 더 하자. 한 번 더!
애기	(트림) *끄억~~~~~~~~~~~~~~~~* (하고는 세상 편한 얼굴이 되는)
셋	(입 떡)
소희	(지구를 보며) 너 계 탔다.
지구	(째려보는)
종이	(웃으며) 거기 애기띠 좀...

애기띠 가져와서 종이가 하란 대로 애기띠 하는 걸 돕는 지구. 그런 두 사람을 유심히 보는 지연. (*9부, 10부에서 밝혀지는 지연의 심리)

종이	깊이 잠들었다 싶으면 눕혀놓고 갈 테니 다들 이제 눈 좀 붙이세요. (지구를 보며) 피곤해 보이시는데..
지구	(쑥스러운 듯 얼굴 만지며) 그렇게까지는.. (애들 눈치 보는)
소희	그래야 될 것 같은데..
종이	제가 잠시 있는 게 안 불편하시다면요.
지구	(말하려는데)
지연	아싸리 주무시고 가세요. 저희가 돈이 없지 이불이 없겠어요? (윙크하는)

컷 튀면, 불 꺼진 거실. 지구, 지연, 소희순으로 쪼르륵 누워 있고...

부엌 쪽에 미등 하나만 켜져 있고, 종이가 애기를 업고 조용히 왔다 갔다 하며 낮은 소리로 자장가를 불러주고 있다.

지연   (계속 속삭이며 말 거는) 근데 말이야.. 저 자장가... 우리한테도 들려주는 건가?

지구   (졸린) 신경 끄고 자. 언제는 니가 자장가 듣고 잤어?

지연   근데 말이야. 지금 이 광경이.. 일부다처제 어느 씨족의 모습 같지 않아?

지구   뭔 개소리야.

소희   (졸린 상태) 좀 희한한 광경이긴 하다.

지연   심지어.... (저만치 종이를 보며) 저 두 남자.. 이름도 모른다 우리?

소희   (졸린 상태) 현재로선 재희랑 재희아빠인 건가.

지구   자자 쫌.

지연   근데 말이야. 발가락 피디가 저렇게 재워준다 그랬음 지구한테 씨알도 안 먹혔을 텐데.. 저 이름도 없는 남자한테 지구가 다소 관대한 느낌이 있지 않아? 어쨌든 외간 남자와 여자 셋인데.

지구   야. 저 사람은 우리 대신 애를 재우고 있잖아. 그 발가락 새끼는 애를 벌레 보듯 하더만. 아까 못 봤어?

지연   그래 소희야. 결혼은 안 되겠어, 발가락은 딱 보니까 독박육아 빼박.

소희   (눈 뜨며) 야 내가 언제 결혼한대?

지연   근데 말이야. 그런 인간두 막상 지 애 낳으면 물고 빨고 난리도 아닐 수 있다?

지구   그럼 뭐 하냐. 인성이 그지 같은데.

소희   (살짝 기분 나쁜, 발끈) 안 자냐?

지연   근데 또 가만 보면 발가락 피디가 술도 안 먹지, 여자 밝힐 능력도 딱히 안 돼 보이지.. 결혼하기엔 나쁘지 않을 것 같단 말야?

지구   야 그런 놈들이 결혼하면 꼭 늦바람나서 안 하던 거 다 한다.

소희   안 자냐고.

지연   너~무 피곤해서 잠이 안 와, 맥주를 마셨어야 되는 건데.. 근데 말야.

지구   야. 넌 도대체 근데 말이야를 몇 번 하는 거냐?

지연   미안.. (문득) 근데 말이야. 집에 갓난애기가 있으니까.. 기분이 좀 이상하지 않아?

소희 　(잠이 오는) 너만 없음 될 거 같애.

지연 　(그러거나 말거나) 그래도 오늘 우리가 다 한 건씩 하긴 했다? 소희 튤립
　　　도 한 건 했지, 내 오르골도 한 건 했지, 지구는 뭐 했지?

지구 　죽 있잖아.

지연 　그건 내가 받아온 거니까 내 껀수고. 지구 넌... (고개만 빼꼼 들어 실눈으
　　　로 저만치 종이를 보는 음흉한 시선)

소희 　그만 좀 봐 창피해 죽겠네 진짜.

지연 　(고개 내리며) 남자가 애 보는 거 상당히 섹시하단 거 오늘 알았어. 오늘
　　　의 엠브이피는 지구 남사친 인정~

소희 　남사친 단정 짓지 마라, 남친 될 수도 있다.

지구 　지금부터 말하는 사람 한 대씩 맞는다~

지연 　말!

　　　소리 없이 발로 점점 격하게 싸우는.
　　　컷 튀면, 곯아떨어져서 자고 있는 삼인방.

S#17. 삼인방의 연립빌라 앞 (새벽)

　　　새벽 이슬비가 내린다. 종이가 조용히 빌라에서 나온다. 어디선가 봉고차
　　　한 대가 멈춰 서고 문이 열리는 데에서..

S#18. 삼인방의 연립빌라 안 / 거실 (새벽)

　　　자고 있던 지구가 갑자기 두 눈을 번쩍 뜬다. 지구, 뭔가 이상한 느낌에 건
　　　너편 집을 보는 순간, 꺼져 있던 불이 켜진다.

지구 　뭐야...?

S#19. 애기의 집 앞 (새벽)

지구, 다급하게 뛰어서 애기의 집으로 향한다. 초인종을 누르는 지구. 아무런 인기척이 없고.. 비밀번호 누르고 들어간다.

S#20. 애기의 집 안 (새벽)

귀신이 곡할 노릇, 불이 다시 꺼져 있다. 아무도 없다.

지구   뭐야, 잘못 본 거야?

하면서 창문 쪽을 보는데, 어디선가 플래시가 반짝한다. (가로등 불빛이 있으면 가능)

지구   뭐야! (그러다 문득)

[인서트(9씬 플래시백)// 아기의 집 (낮).
아기의 집에서 창밖을 보는데, 어떤 빛이 반사되면서 지구의 눈을 찡그리게 했던.]

지구   (E) 그러고 보니 낮에도...?

지구, 이 건물 맞은편 옥상을 의심의 눈으로 쳐다보는.

S#21. 새로운 빌라 건물 / 옥상 (새벽)

지구, 옥상 문을 연다. 어둠 속에 지구의 손전등 불빛만 보인다.
이때 옥상 한편에서 누군가가 머물렀던 흔적을 발견하는 지구. 의자 하나
와 담배 무덤, 그리고 술병들... 보아하니 예거마이스터 병.

[인서트(4씬 플래시백)// 아기의 집 대문 옆 분리수거 통에 나와 있던 예
거 병들.]

지구 설마....!

스탠드 망원경이 어딘가를 향하고 있다. 보자마자 느낌이 오는 지구. 조심
스럽게 망원경 안을 살피는데, 렌즈가 향한 곳은 맞은편 애기의 집 창문.

지구 뭐야...?!!!

이때 갑자기 커튼이 확!!!! 걷히며 한 여자가 지구 쪽을 노려보는 데에서
블랙아웃.

지구 (E) 으아아악!!!!

S#22. 아기의 빌라와 새로운 건물 빌라 사이 (새벽)

추적추적 을씨년스러운 비가 내린다.
한쪽에선 지구와 소희, 지연이 애기를 안고 등장. 맞은편에 애기엄마(혜
진)가 서로를 경계하며 대치한다.

소희Na **보통 이런 상황에선...**
지구 애는 아직까지 살아 있다. 돈은 준비됐겠지.
혜진 (간절하게 무릎 꿇고) 살려만 주세요. 그럼 달라는 대로 다 드릴게요! 제
발요!!!

소희Na　**이래야 맞지만...**

지연이 들고 있는 애기를 그로테스크하게 바라보고 있는 애기엄마의 얼굴..

혜진　(절박) 돈은 얼마든지 드릴 수 있어요.. 제발 아이만, 아이만... 돌려주지 마세요....

셋　(당황해서 애 엄마를 보는)

소희Na　**어쩌다.. 이 여자는.. 이런 엄마가 된 걸까.**

S#23. 아기의 집 (과거 - 혜진의 이야기)

동요가 흐르고 천사처럼 자고 있는 애기.
앳되고 예쁜 혜진이 정성스럽게 이유식을 만들면서도 자고 있는 애기에게서 눈을 떼지 못한다. 집 안은 각종 애기 용품들로 가득, 엄마의 온기가 가득하다. 종종 혜진의 옆에서 남편도 애를 봐주고 있다. (얼굴은 최대한 비공개)

혜진Na　**..애는 분명 천사일 거야.**
행여나 창문을 열어두면 하늘로 날아가버릴까..
너무 예뻐서 누군가 물어가버릴까.. 한시도 눈을 뗄 수가 없었어요.
그건 사랑이 아니라, 그냥 나 자체였어요.
내 몸속 깊숙한 어딘가에서 아주 오랫동안 품고 있었던.. 가장 사랑스러운
나. 그런 나를 낳은 느낌이었어요.

컷 튀면, 애를 업고 있는 혜진, 몸에서 땀이 너무 흐르고 혼자 정신이 없다.

혜진　(다급하게) 여보, 잠깐 애 좀! (돌아보는데 남편이 없다) ...?

/기저귀를 갈고 있는 혜진, 다급하게 남편을 향해 손을 뻗는다.

혜진　　　(기저귀를 갈며 뒤로 손만 뻗는) 여보, 나 거기 물티슈 좀. (손이 휑하다)
　　　　　??

문득 보니 집은 육아 전쟁터, 식탁이며 거실이며 쓰나미가 휩쓸고 간 것
같다.
컷 뒤면, 혜진, 화가 난 듯 방문을 연다. 등 돌리고 누워 자고 있는 남편.

혜진　　　애는 나 혼자 낳았어!!!!?
남편　　　(잠결에) ...그런 거 아녔어?
혜진　　　........... (멍하니 서 있는)
혜진Na　　**그때부터였던 것 같아요.**

/누워 있는 아기 얼굴을 보고 있는 혜진.

혜진Na　　**애는... 단 몇 초라도 내가 정신줄을 놓으면.**
　　　　　단 몇 초라도 내가 옆에 없으면.... 죽는다. 애는 내가 싼, 똥이다.

우는 아기를 그냥 보고만 있는 혜진.

혜진Na　　**단 한 끼라도 놓치면..**
　　　　　한 번의 기저귀라도 건너뛰면 애는 세상이 끝난 것처럼 울고..
　　　　　단 한 번의 보살핌이라도, 단 한 번의 안전이라도 소홀하면 이 애는 죽는다.
　　　　　24시간 86,399초를 잘했어도 단 1초를 놓치면.. 죽는다..
　　　　　그러므로 나는 단 1초의 자유도.. 가질 수 없다.
　　　　　이 아이의 생사를 쥐고 있는 엄마라는 책임감.
　　　　　그 책임감은 공포가 됐어요. 내가 저 아이를 죽일 수도 있다는 공포.

/남편이 커다란 가방을 들고 나가려는데 혜진이 막아선다.

혜진   (곧 울 것 같은 얼굴로 바들바들 떨며) 당신, 지금 나가면, 다신 못 돌아
        와. 그런 줄로만 알아.
남편   (E) 이 집에 내 자리가 있긴 했냐.

        나가는 남편, 현관문 닫히는 소리...
        술(예거마이스터)을 따르는 혜진, 벽에 걸린 결혼사진을 보며 술을 마신
        다.

혜진Na **그때 알았어요. ....진짜 혼자 키우고 있었던 게 맞았구나.**
        나만의 착각이 아니었구나.. 그렇다면 앞으로도 혼자 못 키울 이유는 없겠
        다..
        그날 밤 우연히 편의점에서 산 술이 이 예거마이스터였고..
        한 모금 스트레이트로 먹고 나니 20대로 날아가는 기분이 들었어요.

        술에 취해 창문을 보는 혜진... 맞은편 건물(삼인방의 연립빌라) 옥상이
        보인다.

혜진Na **하루쯤 밥 대신 라면으로 대충 때우고, 침대에 종일 누워 좀 대충 산다구**
        해도 인생에 아무런 지장이 없던.. 그렇게.. 가벼웠던 나.

        혜진, 술에 취해서 '심부름 플리즈'에 글을 올린다.
        [인서트// 한 시간만, 아이 봐주실 분 구합니다.]

S#24. 새로운 연립빌라 옥상 (과거 - 혜진의 이야기)

        옥상에 올라가서 망원경으로 자신의 집을 보는 혜진.. 창문을 통해 누군
        가가 아이를 봐주는 걸 보고 있다.

혜진Na   **아이를 맡겨요…. 그리고.. 술을 마시며 지켜봐요…**
    내가 없이도 잘 있는 애를 보면 다행이다 싶고..
    내가 죽어도 누군가는 쟤를 봐주겠지? 싶은 마음에 또 위안을 받아요.

    집으로 돌아온 혜진, 애기가 미친 듯이 울고 있다.

혜진Na   **한번은 약속 시간보다 좀 늦게 가니까 애를 두고 그냥 갔더라구요.**
    절 보고 애가 자지러지게 우는데 묘한 쾌감이 들었어요.

혜진   (애를 달래면서 비릿하게 웃는) 거봐.. 넌 나 없음 죽어…. 또, 너랑 나 둘뿐
    이야.

S#25. 시장 또는 마트 (과거 - 혜진의 이야기)

    유모차를 끌고 나온 혜진, 손에 이것저것 장 본 것들을 잔뜩 들고 계산을
    하는데 과일 봉투를 받아 들고는 유모차를 그냥 두고 걸음을 옮긴다.
    유모차 안에서 자고 있는 애기… 옆으로 지나다니는 사람들.

혜진Na   **그러다 깜빡.. 정말 깜빡했던 건지 아니면 일부러 그랬는지…**
    그 순간이 잘 기억이 나지 않아요. 분명한 건

S#26. 아기의 집 (과거 - 혜진의 이야기)

    혜진이 문을 열면, 경찰이 울고 있는 아이를 건네준다. 아이를 받아서 달
    래는 혜진.

혜진Na   **어떻게든 이 애는.. 저한테 돌아온다는 거였어요.**

S#27. 놀이터 (과거 - 혜진의 이야기)

슬쩍 아이를 두고 오는 혜진.

혜진Na **어떻게 버려도..**

S#28. 공원 (과거 - 혜진의 이야기)

사람 많은 공원, 젊은 학생들 놀고 있는 옆에 슬쩍 아이를 두고 일어나는
혜진.

혜진Na **결국 다시.. 내 옆에.**

S#29. 아기의 집 (과거 - 혜진의 이야기)

혜진, 문을 여는데.. 아이가 집 앞에 있다.

혜진Na **이 애는, 가장 사랑스러웠던 내가 아니라...**
내 피가 축날 때까지 기생하는 진드기였던 거예요.

/거울 앞에 서 있는 혜진... 반쯤 정신 나간 얼굴로 자신을 노려본다.

혜진Na **이 악마만 아니었어도 남편이 날 버리지 않았을 텐데.**
난, 악마로부터 날 구해야만 했어요.

S#30. 어느 사이비 종교의 건물 (과거 - 혜진의 이야기)

신천지류의 종교 단체. 엄청난 신도들이 바닥에 엎드려 있고, 자기를 믿으라며 설교하는 교주.

혜진   (알 수 없는 말로 절규하며) 죽어..!!! 죽어버려!!!

미쳐서 악을 쓰는 혜진의 위로 엄청나게 커다란 물 폭포가 떨어진다. 철썩!!!!!

S#31. 삼인방 연립빌라 안 (현재)

(혜진한테 술을 붓고 난 상황) 지구가 빈 술병을 들고 있고. 혜진의 얼굴은 시뻘건 색의 술로 범벅. 소희는 급히 수건을 가지러 간다.

애기   (으아아아아앙)
지연   (안고 있다가 달래는) 울지 마 울지 마, 재회야 울지 마. (튤립을 손에 쥐여주는)
소희   (수건을 가지고 와서 닦아주는)

몸을 바들바들 떨며 얼음처럼 굳어 있는 혜진, 잠시 정적이 흐른다.

혜진   (삼인방을 노려보듯 보며) 부러웠어요. / 당신들이.

[인서트(혜진의 시점에서 1씬 동일 시점)//
술에 취해 화음 넣으며 신난 삼인방을 내려다보는 혜진. 쳐다보다가, 이내노려보고, 이내 슬퍼지는 눈...

혜진   (E) 저렇게 만취가 되어 비틀대도..
양옆에 친구가 있으면, 취하는 게 하나도 두렵지 않겠구나....

혜진, 악에 받쳐서 욕을 퍼붓다가, 먹고 있던 예거마이스터 병을 우는 애기 옆으로 던져버리는.]

혜진의 눈에 눈물이 맺혔다. 혜진의 잔에 술을 따라주는 소희.

소희Na **그녀에게 필요했던 건 교주가 아니라.... 친구였다.**
소희   (따뜻하게) 오늘은 그냥 마음 놓고 마셔요. 우리가 있으니까.
지연   (파이팅 해주듯, 잔 들며) 적시자!!!
혜진   (잔을 차마 들지 못하고 머뭇)
지구   (혜진의 잔에 자기 잔을 가져다 대며) 적셔요.

네 개의 잔이 부딪친다. 그걸 바라보는 혜진의 얼굴에 옅은 미소가 보인다.
혜진의 옆에서 쌔근쌔근 자고 있는 애기.

소희Na **이날 우리는 엄마 옆에서 편히 잠든 아이의 얼굴을 정확히 보았다.**
지연   (아이를 보며 속삭이는) 천사 같다..
소희   다시 낳고 싶어졌어.
지구   뭐 예쁘긴 하다.

    #. 몽타주 - 수다 떠는 삼인방.

소희Na **그리고 우린 날이 밝고, 다시 밤이 되도록.. 쉬지 않고 수다를 떨었다.**
          지연이는 술이 땡길 땐 오복집으로 오라고...
          쓸 데도 없는 오복집의 역사에 대해 주저리주저리 늘어놓았고

    /요가 자세 취하는 지연, 지연을 따라 하는 혜진.

소희Na **우울할 때 좋다는 요가 자세와 호흡법을 알려주다가 전매특허인 가스 분**
          출로..

지연	방귀 트면 다 튼 거 알죠? (주먹을 건네며) 오늘부터 친구!
소희Na	**결국 친구까지 텄고**
혜진	(주먹을 맞대는) 콜.

/소희의 이야기를 흥미롭게 듣고 있는 혜진.

소희Na	**나는 방송국의 깨알 비하인드 스토리를 대방출했다.**
	하지만 그녀가 제일 크게 반응했던 건...
혜진	(애기가 다 비운 죽 그릇을 보며) 진짜 저걸 다 먹었다고요???
소희Na	**애기가 잘 먹었다는 바로 이 이유식이었다.**
혜진	(하소연) 몇 시간을 땀 삐질삐질 흘려가면서 만들어놨는데 다 뱉어버리면 진짜 미쳐버린다니까.

컷 튀면, 지구맘이랑 통화하는 지구.

지구	(어색) 어 엄마.... 나.....
소희/지연	(지구의 통화에 집중)
지구	그..... 죽 만들어준 거 있잖아..
지구맘	(F) 왜.. 내가 독이라도 탔을까 봐?
지구	그거 레시피가 있나?

컷 튀면, 전화 끊은 지구.

지구	감자.. 소고기.. 무.. 애호박.. 각종 야채는 똑같고, 양파즙 조금에 배즙을 좀 많이 갈아 넣으면... 단맛이 나서 잘 먹는다구.
혜진	(가만 보다가) 근데 혹시 선일여고 안 나왔어?
지구	선일 아니고, 상일여고 나왔는데.
혜진	아....
지연	(쌩긋) 한 글자는 맞혔네~ 적시자!

술 먹으며 이야기하는 네 사람 몽타주.
술 먹고 깔깔대고.. 노래 부르고.. 엄청 취한 듯 야야!!! 서로 이야기하겠다
고 하다가 자빠지고 다 같이 뒤엉켜서 웃겨 죽겠다며 깔깔대는.

소희Na **우리는 그렇게.. 친구가 됐다.**

(시간 경과/대낮) 소파에서 곤히 자는 혜진...그동안 잘 못 잤던 잠을 몰
아서 잔다.
지연은 볕이 들지 않게 블라인드를 내려주고, 소희는 이불을 덮어주고...
지구는 부엌에서 엄마가 만들어준 갈치조림을 데우고, 밥을 한다.

(시간 경과/저녁이 된)...
애기 울음소리에 깨는 혜진.. 일어나보면 삼인방은 모두 없고. 식탁에 정
성스럽게 밥이 차려져 있다. 그리고, 애들이 선물한 오르골과 튤립, 지구
가 남긴 쪽지가 있다.
[쪽지 인서트//
지구(E): 지금은 애가 너 때문에 산다지만, 언젠가 니가 애 덕에 살 거다.
우린 대부분 오복집에 있으니 힘들 땐 넘어와서 같이 한잔 적시자.
가끔 밥도 같이 먹고. 근데 애 이름은 뭐냐?]

눈물을 급하게 닦는 혜진, 밥을 먹는다. 눈물이 뚝... 갈치조림으로 떨어진다.

혜진   (맛있게 먹으며 재희를 보는) 재희야, 엄마 이것만 먹고 집으로 가자~ 알
        겠지?

S#32. 편의점 앞 (저녁)

편의점 앞에 앉아 시원하게 캔맥주를 따서 벌컥벌컥 원샷 하는 세 사람.

셋	캬아~~~!!!
소희	시원~~~하다!
지연	그러게 오늘 맥주 맛 죽인다!
소희	(지구한테) 야, 근데 너.. 선일여고 나오지 않았어?
지구	...나왔지. (무심하게 맥주 마시는)
소희	헐..
지연	진짜 동창이었어?

S#33. 선일여고 (과거 - 지구의 고등학교 시절)

학교 끝나고 하교하는 학생들.. 선머슴아 같은 지구가 친구들과 장난치며
나오는데 그 앞으로 혜진(여/고등학교 2학년/빛나게 예쁜)이 지나간다.
이 학교 퀸카다.

친구1	야야! 강혜진 지나간다!
지구	(아이스크림 먹으며 힐긋 보는) 누군데 쟤가?
친구2	선일여고 여신 몰라? 이번에 전국 발레 콩쿨인지 어디서 1등 했다던데?
지구	(여리여리한 뒷모습 보며) 어우.. 발목 부러지겠다 부러지겠어~! 저래가지고 뭐 애는 낳겠냐?
친구1, 2	푸하하하하! 야 너는!!! / 너 애 낳을 거야?/ 남자친구도 없는 게!!
지구	야 나는 한 번에 열 명 낳을 거거든!!!

앞서가던 혜진이, 지구의 웃음소리에 살짝 뒤를 돌아보는 데서 슬로우....
너무나 맑고 예쁜 고등학교 소녀의 싱그러운 미소에서 엔딩...

- 8부 끝 -

9부

제3의 술잔

S#1. 삼인방의 연립빌라 / 거실 (이른 새벽)

위이이이이이잉~ 요란한 소리로 과일주스 가는 지연..

지구   아이씨.. (짜증 내며 뒤척이는)

지연   미안, 난 꼭 니들 잘 때 이게 갈고 싶더라~ 원 모어 타임. (위이이이잉~ 가는)

소희가 씻고 수건으로 머리를 감고 나온다.

지연   (돌자마자 소희 보고 화들짝) 엄마 깜짝이야! 너 언제 일어났어?

소희   (머리 털며) 나 오늘 쉬는 날이라 엄마한테 가잖아.

지연   맞다.

소희   (화장대 앞에 앉으며) 너 오늘 병원 가는 날인가?

지연   (믹서기의 주스를 컵에 덜며) 어~ 너두 한 잔 갈아줘?

소희   (수건으로 머리 털며) 한 번만 더 갈면 쟤(지구)한테 갈릴 거 같지 않냐.

지구   (이불에 왕짜증) 아 지금 몇 신데 난리야들!!!

(E)   위이이이이이잉~ (소희 – 드라이기 소리)

지구   (이불 걷어차는) 이것들이!

소희   미안–

주스 들고, 식탁 의자에 앉으며 휴대폰을 보는 지연. (딴청) 소희의 드라이기 소리에 종이의 카톡 메시지 소리가 중첩되어 들린다.
[인서트// 종이: 새벽공기가 담길지는 모르겠지만요. (새벽의 동네 전경 사진)]

지구, 싫지 않은 듯 사진을 보고, 폰을 보던 지연이 힐긋 지구의 표정을 살핀다.

소희	(드라이기 끄고 바닥에 머리카락 주우며) 진짜 더럽게 빠지네. 다 한지연 꺼네..
지연	(힐긋) 너 전화 오잖아.
소희	(어깨에 끼고 전화 받는) 네. 김밥? 뭐 괜찮아요. 30분 있다 내려갈게여~
지연	누구랑 같이 가?
소희	(괜히 아무렇지 않은 척 쿨하게) 아~~ 강피디랑~
지구/지연	(동시에) 엄마네를???
소희	(앞머리에 구르프 말며) 아니~ 자꾸만 같이 차 타고 가면서 회의도 할 겸 갔다가 광주에서 육전이나 먹고 오자길래.. 나야 운전해주겠다는데 굳이 마다할 이유가 없으니까.
지연	(이/딱 잘라) 시집가네, 안소희.
소희	(거울로 보이는 지연을 째려보는) 야!
지연	(주스 마시며) 너 구르프 너무 만다. 당황했니?
소희	(뜨끔) 뭔 소리야~ (기초화장 시작하는)
지연	내 눈은 못 속이지. 너 지난번에 발가락 피디 업고 갈 때부터 이미 촉촉했거든. 마음이 절반 이상 갔더라구. 근데 뭐 발가락 피디 정도면 난 나쁘지 않다고 생각해. 따지고 보면 눈 코 입 다 잘생긴 얼굴 아님? 직장도 그만하면 뽀다구 나지, 술 한 잔도 못하는데 사고 칠 일 없지, 같이 술 먹음 대리 안 불러도 되지, 뭐야 그러고 보니 1등 신랑감이잖아?
소희	(선크림 덕지덕지 바르며) 그런 애들이 늦바람난다며 니들이 엊그제.
지연	어머~~~~ 우리 소희, 우리 말은 다 한 귀로 듣고 한 귀로 흘리믄서 그

말은 왜 또 그렇게 새겨들었을까? 부케는 내 꺼다?

소희 (뒤돌아보며 버럭) 아니 왜 지가 가고 싶은 시집을 나한테 가래 자꾸!

지연 (소희한테 눈빛으로 지구를 가리키는)

지구, 종이와 카톡에 정신 팔려 있다.
[종이가 보낸 카톡 메시지 인서트// 주소 링크 첨부
종이: 오늘도 안전배달 하시고, 이따 저녁때, 여기 가요.]

지구, 링크된 주소를 타고 들어가면, 분위기 좋은 와인바 내부 사진.

지연 지구야, 우린 이따 매운탕 때리러 팔당 어때?

지구 (휴대폰에 정신 팔린) 나 저녁에 일~

지연 (슬쩍 떠보는) 진짜 일? 아님 볼일?

지구 일이 일이지.

지연 (슬쩍 시비 거는) 매운탕이 일에 밀릴 일이야?

지구 (못 들은 건지, 못 들은 척하는 건지 휴대폰에 열중)

소희 (입술에 틴트 바르며) 야. 아침부터 매운탕 얘기 그만해. 소주 땡기니까.

지연 넌 자고 올 거야?

소희 와야지, 강퍼디 달고 가는데. (입술 바르고 일어나다가 지구 발 밟는)

지구 (휴대폰에 집중한 채로) 아-!

소희 오 미안 미안! 안 다친 거 아냐? (옷방으로 허겁지겁 가는)

지연 (지구한테) 여튼 매운탕은 못 간다는 거지?

지구 (휴대폰 보며 정신 팔린) 어-

지구, 별 신경 안 쓰고 휴대폰 중, 심지어 미소도 짓는다. 지연, 그런 지구
를 가만 보고 있다가 무표정한 얼굴로 다 먹은 주스 컵을 싱크대에 넣더
니 설거지를 하는 데에서..

9부. 제3의 술잔

S#2. 병원 / 현주의 진료실 (아침)

정기검진 검사받고 나오는 지연.

현주   (검진 결과 보며) 너 찼던 남자, 이거 보면 억울하겠다. 심하게 건강하고,
        일 년 후에 다시 보자구.
지연   저 그럼 이제 시집가도 돼요?
현주   누구 있니?
지연   있음 진즉 갔죠. 근데 일빠는 소흴 것 같아요.
현주   걔 누구 있었나?
지연   있다고 봐야죠?
현주   근데 소희 가면 남은 둘 허전해서 어떡하니? 셋이 세튼데.
지연   (진심) 어머 그게 왜 허전해요? 둘이 아니라 넷이 되는 건데!
현주   (웃으며) 넌 긍정적이라 건강한 거다!
지연   (윙크하는)

S#3. 삼인방의 연립빌라 / 방 (아침)

삼인방의 옷들이 아무렇게나 쌓여 있는 방. (나름 자기들만의 섹션이 있
는) 대충 옷 입고 가방 메고 나가려던 지구, 오늘따라 소희와 지연의 옷더
미에 눈길이 가는데, 소희의 오버핏 옷들과 비교되게 레이스와 꽃무늬로
가득한 지연의 옷들.

지구   (지연의 옷 무더기들을 손가락으로 들춰보며) 어우.. 얘는 무슨 이렇게 레
        이스를.. 미친년 같애 진짜. (들기도 민망) 아우. 이런 걸 입고 다닌다고?
        (그나마 레이스 좀 덜 달린, 살짝의 징들이 박힌 원피스로 시선) 이게 그
        나--마 들 미친년 같네.

S#4. 요가원 '비움' / 남자 탈의실 (아침)

남자 탈의실 한편에서 휴대폰을 보고 있는 선국. 문자가 온다.
[선정: 10분 후에 녹화 들어갈게.]

무심하게 확인, 다른 창 열어서 보고 있는 선국. 또 카톡이 오는데 위에 뜨는 메시지의 간략 한 줄만 보고 확인 더 이상 안 한다.
[선정: 저녁에 한정식집 예약해놨어. 7시.]
[선정: 한정식 괜찮지? 너 조용하다고 괜찮다고 한 곳. 싫으면 다른 데 잡아야 되니까 빨리 답 줘.]
[선정: 좀 전에 확인하더니 왜 또 안 보는데?]

선국, 계속 울리는 메시지에 짜증 난, 이때 문이 확 열리며 열받은 선정.

선정   (딱 걸릴 줄 알았음) 핸드폰 들고 계시네?

선국   (시치미) 이제 볼라 그랬는데?

선정   그래? 그럼 지금 봐. (내 눈앞에서)

선국   (마지못해 읽더니, 인상 팍) 근데 밥을 꼭 먹어야 돼?

선정   (기가 찬) 니 생일이라고 모이는 거 아냐.

선국   (oⅠ) 그니까 내 생일이잖아.

선정   ?

선국   생일이니까 내가 원하는 대로 할 수 있는 거 아닌가. 난 밥 안 먹고 싶은데.

선정   (빡치는 거 꾹 참는 한숨) 그럼 니가 엄마 아빠한테 얘기해.

선국   … (무심하게) 어.

선정   (생각해보니 열받는) 후… 됐다. 결국 엄마가 또 나한테 전화하겠지. 그냥 내가 얘기할게. 니가 밥 먹기 싫다 했다고. (나가려다가 너무 열받는) 야 근데 니 생일이니까 니 맘대로 하는 건 그렇다 치고 나는 왜 이렇게 스트레스를 받아야 되냐?

선국   (어이없는) 누나가 한다며.

선정   그니까! 넌 어떻게 열이면 열 번을 다 니 맘대로 하고 사냐구! 너도 한 개
       는 맞추는 시늉이라도 해야 되는 거 아냐? 니가 사람 새끼면.

선국   (떨던 다리를 멈추고, 선정의 눈을 똑바로 보며) 그거 다 너 위한 거 아녔
       어?

선정   너? (이게 한번 해보자는 건가 싶어 폭발 직전)

       이때 탈의실 구석에서 자고 있던 시연이 하품을 하며 일어난다.

선정/선국 (동시에 놀라는) 엄마!!! / 우쒸!! (놀라서 욕 나올 뻔)

지연   아니 아침부터 뭘 그렇게 백분토론들을 하시나 기냥 누구 하나 머리채 잡
       음 끝나겠구만.

선정   아니 선생님이 왜 여기서..!!

지연   (비몽사몽 헝클어진 머리 다시 묶는) 오전에 일보고 일찍 와서 눈 좀 붙
       이느라요.

선국   여기 남자 탈의실인데.

지연   그니까 여기 죄다 여잔데 남자 탈의실 쓸 사람이 누가 있어여, 어머 (선국
       을 향해 윙크) 우리 피디님도 남자였는데, 쏘오리~ 좀 이따 봐용. (자연스
       럽게 나가는데)

선정   (번뜩) 저, 선생님은 어떻게 생각하세요? (고자질하듯) 지 생일 때문에 일
       본에서부터 건너오는 부모한테 지 생일이니까 지가 원하는 대로 저녁을
       안 먹겠다는.

지연   (이) 말은 되죠. 내 생일인데 내가 축하받고 싶지 않으면 축하받지 않을 권
       리도 있는 거 아닐까요?

선정   ....! (괜히 물어봤다 싶은)

지연   근데~ 날 낳아준 부모한테 그러는 건 정말 개싸가지져~ 제 친구 말에 의
       하면 그런 새끼들은 대그박을 한 대 빡!!! 제까놓고 허벌~나게 깐 데 또
       까고 후뜨려까버려야 된다던데? (쌩 나가버리는)

선정/선국 (헐.....)

S#5. 요가원 '비움' / 복도 (아침)

생글생글 웃으며 기분 좋게 복도를 걸어 나오는 지연, 이때 지연의 휴대폰으로 카톡 알림음이 울리는데, 힐긋 확인하더니 여전히 기분 좋은 듯, 지나가던 선생님과 "좋은 아침이에요~" 반갑게 인사하는 모습에서.

S#6. 삼인방의 연립빌라 / 옷방 → 현관 (아침)

지구, 단톡방에 자기가 보냈던 메시지를 확인하며 옷방에서 나온다.
[지구: 지연, 나 이 옷 한번 입어도 돼? (옷 사진 첨부)]

마침 누군가 확인한 듯, 2에서 1이 된다. 일단은 배달 복장으로 나가려는데 심하게 엉망인 자기의 운동화를 바라본다.

지구   신발하고는... (애들 신발을 좀 들어 보다가) 에이 몰라~ (문 쾅 닫고 나가는)

S#7. 휴게소 / 북구의 차 안 (낮)

정차해 있는 북구의 차. 소희가 생각에 잠긴 듯 창밖을 보고 있고, 북구가 호두과자를 들고 탄다.

북구   안작가. 이것 좀 먹어봐. 여기 잣 호두과자는 다른 휴게소랑 다르다? (엄청난 비밀이라는 듯) 진~짜 잣이야. 심지어 진짜 잣이 통째로 하나가 다 들어가 있어! (오두방정) 아 뜨 아 뜨 아 뜨!
소희   (창밖 보며 생각에 잠긴) 그때도 여기였던 것 같은데... 아빠 돌아가신 날, 엄청 말 많았던 택시 아저씨.

[인서트(플래시백)// 시즌1. 9부 12씬
가는 내내 소희한테 말 시키던 택시 아저씨 이미지들]

소희　(E) 샌드위치 먹어라.. 좀 자둬라.. 목 베개 해라.. 생각해보니 참 고마웠는데 그땐 경황이 없어서..

북구　(호두과자에 집중, 건성으로) 에이.. 경황이 없으면 그럴 수가 있는 거지~

소희　그기 피디님이었구나.

[짧은 인서트(플래시백)// 시즌1. 9부 30씬
북구: (택시 기사한테) 잘 좀 부탁드리겠습니다.]

소희　내가 그 생각을 왜 이제 했지?

북구　(소희한테 호두과자를 건네며 능청스럽게) 자~ 이제 출발합니다~ (출발하며) 근데 운전할 때 옆에서 먹여주는 기계 나오면 진짜 대박 날 것 같은데 왜 아직 안 나오는지 모르겠단 말야.

소희　그런 걸 뭘 돈 주고 사. 근데 여기 잣 진짜 크다. (호두과자 반으로 잘라서 먹여주는) 자요. 아...

북구　(받아먹는) 어우 뜨거워. 역시 음식은 손맛이야 손맛! (신나서) 내가 그날도 실은 안작가 이걸 사 먹이고 싶었거든? 근데 빈속에 팥 먹는 게 또 안 좋거든. 가뜩이나 그날 점심 먹은 것도 다 토했는데. 그 성피디인지 그 새끼랑 스파게티 처먹고.

소희　(일자 눈으로 보는)

북구　처먹진 않고 그냥 먹었겠지.

소희　피디님은 도대체 뭐가 진짜 모습이에요?

북구　왜 나 지금 가짜 같애? 나 진짠데?

소희　100키로 넘었을 때도?

북구　왜 또 과거 얘기를....

소희　(가만 보다가) 섹스파트너 하자고 했을 때도?

북구　(정색)

소희   (그런 북구가 귀여운 듯 피식 웃으며, 호두과자 입에 막 넣어주는) 아- 처
       먹자.

S#8. 어느 오피스텔 (낮)

초인종 누르고, 샌드위치랑 커피 앞에 놓고 오는 지구.
지구, 단체톡에 카톡을 보낸다.
[지구: 지연 바빠? 병원은 간 거지? 결과는?]

답답한지 바로 지연한테 전화 거는 지구. 안 받는다.

S#9. 길거리 (낮)

지연이 전화를 안 받자 다시 단체톡을 확인하는 지구, 여전히 안 읽은 메
시지는 1이고 (한 명만 읽고, 한 명은 안 읽은) 이번엔 소희한테 전화를
한다.

지구   어, 어디쯤 갔어?
소희   (F) 나 이제 강진, 다 왔어.
지구   지연인 뭐 하길래 연락도 안 되고 카톡도 안 보냐?
소희   (F) 뭔 카톡? (이제야 확인한 듯) 이거 내가 안 봤던 건데?
지구   (뭐지 싶은) 아 니가 아니라 지연이가 본 거였어? 근데 왜 전화는 안 받아.
소희   (F) 어디 또 정신 팔려 있겠지, (강피디한테) 피디님 카메라! 카메라!
지구   ..조심히 가라. (전화 끊고 살짝 갸우뚱하는)

S#10. 요가원 '비움' / 요가실 (낮)

단체수행이 끝나가고, 지연의 휴대폰이 선반에 올려져 있다.

선정   오늘 수련은 여기서 마치겠습니다. 나마스떼.

다들   나마스떼. (인사하는)

선생님들   (일어나며) 고생하셨습니다~ 모두들 수고하셨습니다.

선생님들과 인사 나누고, 선반에 휴대폰 확인하며 자연스럽게 나오는 지연.
카메라 정리 중인 선국의 옆에서 쭈뼛대고 있는 선정을 본다.

지연   (이하 계속 휴대폰 들고 이야기하는) 그래서, 오늘 생파는 하기로?

선정/선국   (동시에 무언가 말하려는 듯하다가) 아니 그게.. (멈칫)

선국   (무심하게) 얘기해.

선정   (어색) 아니 너부터 얘기해.

선국   (뚱하게 대충) 저녁, 먹는다고.

지연   (선국을 세게 밀치며) 어머~~~ 너~무 잘됐다!

선정   (진짜?) ..아냐 그럴 필요 없어. 나도 생각해보니 생일인 사람이 싫다는데
       굳이 밥을 그렇게까지 먹어야 되나 싶고, 좀 있으면 엄마 생신이니까 어차
       피 또 모일 텐데, 니 생일은 건너뛰는 것도 나쁘지 않은 것 같아.

지연   (선정 밀치며) 어머~~ 그것도 너~무 잘됐다!

선국/선정   ...?

지연   그럼 이렇게 할까요? 이번 생파는 심플하게 저랑 하는 거예요. 하하하하
       하하하!

선국/선정   (뭐야...)

지연   (양쪽으로 밀치며) 어머~ 농담이에요 농담!!! 두 분이 어쩜 꽝당해하는
       것도 똑같애 똑같애~ 피는 물보다 똑같다.!

선국   (모기만 한 소리로 지나가면서) 난. 뭐 그래도 돼.

선정   ..... (잘못 들었나 싶은) 뭐라고? 생파를 한다고?

선국   (짜증 내듯 말하며 가는) 뭐 하면 한다고.

선정   .... (어이가 없는) 쟤 뭐라 그런 거야 지금?

지연   제가 볼 땐, 제가 무심코 던진 돌에 두 분이 맞은 게 아닐까 싶어요. 팔당

에 쏘가리매운탕 어떠시려나?

S#11. 길거리 일각 (낮)

달리던 지구의 오토바이가 잠시 길가 일각에 멈춰 선다. 지구, 지연에게 전화를 거는데 안 받고.. 뭔가 불안한 느낌이 드는지 오토바이를 돌려서 어디론가 가는.

S#12. 현주의 진료실 앞 (낮)

자리를 비운 현주의 진료실 앞에서 현주를 기다리는 지구. 식팡 배달 메시지에 "거절" 버튼 누르고, 단톡방의 메시지들을 재차 확인한다.
[적시자 단톡방 메시지//
지구: 지연, 바빠? 병원은 간 거지? 결과는?
소희: 지연이 바쁜가~ 보면 카톡 줘~ 난 이제 도착, 아우 멀다. ㅠ]

지구   아니 얘는 왜 읽고 답이 없어. (마침 현주의 진료실로 들어가는 간호사에게) 저 실례지만, 현주언니, 아니 원장님 아직이시죠?
간호사   오늘 종일 수술요.
지구   그럼 죄송한데, 오전에 한지연이라고 다녀갔는지 좀 알 수 있을..
간호사   그거는 개인정보라..
지구   그죠. 안 되죠.

S#13. 소희네 시골집 입구 → 마당 (낮)

오래된 소희네 시골집 앞에 북구의 차가 서 있다. 북구가 트렁크에서 바리바리 싸 온 보따리들을 꺼내기 시작한다.

소희	(휘둥그레진 눈) 이게 다 뭐에요?
북구	(의연하게) 뭐 빈손으로 올 순 없으니까~
소희	(잠시 멘붕) 아니 피디님 이거 좀 오반데? 지금 피디님 인사드리러 온 자리가 아니고요.
북구	(멈칫) 그럼 나는 그냥 차에서 대기? 그러라면 그래야지 뭐.
소희	그런 뜻이 아니라.. (한숨, 그러다 문득) 근데 엄청 짠돌이 아녔어요?
북구	나야 자타공인 짠돌이지. 하하.
소희	헐.. 들어가요.

오래된 시골집의 마당, 들어가는 길에 여기저기 시골스런 물건들이 가득하다.

소희	엄청 오래된 시골집이에요. 리모델링을 두 번 하긴 했는데~ (발 앞에 높은 턱에 걸릴 뻔)
북구	거기 조심! (동시에 능숙하게 천장에 낮게 달린 코뚜레를 치워주는)
소희	아..! (살짝 민망) 누가 보면 피디님 집인 줄~ (들어가며) 엄마 나 왔어~
소희모	잉~~~ (부엌에서 요리하다 말고 비닐장갑 끼고 반겨주는) 아~따 왔냐잉!!!! 오~메 우리 딸 이뻐졌그! 시집가야 쓰겄네.. (뒤편에 서 있는 북구를 보더니 나름 연기를 하는) 누구...
소희	아, 엄마. 그때 봤지? 우리 피디님.. 근처에 올 일 있으셔가지고 운전도 해주실 겸.
소희모	(이) 오~메 잘 왔구만. 어서 들어온나잉!
북구	(선물 보따리 건네며) 어머니 이거는 과일이랑 고긴데요. 냉장고에 제가...
소희모	(거실로 가며 자기도 모르게 말실수) 오늘은 길 안 헷갈렸당가?
소희	(짐 옮기다 말고 멈칫) ?
북구	(말 거세게 막으며 오버해서 크게 말하는) 어우!!!! 집이 참!! 정겹고 좋습니다!!! 저는 이런 시골에 한 번도 안 와봐가지고! 참 낯이 설어서 참나!!!
소희모	잉잉~~ 그라재. 어여 싸게싸게 들어가 앉아!
소희	(눈치 못 챈) 누추하지만, 들어오세요~

S#14. 소희네 시골집 / 거실 (낮)

거실 한복판에 완전 상다리 부러지게 차려놓은 엄마의 전라도식 한 상.
매생이국에, 갈치조림, 홍어무침, 겨자잡채, 갈비찜, 각종 전, 오징어젓, 토
하젓, 게장, 꼬막무침, 송이산적, 각종 김치들(열무김치, 나박김치, 파김치,
갓김치, 배추김치, 백김치, 고들빼기, 동치미), 어마무시한 상차림.

북구/소희 (동시에 기겁) 흐학!!!!!!!!!!!!!!!!!!!!!! 어머니! / 엄마!!

소희모   (홍어무침 접시에 담으며) 아따 집에 있는 거 가꼬 쪼-까 만들어봤는디..
         뭐 묵을 것이나 있을랑가.

소희   .....쪼-까.. 맞징?

북구   (정색) 내가 호두과자 그만 먹는다 했지.. (소희모한테 접시 받아 들며) 저
         주십쇼! (상에 놓는)

소희모   어여 앉으소, 밥도 다 됐응께! (압력밥솥 뜸 들이는 치익~~ 소리 나는)

소희   아... (압력밥솥 소리 들으며 향수에 젖는) 압력밥솥 소리 너~무 좋다....

         컷 튀면, 걸신 들린 사람들처럼 먹는 두 사람을 흐뭇하게 보고 있는 소희
         모.

소희모   (흐뭇) 아따 뭐 며칠 굶고 왔당가..

         모든 반찬들 먹음직스럽게 잘 먹는 북구의 컷컷컷.

북구   (감탄 연발) 아 진짜 이거는 대박! (컷) 미쳤어요 미쳤어! / (우걱우걱 다
         튀고 먹으며) 안작가, 왜 말을 안 했어. 어머니가 전라도의 장금이셨다고.

소희   아이고~ 전라도는 아무 집에나 가도 다 이만큼은 하거든요~

소희모   아~따 가시나 말을 솔찬히 서운하게 한다잉?

북구   (젓가락 들고 맞장구) 제 말이요! 전라도라고 다 이라고 맛있을 수는 없

다 안 합니까!!

소희모   옴마? 자네 시방 젓가락 들었는가?

소희   (불안한 듯 웃으며) 엄마 왜 그래~ 아직 해도 안 졌는디~

소희모   (비장) 맥주 하나 갖고 온나잉, 확~ 마 제까놓고 놀아볼랑게!

북구   (후덜덜) 안작가가 엄마 닮았네. 흐흐.

S#15. 요가원 '비움' / 입구 어딘가에서 (낮)

지구, 밖에서 기웃기웃. 불이 꺼져 있는 듯한데 마침 선생님이 문을 닫는다.

요가쌤1   어떻게 오셨어요?

지구   저.. 한지연선생님.. 친군데요. 혹시 한지연선생님..

요가쌤1   아.. 오늘 저희 다 원장님 개인적인 일 때문에 일찍 문 닫았거든요.

지구   그럼 출근을 하긴 했나요?

요가쌤1   (당연하다는 듯) 그럼요?! 전화 안 받나요?

컷 튀면, 요가원을 나오며 전화를 하고 있는 지구.

지구   소희 이건 왜 또 전화를 안 받아.. 이것들이 진짜.

S#16. 소희네 시골집 / 거실 (낮)

완전 필받아서 집에 있는 노래방 기계에 대고 노래하는 세 사람. '한혜진의 너는 내 남자 / 이재은의 아시나요. / 한바탕 웃음으로' 등 파트별로 합 맞춰 신나게 노래하는 모녀의 컷컷컷. (곡목은 합 좋은 노래로 선정) 탬버린 될 만한 것 들고 분위기 띄우는 북구. 컷 튀면..

북구   (분위기 잡고 마이크 잡는) 그럼 저는 저의 외할머니가 좋아하셨던 존 메이어의...

팝송 'Gravity' 전주 시작되고 분위기 잡고 노래 시작하는 북구.

소희   .....에이씨.. 분위기 다 올려놓으니까.
소희모   .... (눈 게슴츠레) 저것이 영어여 불어여?

듣다 보니 제법 멋지다. 소희모, 두 팔 머리 위로 엇박으로 분위기 맞춘다.

소희모   (입 떡) 아따 목소리가 아이돌이구만.
소희   (살짝 반한) 나쁘진 않네.
소희모   (다 안다는 듯, 북구를 보며 슬쩍) 좋재?
소희   (시치미) 뭐가..
소희모   (팔 흔들며) 가시나 귀신을 속여라잉.

소희, 괜히 쑥스러 화장실을 가고.. 북구의 노래가 배경음악으로 깔리며.. 화장실 앞, 불 켜는 스위치 아래로 키 재기 했던 오래된 메모를 보는 소희. 애써 참아왔던 아빠에 대한 기억이 훅 올라온다.

[인서트// 같은 집이지만, 리모델링 전 못살던 시절의 옛날 소희네 집.
소희부, 어린 소희(6세)를 세워두고 키를 잰다.
소희부: 옴마? 이 아가씨 또 커부렀네? 시상에 아빤 요라고 쬐간한디 우리 딸내미는 으짠다고 이라고 키가 커버리까잉?
소희(6세): 엄마가 찌개미 땜시 큰 거라 하던디?
소희부: (짠하다) ...엄마가 그라고 말했어? 아빠가 솔찬히 미안해.. 우리 딸 나중에 시집갈 땐 세상에서 제~~일로 비싸고 좋은 것만 해줄 것이여. 이 아빠가..]

"아빠.." 눈물이 앞을 가리고, 아빠가 보고 싶어 아빠 방으로 가는 소희.

#. 아빠의 방.

방문을 여는 순간, 눈이 휘둥그레지며 정신이 번쩍 든다. 방 한쪽 벽면이
전신 거울로 덮여 있고, 바닥엔 대형 매트, 러닝머신과 스파인코렉터, 각
종 아령들. 상상하지도 못한 필라테스 짐 공간이 펼쳐져 있다.

소희   (엄청난 비명) 엄마아!!!!!!!!!!!!!!!!!!!!!!

북구의 노래가 정지되고, 다다다다 달려오는 소희맘과 북구.

소희모/북구   뭣이여? / 안작가!
소희   ....아빠 방이.. 왜 이래....? (믿을 수 없는 눈으로 엄마를 보는)
소희모   .... (올 게 왔구나 싶은)

다리에 힘이 풀리며 주저앉는 소희, 그런 소희를 부축하는 북구의 모습
에서.

S#17. 선정의 차 안 (낮)

선정의 차 안. 외곽으로 나가는 국도를 달리고 있는 선정의 차. (조수석에
지연, 뒷자리에 선국) 옆으로 바이크족들이 줄지어 지나간다.

지연   (창문 내려가며) 오빠 멋져!! 달려라 달려! 빠라빠라 바라밤!!!!!!
선정/선국   (깜짝 놀란)
선정   (웃으며 외치는) 지연씨는 아무나 오빠네요!
지연   아무나 오빠지 아무나 아빠겠어요! (창문 밖에 대고 환호성, 긴 머리카락
          이 바람에 얼굴을 자꾸 때리자) 원장님!! 이거 보세요 제 머리카락이 자
          꾸 제 싸다구를 날리네요! 하하! 하하하!!! (미친 거 같다)
선국   (지연이 열어놓은 창문으로 뒤에서 바람 다 맞고, 머리카락이 얼굴을 다

　　　　　뒤엎은)

선정　　(백미러로 선국 보며) 너 괜찮아?

선국　　.... (무표정으로 머리 넘기며 못 들은 척)

선정　　시끄럽지 않냐구!!

지연　　(oł) 아~~ 이럴 땐 그냥 뚜껑 빡!!! 따고 달려주면 대박인데!!

선국　　(조용한 소리로) 열리는데.

지연　　(화들짝, 뒤돌아보며) 어머 리얼리~~~????

선국　　(그제야 누나 얼굴 보며) 이 차 뚜껑 열리지 않아?

선정　　...!

지연　　(E) 땁시다!

컷 튀면, 뚜껑이 열려 있는 벤츠. 지연이 음악에 맞춰 차에서 뽑혀 나갈
듯 엉덩이를 들썩거리며 소리를 지르고, 진기하게 바라보는 선정과 선국.

지연　　아 너무 좋다아!!!!!!!!!!!!!!! 볼륨 업! 볼륨 업 업업!!!!!!! 달려라!!!! 달려
　　　　어!!!!!

선정　　(선국 눈치 보며) 너 진짜 괜찮아?!!!!!!!

선국　　(지연을 진기하게 보느라 선정의 말도 안 들리는)

지연　　(선국, 선정한테 외치는) 혹시 쌍욕 좋아하세요?!!!!!!!

선정/선국 ? / ?

지연, 창밖에 대고 막 뭐라 뭐라 뭐라 외치는데, 바람 소리와 음악 소리
때문에 하나도 안 들린다. 그런 지연의 입 모양을 진기하게 바라보며 넋이
나간 선국.

지연　　(가열 찬 입 모양으로) @##ㄸ$ㅃ%$RTUY@$#1@#$#%@!!!!!!!!!!

(E)　　(화난) 그만 좀 해라잉!

S#18. 소희의 시골집 / 거실 (낮)

완전 열받은 소희가 이성을 잃고 집 안을 다 뒤지며 돌아다니고 있다.

소희모　(답답, 화난) 없다고 몇 번을 말하냐잉!

소희　(정신 나간) 없는 게 말이 돼? 엄마!!!!!!! 거짓말하지 마 엄마. 엄마가 이러면 안 되지!!

북구　(차분하게 설명해주는) 안작가 잠깐만 흥분 좀 가라앉혀봐. 방금 어머니가 그러셨잖아. 길이 잘 든 꽹과리라 고물상에 안 팔고 아버지 후배한테 줬다고.

소희　(어이가 없는) 그게 지금 말이 된다고 생각해? 그거.. 우리 아빠 꺼야. 우리 아빠가 우리 집 대대로 물려준다고 잘 때도 안고 자던 거라고. 아빠가 그 힘든 저잣거리에서 평생을 두들기면서 길들여놓은 세상에 하나밖에 없는 거라고, (악을 쓰는) 근데 그걸 누구한테 줘!!

소희모　(바닥에 힘없이 툭 앉으며, 싸늘하게) 그럼, 내가 안고 자리?

소희　(미치겠는) 엄마....! 엄마 울 엄마 맞아? 왜 그래 진짜.. 저 방.. 아빠 방이잖아. 아빠가 다 황토 바르고 장판 깔고! 뭐 하나 아빠 손 안 간 데가.. (문득) 엄마 저 방에서 아빠가 우리 구한 거, 기억 안 나?

[인서트// 소희부, 소희, 소희모가 쪼르륵 누워서 자고 있는데 (소희, 6세) 별안간에 커다란 장롱이 세 사람을 향해 통째로 넘어온다. 소희부가 잠결에 오직 한 손으로 그걸 빛의 속도로 받는다. 엄청난 괴력이 발휘되는 순간, 본능적으로 나머지 한 손으로 소희모를 깨우는 소희부.
소희모/소희: 여보오!!! / 으아아아아앙!
소희부: (부들부들 떨면서) 빨리 나가! 빨리 소희 데리고 나가라고!!!!!!]

소희　(눈물) 그날 아빠 아니었음 우리 다 죽었다며.. 아빠 같은 사람이 없다며, 다시 태어나도 아빠랑 결혼한다며...! 근데 엄마가 이러고 아빠를 잊으면... 아빤 어떡해? 잠깐만 엄마, 아빠 의자도.. 버렸어? (어이없는) 맞네.. 아빠 의자도 갖다 버렸네.. 그거 아빠 꺼잖아. 아빠 자리잖아.. 아빠 의자잖아!!! 그럼 아빠는 이제 어디 앉아?

북구	(낮은 소리로) 안작가 이제 그만..
소희	하.. 내가 떠준 목도리도 버렸네.. (절규하는) 엄마아!!!!!!!
북구	안작가..!
소희모	그래 버렸다..
소희	(애처럼 절규하며) 그거 버릴 거면 나한테 주지!! 엄마가 뭔데 그걸 버려! 내가 아빠한테 준 건데!!!!! (악쓴다) 그걸 왜 엄마가 마음대로 그걸 버리냐구!!!!!!!!!!!
소희모	(싸늘) 아야, 이제 여기 내 집이다잉? 그리고 나 아직 젊은디 언제까지 이라고 혼자 살아야 쓰겠냐?
소희	(어이없는) 뭐어?
소희모	언제까지 내가 죽은 남편 물건 보면서 막걸리나 마시고 살아야 쓰겠냐고. (당당하게) 남자친구도 생겼는디.
소희	뭐? (웃음만 나오는) 하! 미쳤네... 엄마..! 3년도 안 지났어.. 옛날로 따지면 3년 상도 아직 안 끝났다고.!!!
북구	(작은 소리로) 안작가 왜 일케 올드해 사람이.
소희	(밀어버리는) 씨발 비켜!!!!!!!!!!!! (열받아서 거칠게 가방을 메는)
소희모	(바닥만 보며) 자고 간나.
소희	자고 가? 잘 곳이 없는데 어디서 자!!!! 아빠도 나도 이 집에서 잘 곳이 없는데 어디서 자냐고!!! 엄마나 자 남자친구랑!!!!!!!!!!!!!!!!!!
북구	안작가!! (잡는)
소희	비켜!!!!!!!!!!!!!!! 나 혼자 갈 거니까! (다다다 나가버리는)
소희모	.. (북구를 보며) 언능 잡으소.

S#19. 소희의 시골집 앞 (오후)

소희, 아무렇게나 막 간다. 북구가 힘겹게 잡는다.

북구	안작가! 안작가!!!!!!! 진짜 왜 그래! 일단 알았으니까 차에 타! 차에 타라고!!!!!!

소희   싫어! 싫다고!!! 이거 놔!!!
북구   잠깐만 제발 쫌!!!! 잠깐만 진정하고 내 말 좀 들어봐!

소희모가 신발도 짝짝이로 신고 뛰쳐나와, 타파통에 한 보따리를 챙겨
준다.

소희모   아야, 반찬만 갖고 간나. 갈비찜이랑 약식이랑 니 좋아하는 열무..
소희   (ol) 안 먹는다고!!!!!!!!!!!!!

확 뿌리치는데 갈비찜 뚜껑이 열리며 떨어지고 바닥에 나뒹굴며 난리가
난. 소희모 얼굴에도 다 튀었다.

소희   ....!! (아찔)
북구   괜찮으세요 어머니? (소희모 부축하며 일으키는) 일어나세요.
소희모   (갈비찜 닦으며 머리 정리) 괜찮웅께 자네도 가소. 어여.
북구   (단호) 아뇨 어머니 잠깐만 여기 계세요 (소희를 손목을 확 잡더니 소희
를 조수석으로 끌고 가는) 이리 와. 타.

소희를 힘으로 조수석에 태우는 북구. 소희 얼결에 조수석에 탄다.

북구   (낮고 무서운 목소리로 무섭게 경고) 너 여기서 기다려.
소희   너?
북구   (소희모를 부축하며) 어머니 들어가세요 일단. 여긴 제가 치울 테니까.

북구, 소희모를 데리고 다시 집으로 들어간다. 어이가 없는 소희. 그대로
얼음처럼 앉아 부들부들, 앞만 보고 있다. (이대로 침묵 속에 어느 정도의
시간 경과)
소희의 얼굴만 비춘다. 눈물이 뚝뚝 흐른다. 원망스러운 만큼 후회도 되
고, 다시 눈물을 닦고 앞만 보고 있는 소희. 이때 길고양이 두 마리가 갈
비찜을 먹으려 하이에나처럼 다가온다.

소희　　(다급히 차에서 내리는) 저리 가..! 저리 가라고!!!

　　고양이들이 가고 내동댕이쳐진 갈비찜을 보는 소희. 당근이며 무가 정성
　　스럽게 돌려 깎기 되어 있다.

소희　　저건 다 언제 저렇게 돌려 깎았대. (하늘 보며 깊은 한숨) 아우 진짜..

　　그렇게 잠시 하늘을 보고 있던 소희, 퉁퉁거리며 다시 집으로 들어간다.

S#20. 소희의 시골집 / 안 (저녁)

　　소희, 현관문 열고 들어가 집 안까지 가는데, 티비 소리와 깔깔거리는 소
　　리가 들린다. 설마 싶어서 문을 살짝 여는데 북구가 앞치마를 두르고 설
　　거지를 하고 있고, 소희맘은 좌탁 앞에 앉아 남은 음식을 한곳에 모으며
　　티비에 몰입했다.

북구　　(설거지하면서 티비에 나오는 연예인들 뒷담) 어머니 저 자식이 덩치는
　　산만 해가지고 실제로는 완전 마마보인 거 아세요?
소희모　　오~메 진짜당가? 시상에 그라고 안 생겨갖고잉!
북구　　(그릇 가지러 와서 비밀 말해주듯 속닥/ol) 그거라는 소문 있잖아. 그거.
소희모　　(그릇 주며 시선은 티비에) 그것이 뭔디.
북구　　(능청) 에이 그거 있잖아요. (귓속말)
소희모　　(완전 놀라며) 오메 시상에 시상에 참말로? 오메 미쳐불겄구만! 시상에
　　그라고 안 봤는디!

　　열린 문으로 이 광경을 보고 서 있는 소희. 어이가 없다.
　　능숙하게 상다리를 접어서 냉장고 옆 사이 공간에 넣고, 커다란 냄비는
　　하부 장 구석 자리에 알아서 척척 넣고, 냉장고 위에 올려져 있던 빗자루

(또는 소형 진공청소기)를 꺼내어 슥슥 바닥을 훔치는 모습이 영 의심스러운데... 그러고 보니?

[인서트(플래시백)// 아까 낮 상황.
소희모: 오늘은 길 안 헷갈렸당가?
소희: ?
북구: 어우!!!! 집이 참!! 정겹고 좋습니다!!! 저는 이런 시골에 한 번도 안 와봐가지고! 참 낯이 설어서 참나!!!]

소희   (그래서 그랬던 거였어) 차....

어이없는 소희, 깔깔거리는 두 사람 소리와 티비 소리가 배경으로 들리며.

S#21. 팔당 매운탕집 (저녁)

강변을 배경으로 보글보글 끓는 매운탕이 나왔다. 지연, 신나서 매운탕을 각자 그릇에 덜어준다.

지연   음~~~~ 역시 매운탕은 자연산이지. 생선이랑 국물까지 남김없이 다 드셔야 돼용. (비밀 말해주듯) 국물에 떠 있는 이 생선 기름이 진짜 보약이거든요.

선국   (지연의 말대로 떠먹는)

선정   (선국을 보며) 너 매운탕 먹을 줄 알았나?

지연   어머~~~ 애도 아니고 매운탕을 왜 못 먹어요! 이렇게 맛있는 걸. 원장님도 어서 드세요. (선정의 그릇에 생선을 더 덜어주는)

선정   (다소 예민) 아, 제가 떠먹을게요. (매운탕을 다소 공포스럽게 바라보는 데에서)

지연   자 그럼.. 생일주 한잔 말아볼까요?

컷 튀면, 소맥을 만들기 위한 재료들 (소주, 병맥 두 병, 소맥잔)이 준비되어 있다.

지연   디스 이즈 쑈타임~

소맥잔에 소주를 콸콸 붓고, 병맥주 두 병을 가져다가 젓가락으로 소주병 아래를 쳐서 능숙하게 맥주 뚜껑에 구멍을 낸 후 흔들어 분수쇼를 하듯 소맥잔에 샴페인처럼 쉐이킹 한다. 서커스 구경하듯 바라보는 선정과 선국.

지연   (선국한테 소맥잔 주며) 해피버쓰데이투유 퍼스트~ (선정한테 소맥잔 주며) 다음은 아름답고 지적이고 프로페셔널한 우리 원장님~
선정   나는 좀... 천천히.
지연   우리 이미 가래 텄잖아요. 마셔 마셔 마시고 또 뱉어. 오늘은 완~전 다 받아줘~
선정   (선국 눈치 보는) 난 운전도 해야 되고.
지연   음~ 대리 대리 완~전 대리!
선국   마셔. 여기까지 와서.
지연   (잔 들며) 적시자!!!!!!!!!!!
선국   (건배하자며 잔 드는)
선정   (선국을 바라보며) 오래 살고 볼 일이다. 니가 나한테 건배를 다 하고.
선국   그냥 마셔.
지연   누나한테 참~ 띠껍네. 너도 그냥 처마시자구. (신나서) 건배!!!

선국, 건배하며 자기도 모르게 입꼬리가 올라가고, 선정은 그런 선국을 째려보듯 유의미하게 보고, 테이블 위 지연의 휴대폰은 계속 울리고 있다.

S#22. 고속도로 / 달리는 북구의 차 안 (밤)

서울로 향하는 이정표. 다소 어색한 분위기, 침묵 속에 고속도로를 달리는 두 사람. 소희는 틱틱거리는 듯하지만, 북구한테 고마운 마음을 베이스로 깔고 있다.

북구   (앞만 보며, 본인은 아직 살짝 화난) 화 다 낸 거야?

소희   화는 무슨...

북구   엄밀히 말하면 꼬라지였지. 아주 역대급 꼬라지였어.

소희   피디님도 아까 저한테 화냈잖아요. 막 너라 그러고.

북구   그건 진정을 시켰다고 해야 되는 거죠.

소희   (한숨, 밖 보며) 아빠 간 지 3년도 안 돼서 남친 어쩌고 하는데 어떻게 진정을 해..

북구   (차분하게 정정해주는) 3년도라니. 3년이나. 지금이 때가 어느 땐데 3년상을 얘기하고 있어 안작가는. 나 아까 그 말 듣고 좀 실망했잖아. 깨어 있다는 예능작가가 말이야, 꼰대처럼.

소희   (가자미눈으로 째려보는) 자꾸 그러면 나 내려요.

북구   내려 나 안 말려! 내가 어머니 땜에 참은 거지. 나야말로 아까는 기냥 논두렁에다 냅다 던져두고 싶은 거 겨우 참은 거야. (차분하게 이해시키는) 안작가 솔직히 2년 동안, 어머니 집에 온 적 있어? 안작가야 산에서 친구들이랑 그러고 지내면서 시간이 후딱 갔겠지만.. 어머니는 30년 넘게 아버님이랑 같이 산 이 집에서 아버님 없이 2년을 보냈는데 그게 쉬운 일이었을 것 같냐고.

소희   (뾰로통해 있는)

북구   어떻게, 차 세워줘?

소희   (째려보는)

북구   난 언제 어디라도 세워줄 수가 있어~ 뒤도 안 돌아보고 쑹 가~ 완전 막가~

소희   그러니까 피디님이 여자가 없는 거예요.

북구   (이) 내 여친이었으면 넌 오늘 가만 안 됐죠. (진심으로 정색하고) 난 지 부모한테 싸가지 없게 하는 여자는 진짜 싫거든.

소희   (자기도 잘못한 거 알면서 괜히 부끄러우니까 더 화내는) 참나, 못 참으면 뭐 어쩔 건데! 어쩔 건데!!! 뭐 때릴 거야 어쩔 거야!

북구	...그만합시다~
소희	(퉁퉁거리는 혼잣말) 이러고 오는 나는 뭐 기분 좋을 줄 아냐고! 굳이 거따 대고 싸가지네 마네, 참나 지가 판사야 뭐야?
북구	아우~ 피곤하다.
소희	피곤??? 아니 누가 피곤한데 따라오래요?
북구	(꾹 참으며) 안 그래도 후회 중이거든요? 집에서 게임이나 할걸.
소희	(완전 눈 돌아간) 그러세요? 그래 그럼 차 세워! 나라고 뭐 못 내릴 줄 알아? 세우라고!!!!
북구	안작가 위험해!
소희	(막무가내로) 세워!!
북구	어우 씨! (진짜 열받아서 갓길로 차 꺾는)

S#23. 고속도로 / 갓길 (밤)

갓길에 차 세우는 북구. 완전 열받은 듯 안전벨트를 확 풀더니 핸들 안으로 머리를 넣고 긴 숨을 내쉰다. 소희, 에라이 모르겠다 내리려고 손잡이를 잡는다.

북구	(보지도 않고 머리 박은 채로) 내리지 마. 위험해.
소희	...!! (그 말에 살짝 수그러들려는데)
북구	3키로 가면 휴게소니까 정 내리고 싶음 거기서 내리라고.
소희	... (자존심은 있고.. 삐친 톤으로) 그럼 거기서 세워주던가...
북구	(싸늘하게) 알겠으니까 나 담배 한 대만 피우고 탈게. (내리려는데)
소희	(소리 꽥) 아 위험하다면서!!!

내리려는 북구의 어깨를 확 제치는 소희, 갑자기 입술을 들이밀며 북구에게 키스를 한다. 얼음이 되어버린 북구. 쌔앵---- 지나다니는 차들.
어느 순간 북구도 입술을 받고, 그렇게 키스씬이 이어지는데, 지구한테 전화 오는.

소희	(민망) 어.. 지구야. / 지연이? 아직도 안 받아? / 어. 내가 해볼게.
지구	(F) 근데 너 목소리가 왜 그러냐. 뭐 하냐?
소희	(당황) 그냥 좀 자느라.... 출발했으니까 좀 이따 집에서 봐... (끊고 어색, 민망)
북구	... (정적이 흐르고 입술 닦으며 민망)
소희	더러워요?
북구	..그럼 좋아죽겠다고 막 핥아먹어?
소희	(째려보다가) 배고파요.
북구	그렇게 꼬라지를 부리는데 배가 고프지 그럼! 어우!!!

S#24. 삼인방의 연립빌라 / 거실 (밤)

지구, 지연에 대한 걱정이 극에 달해 초조해진 상태인데 현주한테 전화가 온다.

지구	네 언니!!!
현주	(F) 어 지구야, 내가 수술 중이었어서.
지구	(이/다짜고짜) 언니 혹시 지연이요!
현주	(F) 지연이? 오늘 아침에 다녀갔는데 왜?
지구	(멈칫) 아... 다녀갔어요? 혹시...
현주	(F) 몸 관리를 얼마나 했는지 너무 건강해서 얄미울 정도라고 했지.
지구	아.......... (깊은 안도의 한숨)
현주	(F) 아니 근데 지연인 연락이 안 돼?

안도의 한숨 쉬는 지구, 지연의 원피스가 걸려 있는 걸 힘없이 보는.

S#25. 삼인방의 연립빌라 / 앞 (밤)

종이가 빌라 앞에서 지구를 기다리고 있다. 이때 지구가 나오는데 오전에 입었던 배달 복장 그대로에, 표정도 엉망..

종이   (지구를 보며) 오.. 놀라운데요?

지구   왜요?

종이   약속 시간에 맞춰서 나오신 게 처음이라.

지구   (미안한 표정) 네. 일단 가여.

걸어가는 두 사람 뒷모습에서..

종이   (E) 일단.. 이라고 하셨죠?

지구   (E) 네...

조금의 정적.

종이   (E/들릴 듯 말 듯한 혼잣말) 싸늘하다.

S#26. 휴게소 / 안 (밤)

사람이 거의 없는 한가로운 휴게소에서, 라면에 충무김밥 먹는 두 사람.

소희   (미안함과 고마움이 섞인 질문) 울 엄마한테 언제부터 간 거예요?

북구   ... (잠시 멈칫했다가 이내 다시 라면 먹으며) 속여서 미안. (지갑 속에 꼬 깃 됐던 대학교 학생증을 보여주며) 얼마나 뚱뚱했는지 궁금했지?

소희   (이 얼굴 너무 낯익은데.. 싶은) 어?!! 나 이 사람... 본 것 같은데

북구   뚱뚱하면 원래 다 비슷하게 생겼어...

[인서트// 북구의 집 거실 (북구의 어린 시절)

스케치북에 그림 그리고 있는 북구(10세)의 옆에서 빨래 개고 있는 북구모. 북구랑 조곤조곤 대화를 나누는..

북구   (E) 어릴 때 말야.. 커서 뭐가 되고 싶냐고 물으면
난 항상 행복한 사람이라고 대답했거든?
그 말에 엄마가 되게 당황해했던 기억이 나.

북구모, 북구를 당황한 눈빛으로 쳐다본다. 이내 슬픈 눈빛이 된다.

북구   (E) 선생님, 연예인, 운동선수 다 시켜줄 수 있는데
행복한 사람은 어떻게 시켜줘야 될지 모르겠는 사람처럼.

북구(10세)의 시선에 엄마가 술 먹고 180도로 곤두박질치며 쓰러지는. 그걸 보는 북구의 시선.

북구   (E) 엄마는 결국 알콜중독이었던 아빠가 먹던 술을 먹고
내 앞에서 죽는 연기를 했어.
그날부터 방에서 한 발자국도 안 나갔던 것 같애.
방문을 열고 나가면..
엄마가 있던 부엌, 엄마가 앉았던 의자, 엄마가 기르던 화분..

북구의 방/ 창문을 여는 북구. 창밖을 바라보는데, 또래 아이들이 지나간다.

북구   (E) 창문만 열어도..

친구1: 어! 북구다!
친구2: 쟤 이제 엄마 없대.
창문을 닫아버리고 침대에 눕는 북구(10세).

북구 (E) 엄마가 없다는 건.
나한테 엄마가 있었다는 걸 더 확실하게 각인시켰지.

술에 취한 아빠가 방문을 열더니 자고 있는 북구를 보며 말한다.
북구부: 넌 니 엄마랑 너무 닮았어...!
이불을 북구 머리에 덮어버리고 나가는.

북구 (E) 심지어 아빠마저도 날 보면서 엄마를 떠올렸으니까.

시간이 갈수록(이불을 덮을 때마다) 점점 뚱뚱해지는 북구의 몽타주.
(시간 경과) 점차 침대를 다 덮을 만큼 거구의 뚱땡이가 된다.

북구 (E) 그때 내가 할 수 있었던 건
살을 찌워 엄마의 얼굴을 덮어버리는 거였고
사람들은 점차 엄마를 잊어갔지만, 난 그러질 못했어.
잊으려고 애쓸수록 몸 깊숙한 곳에
엄마가 심어져버린 기분이 들었거든.

다시 휴게소 안.
북구의 이야기에 라면과 김밥 먹는 걸 중단하고 과몰입한 소희.

북구 안작가 찾겠다고 어머님께 전화했을 때, 목소리 듣는 순간 느낌이 오더라.
어머니도.. 죽은 사람이랑 살고 있구나. 그냥 두면, 나처럼 된다.

S#27. 회상) 소희의 시골집 (밤)

북구, 소희모의 시골집을 찾아갔는데, 혼자 막걸리를 마시며 소희부가 생
전 좋아하던 노래(맨발로 뛰어라)를 부르고 있던 소희맘.. (온통 소희부의
물건들)

북구	(따뜻, 차분하게) 유치원생처럼 모든 단어를 다시 배운다고 생각하심 돼요.
소희모	그게 뭔 말이당가..
북구	(소파를 가리키며) 자, 이거 소희아빠가 앉았던 소파, 아닙니다. 그냥 천으로 된 소파예요. 너무 오래 써서 다 해졌구요. 이참에 버리고 하나 사세요. (소희맘이 보관해둔 막걸릿잔 가리키며) 그리고 이건요. 그냥 양푼 그릇이에요. 고물상에 팔아도 천 원도 안 나오는.. (대형 쓰레기 비닐에 가차없이 버리는)
소희모	안 돼! 흐미 그건 안 된당께. 소희아빠가..
북구	(이) 아니요. 의미 부여하지 마세요. 그냥 양푼이에요 양푼. 이 안에 아버님 안 들어가 있어요. 행여 아버님 영혼이 어딘가 있다 해도 이깟 양푼 그릇에 들어가 있을 것 같아요? 그다음, 꽹과리 이건 뭐예요.
소희모	그거는 소희아빠가..
북구	(단호하게) 그냥 놋쇠예요. 놋쇠. 이거 어머닌 필요 없잖아요. 끌어안고 주무실 거 아니잖아요.
소희모	...

(시간 경과) 소희네 집에서 한 보따리 쓰레기 짐이 나와 있는 풀샷에서, 커다란 폐기물 수거차가 쓰레기 짐을 싣고 떠나버리는.

북구	(소희아빠 방문을 연다.. 웬만한 물건을 빼고 텅 비어 있는) 자. 뭐가 보이세요?
소희모	(허망하게 빈방을 보는) 다.. 없네 이제...
북구	아니요. 정확하게 방이 있는 거예요. 지금 막 이사 온 사람이라면 이 방을 보고 무슨 생각을 할까요? 여기다는 뭘 놓고, 저기다는 뭘 놓고, 저기엔 어떤 벽지를 바르고.. 그러겠죠. 뭐든 할 수 있는 공간, 정확하게 빈방이 있는 거예요. 지금 현재, 정확하게 있는 것만 보세요.
소희모	.... (조금은 알 것 같은)
북구	(뭔가 생각난 듯) 운동 기구 어때요? 헬스 방으로 만드는 거예요!

소희모	잉, 안 그래도 엊그제 그.. 티비에 나온 60대 할머니가 억수로 몸짱인디, 방에 운동기구들을 뭔 헬스장처럼 해놨다더만.
북구	(감 잡았으) 오케, 전신 거울부터 갑시다.

#. 몽타주.
벽지도 다시 발라주고, 전신 거울 방에 달아주고, 매트 깔아주고, 운동기구 들이고, 몸짱 포스터 사진 걸어주고, 완벽한 필라테스 방으로 변신.

#. 거실.
소파 위치 바꿔주고, 시트지 붙여주고, 군데군데 못 박아주고, 조명 다시 달아주고, 가구 위치도 옮겨주고, 곳곳에 페인트칠도 다시 해주는.

#. 화장실.
화장실 문 페인트로 다시 칠하는 북구, 그러다 소희 어릴 적 키를 재놓은 메모를 본다. 덮어버리려다가 그거는 그대로 두는 북구.

소희	(E) 그럴 거면 그냥 싹 다 밀어버리지, 그건 왜 남겼대.

다시 휴게소.

북구	(냅킨으로 입을 닦으며) 그 쪼만한 안소희는.. 지우기가 힘들더라고.
소희	(먹다 둔 그릇을 치우며) 아우 나보다 쪼끄만 게! 가요!
북구	(물컵 들고 따라 일어나며) 낼 사과드려라~ 어머니한테.
소희	(기분 좋아진) 알아서 할게요~

S#28. 팔당 매운탕집 (밤)

소주 3병, 맥주 5병이 올라와 있다. 다들 어느 정도 술이 들어간 상태.

지연	(생선 가시 발라서 선정한테 주며) 생선 잘 못 먹는 사람은 두 부류예요. 엄마가 맨~날 발라주기만 했거나, 아님 가시에 된통 당한 적이 있거나.
선정	(뭔가를 들킨 느낌 / 애써 부정하며) ....내 건 내가 알아서 먹을게요.
선국	그냥 쫌 먹지?
선정	(확 올라온다. 선국을 노려본다)
지연	음~ 싸가지 없는 우리 동생님은~ 술이 부족한가 보다. 자 받아요.
선국	(술을 받는)

소맥을 원샷 하는 선정. 연속으로 두 잔 탁탁 내려놓고 (컷) 제법 취해서 알딸딸한 눈으로 가래를 뱉을 듯 침을 모으더니 지연을 똑바로 보며 말한다.

선정	(취했지만 정신은 또렷한) 나.. 너 좀 좋아.
지연/선국	?
지연	대박. 전 여자 안 좋아하는데.
선정	알아 이년아. 근데 너, 내 동생은 꼬시지 마.
선국	김선정.
선정	넌 닥치고, 선생님 내 말 무슨 말인지 알아요?
지연	당연하죠~ 피보다 진한 가족의 마음을 제가 왜 모르겠어요.
선정	가족! 같은, 그딴 거 아니고! 여자 대 여자로. 내 동생 좋아하지 마요. 얘 솔직히 별로야.
선국	(찌릿)
지연	풉! 대~~~~박!!!!!
선국	(테이블 위 지연 휴대폰을 눈으로 가리키며) 전화 와요. 아까부터.
지연	? 아.. (무음 상태로 계속 울리고 있는)
선국	알면서 안 받는 것 같은데.
선정	(취해서) 알면서 안 받는 건...... 남자야... 맞죠? 지연쌤, 남친 있죠?
지연	어머~ 남친 있었음 이 시간에 남친이랑 있죠~ (습관적 유혹의 눈빛 선국에게)
선정	... (경고했을 텐데, 눈빛)

지연	(선정을 보며 윙크) 쌤 마음 받고, (선국에게 삿대질) 너 아웃!!!

선국은 표정 안 좋고, 선정과 지연, 찐 우정으로 서로 건배하는 데에서...

S#29. 와인바 앞 (밤)

어느 분위기 좋은 와인바 앞. 젊은 연인들이 잔뜩 줄을 서 있다.

종이	여기가 인스타에서 난리난 와인반데요. 솔직히 여긴 와인보다 맥주가 맛있어요.
지구	근데 줄이 너무 긴데..
종이	(낮은 말로) 저흰 뒤로 들어갈 거예요. 아는 형 빽으로.
지구	아... (불편한 표정) 근데...
종이	이런 거 싫어하시는구나.
지구	그런 건 아닌데요... (어렵게 뭔가를 말하려는)
종이	(지구의 표정을 읽은 / 전화 받는) 어 형..! 오긴 왔는데.. 오늘 못 갈 것 같네. 일이 생겨서.. 다시 전화할게 내가.
지구	??
종이	(단호하게) 제 인생에 유일한 지인 찬스였는데, 오늘 그걸 쓰긴 좀 아까운 생각이 들어서요. 지구님 상태가.
지구	실은 친구가 아침부터 연락이 안 돼서요.
종이	(말에 뼈가 있는) 가셔야죠 그럼.
지구	삐치....신 건가.
종이	그보다 이젠 제가 잘 이해가 안 되네요. 매번 친구 핑계로 약속을 펑크 내는 사람 마음.. 솔직히 뻔한 건데.
지구	핑계요? (찌릿)
종이	(뼈 있는) 솔직히 친구가 연애보다 좋을 나이는 지나지 않았나요? 중고딩도 아니고.
지구	(뭔가 한 대 맞은 것 같은)

종이	(싸늘하게) 저는 잠깐 형 얼굴 좀 보고 가야 할 것 같아서, 그럼 조심히 가세요.

깊은 한숨 쉬는 지구, 하지만 이내 지연 생각에 걸음 빨라지고.

S#30. 오복집 (밤)

다급히 오복집으로 뛰어 들어오는 지구.
현주가 바에서 술을 마시며 동배와 이야기를 나누고 있다.

지구	(E) 사장님!
동배	어 지구 왔니?
지구	지연이 여기 안 왔어요?
현주	너 아직도 지연이 찾니?
동배	지연이는 왜? 아까 전화 왔었는데?
지구	전화요?
동배	팔당집에 지금 가면 매운탕이 낫냐구 쏘가리가 낫냐구.
지구	언제요?
동배	낮에.
지구	누구랑 갔는데요?
동배	그건 모르겠는데?
지구	아 씨발 이거 사고다. 저 가볼게요! (뛰쳐나가는)
현주/동배	??

S#31. 삼인방의 연립빌라 안 (밤)

혹시나 지연이 다녀갔나 확인하는 지구.

S#32. 삼인방의 연립빌라 앞 (밤)

빌라에서 나오며 경찰서에 전화하는 지구.

지구   네. 실종신고요. 하루 종일 이렇게 연락이 안 된 적이 없는데, 위치 추적 좀 해주세요. 마지막에 팔당 쪽으로 간 것 같아요. (이때 전화 오는) 어, 소희야. 지연이 낮에 팔당 쪽으로 갔다는데.. 나 아무래도 느낌이 안 좋아서 경찰서에 실종신고 하러...

소희   (F) 실종신고? 왜??

지구   (답답) 야 너는 도대체 하루 종일 사람 말을 뭘로 듣고, 지연이! 오늘 하루 종일 연락이 안 된다고 몇 번을 말해!!

소희   (F) 뭔 소리야~ 나랑 한 시간 전에도 통화했구만.

지구   (황당한 얼굴에서)

이때 저만치에서 지연이 선국, 선정의 차에서 내린다. (대리가 운전하고 있는) 신나서 인사하며 헤어지는 지연. 그런 지연을 보고 있는 지구...

지구   (황당) 아, 실종신고는 안 해도 될 것 같아요. 죄송합니다.....

지연, 지구를 보지 못한 듯 신나게 오다가 전화가 오자 아무렇지도 않게 받는다.

지연   (신난) 어 소희야~!!! 나 집에 다 왔징! 넌 오디얌? (하다가 맞은편에 서 있는 지구를 보고는 멈칫)

지구   ......

두 사람, 그렇게 잠시 불편하게 마주 보고 서 있는 데에서...

- 9부 끝 -

🍶 **10** 부

생존적 거리 두기

S#1. 삼인방의 연립빌라 앞 (밤)

9부 엔딩씬) 빌라에서 나오며 경찰서에 전화하는 지구.

지구   어, 소희야. 나 아무래도 느낌이 안 좋아서 경찰서에 실종신고 하러...

소희   (F) 실종신고? 왜??

지구   (답답) 야 너는 도대체 하루 종일 사람 말을 뭘로 듣고, 지연이! 오늘 하루 종일 연락이 안 된다고 몇 번을 말해!!

소희   (F) 뭔 소리야~ 나랑 한 시간 전에도 통화했구만.

지연, 지구를 보지 못한 듯 신나게 오다가 전화가 오자 아무렇지도 않게 받는다.

지연   어 소희야~!!! 나 집에 다 왔징! 넌 오디얌? (하다가 맞은편에 서 있는 지구를 보고는 멈칫)

지구   .....

두 사람, 침묵 속에 잠시 서로를 마주 보고 서 있다.
지연의 어색한 표정, 이내 지구가 지연을 향해 싸늘하게 걸어온다.

지구 (목소리 깔고) 뭐냐.

지연 (시치미) 어? 뭐가?

지구 (어이가 없는) 뭐가라니. 너 하루 종일 내 전화 씹었잖아. 소희 전화 받았으면서. 뭐 하는 거냐고.

지연 (어색한 연기) 내가?! 난 몰랐는데?

지구 야.

지연 (이/휴대폰 보며 누가 봐도 거짓말) 아~ 수신 차단돼 있었네? 미안 미안 ~~

지구 (빡친) 씨발 너는 지금 그게 말이 된다고 생각하냐? 어디서 개구라를 까고 있어.

북구의 차가 저만치서 오고, 조수석 창문이 열리며 소희가 반갑게 손을 흔든다.

소희 (반갑) 얘들아!!!!!!!!

[북구의 차 안 상황 인서트//
북구: (차 안에서 밖 상황을 보며) 뭔가 좀 쎄하다..
소희: (지구와 지연을 보며) 저것들 또 싸웠나?]

싸늘하게 대치 중인 지구와 지연.

소희 (차에서 내려 눈치) 얘들아 나 왔는데...

지구 (싸늘하게) 왔냐. 나 들어간다. (먼저 앞서가는)

소희 (남은 지연한테 눈빛으로 뭐냐는 식으로 묻는)

지연 (어깨를 으쓱하며 나도 모른다는 눈빛을 보내며 소희의 팔짱을 끼는)

소희 (거리 유지) 야야. 이거 봐. 뭔진 모르지만 난 중립. (지연의 팔짱을 빼며) 강지구, 같이 가!

앞서가는 지구, 그 뒤로 소희, 지연이 거리를 두고 차례로 들어가는 데에서...

10부. 생존적 거리 두기

S#2. 삼인방의 연립빌라 / 거실 (아침)

지구, 소희, 지연순으로 자고 있는 삼인방, 소희 옆구리 어딘가에서 알람이.

지연   (짜증) 아 안소희 알람......
지구   (뒤척이며) 아 씨발 _끄_라고...
소희   (입 벌리고 저세상)
지연/지구 (동시에) 아이씨!

지구, 짜증 내며 일어나 소희와 지연 사이에 있던 휴대폰을 확 집는데, 순간 지연이도 본능적으로 팔을 뻗어 소희의 휴대폰을 확 집는데, 지구의 손등을 잡은 꼴.

지구   (손 재빨리 빼고 모른 척 철퍼덕 눕는) 알람 좀 _끄_라니까.!
지연   (민망 / 소희의 알람을 _끄_며) 야 일어나. (부엌으로 가며 지구 들으란 듯)
        어우 속쓰려 해장라면 먹어야지.
지구   (못 들은 척 눈 감는)
지연   (선반에서 라면 꺼내며 어색하게 슬쩍) 먹을 거야?
지구   .. (눈 감고 퉁명스럽게) 내가 술 먹었냐.
지연   ....아님 뭐 계란 후라이?
지구   (씹는)
지연   ....
소희   (비몽사몽) 나 계란 후라이.

컷 튀면, 잠이 덜 깨서 부스스한 상태로 식탁 의자에 앉는 소희. 계란 프라이에 커피를 마시고, 지연이는 참깨라면을 먹는다.

지연   엄마네는 잘 갔다 왔어?

소희   어.

지연   발가락이랑 별일 없었구?

소희   있었지. 키스했어.

지연/지구 (동시에) 또? (동시에 말한 거에 괜히 머쓱, 서로 눈빛 재빨리 피하는)

소희   근데 이번엔... 겁나 멀쩡한 거에 끌렸어.

[인서트(플래시백)// 9부 22씬
소희: 참나, 못 참으면 뭐 어쩔 건데! 어쩔 건데!!! 뭐 때릴 거야 어쩔 거야!
소희: 그래 그럼 차 세워! 나라고 뭐 못 내릴 줄 알아? 세우라고!!

소희   (E) 솔직히 내가 잘못한 거 아는데 괜히 짜증 냈거든.
        근데 그 성격에 그걸 꾹꾹 참더라?
        그래서 어디까지 참나 계속 한번 건드려봤거든?

[인서트(플래시백)// 9부 23씬
북구: (핸들 위로 머리 박고 참으며) 내리지 마 위험해.
키스해버리는 소희의 모습에서.]

소희   (E) 결론은 내가 키스했어.

소희   (혼자 진지한) 근데.. 내가 했는데 이상하게 당한 느낌이랄까.

지연   뭔 개소릴까?

소희   그 자식이 끌어당겼어. 그 순간에 뭔가 자석 같은 게 느껴졌다니까?

지연   그래서 모텔 경유해서 왔니?

소희   우씨, 내가 너냐?

지연   난 차에서 하지~ 자석 같은 게 땡기는데 어디 갈 시간이 어딨니?

소희   헐..

휴대폰 하며 짜증 난다는 얼굴의 지구, 종이와의 카톡창을 보고만 있다.

소희   넌 어제 누구랑 먹었냐? 남자야?

지연   그럼 내가 여자랑 먹었을까 봐? 우리 원장님이랑, 그 남동생이랑~

소희   야 남동생이고 나발이고 지구가 너 하루 종일 얼마나 걱정했는데 전화는
        대체 왜 안 받은 거야?

지연   다 얘기했다구~ (시치미, 괜히 딴청) 밥 말아 먹어야지~~ 햇반 있나? (상
        부 장 뒤지는)

지구, 종이한테 문자를 쓴다.
[문자 내용 인서트// 어제는 죄송했어요...]
지우고 다시 쓴다.
[문자 내용 인서트// 미안했어요 어제.]
에라이 그냥 지워버리고 마는데..

소희   (지구를 향해) 근데 지구 어제 그 원피스는 왜? 면접 볼 일 있었어?

지구   (대답하기도 싫다) ...

지연   (레인지 속에 햇반 뜯어 넣으며) 그래서 강피디랑 결혼할 거야?

소희   (라면 국물 뺏어 먹으며) 결혼은 무슨, 이제 막 쪼오금 남자로 보이기 시
        작했구만.

지연   (호들갑 떨며 소희의 겨드랑이를 찌르는) 그래서 좋아? 좋아 좋아 완전
        좋아? 막 끌려 끌려 완전 끌려?

소희   (호들갑) 너야말로 잤어 안 잤어! 잤지? 잤네 잤어 이거! 지구야! 얘 또 잤
        다!

지구   (휴대폰 하고 있던 지구가 완전 무서운 눈으로) 어쩌라고.

소희/지연   !! (얼음)

지구   (휴대폰 소파에 던지고 분위기 쏴하게 방으로 들어가버리는)

소희   (눈치) 너 지구한테 사과 제대로 안 했어?

지연   내가 뭘.

이때 소희한테 걸려오는 전화, 엄마다.

소희   (지난밤 싸운 기류로 아직은 어색) 어, 엄마.. 아냐.. 말해. / 인자 아침 묵
       었지...

       휴대폰을 들고 엄마와 통화 중인 소희의 시선.. 식탁 테이블에 뾰로통하
       게 앉아 있는 지연과, 방에서 화장실로 냉랭하게 왔다 갔다 하는 지구를
       번갈아 본다.

소희   (통화) 아니 난 뭐.. 기냥 쪼까 서운했어잉.. 화내서 미안해..

       문을 쾅 닫고 나가버리는 지구.

S#3. 길거리 (아침)

       오토바이 질주하는 지구.

**소희Na   그러고 보면 가장 가까이에 있을 때 가장 서로를 모르고
       가장 내 편인 사람이.. 가장 서운하다.**

S#4. 방송국 / 로비 → 엘리베이터 앞 (아침)

       /로비로 들어서는 소희.
       /엘리베이터 기다리며 엄마와의 통화 내용을 회상한다.

소희맘   (E) 엄마가 남자친구 생겼단기 그라고 서운했나잉. 근디.. 소희야 나는 그
       래도 된다잉..
       니, 부모 3년 상은 왜 치르는지 아냐잉. 태어나서 거진 삼 년은 암~무것

도 못하고 엄니가 떠먹여 주는 밥 먹고 사니께. 그라고 갚는 기제.
근디 부부끼리는 전~혀 그럴 게 없다잉. 니 아빠랑 나는.. 세상에서 제~
일로 친했응께. 우리끼린 그래도 된다 안 하냐.. 부부는 죽어서도 다~ 안
다잉. 서로 으짠 마음으로 사는지.. 안 봐도 다~ 아는 기라.

소희   치...

소희맘   (E) 아따 근디 느 아빠 참말로 양반은 못 된다잉!! 꿈에 나와 한단 말이
         사람 참.. 괜찮타 안 하냐. 느그 그 피디...!

띵 소리와 함께 엘리베이터 문이 열리는데 북구가 서 있다.
무슨 일인지 캡모자를 눌러쓰고 있는.

북구   (슬픈 미소) 안작가..

소희   !! 피디님.. (반갑고, 좋다)

북구   (실연당한 사람처럼) 안작가.. 잘 지내...

소희   ...? 네? 그게 무슨..

북구   (주변 의식) 일단 나 좀 가야 될 것 같아. (소희의 어깨를 다독이며 가는)

소희   아니 잠깐만.. (국장한테 전화 오는데, 불길한)!!

S#5. 화성시 공원 / 벤치 (낮)

지구, 유모차에 재희(갓난아기)를 데리고 나온 혜진과 만났다. 보자마자
재희를 안고 반가워하는 지구...

지구   재희, 잘 있었어? (번쩍 안고 들었다 놨다) 더 많이 컸네!

혜진   확실히 널 좋아한다.

지구   (계속 재희를 안고 놀아주며) 그러게 희한한 놈이야.. 넌 좀 어때?

혜진   어때 보여?

지구   (진심) 좋아 보인다.

혜진   (미소) 응.. 좋아.

지구	그럼 됐다.
혜진	애들은 잘 있어?
지구	다들 연애하느라 바빠.
혜진	우와.. 부럽다. (하면서 은근슬쩍 지구의 표정을 살피는) 넌 안 해?
지구	난 안 하지. (아무 일도 없다는 듯 재희와 놀아주는)
혜진	(촉) 혹시 니들도 싸워?
지구	우린 얄짤 없어. 친구고 뭐고 다 죽여놔~
혜진	(웃는) 그것도 부럽네.
지구	... (같이 웃어주지만 어딘가 모르게 쓸쓸한 표정이 밀려오는)

S#6. 요가원 '비움' / 요가실 (낮)

개인 수련 녹화 준비 중인 지연. 선정이 지연에게 긴히 할 말을 전한다.

선정	선생님, 어제 내 동생 생일파티 해준 거... 고마워서 뭐라도 보답을 하고 싶은데요.
지연	어머 보답은요~ 저도 덕분에 완전 몸보신하고 왔는걸요. 세상에 매운탕 기름이 얼마나 실했는지 머리카락에 개기름이 좔좔~
선정	(이) 소개팅.. 해주고 싶었는데.
지연	(이/바로) 어머 리얼리? 콜!
선정	(웃으며) 지연씨는 정말 내숭이 없네요. 그럼 언제쯤이 좋아요?
지연	오늘 좋아요.
선정	(화들짝) 오늘요???

S#7. 방송국 / 국장실 (낮)

완전 멘붕이 온 국장이 소희에게 소리를 친다.

국장   (초흥분) 어떻게 어떻게 어떻게 이런! 이런!! 이런!!! 자막을 낼 수가 있습니까!

[예고편 영상 인서트//
자막: 플러팅의 개 레전드! / 90년대 전국민 망붕렌즈 보급 + 낫닝겐 비쥬얼 개쩔었던 톱스타 커플! / 선섹후사 No!~ 원조 선섹후결! / 키갈! 키갈! 키스 갈겨! 첫날밤 가즈아!!!" / 벗뜨 / Whyrano... 이혼을 갈기고 마라따!! ㅋㅋㅋ / 30년 후 맞짱 일빠 공개! 실화냐?!!!! / OMG!!! 멜로눈깔 순삭! 호러눈깔 +1 획득 / (김치싸대기 짜져) 마라맛 냉수 싸대기!!! / (킹받네) 난희골혜?? / 셧 더 아가리 스킬 난무 / 정은이도 팝콘각! 59금 핵폭탄급 금수육탄전 커밍쑨! // (최미연&강진 존예특집) 이제는 씨부릴 수 있다 싸대기 쌉가능! 쌉파써블 / "고자극 마라맛 대유잼! ㅇㄱㄹㅇ ㅂㅂ ㅂ"]

소희   (E) 미친 거야??!!!!

소희... 예고편을 보고 넋이 나갔다. 할 말을 잃었다.

국장   조연출이 미쳐가지고 저러고 냈다는데 어우.. 하여간 강피디가 안고 가기로 했고.
소희   피디님이요?
국장   어쨌든 수장 아니에요. 조연출이 미친놈이면 자막을 끝까지 확인을 했어야지.
소희   근데 어떻게 저한테 전화 한 통도 없이..
국장   (ol) 전화 못 하게 하던데?

[인서트// 조금 전 국장실.
강피디: 작가들은 절대! 건드리면 안 됩니다. 왜냐면 4대보험이 안 되거든요.]

소희	(어이없음) 4대보험이 여기서 왜 나와...
국장	일단 메인피디가 책임지고 프로그램 하차하는 걸로 공식 사과문 띄우고
소희	하차요?

[인서트// 조금 전.
국장: 월급이야 나올 거고 이참에 좀 쉬어, 잠잠해지면 다른 프로 보내줄
게.
강피디: 다른 프로요?]

국장	솔직히 이제 와서 하는 말이지만 강피디가 뭐 그렇게 좋은 카드는 아니었
	으니까..
소희	.....

S#8. 오피스텔 복도 또는 길거리 일각 (낮)

배달 중간. 오토바이를 세워두고 전화를 받는 지구.

지구	여보세요?
시은	(F) 저 시은이에요.
지구	어 그래. 잘 있었어?
시은	(F) 네. 다른 게 아니라 오늘 헤어 시간에 염색 배우는데요. 혹시 선생님
	좋아하는 색이 뭔지 궁금해서.
지구	나? 나는... 딱히 좋아하는 색이 없는데... 종이접기 수업은 했니?
시은	(F) 네. 오전에요. 근데, 종이접기 쌤이랑 싸우셨어요?
지구	...어? 왜?
시은	(F) 선생님은 안 데리고 왔냐고 물으니까 갑자기 개정색하시길래요.
지구	...정색을 했어?
시은	(F) 네. 정확히 똥 씹은 표정이었어요.
지구	.....

시은	(F) 보라색으로 할게요. 네?
지구	어, 그래 보라색 좋네.

S#9. 방송국 / 소희네 예능팀 (낮)

분위기 싸늘한 소희네 팀. 여기저기서 계속 전화가 걸려오는.

소희	(예민) 코드 뽑자.
막내(소리)	아, 네..!
아름	(노트북으로 기사들 보며) 아직도 실검 1위에요 언니... 해명자료랑 사과문 올렸는데도.. 소용이 없어요.

이때 홍석과 치영이 죄지은 각으로 들어온다.

소희	(애써 화를 참으며 노려보는) 홍석피디..!
홍석	(완전 풀 죽어서 눈도 못 마주치고) 죄송합니다..
소희	이유나 물읍시다. 우리 엿 먹으라고 일부러 그런 거야?
홍석	매번 똑같은 예고에 자막 나가는 게 식상해서.. 좀 다르게 해보고 싶은 마음에.
소희	(듣기도, 보기도 싫다) 니들은 자막 뽑을 때 같이 없었어?
혜경	그게... (세미와 막내를 보는) 애들 보냈는데..
막내(소리)	(살짝 눈치가 이상한)
홍석	작가님들은 잘못 없어요. 제가 막판에 다 바꾼 거라, 죄송합니다.
소희	(말도 하기 싫음) 됐고. 강피디님 뭐래요.
홍석	그냥 자기가 다 안고 간다고, 이번 일로 작가들 주눅 들지 않게 신경 쓰라고.
소희	(괜히 화나는) 지가 언제부터 그런 캐릭터였다고. (애써 강한 척) 다들 흔들릴 것 없어요. 솔직히 강피디님 없다고 우리가 섭외를 못 해, 회의를 못 해, 녹화를 못 해.

치영	(눈치 제로 / 마음의 소리가 툭) 그래도 그렇게 말씀하실 것까지야.
소희	?
치영	(자기 딴엔 호기롭게) 이 일로 하차까지 하셔야 하는데 좀 매정하신 것 같아요.
소희	.... (일자 눈) 그럼 나도 하차시키던가.

작가들끼리 나누는 카톡창 메시지 CG 뜨는.

[아름: 저 붕신, 매정한 거랑 속상한 거의 차이를 모름.
영인: 둘이 껴안고 있는 거 봤다면서 감이 안 오나?
혜경: 근데 그날 강피디 여드름 터진 날 아니냐?
세미: 맞아요. 웩 ㅠㅠ
아름: 더럽다.]

S#10. 요가원 '비움' / 사무실 (오후)

요가선생님들이 다과를 즐기며 이야기 중인데, 유독 떡을 맛있게 먹고 있는 지연.

선정	(걱정) 지연쌤, 떡 좀 그만 먹어요. 좀 이따 약속 있지 않아요?
지연	(너무 맛있게 먹으며) 떡 먹고 소개팅하면 더 찰떡같이 붙지 않을까요?
요가쌤1	어머 오늘 소개팅해요?
요가쌤들	좋겠다!!!! / 누구랑? 누구랑?
지연	(해맑게) 글쎄요~ 누군지 알면 제가 소개팅을 하는 게 아니겠죠?

이때 수련실에서 나온 선국이 쌩하니 급한 일이라도 있는 듯 나가는.

선정	(뒤통수에 대고) 얘!!! 벌써 가? 자영쌤이 떡 돌렸어. 먹고 가!
선국	(무시하고 나간)
요가쌤2	늘 이어폰을 꽂고 계셔서.. 못 들으시더라구요.

선정   .... (들었는데 저 자식) !!

S#11. 요가원 '비움' / 건물 입구 또는 앞 (오후)

한 남자(안성수/지연의 소개팅남/30대/남자 한지연)가 요가원을 찾는 듯 주변을 두리번거리다가 때마침 건물에서 나오던 선국을 보고 길을 묻는다.

성수   (하이톤) 저.. 말씀 좀 여쭐게요! 혹시 여기 바움이라고 요가원인데 말이 죠. 3층에 있다고 들었는데, 3층짜리 건물이 이 사거리에만 열세 개 정도 있는 것 같아서요! 물론 약속한 사람한테 물어볼 순 있는데요, 길 못 찾는 남자라는 첫인상은 영 주고 싶지가 않아서 제 스스로 한번 찾아내보고 싶은데 도움을 좀 받을 수 있을지.

선국   (아무 표정 없는 얼굴로 성수를 보고 서 있는)

성수   (표정 보고) 아.. 요가원은 잘 모르시는구나. 하긴 요가는 남자들이 잘 알 수가 없죠~ 여자들한테만 대중적인 종목이라. 어쨌든 잠시나마 함께 고민해봐 주셔서 정말 감사드립니다. 남은 하루, 꼭 행복하세요!

선국   (돌아서 가려다가 느리게 말하는) 비움이겠죠.

성수   네?

선국   (성의 없게) 비움이라구요. 바움이 아니고.

성수   (그제야 알아챈) 아!!!! 어머 웬일이야 나 지금까지 바움인 줄 알았잖아. 하하하하! 하하하하하하하하! 아 이 썰 너무 웃긴 거 같은데 컬투쇼에 사연 보내면 어떨까요?

선국   ...... (표정 없음)

성수   컬투쇼 안 좋아하시는구나. 저도 그렇게 좋아하진 않아요! 전 두 시에는 라디오보다 독서하는 걸 더 좋아하거든요. 하하! 하하하하하!

S#12. 길거리 몽타주 (저녁)

이곳저곳 배달하는 지구, 해가 서서히 진다.

S#13. 종이네 작업실 앞 (저녁)

오토바이에서 내리는 지구, 내려서 종이의 작업실을 올려다본다. 불이 꺼져 있다. 작정하고 종이를 기다리기로 한 듯, 헬멧을 옆에 내려두고 쪼그려 앉아 담배를 하나 꺼내 문다. 불을 붙일까 말까 고민하다가 에라이 불을 붙이려는 순간 어디선가 나타난 종이의 목소리가 들린다.

종이   (싸늘한) 어쩐 일이세요?

지구   (깜짝) ...아.. 담배나 필까 하고.

종이   (표정 없는 얼굴로 보고 있는)

지구   (변명조) 여기가 그쪽 땅도 아니고, 그때 담배 생각나면 오라고 하지 않았나요?

종이   (싸늘) 누가 뭐래요?

지구   ... (한 방 먹은 / 담배 연기 내뿜더니) 그건 아니고, 전 담배만 피면 그렇게 삼겹살이 땡기더라구요.

종이   ...그래서요..?

S#14. 북구네 오피스텔 앞 → 로비 (저녁)

소희, 전화를 하며 불이 꺼진 북구네 오피스텔을 올려다본다.

(E)   (메시지) 전화기가 꺼져 있어 전화를 받을 수 없으니..

소희   집에 없나?

S#15. 카페 앞 (저녁)

지연, 성수와 소개팅을 마치고 나오는데, 지연은 마음에 안 들었던 눈치다.

성수   그거 아세요? 저 오늘 지연씨 보면서 거울 보는 느낌이었던 거.

지연   (방긋) 저도요!

성수   삼겹살 좋아한다고 하셨죠? 저기 맞은편에 삼겹살집 잘하는데 어떠세요?

지연   (1초의 망설임 없이) 아니요!

성수   아... 지연씨는 제가 마음에 안 드시는 거죠?

지연   (솔직, 담백) 네!

성수   (해맑게) 그렇군요! 그런데 지연씨는 참 제 스타일입니다. 저는 이렇게 솔직한 여자가 좋거든요. 하지만 지연씨 뜻을 존중한다는 게 아이러니죠! 하하! 하하하!

지연   혹시.. (성수의 뒤로 뭔가를 본 듯) 이랬다저랬다 하는 여자는 어떠세요?

성수   네?

지연   저 마음이 바뀌었거든요. 삼겹살집, 가고 싶어졌어요.

건너편 삼겹살집을 바라보는 지연의 표정에서...

(E)   (초인종 소리)

S#16. 북구네 오피스텔 / 복도 (저녁)

조심스레 북구네 집 초인종을 누르는 소희, 답이 없자 현관문에 귀를 대본다. 돌아서려던 소희가 혹시나 해서 문고리를 잡아당겨보는데, 열린다.

소희   아우... 내가 왠지 이럴 거 같더라.

S#17. 북구네 오피스텔 / 집 안 (저녁)

아무도 없는 듯 어두컴컴한 집. 이제 막 이사 온 집인 듯, 혹은 이제 막 이사를 갈 집인 듯.. 티비며 시계며 다 바닥에, 물건들이 자기 자리에 있는 게 별로 없다. 뭐지 싶어서 조심스럽게 안으로 들어가보는데...

(E)   (총소리) 두두두두두두!!!!! (방 안에서 들린)

소희   엄마야!!!!!!!!!!!!!!

자빠졌다가 무안해서 혼자 일어나는 소희.

소희   (민망) 아이씨.. 게임 소린 줄 알면서 자빠졌어.

소희, 북구의 방문을 확 여는데 총싸움을 하면서 완전 몰입해 있는 북구의 뒷모습.

소희   피디님..?

북구   (못 듣고 열중)

소희, 북구의 어깨를 툭. 건드는 순간 놀라서 뒤돌아보던 북구가 그대로 의자에서 미끄러지듯 자빠진다. (의자 끝에 걸터앉아 총질하고 있다가, 누가 건드리자 놀래서 엉덩이가 빠진)

소희   괜찮아요????

북구   아이씨!! 안작가인 줄 알면서 자빠졌어!

(E)   (초인종 소리)

소희/북구 ???!!!!

S#18. 삼겹살집 / 밖 → 안 (밤)

삼겹살집 안으로 들어가는 지연과 성수. 지연의 시선 저만치에 종이와 지구가 앉아 있는 게 보인다. 지연, 성수와 재빠른 눈빛 교환 후 지구의 테이블로 가서 엄청 반가운 척을 한다.

지연   어머~~~~~ 이게 누구야! 지구 아니야!!!!!! 웬일이니 웬일이야!!!!

삼겹살을 굽던 지구와 종이가 순간 동작을 멈추고 황당한 표정으로 본다.

성수   (연기톤) 지연씨!! 아는 사람이에요?
지연   (연기톤) 그럼요! 저랑 제일 친한 친구인데!
성수   (연기톤) 대박! 그럼 이것도 인연인데 우리 합석하면 되겠다!!!!! 마침 의자도 딱 두 개가 더 있네요! 하하! 하하하하!
지구/종이   ..... (뭔가 싶은)

컷 튀면, 합석한 네 사람..
노릇노릇 익은 삼겹살 두 줄 옆에, 지연이 생고기 두 줄을 더 투척해 밀어넣자, 네 줄의 삼겹살 모양새가 현재 넷의 상태와 흡사해진다. 멍하니 삼겹살만 바라보고 있는 지구와 종이. 성수가 분위기를 띄운다.

성수   (신나서) 이게요! 요즘 20대들 사이에서 유행하는 분수 퐉!!! 폭탄준데요. 제가 한번 보여드리겠습니다! (맥주 뚜껑에 구멍 내자 분수 나오고 섞는) 하하하하하! 대박이죠 대박!!!!
종이/지구   ....
지연   (맞장구) 하하하하! 성수씨 너무 잘한다! 완전 대박 짱!
종이   (고기를 뒤집으며) 두 분은 오래 사귀셨나 봐요. 호흡이...
지연   어머 저희 두 시간 전에 만났어요! 소개팅했는데 잘 안 됐거든요! 하하.
성수   (같이 웃어주며) 사실 저는 지연씨가 마음에 듭니다! 근데 지연씨는 자기보다 더 하이톤인 남자는 부담스럽대요! 정말 말 되는 이야기 아닙니까?

너무 설득력이 있어서 저도 모르게 그만 지연씨를 포기해버렸지 뭡니까? 하하, 하하하하하!

종이   (이해 불가) 그럼 여긴 왜...

성수   (삼겹살을 가위로 자르며) 아 그게 지연씨가 갑자기 생각이 바뀌어가지고요!

지구   (말 끊으며) 뭐 중요한 얘기 아닌 거 같은데 그냥 먹죠.

성수   맞습니다! 그렇게 중요한 이야기는 아닙니다! 이제 드시죠!

지연   (잘 익은 삼겹살을 종이한테 제일 먼저 주며) 드세요 오빠. (자연스레 윙크하는)

지구   (그런 지연을 보는) 오빠라니.

지연   그때 우리보다 나이 더 많다고 안 했나? 아 안 했던 거 같다. 근데 저는 잘생긴 사람은 다 오빠예요~~

지구   (마음에 안 든다)

종이   ..오빠 맞지 않을까요?

지연   대박. 두 사람 나이도 안 트고 뭐 했어요? 이름은 텄어요?

성수   대박. 이름을 몰라요? 그럼 서로 뭐라고 불러요?

지구   (짜증 올라온다)

종이   (애써 친절하게) 이름이랑 나이가 그렇게 중요하지는 않았어서..

지연   (ol) 그럼, 제가 물어봐도 될까요? (유혹하듯 대놓고) 이름이 뭐예요?

지구   .... (얼음)

종이   아... (지구의 눈치를 보는)

성수   아니 뭐 이름에 금딱지라도 둘렀습니까?

지구   (성수를 째리는)

종이   (마지못해 말하는) ..우주예요. 한우주.

지구   !!

지연   어머 웬일이야 웬일~ 어느 한씨예요?

종이   청주..

지연   (ol) 대~박! 저도 청주 한씨! (하이 파이브하며 자연스럽게 스킨십) 너무 반갑다. 우리 가족인 거잖아~ 그럼 부부인 건가?

종이   (당황) 아..

성수	하하! 하하하하! 웃겼다! 지연씨 또 웃겼다! 아 진짜 나보다 웃긴 사람 첨 봤어!
지구	(술을 마신다)
성수	그럼 다 같이 짠!!!
종이	죄송한데 저는 술을 잘 못해서.
지구	(진짜? 종이를 보는)
지연	(끼 부리듯) 우주씨~ 술 먹으면 어떻게 되는데요?
종이	(둘러대듯) 저는 무조건 자요.
지연	어머~~~ 무조건 잔대~ 이거 나만 설레? 나만 이상한 생각? 하하하하.
지구	(1차 경고) 그만해라.
지연	(약 올리듯) 응? 내가 뭘? 나 남자들한테 원래 이러잖아~ 뭘 새삼스럽게 그래?
성수	(눈치껏) 어우 맛있는 고기 다 타네. 어서들 드시죠! 하하.
종이	지구님도 고기 좀 드세요. 술만 드시지 마시구.
지구	(빈 잔에 자작으로 맥주를 채우는)
지연	우리 지구는요. 남자들이 그렇게 챙겨주는 거 별로 안 좋아해요. 왜냐면 성격이 워낙 독립적이고 남자 같아가지고 저희 대학 다닐 때 얘 좋아하는 여자들도 엄청 많았거든요. 근데 또 다 주변에 남자들이었어요. 남자. 사람. 친구!
지구	(진짜 열받은, 술 먹다가 확 내려놓는)
성수	지연씨는 남자친구가 제일 많았죠? 사람 빼고.
지연	어머 정답! 우리 너무 잘 통하는데 그냥 사귀야 되나? 나 오늘 여기(종이) 랑 부부인데! 하하하하.
지구	(혼잣말로) 아이 씨발….
일동	……?!
지구	너 잠깐 나와.
지연	(시치미) 왜?
지구	왜??? 진짜 더 빡치게 하지 말고 나오라고!
지연	(약 올리듯) 니가 빡치면 무조건 나가야 돼?
지구	(한계 왔음) 아 이 씨발년이.

일동	......!!
지연	(안 진다) 욕하지 마라! 너만 입에 좆 달린 거 아니거든?
종이	지연씨! (지연을 막는다는 게 지연의 가슴 쪽 팔을 만지는)
지구	(그걸 캐치한) 지연씨?
지연	왜. 우주씨가 내 이름 부른 게 뭐 잘못됐어? 넌 이 사람 이름도 몰랐잖아. 그래놓고 질투하는 건 좀 아니지 않나?
지구	(기가 찬) 질투? 하... 너 진짜 죽고 싶냐?
지연	아니! 내가 뭘 잘못해서 너한테 죽어야 되는데?

성수, 너무 겁먹은 나머지 다리를 심하게 떤다. 그 진동에 테이블이 계속 움직이고, 종이가 성수의 다리를 잡아주며 진정시킨다. 삼겹살은 다 탔다.

S#19. 삼겹살집 / 근처 일각 (밤)

지구가 열받은 얼굴로 문 열고 나와 어디론가 가버리면 뒤이어 종이와 지연이 나오고, 성수가 계산을 한 듯 지갑에 영수증을 넣으며 따라 나온다.

지연	(이미 저만치 가고 있는 지구를 보며) 저거 봐 인사도 안 하고 저러고 간다. 저 그럼 먼저 가볼게요! 성수씨 오늘 고마웠어요!!
종이	(가려는 지연을 막으며) 저!
지연	?
종이	제가 가봐도 될까요?
지연	(잠시 멈칫하더니) 제가 나을 것 같아요! 담에 봬요!! (지구 쪽으로 뛰어가는)

어색하게 남겨진 종이와 성수.

종이	(그제야 아차 싶은) 아..! 제가 계산을 했어야 하는데!
성수	아구 아닙니다! 더 버는 사람이 내야죠.

종이	...그럼. 잘 먹었습니다.
성수	좀 전에 다리 잡아주셔서.. 감사했습니다.
종이	별말씀을요..
(E)	(북구) 야 임마 괜찮아.

S#20. 북구의 오피스텔 / 일각 (밤)

북구와 홍석이 거실 바닥에 앉아서 술을 먹고 있다. 홍석이 만취 상태로 술을 잔뜩 사 들고 온.

| 북구 | 뭘 그런 거 가지고 미안해하고 집까지 오고 말야. 눈치도 없이 말야. |

소희, 어딘가에(세트 상황에 따라) 숨어 있다.

홍석	(off/이미 만취) 죄송합니다 선배님.... 좋은 피디가 되고 싶었는데..
북구	(off) 야! 세상에 좋은 피디가 어딨냐? 피디는 다 쓰레기야.
홍석	(off) 아 그렇습니까? 그렇다면.. 다행입니다.
소희	(듣자 하니 웃긴) 참나.. 지보고 쓰레기래 (답답, 더운) 근데 난 왜 숨은 거야?

[인서트// 조금 전.
초인종 소리 들리며 밖에서 취해서 소리치는 홍석의 소리가 들린다.
홍석: 선배님!!! 접니다!!!!!
우다다다다다! 숨고 숨기는 두 사람.]

| 소희 | 아니 내가 뭔 죄졌냐고. 조연출도 오는데, 메인작가가 오면 안 되는 거였냐고. (문 열고 나가려다가 다시 들어오는) 아... 이거 진짜 괜히 숨었는데? |

이때 들리는 홍석의 말에 소희, 일순 정지된다.

홍석	(off) 선배님... 실은 저.. 새로 온 막내작가랑 사귑니다.
북구	(off) 우리 막내작가? 소리? 진짜??? 이 새끼!!! 근데 그걸 나한테 왜 말하냐.
홍석	(off) 그게요... (우는) 실은 개가... 그랬습니다.
북구	(off) 그게 무슨 말이야.
홍석	(off) 예고편 자막요. 소리가 그렇게 하라구.. 써준..

홍석의 말에 귀를 쫑긋 세우고 듣는 소희.

홍석	(off/참담) 맨날 똑같은 자막 뽑는 거 지겹지도 않냐고 그러면서..

[인서트// 편집실.
편집하고 있는 홍석의 옆에 앉아 있는 소리.
소리: 언제까지 오빠 예고나 붙일 거야. 오빠 한 번에 뜨게 해줄게 내가.
홍석: 진짜? 어떻게?]

북구	너 이거 확실해? 소리 개 엄청 얌전한 애 아냐?
홍석	둘이 있을 때는 완전.. 달라져요.

[인서트 짧게// 편집실.
소리: 아 개킹받네. 진짜 이씨! 오빠 이번에도 앵까면 죽는다!]

북구	근데 말야. 넌 사랑한단 놈이 지킬 거면 끝까지 지켜줘야지 이제 와서 이건 왜 얘기하는 거냐?
홍석	선배님한테 너무 죄송해서요. 다른 사람들한테는 얘기하지 말아주세요.
북구	(소희를 의식한 듯) 그게 니 마음대로 되나, 듣는 귀들이 다- 있어요..
홍석	선배님 진짜 안 돼요! 저 소리 진짜 사랑하거든요. 개가 또라이건 아니건! 사랑하고! 사랑이 먼저였고! 저희 그냥 사랑하게 해주십쇼.
북구	(삐딱) 근데 니들 사랑을 누가 그렇게 하지 말란 거냐?

홍석	..아 ..세상이?
북구	그냥 해 홍석아. 세상이 너한테 그렇게 관심이 없다. 한 잔 먹고 집에 가라. (한 잔 주는)

듣고 있던 소희, 어이가 없는데 이때 지구한테 전화가 오고 놀라서 받는 소희.

소희	(속삭이며) 어 지구야.
지구	(F) 한지연 집 나갔다.
소희	...뭐?
지구	(F) 집 처나갔으니까 그런 줄 알라고.
소희	뭔 소리야.. 너네 싸웠어?
지구	(F) 너. 한지연 받아주면, 나 너랑도 끊는다.
소희	.....아이씨

문 열고 나가려는 소희, 이때 갑자기 들리는 북구의 발끈한 목소리.

북구	(off) 알았으니까 새꺄 그만 좀 하고 가라고! 세상에 사랑은 니 혼자 다 하냐?
홍석	선배님 혹시 질투하세요?
북구	(답답) 아니!!! 질투는 무슨! 야! 나는 니가 하나도 부럽지가 않어! 막내작가랑 사랑하는 니가 부럽겠니 메인작가랑 사랑하는 내가 부럽겠니!?
소희	?! 미친 거 아냐?
북구	(입 막는) 내가 방금 뭐랬지?
홍석	메인작가님이면..
북구	(뻔뻔) 야 내가 언제 메인이랬어! 이 새끼 사랑에 눈이 멀더니 귀도 멀었냐? (으름장) 중요한 건 나는 니가 부럽지가 않다는 거야 물론! 이 자리에서 다 말할 순 없지만 나 역시!! 너보다 훨~씬 더 밀도 있고, 깊고, 애절하고, 스릴 있고. 풍부하면서 풍만하고! 아주 찐~~한!!!!
홍석	(놓칠세라) 찐해요?

북구	새끼야 니가 찐한 게 뭔지 알아 임마? 막내작가랑 소꿉장난이나 하면서 알지도 못하는 게 으그. 그런 게 있어 임마! 니들은 우리의 농도와 밀도를 모른다!
홍석	(능청, 응큼) 선배님, 잤어요?
북구	(바로 낚임) 당연하지 임마!!! 여러 번 잤어!!! 한 번에 두 번도 했어!!!!! 읍!!!! (실수했다 싶어 입을 막아보지만 이미 늦은 듯 뒤가 쎄하다.)

소희, 쿠션으로 북구의 뒤통수를 날린다.

소희	이 개-새끼가!!!
홍석	!!!!! 작가님????
북구	안작가!
소희	하여간!! 너는 내가 좋아할래야 좋아할 수가 없다! 이 쓰레기 새끼야!!!

어우! 한 대 더 때리려다 때려서 뭐 하나 싶어서 뒤도 안 보고 문 쾅 닫고 나가는. 남겨진 북구... 충격 상태에서 넋 나가서 이야기하는.

홍석	(이제야 눈치챈) 아.. 소리 말이 맞았네요..
북구	(넋 나간) 소리 말이 맞았다니.
홍석	두 분이 FWB라고.
북구	(멍...) 그게 뭔데.
홍석	프렌드 위드 베네핏이요.
북구	(이 와중에 해석하려고) 프렌드 위드 베네핏이면... 이익을.. 함께하는..
홍석	그냥 섹파란 얘기예요~
북구	...

S#21. 삼인방의 연립빌라 / 이곳저곳 (밤)

지연이 부어터진 얼굴로 씩씩대며 트렁크에 아무렇게나 짐을 싸서 넣다가 거울로 엉망이 된 얼굴을 보고 울컥, 짜증이 올라온다. 나쁜 년.. 다시 분노의 짐 싸기.
/화장대에서 화장품을 싹쓸이해서 넣는.
/부엌, 냉장고 문을 열어 지구엄마가 해준 반찬을 다 싹쓸이해서 넣는.
/신발장, 모든 신발을 다 싹쓸이해서 넣는.

S#22. 삼인방의 연립빌라 / 앞 (밤)

지연이 트렁크 하나와 오래되고 촌스러운 가방 엄청 큰 거를 양쪽에 들고, (그럼에도 불구하고 하이힐) 낑낑거리며 나오다가 앞에서 담배 피우고 있던 지구의 뒷모습을 본다. 때마침 꽁초를 끄고 들어가려던 지구가 뒤돌다가 마주한.

지구   뒤도 안 보고 갈 것처럼 하더니, 집에서 갖고 나갈 건 많았나 보다?
지연   그러게 내 짐 빼고 나니까 남는 게 없던데? 니들이 얼마나 내 짐에 빈대를 붙고 살았으면.
지구   (어이없이 웃음만) 빈대... 하. 우리가 빈대를 붙은 게 아니라, 가뜩이나 없는 형편에 너 혼자만 살 거 다 사고 입을 거 다 입고 먹을 거 다 먹고 그랬다는 생각은 안 해봤냐? 나랑 소희는 뭐, 살 줄 몰라서 안 사고 살았는 줄 알아? 그리고 우리가 누구 땜에 이러고 사는데.
지연   ...나 때문이다? 참나. 항암 하겠다고 하는 애한테 산에 들어가자고 한 게 누군데? 그리고 말마따나 희생은 소희가 했지, 넌 어차피 백수였던 거 기억 안 나? 어차피 할 일도 없고 인생 다 접고 동굴 속에 자빠져 있는 거 차라리 산에 들어가는 게 낫다, 솔직히 그 맘도 있었잖아 너.
지구   .... (진짜 상처받은, 눈물이 날 것 같다) 대박이네... 왜? 암도 내가 걸리게 했다 그러지?
지연   (돌아서 가는데) 안 그래도 너 때문에 다 나은 암 다시 걸릴 것 같아서 나가는 거거든?
지구   그르세요? (가만 보다가) 건강하게 오래오래 사세요. 이 싸가지 없는 년아.

지연   (역시 가만 보다가..) 뻐큐나 드세요...

지구   (어이없어 웃으며 뒤돌아가면서 손 뻐큐를 들어 날리는)

지구는 집 쪽으로.. 지연은 반대편 길로 퉁퉁거리며 가는데, 지연의 낡고 커다란 가방이 툭, 하고 터지면서 아무렇게나 넣었던 옷과 화장품들이 죄다 터져 나왔다.

지연   엄마앗!!! 아우-씨!!!

자기도 모르게 비명을 지른 지연. 반대편 지구, 무슨 일인지 뒤돌아볼 법도 한데, 뒤도 돌아보지 않고 그냥 간다. 아무렇게나 굴러가버린 짐들을 보고 서 있는 지연, 발로 가방을 찬다.
여기저기 잡다한 밤의 소음들만, 벌어지는 두 사람의 간격을 듬성듬성 메운다.

S#23. 택시 안 (밤)

애가 타는 소희. 지구한테 전화하려다 말고, 지연한테 전화하려다 말고, 결국 아무한테도 못 하고 발만 동동, 손가락으로 계속 문 쪽을 다닥다닥 치고 있는..

택시   (소리가 거슬리고, 백미러로 소희를 보며) 빨리 가야 돼요?
소희   네! 좀 급한 일이라! (했다가 한숨) ...근데 이미 늦은 것 같네요.

S#24. 삼인방의 연립빌라 / 현관 → 화장실 (밤)

불 켜고 현관에서 들어가는 지구. 불 켜진 텅 빈 집 안을 멍하니 보고 섰다.

지구   에이씨.. (갑자기 뭔가가 올라온다) 뭐 먹었다고 체해.

지구, 그대로 화장실로 가더니 이내 변기를 잡고 토하기 시작한다.

S#25. 길거리 (밤)

정처 없이 아무렇게나 걷고 있는 지연. 지구가 했던 말이 생각난다.

지구   (E) 야. 너는 니 주변에 있는 남자로는 성에 안 차냐? 너 대학 다닐 때도
       내 친구였던 남자애들, 결국 니가 다 꼬셔서 사귀어놓고 며칠도 안 가서
       넌 헤어지면 그만이었지? 난 너 땜에 매번 친구를 잃었어! 니 그 싼티 나
       는 남자 욕심 땜에.

S#26. 삼인방의 연립빌라 / 화장실 (밤)

계속 토하는 지구.. 지연이 했던 말이 생각이 난다.

지연   (E/싸가지 없게) 야! 너 뭔가 심하게 착각하고 있나 본데, 애초에 걔들은
       너랑 남사친을 하는 게 목적이 아녔어. 나랑 사귀고 싶어서 너랑 친구를
       먹은 거지. 그런 것도 친구냐? 이용당한 거지 병신아.

S#27. 길거리 (밤)

한 남자가 짐이 많은 지연에게 말을 시킨다.

| 남자 | (사심 있는) 좀 들어드릴까요? |
| 지연 | ... (가만 보다가) 아뇨 됐어요. |

이때 선정(발신자: 비움 원장님)한테 전화가 온다.

지연	네 원장님.
선정	지연씨! 무슨 일 있어요? 성수씨가 걱정이 된다고 전화가 와서, 무슨 일이에요?
지연	....저 출가했어요.

S#28. 삼인방의 연립빌라 (밤)

소희, 들어가는데 열린 신발장 안이 휑한 걸 보니 대략 알 것 같다. 이때 화장실에서 토하는 소리가 들린다. 화장실로 뛰어가는 소희.

| 소희 | 강지구!!! (등 두들겨주는) 미치겠다. 도대체 이게 무슨 일이야... 토해... 다 토해... |

S#29. 선정과 선국의 전원주택 / 입구 (밤)

문이 빼꼼히 3분의 1만 열리며 선정이 경계 태세로 나온다.

| 선정 | ...오늘만이에요. |
| 지연 | (염치없지만 예쁘게 웃는) |

S#30. 삼인방의 연립빌라 / 거실 (밤)

다 토하고 탈진해서 덜덜 떨기까지 하는 지구를 이불 안으로 눕혀주는 소희.

소희	(핫팩 주며) 이것 좀 배에 대. 너 지금 너무 차..
지구	고마워.. (눈 감는)
소희	(지구를 가만히 보고 있는, 궁금하지만 못 묻는)
지구	(눈 감은 채) 지연이한테 전화하고 싶음 해. 아깐 그냥 빡쳐서 한 말이야.
소희	... (주변을 돌아보며) 아니 도대체 얼마나 싸웠길래 짐을 다 빼서 나갔어? 싸우다 싸우다 니네 이제 별짓을 다 한다?
지구	(자기도 어이없다는 듯) 나, 지연이한테 자격지심 있나 봐.
소희	...니가?
지구	예쁘잖아. 한지연. 나랑은 다 반대고. 인기도 많고.
소희	너답지 않은데?
지구	불안했나.
소희	뭐가.
지구	... (말이 없는)

S#31. 선정과 선국의 전원주택 / 거실 (밤)

선정의 앞에서 맥주 한 캔을 다 비우는 지연.

지연	아 이제 살 것 같다.
선정	(지연의 몰골 보고) 맞았어요?
지연	(분에 겨워서) 제가 맞을 년으로 보이세요?

[인서트(과거)// 삼인방의 연립빌라.
삼인방, 사과머리 하고 추리닝 입고 치킨에 맥주 먹다 말고, 지구가 지연의 팔을 뒤로 해서 공격을 막아내는 호신술을 알려주고 있다.
지연: 아파!!!!!! 아프다고!!!!! 야!!

지구: 그니까 기술을 쓰라고!! 아프다고 당하고 있을 거야!!?

지연: (지구가 알려준 대로 뒤로 급소를 공격하는 자세를 해보는데 잘 안되는)

지구: 아니 그렇게 말고 이렇게!!!

지연: 아이씨, 어려워.

소희: (치킨 뜯으며) 에이 글렀다 글렀어!!

지구: 다시 해봐.

지연: (어설프게 슬로우 동작으로 하는) 이렇겐가?

소희: (치킨 뜯으며) 오~~~~!!!!!

지연: (신나서) 된 건가?

소희: 안 된 거 같애.

지구: (지연을 귀엽게 보는) 야 그냥 일찍일찍 처들어와~ 치킨이나 묵어.]

[인서트(19씬)// 조금 전 삼겹살집 나와서 길거리.

지연: 때려봐! 때려봐 때려보라고!!!!! 악!!!!

순식간에 머리와 뺨 사이를 둔탁하게 맞은 지연... 머리카락이 온 얼굴을 뒤집어 덮은 채 그대로 정지된 상태다.

지연: (잠시 쫄은 듯했다가) 아 이 씨발년이..... (지구의 머리카락을 확 잡는) !!!!!

지구: (머리카락 잡힌 채) 놔라. 놔. 놓으라 했다....!!! 어우씨! (지연의 팔목을 붙잡고 뒤로 제치는)

지연: (오두방정) 아악!!!!!!!!!!!!!!!!!!!!!!!!!

지연, 완전 항복하는 듯했는데, 순식간에 돌변해서 지구한테 배운 대로 지구를 역으로 공격한다.

지구: 헉!!!! (배 쪽 맞고 헉한) 하.....]

선정   (놀란 선정의 얼굴에)

지연   (맥주 마시며 뻔뻔하게) 은혜를 원수로 갚아봤어요.

선정   아니 그러니까 처음에 왜 싸운 건데요.

지연   제가 친구랑 같이 온 남자한테 좀 들이댔거든요.

선정	(놀란)
지연	그래서 좀 빡친 모양이에요.
선정	그 남자랑 친구는 어떤 관계인데?
지연	뭐 좀 썸 타는 사이?
선정	(싸늘하게) 그럼 친구한테 그러면 안 되죠. 도의가 있는데..
지연	전 늘 그랬는데.

[인서트// 대학교 일각(10년 전) 잔디밭.
남사친과 프리하게 얘기 중이던 지구. 이때 어디선가 지연이 와서 합류한다.
지연: 지구!! 누구야?
지구: 어 왔어? (쿨하게) 여긴 내 친구, 경모.
지연: 안녕 경모야? 반갑다~ (하면서 슬쩍 윙크하는)
경모: 어, 안녕~
지연: (카디건을 의도적으로 벗으며) 어우~ 오늘 날씨 너무 덥다. 그치~
경모: (침 꼴깍)

/같은 장소, 지구의 다른 남사친.
지구: 인사들 해.
지연: 안녕 현중아? 지구한테 얘기 많이 들었어. 반갑다~
현중: 어..
지연: (허벅지를 슬쩍 만지며) 너네 오늘 뭐 할 거야? 난 이제 수업 없는데~
현중: (침 꼴깍)

지연	(E) 솔직히 들이대는 남자 중에 열이면 열 명은 넘어왔어요. 그때마다 전 속으로 빌어요. 제발.. 넘어오지 마라... 제발.
선정	그건 무슨 심리지? 나 먹기는 싫고, 남 주기는 아까운?
지연	(미소 지으며 단호하게) 저한테 남 아니에요. 강지구.

S#32. 삼인방의 연립빌라 (밤)

지구의 눈에서 눈물이 뚝 흐른다. 이미 지구한테 어느 정도 이야기를 들은 소희.

소희   한지연 이거 완전 나쁜 년이네.. (지구를 토닥여주며) 울지 마. 이런 걸로 울지 마. 니가 울 일 아니야.

지구   아 씨발 왜 이렇게 눈물이 나오냐. 별일도 아닌데.

소희   (토닥) 야 별일도 아니라니.. 어우 나였으면 이년 진짜 가만 안 뒀어. 솔직히 대학 때부터 이년이 한 번씩 이럴 때마다 니가 왜 매번 가만있는지 이해가 안 갔거든. 나는 남자친구 생기면 지연이 일부러 안 보여준 적도 많아. 그때 바닷가에서 한 번 데인 후로, 지연이보다 남자새끼를 못 믿겠더라고.
근데 이 정도면 한지연 이년한테도 진짜 문제 있는 거 아니냐? 뻔히 지가 이쁘고 남자들이 좋아하는 스타일인 거 지도 알면.. 알아서 좀 빠져줄 땐 빠져주고, 그럴 땐 좀 지가 덜 돋보이게 립스틱 두 번 바를 거 한 번만 바르고 그래야 하는 거 아냐? 어떻게 된 게 하나라도 더 이쁘게 하고 나오고, 아주 더 못 꼬셔서 안달이 나가지고 아.. 진짜 생각해보니까 존나 열 받네? 한지연 이거 도대체 뭐야??

지구   ....술이나 한잔하자. (일어나는)

소희   야 너 괜찮아? 체했잖아.

지구   ...너라면 안 먹겠냐?

소희   먹지. 뭘로 갈까. 도수 높은 걸로 확 그냥 이년 대신 깔까?

S#33. 선정과 선국의 전원주택 / 거실 (밤)

선정이 맥주병을 시원하게 깐다. 지연에게 따라주는..

선정   (냉정) 지연씨 윙크 한 번에, 유혹 몇 번에 그렇게 단번에 넘어오는 남자들한테 내 친구가 행여나 낚이지 않았으면 좋겠단 거잖아요. 지연씨 친구는 남자 경험이 많지 않아서 그런 거 보는 눈이 떨어지니까?

지연   ...네...

선정   무슨 말인지는 알겠는데 그거, 오지랖이에요. 그건 그냥 친구가 하게 됐
         어야지. 지연씨가 뭔데.. 거기까지 나서요. 그 남자들이 지연씨한테는 그렇
         게 별로였지만, 또 알아요? 친구한테는 좋은 남자였을지.

지연   저도 조금이라도 기미가 보였으면 당연히 그렇게 했겠죠. 근데 그런 남자,
         진짜 없어요.

선정   그럼 이번에도.. 딱 보니 거지 같길래 지연씨가 먼저 낚아채서 유혹했다?

지연   .... (눈빛 흔들리는)

S#34. 삼인방의 연립빌라 / 부엌 (밤)

화요 53도짜리 스트레이트로 먹는 지구.

소희   (확인하는) 진짜 그 남자한테도 그랬다고. 지연이가?

지구   (어이없다는 듯 웃으며) 이름이 우주라더라.

소희   우주? 대박. 넌 지군데, 걘 우주야? 와우.

지구   내가 지난번에 물어보니까 그 남자도 바로 안 까고 나중에 알려주겠다고
         하더니, 오늘 지연이가 물어보니까 바로 까더라. (썩소)

소희   하여간에 눈치도 더럽게 없다. 아니, 얘 진짜 꼬실려고 한 거야? 그때 우리
         집 와서 애 볼 때도 엄청 입맛 다시긴 했지. 그 팔뚝 보고. 내가 옆에서 봤
         거든 그년 눈 돌아가는 거. 근데 이년이 하루 이틀 그러는 것도 아니고..
         난 진짜 그렇게까진 생각 안 했단 말야. 아 짜증 나네 진짜.. (한 잔 마시
         더니, 생각해보니 열받는) 도대체 이년은 우리 우정을 뭘로 생각하는 거
         지? 생각할수록 진짜 빡치네! 이거 진짜 돌대가리야? 내가 분명히 얼마
         전에 그 남자.. 지구 남사친 아니고 남친 될 수도 있다고 다 같이 자면서
         얘기하지 않았냐?

지구   (한 잔 또 마신다. 술이 쓰다. 마음이 쓰리다.)

소희   어우 이 술 몇 도냐? 왜 이렇게 독해, 얼음 갖고 올게. (냉동실의 얼음 꺼내

는)

지구, 또 스트레이트로 마신다. 소희는 툭툭툭 얼음을 꺼낸다. 잠시의 침묵. 소희, 생각할수록 화나는지 얼음을 팍팍팍 털어 넣는데 바닥에 다 떨어진다.

소희   (바닥에 떨어진 얼음 줍다 말고) 아 이 쌍년 진짜. 나도 이번엔 진짜 못 참아. 들어오기만 해봐. 절대 안 받아줘. 진짜 너한테 미안하다고 사정을 하고 빌어도 나는 용서 못 해. 아니 어디다 얘기하기도 창피한 거 아니냐? 씨발 몇십 년을 같이 부대끼고, 씨발 산에서 볼 거 안 볼 거 다 보고 죽을 고비까지 넘겨가면서 쌓은 우정이 겨우 이거냐고. (허망하다)

지구   (잔을 내려놓더니) 나 잠깐 나가봐야겠다. (일어나서 나가는)

소희   야 갑자기 어딜! 야!!! 너 밖에 비 와!

S#35. 선정과 선국의 전원주택 / 거실 (밤)

어느새 맥주가 여섯 병이다.

선정   이제 맥주 없는데...

지연   아.. 그래요?

선국   ..내가 사 올게.

놀라서 보면, 2층에서 선국이 내려와 있다.

선정   깜짝이야! 너 언제 내려왔어?

선국   좀 됐어.

선정   시끄러웠니?

지연   아.. 피디님도 계셨구나. 죄송해요 갑작스럽게.. 같이 한잔하실래요?

선정   (자르며) 쟤는 1층에 안 내려와요.

지연	지금 내려오신 거 아닌가.
선국	(거의 다 내려온 상태) 맥주 사 온다.
지연	대박, 정말요?
선정	야 밖에 비 와!
지연	그러게 저 그냥 여기까지만 마셔도 괜찮아요~
선국	(후드티의 모자를 덮어쓰며) 그때 그러지 않았나? 말없이 편들어주라고. 별거 아니지만 도움이 될 거라고. (나가는)
선정	...!!

그 말에 지연은 작은 미소를 짓고, 선정도 잠시 명해진다. 이때 지연한테 전화가 오는데 소희다. 받을지 말지 고민하는 지연.

선정	받아봐요. 친구잖아.
지연	(전화를 받는) 어 소희야, 나 괜찮아...

S#36. 삼인방의 연립빌라 앞 (밤)

지구를 따라 나왔던 소희, 비가 너무 많이 오고, 더 이상 나가진 못하고 현관에 서서 비 오는 걸 보며 지연한테 소리를 지른다.

소희	야 한지연. 나 지금까지 니네 둘이 싸우면 니들 둘 다 편이었던 거 알지. 근데 말이야..... (멈춰서 뜸 들이는)

S#37. 선정과 선국의 전원주택 / 거실 (밤)

지연이 휴대폰을 들고 얼음장처럼 굳어서 통화 중이다.

소희	(F) 나 이제.. 니 편은 더 이상 못 하겠다. 아니 니 편 안 할래.

그리고 앞으로 니가 어디서 어떻게 살건 상관 안 하는데, 이거 하나는 알아둬라. 이 우정 깬 거... 너야.

지연, 눈물이 또르륵 흐른다.

S#38. 길거리 일각 (밤)

비가 때려 붓는데, 미친 듯이 어딘가를 향해 가고 있는 지구.

S#39. 삼인방의 연립빌라 / 앞 (밤)

내리는 비를 보며 걱정스럽게 서 있는 소희, 눈물이 주르륵 흐른다.
저만치에 지연이의 구두 한 짝이 떨어져 있다. 비를 맞으며 구두를 줍는 소희.

소희   (구두 보면서) 어우 칠칠맞은 년... (생각할수록 화나는) 나쁜 년...!! 싸가지 없는 년!!! .... (눈물과 빗물) 아 비 오는데 강지구 이건 또 어디로 간 거야.. 진짜 그지 같다..

S#40. 종이의 작업실 앞 / 골목 (밤)

비를 쫄딱 맞고 서 있는 지구. 그런 지구한테 우산을 씌워주며 너무 놀란 종이.

종이   지구님! 아니 비를 이렇게! 괜찮아요?
지구   그때 그랬죠? 친구가 연애보다 좋을 나이는 지나지 않았냐고. 중고딩도 아니고.

종이	....아 ..그랬죠. 그땐 제가 좀 화가 나서.
지구	(ol) 연애해요 우리.
종이	?
지구	저 이제 친구 같은 거 필요 없거든요.

S#41. 삼인방의 연립빌라 (밤)

비에 젖어 들어온 소희가, 삼인방의 사진 액자를 확 엎어버리고는 방으로 들어가버리는 데에서...

S#42. 선국과 선정의 전원주택 (밤)

선정이 자고 있다. 엄청나게 취한 지연이... 선국한테 중얼거린다.

지연	그 남자를 보는 순간.. 감이 왔어요. 이번엔 다르다. 저 남자는.. 다른 남자들과 다르다. 그래서 두려웠어요. 그래서.. 원피스 빌려달란 말에. 모른 척했어요. 그걸 빌려주면... 선녀와 나무꾼의 선녀처럼.. 그걸 입고, 영영 가버릴 것 같아서.
	소희랑 나는.. 맨날 가도 결국 다시 돌아오거든요. 근데 지구는.. 진짜 가버릴 것 같았어요.

[인서트(플래시백)//
/8부) 애기를 봐주는 종이를 보는 지구의 모습을 유심히 보는 지연.
/9부) 휴대폰에 빠져 있는 지구를 바라보고 있는 지연.. 내심 서운하다.
/10부) 삼겹살집으로 들어가는 두 사람을 본 후 지연의 표정.
/10부) 삼겹살집에서 종이를 바라보는 지구의 애틋한 눈빛을 캐치한 지연, 사랑을 시작한 지구가 좋으면서도.. 어딘가 모르게 불안한 마음이 내비친다.

/10부) 삼겹살집 앞.

종이: 제가 가봐도 될까요?

지연: (잠시 멈칫하더니)제가 나을 것 같아요! 담에 봬요!!

/9부) 원피스 빌려달라는 문자를 보고 난 후, 톡에 답을 안 하고 생각에 잠긴 지연의 표정... 여러 감정이 교차한다.]

잘못한 걸 알지만 미안하면서도 서운하고, 서운하면서도 불안하다.
그렇게 지구를 생각하며 하염없이 눈물이 쏟아지는 지연의 모습에서.

- 10부 끝 -

11부

깨진 술독

S#1. 삼인방의 연립빌라 / 부엌 (밤)

불 다 꺼진 부엌, 비에 젖은 채로 홀로 식탁에 앉아 먹다 남은 술을 비우는 소희, 지구한테 카톡을 쓴다.

소희   (E) 지구야, 나 방금 지연이랑 통화했어. 니가 어디서 어떻게 살든 상관 안 하는데, 하나만 알아두라고 했어. 이 우정 깬 거 너라고. 우리 이제 버리자. 한지연...

문자 전송을 누르는 순간 동시에 지구한테 들어오는 문자.

지구   (E) 기다리지 말고 먼저 자, 나 오늘 안 들어가.

소희, 바로 답문을 한다.

소희   (E) 비도 오는데 어디서??

더 이상 답문이 없다. 술을 부으려는데 남은 술도 없다. 소희의 깊은 한숨과 함께 창밖에서 세 사람의 관계를 암시하듯, 우르르 쾅쾅 천둥이 치는 데에서.

11부. 깨진 술독

S#2. 종이의 작업실 아래 골목길 (밤)

가로등 불빛으로 비가 세차게 내린다.

S#3. 종이의 작업실 / 안 (밤)

노출 콘크리트의 허름한 2층 단독건물. 말이 작업실이지 노출 콘크리트의 공사하다 만 폐건물 느낌. 여기저기 전선들과 철사줄들이 거미줄처럼 걸려 있고, 각종 폐기물, 폐휴지 등이 아무렇게나 널려 있다.
지구가 살짝 젖은 머리로 작업실에 들어선다.

지구   (우산을 정리하며 살짝 당황) 이사 가세요?
종이   (라면 먹던 주변을 치우며 대수롭지 않게) 아 작업하는 것들이 좀 많아서~
지구   (라면 보며) 아까 삼겹살.. 못 드셨죠?
종이   (해맑게 웃는) 뭐 그냥 라면이 땡겨서.
지구   그럼 저도 한 젓가락 어떻게..

컷 튀면, 부엌이라고 볼 수조차 없는 애매한 공간에서 라면 하나 더 끓이고 있는 종이. 지구는 앉긴 앉아야 하는데 도대체 어디가 의자고, 어디까지가 작품인지 헷갈린다. 마침 발견한 의자 위에 올려진 게 많아서 대충 치우고 앉으려는데.

종이   오 안 돼요!!!! 그거 작품입니다!
지구   (어이없는) 스압!!! (깜짝 놀라서 일시 정지, 하마터면 자빠질 뻔한) 이게.. 작품..

종이	(본인도 좀 민망) 쩌기 저 빨간 소파에 앉으시면.. 돼요.

지구, 바닥에 있는 물건들을 밟지 않게 조심스럽게 발을 옮기며 건너가는 모양새.

종이	(스프를 털어 넣으며) 걔네들은 그냥 쓰레기라 밟으셔도 돼요 아! 그 낙엽 뭉치는 아니구요! 그건 작품.
지구	헐.. 네. 이건 작품...

지구, 겨우 빈백에 앉으며 긴장을 푸는 순간, 몸이 벌러덩 뒤로 넘어가며 엄청난 쿠션감에 파묻혀버린다.

지구	!!! (바둥거리는) 아우씨!
종이	(계란 풀어 넣으며) 그 빈백이 이 작업실에서 가구라고 말할 수 있는 유일한 거에요. 한번 누우면 일어날 수가 없거든요. 얼마나 푹신한지. (슬쩍 보는데 지구가 이미 누워 있는, 못 본 척 태연하게) 아주 마약 침대라니까요.
지구	저 좀.. 일으켜.. (바둥바둥 / 아우 쪽팔려)
종이	전 거기서 이틀 내내 잔 적도 있어요~ (다 된 라면을 들고 오는데)!!
지구	(잠든 척 중)
종이	잠드셨어요?

컷 뒤면, 혼자 라면 먹고 있는 종이.

종이	(지구가 안 자는 거 캐치, 천연덕스럽게) 지구님도 저만큼이나 운동 안 하시나 봐요... 근데 우리같이 운동 안 하는 사람들은 이 중력에 버티고 서 있는 것만으로도 대단하다고 봐야 돼요. (시선은 계속 라면에) 지구님이 운동을 안 한단 게 아니라 뭐 많이 하실 것 같지는 않다는, (스스로 감탄) 아 근데 이거 너무 잘 끓였는데 위에 보시면 밧줄 있죠? 그거 잡고 일어나심 돼요~

그 말이 끝나기가 무섭게 지구, 타잔처럼 천장에 매달린 밧줄을 잡고 일어난다.

지구 이영차!!!!!! (체조선수처럼 완벽한 착지 자세로 선) !!
종이 어서 라면 드세요.

컷 뒤면, 말없이 라면 후루룩 후루룩 먹는 두 사람.
컷 뒤면, 소주를 원샷 하는 두 사람.

지구 그때 술 못 먹는다고 하지 않았나요?
종이 (태연하게) 먹기 싫은 사람하고 못 먹는다는 말이었죠.
지구 ... (기분 나쁘지 않은)

종이가 지구의 빈 잔을 말없이 채운다. 지구도 소주를 건네받아 종이의 빈 잔을 차분하게 채워준다. 침묵 속에서 서로의 눈을 피하지 않고 응시하는 두 사람.
이때 조금 열렸던 창문이 비바람에 몇 번 덜컹이다가 이내 확! 하고 열린다. 두 사람의 머리카락이 순간적으로 날리고, 창문으로 낙엽 하나가 날아 들어와 공중에서 날갯짓하듯 펄럭대더니, 턴테이블에 올라와 있던 LP판 위에 내려앉자 판이 돌아가며 허회경의 M.「아무것도 상관없어」가 흐르고, 손가락만 한 크기의 미니어처 싱어가 턴테이블에 앉아 기타를 치며 노래를 부른다.
음악을 들으며 소주를 마시는 두 사람 사이로, 낙엽이 공중을 날아다니며 1절 가사가 자막으로 흐른다. 2절부터는 음악, 공기, 술로 통한 두 사람의 마음이 자막으로 타이핑된다.

종이: (한 줄씩 천천히 자막 CG 발생)
나는 종이접기 채널로 돈을 벌어요.
처음 유튜브에서 당신의 손을 본 날

너무나 빠르게 돌아가는 세상에서 너무나 느리게 버티는 그 손이 좋았어요.

저는 매일 이곳에서 종이예술을 한답시고 번 돈을 탕진하며 찌그러져 있어요.

말하고 싶은 게 있는데.. 표현하고 싶은 게 있는데.. 그게 늘 되다가 말아요.

잘되는 것보다 잘 안 되는 게 많고

앞으로 뭘 하며 살 거냐고 물으면, 대답할 수 있는 것보다 없는 게 더 많아요.

눈치챘는지 모르지만 난 소년원 출신이에요.

그게 내 인생에서 그렇게 중요한 건 아니지만..

내 이름은 한우주예요.

지구: (종이를 바라보는 얼굴에서 한 줄씩 CG 발생)

전 어른이 되었는데도 엄마를 미워해요.

엄마를 이해한 지는 좀 된 거 같은데 만성이 되어버린 미움을 돌리는 법을 모르

겠고..

서른이 넘었는데도 하고 싶은 게 뭔지 아직도 모르겠어요.

가르치는 일이 배달 일보다 더 좋은 일인지도

배달 일이 종이를 접는 일보다 더 좋은 일인지도

이름은 지구라는데.. 이 지구상에 잘 태어난 건지도 잘 모르겠어요.

남자도 연애도 그렇게 좋은지 모르겠고

인생에서 유일하게 편하고 좋은 게 친구들이었는데

이젠.. 그게 제일 불편해졌어요.

취기가 올라 서로를 바라보는 두 사람.

술병은 다 비워졌고, 두 사람의 마음도 비워진 듯 홀가분해 보인다.

S#4. 삼인방의 연립빌라 / 부엌 (밤)

소희 식탁에 기역 자로 엎드린 채로 잠들어 있는 모습에서 달리아웃.

[인서트(과거)// 고등학교 교실.

수업 시간, 뒷자리에 앉은 소희가 책상 위에 ㄱ자로 엎드려 잠들어 있다.

소희Na   **고등학교 때 딱 한 번, 가위에 눌린 적이 있다.**

소희, 누워 있는 채로 너무나 괴로운 듯 소리를 지르며 도와달라고 외친다.
소희: 나 몸이 안 움직여! 나 좀 깨워줘 얘들아!! 지은아! 인애야! 도와
줘!!!
하지만 현실은, 너무나 조용한 교실. 칠판에 적고 있는 선생님의 필기를
따라 적고 있는 아이들이 야속하다. 실제로는 소희 역시 평온하게 자고
있는 모습이다.]

소희Na   **분명 깨어 있는 것 같은데**
         한 치도 움직일 수 없었던 몇 분의 시간 동안
         나의 외침을 듣지 못하는 친구들이 너무나도 미웠다.

현재, 연립빌라 부엌. 부엌에 평온하게 자고 있는 소희.

소희Na   **그날의 악몽이.. 15년 만에 다시 찾아왔다.**

[인서트(소희의 상상)// 고등학교 교실.
가위에 눌리고 있는 소희(고딩), 완전 괴로운 듯 외친다. 주변에는 지구와
지연이 있다.
소희: 얘들아! 나 가위눌렸나 봐! 나 좀 깨워줘 제발! 지구야!!! 지구
야!!!!!
지구가 그런 소희를 보는 듯하더니, 이어폰을 다시 꽂고 소희를 지나쳐서
밖으로 나가버린다.
소희: 지연아!!! 한지연! 나 좀 깨워줘!
지연이 그런 소희를 힐긋 보는 듯하더니 남학생이랑 신나서 수다를 떤다.
소희: 한지연!!!!!!!!!!!!!!!!!!!!!!!!!!!!!!!]

다시 현실, 엎드린 채로 잠들었지만, 눈에서는 눈물이 흐르고 있는 소희.

소희Na   **어떻게.. 니들이 이래...**

S#5. 선정과 선국의 단독주택 외경 (아침)

각종 아침의 소리가 들린다. 차들 지나다니는 소리, 꼬마애들 다다다다다 언덕길 내려오는 소리.
택배차 차 문 열리고 닫히는 소리. "방충망 달아요." 소리. 등등

S#6. 선정과 선국의 단독주택 / 이곳저곳 (아침)

#. 손님방.
창문으로 카메라가 들어오면 순식간에 조용해진다.

지연   (눈 뜬 채로 이상해) 너무 조용한데.

선정의 메모가 보인다.
[메모 인서트// 일어나면 그 어떤 소리도 내지 말고 내게 메시지를 보내요.]

대수롭지 않게 나오는 지연.

지연   어우 속 쓰려..

#. 부엌.
냉장고 문을 여는 순간 뭔가 버퍼링이 온.

지연	(갸우뚱) 뭔가 이상한데... 뭐가 이상하지?

냉장고 전원이 안 들어와 있다. 팬트리처럼 인스턴트식품들을 보관하는 수납장으로 쓰고 있는. 이때 마침 조깅하고 들어오는 선정.

선정	선생님?
지연	(반가움에 큰 소리로) 원장님!!!
선정	쉬잇!!!!!
지연	(일단 입 막는)

S#7. 선정의 집 앞 / 대기 중인 선정의 차 안 (아침)

지연, 조수석에 타서 선정에게 선국에 관한 이야기를 듣는다.

선정	(통보하듯 빠른 톤으로) 내 동생은 청각예민증을 앓고 있어요. 그래서 작은 소리에도 워낙 예민하게 반응해요. 다니던 직장도 그만뒀어요. 복사기 소리, 타자 소리, 카톡 보내는 손톱 소리도 다 예민하게 반응해서. 집에선 작은 전자제품 소리도 안 돼요. 티비나 라디오는 물론이고, 전자레인지, 가습기.
지연	그럼 드라이는요?
선정	(ol) 자연바람.
지연	청소기는
선정	(ol) 빗자루.
지연	오마이갓.
선정	1층에서 샤워기 물 떨어지는 소리도 내 동생 귀엔 천둥소리처럼 들리니까 샤워도 좀 조용히, 쪼그리고 해줘요.
지연	(말도 안 돼) 근데 이 정도면 병 아닌가요? 병원에 가봐야 할 것 같은데.
선정	(정색) 지금 내 동생이 병을 앓고 있는 환자라는 말을 하고 있는 거예요.
지연	아....

이때 선국이 나온다. 선국을 유심히 보는 지연의 모습에서..

S#8. 삼인방의 연립빌라 (아침)

소희, 밤새 한숨도 못 잔 몰골로 집을 나서는데 지구가 저만치서 걸어온다.

소희	강지구..!
지구	(소희를 가만 보다가) 너 몰골이 왜 그래?
소희	(일자 눈, 쳐다도 안 보고) 밤새 가위눌렸어.
지구	괜찮아??
소희	(서운) 됐고, 어디서 잤냐.
지구	뭐... 그냥 어디서 잤어.
소희	걱정시키니까 좀 살 것 같냐?
지구	걱정하지 말고 자라니까.
소희	참도 자겠다.
지구	...미안해.
소희	하여간. 니들 다 싫어. (가버리는)
지구	...

S#9. 삼인방의 연립빌라 / 부엌 (아침)

지구, 냉장고에서 음료를 꺼내 거실 소파에 앉는데 문자가 온다.
[문자 인서트// 종이: 잘 가셨죠? 사실 눈은 떴는데 그냥 모른 척했습니다. 불편하실까 봐.]

지구   (베개를 묻고) 쉣! 쉣! 쉣!!!!!!!!!!!!!!!!

질끈 눈을 감아버리는 지구.

[인서트 어젯밤// 종이의 작업실.
(앞 상황은 뒤에 공개) 빈백 위에 포개져 있는 두 사람.
지구: (눈을 감은 채로) 해요.
종이: ..진짜요?
지구: (눈 더 꼭 감는) 네, 해요.
종이: 진짜 합니다..? 부끄러우면 눈 뜨지 마시고 중간에 마음에 안 드시
면..
지구: (짜증 난) 말이 너무 많은데 잠깐만요.
눈을 뜨는 지구, 순간 종이가 지구의 입술을 덮치며 뽀뽀를 한다.
토끼 눈이 된 지구.
지구: ....!!
종이: 죄송... 이미 출발을 해버려서 브레이크를 못 잡았어요.
지구: ...한 거예요?
종이: 네.
지구: 너무 짧은...거 아닌가.
그 말이 끝나기 무섭게 종이가 지구의 입술을 로맨틱하게 덮어버리고, 지
구도 눈을 감는.]

지구   (E) 쉣! 쉣! 쉣!!!!!!!

지구, 괴로운 듯 머리를 박다가 입술을 대충 만지더니 일어나 방으로 들어
가며.

지구   아이씨.. 나 남자 존나 좋아하네...!

S#10. 방송국 / 소희네 예능팀 (아침)

작가들 이미 출근해서 회의 준비하고 있는데 소희, 싸늘한 얼굴로 출근한다.

소희   (소리한테 하는 말이지만 눈도 안 마주치고 가방 내려놓으며) 저기야. 나 좀 보자.
작가들   (누구)?
소희   (싸늘하게 눈빛으로 가리키는) 막내.

S#11. 방송국 / 사무실 일각 또는 로비 (아침)

막내 소리와 대면하고 있는 소희, 냉정하고 싸늘하게 이야기한다.

소희   나 너 되게 얌전하게 잘 봤는데.. 방송이 장난은 아니잖아.
소리   ... (소희를 멀뚱히 보고 있는)
소희   애기야. 이럴 땐 어느 정도 고개를 숙이고 있어야 하는 거야. 왜냐면 너 지금 혼나고 있거든.
소리   저는 사람 눈을 봐야 감정이 읽혀서.
소희   !!?
소리   (마지못해 고개 숙이는)
소희   이 팀이 너한테는 이력서 한 줄 쌓고 지나가는 팀이었는지는 모르겠어. 그치만 나한테는 강피디님이랑 나랑 몇 달 동안 잠 한숨 못 자고 런칭한 내 새끼 같은 프로그램이고, 니가 조연출이랑 연애를 하든 말든 내 알 바 아니지만 니 마음대로 그렇게 저급하게 장난질할 만큼 막장 팀도 아냐. 30년 전에 이혼했던 톱스타가 카메라 앞에서 재회할 결심 하는 게 보통 섭외로 됐을 것 같애? 매일 찾아가서 설득하고 사정하고 부탁하고 얼마나 어렵게
소리   (ol) 저도 이 프로 좋아하는데? 잘하고 싶고.
소희   ...허. 근데 그랬다구?

소리	그 예고 제 친구들은 완전 빵 터지던데.
소희	!! 너 아직 뭐가 잘못되었는지 모르고 있구나. 하..... 어떻게 해야 되지?
소리	제가 나갈게요.
소희	!!
소리	어쨌든 이번 일로 신경 쓰이게 해드려서 정말 죄송합니다. 강피디님한테도 따로 사과 문자 드렸어요.
소희	따로 연락을 했다고?
소리	피디님도 유튜브에 도는 거 계속 다시 봤대요. (자기도 웃으며) 솔직히 골때리긴 했다구 막 웃으시던데.
소희	(어이가 없는) 다들 미쳤구나.
소리	말이 그렇다구요. 제 자리 구해지면 인수인계까지 하고 나가겠습니다. 그럼..

어이없는 소희, 이때 강피디한테 문자가 온다.
[강피디: (E) 안작가, 삐졌어? 뭔가 대단히 대단한 오해가 쌓인 느낌인데 말이야 일단 내 전화 좀 받아줘. 응?]

이때 지연한테 전화가 온다.

소희	(무시하고 싸늘하게) 하여간 의리 없는 것들. (가차 없이 사무실로 향하는)

S#12. 요가원 '비움' (낮)

마무리 합장 자세 하고 있는 요가 지도자들.

선정	오늘 수행은 여기서 마치겠습니다. 나마스떼.
선생님들	나마스떼.

조명 켜지면, 머리 묶으며 정돈하며 일어나는 선생님들. 선국은 바로 이어폰을 끼며 정리를 한다.

선정	수고하셨습니다~ 점심 맛있게들 드시고 오후 수련에서 봬요. (선국한테) 수고했어~
선국	(씹는)
요가쌤1	(나가며) 수고하셨어요~ 점심 같이 안 드실 거죠?
선국	(쌩까는)
요가쌤2	(이어폰 눈빛으로 가리키는) 안 들려.
지연	(정리하고 있는 선국 옆에 와서 슬쩍) 난 피디님이 맨날 이어폰을 귀에 달고 있길래 리쓴투뮤직 중인가 했는데, 걍 쌩깐 거였구나, 다 들리면서.
선국	... (안 들리는 척 애써 태연)
지연	내 방에 커튼이 없어서 그런데 나 오늘 그 방에서 좀 자도 되나?
선국	네?????!!!!! (화들짝, 자동 반응해버린)
지연	(천연덕스럽게) 안 들리는 거 아니었음?? 어쩌나 난 아무 말도 안 한 거 같은데~ (뻔뻔하게 가는)
선국	....!!

S#13. 종이의 작업실 (낮)

종이, 밤새서 작업에 몰두 중이다.
작업실 일각, 구석에 쪼그리고 앉아 4부 19씬에서 하던 날갯짓을 하며 정전기 발생을 유도하는데 벚꽃 잎을 날리려다 바닥에 있던 작품 중 일부인 나뭇가지에 발이 걸린다. 어젯밤 지구가 술에 취해서 발에 걸렸던 나뭇가지다.

[인서트(어젯밤, 키스 전 상황)//
지구, 꽤 취해서 담배를 피우려고 자리에서 일어나다가 나뭇가지에 그만 발이 걸리고 만다. 으악!!!! 몸 전체가 날 듯이 붕 뜨며 빈백 위로 떨어지

는 지구. 만화의 한 컷처럼 빈백 안에 폭삭 묻혀버리고, 재빠르게 일어나려고 천장에 매달려 있던 줄로 손을 뻗는 순간, 지구의 손을 낚아채듯 잡아주는 종이의 손. 놀란 지구가 손을 확 잡아 뺀다는 게, 종이를 당기고 만다. 지구의 몸 위로 포개진 종이.

지구: 너무.. 말도 안 되게 포개진 느낌인데.

종이: 우리 소주 다섯 병 먹었어요. 충분히 자연스러워.

지구: 그럼 자연스럽게 일어날까요?

종이: (일어나려는데)

지구: 아님 자연스럽게 그거?

종이: !!

지구: 이럴 때 안 해보면 언제 해보나 싶어서 (눈을 질끈 감더니) 해보죠. 해요.]

종이, 마치 영감이 떠오른 듯, 종이예술 작업에 열중한다.

#. 시간 변화 몽타주.

날갯짓했다가, 벚꽃에 파묻혀 있다가, 정전기 실험하다가, 전기에 감전된 듯 쓰러져 있다가, 번개 머리로 일어났다가, 라면 먹었다가, 그렇게 몇 날 며칠이 가는 데에서.

S#14. 삼인방의 연립빌라 - 지구와 소희의 몽타주 (낮과 밤 반복)

#. 삼인방의 연립빌라, 지구와 소희의 일상생활 날 변화.

/멍하니 티비 보는 두 사람.

/말없이 밥 먹는 두 사람.

/거실 소파에 누워 책(솔로 50년, 술로 50년) 보는 소희, 휴대폰 게임하는 지구. 소희, 강피디한테 문자가 오는데 대충 보고 씹는.

[강피디: (E) 안작가, 전화 좀 받아주라. 진짜 오해야]

/거실에서 티비 보며 라면 끓여 먹는 두 사람.

/머리 말리는 지구, 커피랑 베이컨 등 아침 만드는 소희.

/머리 말리는 소희, 설거지하는 지구.

/부엌, 치킨에 소주 한잔하며 깔깔거리며 웃는 지구와 소희,

이때 소희, 강피디한테 문자가 오는데 보지도 않고 씹는.

[강피디: (E) 안작가, 오해라구.. 나 못 믿어?]

/컴컴한 거실, 혼자 티비 보고 있는 지구.. 잠시 후 술에 취해 들어와 눕는

소희.

/컴컴한 거실, 노트북 하고 있는 소희, 잠시 후 피곤에 쩔어 들어와 눕는

지구.

S#15. 선정과 선국의 단독주택 – 지연의 몽타주 (낮과 밤 반복)

#. 선정과 선국의 집, 지연의 일상생활 날 변화.

/지연, 소파에 누워 이어폰 꽂고 휴대폰으로 영화 보고 있다가 깔깔깔 웃는데, 선정이 들어와 주의 주자 바로 입 막는.

/방으로 들어가는 길에 재채기가 나오려 하자, 다급하게 쿠션으로 막고 최대한 소리 안 나게 재채기하는.

/지연이 머무는 손님방 – 선풍기 바람에 조심조심 머리 말리는.

/맥주 사 온 검은 봉다리 조심스럽게 오픈, 맥주 캔 따는 소리도 조심스럽게 눈치 보며 따는. (컷) 맥주 벌컥벌컥 마시고 행복한 표정 짓는.

/기지개 켜며 일어나는 지연, 창문에 커튼이 달아져 있는 거 보며 좋아하는.

/커튼을 젖히는 지연, 창밖을 보며 행복한 미소.

/부엌 – 도마 소리 조심해서 살글살금 뭔가를 만드는 지연.

/선정, 부엌에 지연이 정갈하게 차려놓은 한 상을 보고 놀라는.

/선국, 2층 방문 앞.. 지연이 놓고 간 한 상 차림을 열어보고 당황, 가지고 들어갈까 말까 하다가 그냥 놓고 들어가는.

/지연, 식탁에 다 먹은 그릇들이 올라와 있는 거 보며 미소 짓는.

S#16. 삼인방의 연립빌라 앞 (아침)

〈자막: 일주일 후〉

기분 좋게 출근하는 소희.
택배기사가 택배를 들고 들어오다가 소희를 보고 물건을 건넨다.

택배   (바쁘다) 3층이죠?

소희   (반갑) 아 네! 저 주세요! 감

택배   여기 한지연씨 꺼.

소희   (지연이란 말에 정색, 톤다운) 사합니다..

소희, 확 열이 받은 듯 분리수거함 쪽 일각으로 가며 지연에게 전화를 건다. 신호가 가다가 지연이 받는데, 모기만 한 소리로 받는다.

지연   (F) 여보세요?

소희   야. 넌 집 나간 애가 왜 택배는 계속 여기로 시키는 거냐?

지연   (F) .....

소희   여보세요?

지연   (F) ..그거 집 나가기 전에 시킨 거거든?

소희   야 무슨 옷 쪼가리가 일주일이나 걸려 구라 좀 치지 마.

지연   (F) 해외 배송은 그렇게 걸리거든! 알지도 못하면서

소희   (ol) 됐고. 분리수거함 옆 선반에 둘 테니까 알아서 찾아가던지. (퉁퉁거리며 분리수거함 쪽으로 가는)

지연   (F) 야!!!

소희   뭐?!!

지연   (F) 그게 얼마짜린데 그걸 거따 둬? 누가 가져가면

소희   (어이가 없는/ol) 얼마짜리건 내 알 바 아니거든!

지연   (F) 집에 놔둬. 이따가 찾으러 갈 테니까.

소희   (걸어가며 천연덕스럽게) 비밀번호 바꿨는데?

지연	(F) ….
소희	여보세요?
지연	(F) 그럼 문앞에 놔둬.
소희	나 출근해야 돼. 벌써 나왔어.
지연	(F/참다가 폭발) 야. 5분도 못 돌아가?
소희	(걸어가다 말고 정색하며 멈춰 서서는) 어. 너한텐 5분도 쓰기 싫어.
지연	(F) 아이씨.

S#17. 선정과 선국의 단독주택 / 손님방 앞 → 계단 (아침)

출근 준비를 마친 선정이 손님방 앞에서 지연을 부른다.

선정	선생님~~ 같이 출근할까요? (아무런 인기척이 없자 노크하는) 선생님~? (방문을 여는데 지연이 없다) 뭐야, 먼저 갔나?

이때 2층에서 하하하하하하하! 지연의 엄청난 웃음소리가 들린다. 놀란 선정이 웃음소리를 따라 계단을 올라간다. 마침 선국과 지연이 완전 크게 웃으며 계단을 내려오려다가 선정과 만난다.

선정	!!! 둘이 뭐 해?
지연	아니 선국씨가 키우는 마뱀이가 글쎄 완전 저한테 반해가지구! 침을 질질 ~ 완전 보는 눈은 있어가지고. 하하하.
선정	(진짜 모르는) 마 뭐?
지연	어머, 선국씨가 키우는 똥멍청이 귀염뿌짝 도마뱀 마뱀이 모르세요?
선정	!!
지연	(눈치) …모르셨구나.
선국	가죠.. (얼음처럼 굳어 있는 선정 옆을 쌩하니 가는)
지연	(민망, 그제야 눈치챈) 원장님… 마뱀이가… 넘 귀여워요….
선정	(획 돌아가는)

지연   ....

S#18. 선정의 차 안 (아침)

선정이 운전, 지연이 조수석, 뒷자리에 선국... 세 사람 모두 아무 말이 없다. 싸늘한 분위기.
지연, 눈치 보듯 창밖만 보고 있는 듯했는데 어느 순간 코를 골며 잔다.
점점 커지는 코 고는 소리... 선정과 선국은 말이 없다.
이때 적막을 깨고 지연의 벨소리가 울린다.

지연   (잠결에) 네... 성수씨.. 오늘요? 아무것도 없는데..
성수   (F) 지연씨 혹시 닭발 좋아하세요?
지연   환장하죠...
성수   (F) 제가 닭발 환장하게 잘하는 데를 아는데요.
지연   (ol) 저두 아는데..
성수   (F) 어? 혹시..
지연/성수 (동시에) 오복집????? (해놓고 동시에 놀라서) 어머어머 대박!!!
지연   (잠 번쩍) 성수씨 오복집 알아요? 저 거기 대학 때부터 단골인데?
성수   (F) 전 거기 사장님이랑 형 동생 먹은 사이입니다!!! 하하하하!
지연   (오도방정) 어머어머어머어머 웬일이야 웬일이야 웬일!!! (옆 눈치 보고 목소리 낮춰서) 아 죄송해요 성수씨. 제가 지금 차 안이라.. 그럼 이따 오복집에서 봬요! (전화 끊자마자 선정의 눈치 살피는) 죄송해요. 시끄러웠죠?
선정   ... (무표정으로 앞만 보고 운전 중)
지연   (눈치) 그때 소개팅해주신 분 닭발 애프터가 들어와서... 안 궁이시구나.

S#19. 요가원 '비움' / 차크라 방 (오후)

선국이 카메라를 세팅하고 있는데 선정이 들어와서 싸늘하게 말한다.

선정	도마뱀을 키워?
선국	...
선정	지연쌤 방에도 들였니?
선국	그럼 안 돼?
선정	나는 근처도 못 오게 하면서 참나. 심지어 난 너 때문에 평생 티비 한번 제대로 본 적 없고, 밥그릇 소리 한번 내본 적 없는데... 지연쌤은 괜찮다 이거지? 코를 골던 시끄럽게 전화 통화를 하던?
선국	(뻔뻔하게) 어.
선정	뭐?
선국	그 사람이 내는 소리는 안 거슬린다고.
선정	내가 내는 소리는 거슬리고?
선국	...
선정	너 진짜 개 좋아하니?
선국	왜, 또 만나지 말라고 협박하게?
선정	(기가 찬) 허! 야. 내가 언제 협박을 했어. 그리고 한지연쌤이 만나지 말라고 협박한다고 들을 사람 같아? 한지연쌤은 내가 뭐라건 너한테 관심도 없거든? 개가 뭐가 모자라서 너 같은 환자한테..!
선국	(소리 꽥) 너 때문이잖아!!!!!! (뼈 있게) 넌 환자 아냐!!!!!?
선정	(어이없는) !! 이게 진짜!!!!!

S#20. 삼인방의 연립빌라 / 거실 (오후)

머리를 말리며 나오는 지구. 남자처럼 로션을 대충 찍 짜서 얼굴에 몇 번 두들기고 마는데... 화장대 위에 소희의 쪽지가 있다.
[쪽지 인서트// 오늘은 로션 끝! 하지 말고 좀 처발처발 하고 벽에 걸어둔 거 입고 좀 샤방샤방 하자. 데이트 잘 하고 와. 파이팅!!]

보면, 화장품 세트와 벽에는 원피스가 걸려 있다. 지구, 피식 웃으며 조심스럽게 거울을 보고 화장품을 발라보는 데에서..

(E) (지연) 진짜 몰라요?

S#21. 오복집 / 바 (저녁)

바에 앉아 있는 지연.

지연 사장님이랑 형 동생 먹었다던데?
동배 안성수? 누구지? 여기 오는 애들은 뻑하면 형 동생이래~

이때 성수가 들어오며 지연을 본다.

성수 지연씨!!!
지연 어? 성수씨다!
동배 (성수를 보고) 테디??
지연 테디?
성수 형!!!!!
동배 테디 이 새끼!!! (그러고 보니) 야 니가 성수였어? (서로 안으며)
성수 저는 영원한 테디죠~~ (서로 안는)
동배 이 새끼 형이 너 얼마나 기다렸는데!! (지연한테) 아냐, 애는 진짜 내 동생 맞어! 나 여행하면서 얘 없었음 지금 없었다!

컷 튀면, 신나서 이야기 중인 성수. 완전 몰입해서 듣고 있는 지연.
리액션 합이 척척이다.

성수 삿뽀로에서 막 차를 렌트해 가지고 공항을 나오는데, 저는 좌회전을 하려고 신호대기 중이었거든요. 아 근데 신호가 바뀌는 순간! 앞에 서 있던 차가 어! 어! 어!!!!!!!! (완전 과몰입한 하이톤, 몸짓까지 섞어서) 안 돼!!!!!!!

지연   (과몰입) 설마 우회전?

성수   사실 신호 바뀌기 전부터 앞차 서 있는 모양새가 희한하게 한국 사람 같다는 느낌이 들긴 했거든요. 차 궁둥이가 딱 우회전하겠더라고. 근데 아니나 달러? 신호가 바뀌는 순간에 진짜로 우회전을??! 저거 완전 돌았네?

동배   (닭발을 내오며) 그게 나다!!!

지연   (눈 가리며) 어머어머어머머머 어떡해!!!!

성수   내가 진짜 0.000001초 더 빠르게 크락숀을 빠앙!!!!!!!!!!!!!!!!!!!!!!!!!!!!!!

동배   나도 순간적으로 브레이크를 빠악!!!!!!!!!!!!!!

성수   그 순간에 우측에서 엄청난 대형 5톤 트럭이 빛의 속도로 부아아아아아아앙~

동배   깻잎 한 장 차이로 내 앞으로 슙~~~~~

성수   어우 보는데 그냥 식은땀이 좌악----

지연   (과몰입) 아 진짜 사장님 완전 개죽음당할 뻔했네!

동배   뒤에 이 자식 없었으면, 난 그때 그냥 갔어. 흔적도 없이.

성수   완전 식겁을 해가지고 한동안 차 두 대가 미동도 없이 조용.....히 서 있었다니까요. 내려서 앞으로 가보니까 저 형 얼굴이 허---얘가지고 넋 놓고 앉아 있는데...

동배   이 새끼가 뭐랬는지 알아?

성수   "아 진짜 운전 좆같이 하시네요! 축하드립니다!! 다시 태어나신 걸."

지연   하하! 사장님 부활하신 기념으로 오늘 쏘세요!!!!

동배   당연하지. 얘는 평생 안주까지 다 공짜야

지연   (성수를 보며) 와우! 친하게 지내요. 우린 술만 공짜거든요.

성수   잠깐, 그럼 혹시...

그러고 보니, 닭발과 함께 올라와 있는 미지근한 소주.

성수   지연씨가 그.. 사장님이 얘기한 미쏘 삼인방?????

지연   (이쁜 척하며 자랑스러워하는)

성수   와우. 그 진상 중 한 명이랑 내가 소개팅을 하다니! 오 마이 데스티니!!!!!

동배	더 신기한 건 내가 이 자식이랑 배낭여행 하면서 그랬거든. 한국 가면 딱 너랑 똑같은 여자애가 하나 있는데 소개시켜준다고.
성수	그게 지연님?!!!!!!! 오 마이 데스티니 더블 크라이스트 쌍치-즈!!
지연	성수씨, 우리 사장님 살려주셔서 진짜 감사해요!! 짠!!!!!!!

셋이 건배, 맥주 마시는 성수와 지연을 흐뭇하게 바라보던 동배.

동배	근데 소희랑 지구는 일케 얼굴들을 안 비춰?
지연	....!!

이때 문이 열리고 손님이 들어오는데, 전화 통화를 하며 들어오고 있는 종이다.

동배	(술 먹은 입 급히 닦으며) 어서 오세요~!

종이, 지연과 성수를 먼저 보고 멈칫, 그대로 뒤돌아서 나간다. 그런 종이의 뒷모습을 바라보는 동배.

(E)	(종이) 다행히 제가 먼저 보는 바람에 그분들은 절 못 봤어요.

S#22. 삼겹살집 (저녁)

종이랑 만난 지구. 삼겹살이 맛있게 익어가고 있다.

종이	그때 그 남자분이랑 계신데 여전히 엄청 밝으시더라구요.
지구	(고기 구우며 화제 전환) 오늘은 애(삼겹살)한테 좀 집중하고 싶은데.
종이	그럼요! 저희 그날 여기서 제대로 못 먹었잖아요.
지구	(익은 고기를 종이의 접시에 주는)
종이	아 고맙습니다. (먹자마자 격한 리액션) 오... 오..!

지구	뜨거울 텐데.
종이	(입 안에 고기 넣고 아이처럼 놀란) 왤케 맛있지? 그날 먹은 고기 맞아요?
지구	(피식 웃으며 익은 고기를 종이의 접시에 놔주며) 이 집 원래 맛있는 집인데 그날 좀 누명을 쓴 거 같아서, 다시 사드리고 싶었어요.
종이	(삼겹살에 과몰입) ..오 이거 완전 미쳤는데?
지구	(미쳤다는 말에 멈칫)

[인서트(과거)// 지연, 소희, 지구. 걸신 들린 듯 먹고 있는 세 사람.
불판 위에는 익은 삼겹살과, 각종 모둠 버섯들, 그리고 익은 김치가 함께 올라와 있고, 세 사람 너무 맛있게 흡입 중이다.
소희: 미쳤다 미쳤어.! 야 김치 먹어봐. 삼겹살 기름에 구우니까 완전 미쳤어!
지연: 야. 버섯도 미쳤어. 아 이거 참기름 미쳤네. 빨리 먹어봐.
지구: (버섯이랑 김치랑 삼겹살 동시에 같이 먹으며) 니네는 뭐 맨날 미치냐. (먹자마자) 아 씨발 미쳤다!
소희: 2인분 더?
지구: 2인분에 김치말이 가자!
지연: (속사포로) 사장님~~! 여기 삼겹살 2인분이랑, 김치말이국수 하나랑, 참이슬 두 병이랑 계란찜이랑 모둠 버섯 추가할게요. 많이많이 듬뿍 주세용~!!
지구: 랩이냐? (웃는 데에서)

종이	(E) 친구 생각하죠?

잠시 회상하며 자기도 모르게 피식 웃던 지구에게 소주를 따라주는 종이.

지구	(소주를 받으며 나름 의연하게) 친구들이 워낙 여길 좋아했어서.
종이	지구님 친구들은 언제 어디서나 넘사벽인 것 같애요. 어떻게 해야 제가

넘을 수 있지, 나두 말 놓으면 되나? 친구처럼.

지구   (입에 고기 넣으려다 말고 정색) ..싫은데요.

종이   다른 사람들한텐 툭하면 놓으시던데.

지구   그래서 싫은 건데. (잠시 보다가) 너도 똑같이 놔줘?

종이   (쫄았음) 아, 다시 높여주십쇼.

지구, 종이의 소주잔에 소주잔을 카리스마 있게 부딪치는 데에서..

S#23. 부대찌개집 (저녁)

녹화 후 회식 자리다. 다 같이 건배하는. "수고하셨습니다~" "수고하셨습니다~"

소희   (대수롭지 않게 얘기하는) 녹화 고생 많았구, 겸사겸사 소리 송별회도 같이 하는 걸로 할게~

작가들   네??? / 송별회요? / (소리와 부대찌개를 번갈아 보며 황당)

홍석   (알고 있었던 듯 표정 안 좋은)

소희   (웃음기 없이) 내 주변에 메인들은, 되게 믿고 서운했던 후배들 송별회 해줄 땐 한우 사준대. 앞으로 볼 일도 없으려니와 미운 놈 떡 하나 더 준다는 심정이라나. 근데 나는 그건 못하겠어. 행여나 내가 사준 한우를 본인이 잘했다고 착각하진 않을까 싶기도 하고, 그나마 서운한 마음이라도 갖고 가면 앞으로 어느 프로를 가던 두고두고 같은 실수는 안 할 테니까. (혼자 마시는)

혜경   (소리한테 낮게) 너 뭐 잘못했어?

소리   (앞만 보고 있는)

소희   뭘 잘못했는지는 굳이 밀 안 할게. 앞으로 일하는 데 흠 되게 하고 싶진 않으니까.

소리   (다소 비웃듯) 상관없는데. 저 어차피 작가 안 할 거다.

일동   !!!! (완전 놀란, 홍석도 놀란)

소희	뭐?
소리	(당당하게) 공무원 시험 준비하려구요. 6급.
소희	하..! (황당하다) 니가?
소리	작년에 7급도 붙었었는데 작가 해보는 것도 재밌을 것 같아서 안 한 거라. 놀 만큼 논 거 같기도 하고.
작가들	쟤 뭐야...? (너무 놀라 소주잔을 떨어뜨리고 / 입 떡 / 침 꼴깍)
소리	다들 그동안 감사했어요. (소희를 향해) 그리고 언니, 제가 워낙 기억력이 없어서 이번 실수를 두고두고 기억할지는 모르겠지만, 노력해볼게요. 언니는 빨리 잊으세요. 저 같은 후배 계속 생각해봤자 정신건강에만 안 좋으니까.
소희	(한 방 먹은 표정... 술을 들이킨다) 하..! (당황) 그건 내가 알아서 할게. (술 꿀떡)
혜경	쟤 뭐야..
아름	저런 캐릭터였어?
소리	(혼자 원샷 하더니) 아 맞다! 그리고 언니, 엊그제 사과하라고 하신 거 있잖아요.

[인서트// 삼인방의 연립빌라 (밤)

〈자막: 이틀 전〉

소희, 술이 완전 떡이 되어서 소파에 쓰러지더니 전화를 건다.
소희: (만취) 야!!! 윤소리! 씨발 너 나랑 강피디한테 FWB라 그랬냐? 아 나, 니가 진짜 선배 알기를 뭣 같이 아는구나!! 사과해! 사과하라고!!! (바로 잠든)
지구: (손톱 깎으며 티비 보고 있다가) 그렇게 하구 잔다구?]

소리	사과는 좀 그럴 것 같아요. FWB가 없는 말 한 것도 아니고.
아름	(귀엣말) FWB가 뭐야?
영인	(귀엣말) 섹파...
소리	언니랑 피디님이랑 모텔 드나든 거 여기 있는 사람 다 아는데 그냥 이 자리에서 까세요. 그럼 다들 뒷담도 안 할 거예요.

세미	(소리한테 경고) 야 그만해.
혜경	(째려보는) 야!
소희	(들고 일어나려는데) 이것들이 진짜!
(E)	(북구) 짠~~~~~~~~~~~!!!!

이때 어디선가 북구가 꽃다발을 들고 서프라이즈를 한다고 신나서 등장한다.

북구	써프라이즈!!!!!!!
일동	!!!
홍석	미치겠다.
치영	(곧 울 듯) 저는 이런 분위기일지 모르고 오셔도 된다고.. 죄송해요 팀장님.
북구	나도 이런 분위기일 줄은 몰랐는데. 하하. (꽃다발을 소희한테 주며) 안작가, 일단 받아볼까?
소희	(하필 이 시점에, 완전 당황 + 열받은) 이걸 내가 왜 받아요!!!!!? 얘네들이 피디님이랑 저보고 뭐라고 하는지 알기나 해요?
북구	...F 그 뭐시기? 근데 그거 내가 찾아보니까 그렇게 나쁜 뜻은 아니던데. 온니 섹파랑은 또 좀 달라 안작가가 오해..
소희	(ol) 야!!!!!!!!
일동	(정적)
소희	이 새끼가 미쳤나 진짜!!!!!!!!!!!
북구	오해...라니까... (고개 푹. 벌서는)
소희	나 일단 이 자리 더 이상 못 있겠고!!! (일어나서 가방 메는데)
소리	(혼자 자작을 하며 살짝 취했지만 읊조리듯 뼈 있게 하는 말) 그만 좀 하세요 언니. 솔직히 언니도 강피디님 좋아하시잖아요. FWB가 어떤 뜻이고 뭐 그런 게 뭐가 중요해요? 남들이 뭐라고 씨부리든 말든, 믿음이 가든 말든, 그 사람을 떠올렸을 때 따뜻하면.. 따뜻한 게 맞는 거예요. 단순하게 생각하세요.
소희	...!

소희, 한 대 맞은 얼굴로 북구와 소리를 번갈아 보는 데에서...

S#24. 오복집 (저녁)

많이 취한 지연과 성수.

지연   (신나서) 우리 노래방 갈까요?
성수   대리 불렀다고 3초 전에 얘기를.
지연   (그저 신남) 맞다 맞다.
성수   제 차에 블루투스 마이크 있는데 달리는 노래방 어때요?
지연   음 너~~~~~무 좋다! (소주병에 마이크를 꽂고) 이건 마이크!!!
성수   (정색) 마이크 있다고. 말 좀 똑바로 들어라.
지연   맞다 맞다!! 근데~ 우리 원장님이랑은 어떻게 아는 사이에요?
성수   아 누나는 대학 때 같은 과 선배였는데 갑자기 잠수 타가지고 졸업은 같
       이 못 했고.. 하여간 그 누나도 또라이 또라이 완전 또라이.
지연   어머 왜요?
성수   얌전~하게 학교 다니다가 어느 날 갑자기 술 엄청 먹고 욕하고 부수고..
       칼 들고 그랬다는 얘기도 있고.. 설마 지금도 그러나?

S#25. 선정의 집 근처 / 골목 → 집 문 앞 (저녁)

어두운 골목. 저만치 취한 선정이 벽에 손을 기대어 괴로운 듯 가래를 뱉
고 있는 풀샷. 이내 정신을 차리는 듯.. 힘겹게 비틀 골목길을 걸어오는 데
에서...

지연   (E) 흠.. 글쎄요. 아무리 끝 간 데 없이 먹어도
       돌아오는 길 하나는 남겨두자고 했는데..

그래서 어떻게든.. 오고는 있을 거예요.

선정, 저만치에 자신의 집을 바라본다. 성수가 부르는 자우림의 「고잉홈」
이 배경음악으로 깔린다.

[회상 인서트// 몽타주. 선국의 방문 앞.
선국(5세) - 해맑게 누나한테 들어오라고 손짓하는.
선국(10세) - 약간 예민해진 선국, 방문 앞에 '누나만 들어올 수 있음'이라
고 붙여놓고 경계하며 들어가는.
선국(중학생) - '누나만 들어올 수 있음'에서 누나를 박박박 지워서 없애
고 나가는.
선국(대학생) - 문고리에 자물쇠를 잠그고 나가는.]

어느새 집 앞에 도착한 선정. 문 앞에서 문을 못 열고 그대로 서 있는 데
에서...

S#26. 도로 / 대리가 운전하는 성수의 차 안 (저녁)

자우림의 「고잉홈」을 부르고 있는 성수. 1절이 끝나고 간주가 나오자 마이
크에 대고 지연에게 말한다.

성수   (엠씨톤) 저는, 집으로 돌아가는 길에 종종 이 노래를 부르곤 합니다.
한 시대를 같이한 형제, 남매, 자매들의 그 애틋함이 느껴지지 않습니까?
이 척박한 세상 월세든 전세든 비록 자가는 별로 없지만 집이 있다는 건
참으로 다행인 일입니다.
따뜻한 집, 편안한 집, 사랑하는 사람이 함께하는 집, 때론 니가 사는 그
집, 그 집이 내 집이 되었어야 했지만 즐거운 곳에서는 날 오라 하여도 내
쉴 곳은 작은 집 내 집뿐 아니겠습니까?
즐거운 나의 집으로 분위기 이어가보도록 하겠습니다.

노래 '즐거운 나의 집', 심취해서 정성껏 부르기 시작하는 성수.
이때 신호 때문에 차가 멈춰 서고, 지연의 시선이 옆 차에 타고 있는 누군
가에게로 향한다.

S#27. 삼인방의 연립빌라 / 거실 (저녁)

소희, 순댓국에 소주 한잔하며 티비로 영화를 보고 있다.
이때 지구가 들어온다.

소희　　빨리 와, 순댓국 지금 왔어.
지구　　어, 씻고 올게!

컷 튀면, 씻고 편한 옷으로 갈아입고 소희 옆에 나란히 앉는 지구. 순댓국
에 소주를 기울이며 티비에 집중한 두 사람, 평온하고 자연스러워 보인다.

소희　　(티비 보면서) 그거 알지. 한지연 있을 때는 우리 이렇게 영화 보면서 술
　　　　못 먹었다.
지구　　좀 떠들어야지 개가.
소희　　그니까.

(시간 경과. 디졸브) 발톱에 매니큐어 바르고 있는 소희와, 티비 보는 지
구.

소희　　어떻게 한 사람 나갔다고 이렇게 바닥에 머리카락이 하나 없냐?
지구　　개가 좀 빠져야지.
소희　　난 저 방이 저렇게 큰 줄 이제 알았다니까?
지구　　그래~ 옷이 좀 많았어야지.

(시간 경과) 소희는 소파에 누워 있고, 지구는 소파에 기대앉은 채로 캔 맥주 부딪치는 두 사람. 영혼 없이 티비 보며.

소희/지구 (동시에) 근데

소희 너부터 말해~

지구 아냐 난 별게 아냐. 너부터 말해.

소희 난 진짜 별게 아니라서.

지구 아니.. 진짜 별거 아닐 때 생각나긴 하더라?

소희 ...?

[인서트(최근)// 어느 음식점 안. (낮)
지구, 포장을 기다리는데.. 오른쪽으로 짝다리를 딛고 서 있다.
문득 떠오르는 지연의 말.
지연: (E) 강지구. 너 말야... 왼쪽 다리가 오른쪽 다리보다 긴 거 몰랐지.
지구, 멈춰서 자기의 다리를 내려다보는.]

지구 (E) 진짜진짜 별거 아닌 거에서....

[인서트(최근)// 구내식당. (낮)
작가들과 밥 먹는 소희, 오른쪽으로 막 씹어 먹고 있는데 지연의 말이 떠오른다.
지연: (E) 안소희. 너도 왼쪽보다 오른쪽 턱 근육이 더 발달한 거 몰랐지.
소희, 막 씹다가 갑자기 일순 정지되는.]

소희 (E) 근데 솔직히 진~짜 별거 아닌 거긴 하잖아.

[인서트(최근보다 며칠 전)// 삼인방의 연립빌라.
식탁 의자에 왼쪽 다리 올리고 라면 먹고 있는 지연. 앞에서 같이 라면 먹고 있던 소희와 방에서 옷 입고 나오던 지구가 지연에게 묻는다.
지구/소희: 그럼 어떻해?]

지연: 뭘 어떡해. 간단하지~ 내가 지금까지 30년 동안 오른쪽 다리를 올리고 밥을 먹었거든? 그래서 앞으로 30년은 왼쪽 다리만 올리고 먹으려고.

지구/소희: 헐..

지연: 그니까 소희는 오늘부터 왼쪽으로 씹어 먹고, 지구는 왼쪽으로 짝다리 짚음 돼. 오케?]

[인서트(최근)// 어느 음식점 안. (낮)
지구, 오른쪽으로 짚었던 짝다리 중심을 슬쩍 왼쪽으로 중심 이동한다.]

[인서트(최근)// 방송국 구내식당. (낮)
소희, 오른쪽으로 씹었던 음식을 슬쩍.. 왼쪽으로 이동해서 씹는다.]

지구   (E) 뭐... 나름 과학적.. 아니 뭐 과학이라기보다 일리가 있다 정도?

소희   (E) 그니까 속는 셈 치고 한번 해보는 거지. 안 하는 거보다야 나으니까.

소희   (누워 있다가 벌떡 일어나며) 야, 너 또 괜히 마음 약해져서 이제는 괜찮다는 둥 이해가 간다는 둥 그딴 소리 하지 마. 친구도 친구일 때까지만이야. 걔는 진즉 우리 선상에서 아웃 됐어. 내가 너 그렇게 안 둬.

지구   (맥주 한 모금 먹고) 근데.. 한 번도 미운 적이 없다?

소희   ...!

지구   머리로는 미워. 근데 뭐 머리로만 사는 것도 아니고. (다 포기한 사람처럼) 이건 그냥, 안 미운 게 맞는 거 같애~

소희   (한 대 맞은 듯) !!

[인서트(23씬 플래시백)// 조금 전 부대찌개집
소리: 남들이 뭐라고 씨부리든 말든, 믿음이 가든 말든, 내가 그 사람을 떠올렸을 때 따뜻하면, 그냥 따뜻한 게 맞는 거예요. 단순하게 생각하세요.]

소희   (뭔가 깨달은 듯) 참나...

지구   화났어?

소희	(힘없이) 아니. 그냥 누가 한 말이 생각나서. 난 년이다 난 년. (술을 마시며) 공무원도 잘하겠네.
지구	공무원?
소희	있어. 오늘 나한테 한 방 먹인 애.
지구	(일어나며) 한 대 피우고 온다~
소희	같이 가~ (힘없이 따라 일어나는)

S#28. 삼인방의 연립빌라 앞 (저녁)

지구가 담배를 피우고 있다. 옆에서 소희가 스트레칭을 하며 달을 본다.

소희	달 밝네~~~ 이제 겨울이다! 지금 산속이었으면 엄청 추웠겠지?
지구	미친 듯이 나무 해대고 있겠지.
소희	너 근데 슬슬 담배 다시 핀다?
지구	바꿔야지.. 전자담배로.
소희	헐..
지구	(저 멀리 뭔가를 보는) 야 저거.... *#$ (제대로 발음 못 하고) 아니냐?
소희	...누구? (두 눈에 초점을 맞추며 보는)
지구	(괜히 쑥스러움에 작게) 한지연 아니냐고.
소희	한지연?

총총 걸어오던 지연, 애들과 눈이 마주치고는 자존심에 걸음걸이가 느려진다.

소희	(살짝은 수그러든, 하지만 여전히 툭툭) 뭐냐? 술 먹고 잘못 왔냐?
지연	내 택배 가지러 왔거든?
지구	(소희한테) 뭔 택배.
소희	있어. 쟤 꺼. (지연한테) 분리수거 하는 데로 돌아가봐. 아까도 거기 있더라.

지연   (애처럼 화내는) 진짜 거기다 뒀어?!!!!
소희   내가 거기다 둔다고 했잖아!
지연   아우씨 진짜 없어졌기만 해! 그거 완전 비싼 거거든!
소희   내 알 바 아니라고 했거든!?

        지연, 열받은 듯 툭툭거리며 분리수거함 쪽으로 가려다가 툭 건네는 말.

지연   맞다 나 오늘 아빠 봤어!
소희/지구 (동시에 완전 놀라는, 바로 과몰입) 뭐????? / 진짜야?
지연   어. 차에서.
소희   차에서 어떻게?
지연   신호에 멈췄는데 옆 차에 타 있더라고.
지구   대박. 근데 아빤 줄 어떻게 알았어???
지연   그냥 아빤지 알겠던데?
소희/지구 에이~~~ (동시에 안 믿다가, 동시에 믿는) 진짜???
지연   진짜라니까. 딱 아빠였어.
소희   (과몰입) 그니까 어떻게 딱 아빠였는데!!
지연   신호에 걸려서 옆 차가 멈췄는데 갑자기 문을 내리면서 누군가가 팔을 꺼
        내서 기대는 거야. 그때 딱 알겠더라고.
지구   말이 돼??
소희   뭐가 있었겠지!?
지연   그냥 딱 저 팔이다 싶더라고!
        내가 맨날 그랬잖아! 언젠가 우연히라도 아빠 만나면
지구   (완전 흥분) 한눈에 알아볼 수 있다고! 맞네 맞네!!!!
소희   (지구한테) 넌 그걸 믿었어?!!!
지구   가만 보면 니가 제일 믿음이 없다니까!!!!
소희   (째려보고) 아니 그래서 어떻게 했는데?
지구   야 추워 일단 들어가면서 얘기해!
지연   아니 그래가지고!!!! (뭐라뭐라 계속 열 내서 이야기하는)

완전 과몰입해서 지연이의 말을 들으며 현관으로 들어가는 삼인방의 뒷모습 풀샷으로 멀어지며..

소희Na   **딱히 화해 같은 건 없었다.**
그렇게 우린.. 집으로.. 돌아갔다.
아주아주.. 자연스럽게.

- 11부 끝 -

🍶12부

세 시간, 그리고 1년..

S#1. 삼인방의 연립빌라 / 현관 (밤)

카메라가 거실에서 불 꺼진 현관을 비춘다.
비밀번호 누르는 소리와 함께 문이 열리고 삼인방이 들어와 불을 켜는 순간부터 카메라는 풀샷으로 픽스된 채, 귀가한 세 사람의 자연스러운 풍경이 보여진다.

소희 (식탁에 먹다 둔 거 치우며) 야. 근데 튀어나온 팔로 아빠를 알아본단 게 말이 돼? 얼굴도 안 보고.

지구 (냉장고에서 물 꺼내 마시며) 얼굴도 봤겠지~

지연 (옷 갈아입으러 들어가며 off) 어, 차 출발하는 순간에 봤지.

[인서트// 성수의 차 안 상황.
대리기사가 옆 차보다 조금 더 빨리 출발하면서, 슬로우로.. 옆 차의 뒷자리에 탄 남자(지연부)의 얼굴이 지연의 시야에 들어온다. 마침내 드러나는 옆모습.]

지연 (E) 두개골부터, 이마 코뼈, 광대뼈, 턱관절까지.. 모든 쉐입이 딱 들어맞더라.

지연 (옷 갈아입고 방에서 나오며 머리 묶으며 소파에 앉는) 어릴 때 목소리만 들고 견적냈던 딱 그 싸이즈 그대로.

소희   (식탁 닦다 말고) 야 너 자연스럽게 내 옷 입고 나온다?

지연   내일 옷 가져와야지~ (소파에 반만 누우며 화장실 들어가는 지구를 보
           며) 어우~ 완전 편해! 지구야 나 칫솔 좀!

지구   (화장실로 들어가며) 그래서 그 차 따라 안 갔어?

지연   진짜 신기한 게.. 다음 신호에서 똑같이 멈췄어.

소희   (화장대 앞에 앉으며 화장 지우는) 진짜?

지구   (지연이 칫솔에 치약 묻혀 나오며) 아빠 맞네~

지연   (칫솔 받으며) 근데 그 순간에 딱 통화를 하더라? 본의 아니게 목소리까
           지 들었지.

[인서트// 성수의 차 안.
노래 부르고 있는 성수..
지연: 잠깐만, 잠깐만 조용히 해주면 안 될까요?
성수: 쉬잇.
지연부: (옆 차에서 전화 통화를 하는데) !@@#$#%% 기억이1#$$%^ 학교
*에서 !#@$#$%^%^*
지연: (귀담아듣는 데에서)]

지연   (칫솔질하는 도중에 계속) 기억. 학교에서. 이게 내가 정확하게 들은 두 글
           자야. 근데 하고많은 단어 중에 왜 기억이고, 왜 학교였을까?
           와이프가 전화해서 "당신 그거 어따 뒀어?" 하니까 "기억이 안 나."
           "오늘 내가 일찍 오라 했지?" 하니까 "글쎄 기억이 안 나는데? 뭐 이런 말
           이었을 수도 있고.. 자식이었을 가능성도 있지. "오늘 학교 잘 다녀왔어?"
           "학교에서 무슨 일 없었구?" 아니면, 교수인 거야. 학교가 직장인 거지. 기
           억, 자기가 연구하고 있는 분야에서 나온 어떤 단어인 거고.

소희   (머리 묶으며 영 못 믿겠는) 그게 그렇게 된다고..?

지구   (물 내리며 나오며) 오, 그럴 수도 있겠네. 교수..

소희Na   (두 사람을 번갈아 보며) **가만 보면 지연이의 얘기를 가장 잘 믿어주는 사**
            람은 늘 지구였다.

지연	그니까~ 뭔가 지적인 느낌이 빡 오더라고.
지구	(다시 냉장고로 가서 문 열고 서 있는) 교수면 지적일 수 있지.
지연	그리고 제일 결정적인 건 그 순간에 갑자기 바람이 확 불었거든?
지구	뭐 또 맡았어?

[인서트 짧게// 도로. 차 안.
바람이 확~ 불면서 지연이와 지연부의 머리카락도 흔들리는.]

지연	(혼자 심취해서) 응. 종이 냄새랑 쇠 냄새 같기도 한 묘-하게 섞인... 아빠 냄새.
소희	암만 봐도 MSG가 너무 많은데.. (지연이 양치질하며 거품을 바닥에 흘리는 걸 보고) 어우 야..! 쫌!!!!
지구	(냉장고에서 맥주를 꺼내 오는 동선에서 거품을 말없이 닦아주고 가는)
소희Na	(화장대 거울로 지구를 보며) **그러고 보면 제일 자상한 것도 강지구고..**
지연	그 순간에 알았지. 두 번이나 같은 신호에서 멈추고, 하필 내 옆에서 차 문을 내리고, 굳이 통화를 하고, 또 그 순간에 바람이 불고.. 이 짧은 순간에 얼굴, 목소리, 냄새까지 다 나한테 전해졌단 건..
소희/지구	(궁금한 얼굴)
지연	이미 다 만난 거구나. 이제 내가 해야 할 일은, 가슴에 담는 거구나...
소희	(방에 처박아두었던 지연의 매트리스를 가지고 나오며) 야 이제 좀 행구지?
지구	(지연의 매트리스 자연스럽게 같이 깔며) 그래 가서 행구고 와라.
지연	웅! (화장실로 쪼르륵 들어가는)
소희	(이불 펴며) 결국 안 따라갔다는 거지?
지구	(태연) 그렇긴 한데.. 차 번호를 외웠든, 블박에 찍힌 거 알고 있든... 뭐 하나는 있어. 아니면 저럴 수가 없지.
소희	....아......
소희Na	**가만 보면 지연이를 제일 잘 아는 것도, 지구다.**

컷 튀면, 불 꺼진 거실, 예전처럼 셋이 쪼르륵 누워 있다.

지연   (지구 쪽 보며) 근데~ 나 없으니까 좋았어?

지구   (눈 감고) 그냥 그랬어.

지연   (소희 쪽 보고) 근데~ 넌 왜 안 보던 사이에 밤에 머리 감는 애로 바뀌었
       냥?

소희   (젖은 머리로) 머리 감은 거 아냐. 발 닦을라다가 샤워기에서 물벼락 맞았
       어. 요즘 샤워기 완전 이상해.

지구   (눈 뜨고) 어? 나도.

       [인서트// 수전에서 물 트는 지구의 손.
       꼬여 있던 샤워기에서 물이 확 나오면서 샤워기가 아래로 떨어지고 물 튀
       고 난리가 났다. "아이씨!"]

지구   (E) 천정에서 나오던 물이 갑자기 샤워기로 나오더라고.

소희   ..뭔 소리야. 원래 샤워기로 나왔어. 천정에서가 아니라.

지구   아닌데. 난 항상 천정에서 나오는 걸로 썼는데?

소희   그럼 니가 쓰고 샤워기로 돌려놨나 보지.

지구   내가 왜?

소희   나도 아닌데. (가만 생각해보니, 지연을 보는) 뭐야, 너야?

지구   맞네. 얘 가고 나서부터 맨날 물벼락 맞았으니까.

지연   (무슨 말인지 모르겠다는 표정)

지구   (생각해보니) 근데.. 지연이 나간 후로 티비 전원도 이상해지지 않았냐?

소희   (발딱 일어나며) 맞어! 나 요즘 티비 켤 때마다 짜증 내잖아!

지구   티비 켜면 셋탑이 안 켜지고, 셋탑 켜면 티비 전원 꺼지고!

소희   맞아. 분명히 옛날엔 한 번에 켜졌거든?

지구/소희 (동시에 지연을 보는)

지연   왜 또 날 봐?

지구   (벌떡 일어나며) 맞네. 샤워기도 그렇고 티비도 그렇고, 다 얘가 맞춰놓고
       있었네.

지연   나 그렇게 한가한 캐릭터는 아닌데 말이야 얘들아. 만약에 내가 겁나 심

심해서 그랬다 치자? 다음에 누가 와서 언제 씻을 줄 알고 내가 매번 샤워기를 니네 맞춤형으로 돌려줘? 내가 뭐 점쟁이야? 아님 나 화장실에 사니?

지구   (다시 누우며) 그래. 그건 말이 안 되는데.

소희   (이해 불가) 근데 넘 희한하지 않아?

지연   귀신이네. 아 몰라 몰라~~~ 음~~~ 좋다!!! 우리 집이 쩨일 좋아~~~
           그래서 나 온 거 싫어? 좋아? (장난치는 데에서)

소희Na   (누워서) **아직도 샤워기와 티비 전원의 미스테리는 풀리지 않았다.**
           확실한 건, 지연이가 돌아온 그날부터,
           샤워기도 티비 전원도 다시 전처럼 돌아왔다는 거다.
           이게, 말이 되냐고.. 참나.

서서히 아침 해가 뜨는 데에서 소타이틀.

12부. 세 시간, 그리고 1년..

S#2. 삼인방의 연립빌라 (아침)

다들 딥슬립, 지연이 제일 먼저 일어난다.
컷 튀면, 어제 입은 옷 다시 입고 나가려다가 냉장고 문을 열고 멈칫한다.

[인서트// 길거리 (낮)
〈자막: 지구와 지연 대판 싸운 후〉
지연, 지구모와 통화하며 걷고 있다.
지연: (고자질 모드) 제가 잘못했어요 어머니?
지구모: (F) 뭔 소리야! 지구 그년이 잘못한 거지! 너도 이참에 걔 그냥 끊어! 걔는 혼자 외로워봐야 정신을 차린다!
지연: (기분 좋아 고자질 이어서) 암튼 그래가지고 드럽고 치사해서 제 물건이랑 다 들고 나왔어요. 아, 어머니가 해주신 반찬도 다~~ 제가 들고

나왔어요!

지구모: (F) 아구 잘했다 잘했어!! 반찬 뭐 좀 더 해다 줄까? 먹고 싶은 거
없어?

지연: (환하게 웃으며) 됐어요 어무니~~]

멍하니 냉장고 문을 열고 서 있는 지연. 냉장고에 반찬통이 한가득이다.

소희	(자다 깬/off) 너 뭐 해..
지연	반찬이.. 많길래. (뭔가 씁쓸하다)
소희	(눈 감고) 어머니 왔다 가셨거든. 먹지도 않는데 또 한~ 통을 해 갖고 왔어.
지연	(씁쓸/off) 엄마니까...
소희	너 왤케 일찍 일어났어?
지연	(생수 하나 꺼내 냉장고 문 닫으며) 화장품이랑 옷 다 원장님 집에 있어서 들렀다가 출근할게~ 나 간다~

문 닫고 나가는 지연.

S#3. 선정과 선국의 단독주택 / 거실 (아침)

문 열고 들어가는 지연. 느낌이 뭔가 싸한데 아니나 다를까 집 안이 난리
다. 어젯밤 난투극을 벌인 흔적들..

[인서트// 어젯밤, 선정과 선국의 몰골과 집 안 상태가 이미 한바탕 했음.
선정: 내 목소리는 뭐 같고 지연쌤 목소리는 괜찮다? 그럼 나가 둘이 살
아!!
선국: 그 사람이랑 있으면 내가 괜찮아진 거 같다고 한 게 그렇게 잘못이
야?!!
선정: 아~ 널 이렇게 만든 게 나구나 씨발!!!!

선국: *(발끈) 그럼, 아냐?*

선정: *뭐?*

선국: *맨날 너만 피해자냐고!!!!!!*

선정: *(물건을 집어 던지며 바락) 이 새끼가!!!!!! (이성 잃고 다 던지는)*

선국: *시끄러워!!!!!! 그만 던져!!!!! !!!!*

선정: *(손에 잡히는 거 다 던지다가 천장에 있던 샹들리에 조명이 와장창 떨어지자 놀라서 주저앉으며) 악!!!!!!*

선국: *(놀란) ....내가 나갈게. 그만 좀 해라.*

선정: *아니! 내가 나갈 거야! 안 그래도 나 이 집! 진짜 지긋지긋하거든! 너 알지? 너 이렇게 되니까, 엄마랑 아빠가 너랑 나 이 집에 버리고 도망간 거!!!*

선국: *(무시하고 나가려는데)*

선정: *(깨진 유리를 손에 쥐고 협박하듯) 한 발자국만 더 움직여봐!!!!!!!!!!]*

지연, 깨지고 떨어진 물건들을 하나씩 줍는다.

지연　　(뭔가 슬픈 듯, 씁쓸한 말투로) 죽자고들 싸웠네.. 죽이지도 못할 거면서..

S#4. 북구의 오피스텔 (아침)

엉망인 북구의 집을 살피고 있는 소희. 부엌 식탁 위에 로션들과 각종 향초, 담배, 사무용품 등이 나와 있고. 그러고 보니 물건들이 제자리에 있는 게 하나도 없다.
이때 편의점 봉투를 들고 들어오는 북구(한동안 면도도 안 한 얼굴). 소희를 보고 깜짝 놀란다.

북구　　깜짝이야. (반가운 미소) 왔어?

소희　　어우.. 드러워.. 면도기 없어요?

북구　　(태연하게 라면 내려놓으며) 어디 있겠지?

소희	라면 그만 먹어요. 도시락 싸 왔어.

컷 튀면, 타파통 열면 각종 반찬들이고, 지금 막 돌린 햇반이 북구 앞에 있다.

북구	안작가는 안 먹어?
소희	아니 햇반이 어떻게 신발장에서 나와요?
북구	(대수롭지 않게 먹으며) ..뭐 그럴 수도 있지.
소희	이사 가요?
북구	아니?
소희	여기 이사 온 지 얼마나 됐어요?
북구	한 일 년?
소희	아니 근데 물건들이 어떻게 된 게 제자리에 있는 게 없어? 티비가 어떻게 아직도 바닥에.. 시계도 좀 벽에 걸 수 없어요?
북구	난 안작가가 딱 그 톤으로 화낼 때 이상하게 안심이 되더라.. 흐흐.. 나 밥 좀 먹을게.
소희	(잔소리해놓고 미안한) ..

밥 맛있게 먹는 북구. 엄청 맛있게 먹는다.

북구	이거 어머니 꺼야?
소희	친구 엄마가 해다 주신 거예요.
북구	어쩐지. 전라도는 아니더라고. 그래도 엄마들이 해준 건 다 맛있어.
소희	품위 있게 좀 먹을 수 없어요?
북구	(버퍼링) 어떻게.. 먹지?
소희	(북구의 입에 묻은 걸 닦아주며) 어후... 진짜. 턱에 구멍이 났냐구...
북구	흐흐..
소희	다음 달부터 출근이라면서요.
북구	응 이제 다른 팀이네.. 미안해..
소희	피디님이 뭐가 미안해요. 제가 막내 단속 못 한 건데.

북구	암튼 안작가 화가 좀 풀린 거 같아서 다행이다. 그 FW는..
소희	쫌!!!! 그 FW인지 뭔지 그만 좀 해요! 진짜 열불 나니까!
북구	나도 그만하자고 꺼낸 건데.. 안작가 오해가 깊은 거 같아서..
소희	이제 오해는 안 할 거니까, 이익을 함께 하는 사이, 그놈의 이익인지 뭔지 해보기나 할까요 그럼?
북구	?
소희	막내 말이 맞더라고요. 방송국 사람들, 친구들, 엄마, 심지어 하늘에 있는 아빠까지도.. 내가 강피디님 좋아하는 거 다 알고 있었는데.. 나두 실은 몰랐던 건 아닌데, 몸이 땡기는 건 어딘가 모르게 쪽팔리고 인정하고 싶지가 않았던 거 같애.
북구	내가 그랬잖어. 뇌보다 몸 따르는 게 더 정확하다고.
소희	(생각하니 열받는) 아무리 그렇다고! 섹스파트너가 뭐냐? 섹스파트너가.
북구	(진짜 모름) 그럼 뭐라고 했어야 될까?
소희	어우 그걸 다 일일이 다 가르쳐줘야 알아? (보다가 한숨) 아우!!! 됐다. 그냥 가르쳐줄게! 피디님은 가르쳐준 대로만 해요.
북구	(진심으로) 어 그거 좋다. 가르쳐줘 안작가. 가르쳐만 주면.. 나 잘해.
소희	어우 그냥!! (큰소리쳐놓고 막상 말하려니 당황) 언젠가부터 내 눈에 너만 보이더라..!! 아무래도 좋아하는 거 같다.... 그니까 나랑.. 나랑......
북구	(눈치) 사....
소희	...그치!
북구	(막 튀어나온 말) 스섹 하자!!!! (밥상 위로 넘어오며 격렬히 키스하는)

S#5. 도로 (아침)

오토바이 타고 달리는 지구. 신호에 멈춰 서는데, 옆에 멈춰 서는 트럭.. 두 눈을 의심하며 헬멧을 올리는 지구.

지구	뭐지????!!!
종이	(트럭 안에서 반갑게 문 내리며) 저예요!!!

지구	(민망) 어디 가세요?
종이	(웃으며) 그 쪽한테요!!
지구	....!!

S#6. 공원 (아침)

아침 운동하는 사람들, 유모차 끌고 나온 사람들.. 배드민턴 치는 사람들.. 웃으며 대화하는 노부부, 강아지들 등등.. 건강한 공원 분위기와 전경들.

종이	(공원을 보며) 옛날엔 공원에 오면 저처럼 할 일 없어 보이는 사람들만 보였는데.. 요즘엔 세상에서 제일 부지런한 사람들은 다 이 공원으로 오는 것 같아요. 바쁜 시간 쪼개서 운동도 하고, 강아지 산책도 시키고, 미팅도 하고, 데이트도 하고.. 이제 나 같은 사람은 이런 공원에서도 자리가 없어진 건가.. 싶기도 하고.
지구	그러게요. 그 많던 노숙자들은 다 어디로 갔나.
종이	저 노숙자까진 아닌데..
지구	(피식 웃으며) 죄송하지만 저도 지금은 좀 바빠서요. 오토바이 세워놨거든요.
종이	아... 네.. 저만 생각했네요.
지구	요즘 뭐 안 해요? 옛날처럼 유튜브라도 해요. 친절한 종이씨 나름 인기 BJ면서.
종이	더 친절한 색종이씨가.. 새로 나왔어요. 친절도 친절인데 저보다 부지런한 건 맞더라구요. 제가 꾸준히 밀리고 있어요.
지구	(한숨) ...같이 배달이라도 할래요?
종이	안 그래도 같이 하고 싶은 게 있는데... 혹시요. 같이.. 런던 안 가실래요?
지구	(당황한 표정에서)

S#7. 도로 / 달리는 오토바이 (아침)

오토바이 타고 달리는 지구의 모습에서..

종이   (E) 몇 년을 혼자서 뭔가를 해오긴 했는데.. 늘 실패만 한 거 같아요.
근데 그날이었어요.

*[4부 플래시백// 종이, 작업실 아래 골목에서 날갯짓하고 있는데 저 멀리
서 지구가 걸어온다.]*

종이   (E) 처음으로 그 골목에 손님이 찾아왔던 날. 그게 지구님이었던 날.

[4부 플래시백// 지구가 가고 난 후, 벚꽃이 한두 개씩 내리기 시작하는.]

종이   (E) 그날 정전기 원리를 이용한 종이 벚꽃이 처음으로 공중에 떴어요.

[7부 32씬 플래시백// 화내는 지구, 페달을 밟았는데 벚꽃이 들썩이는.]

종이   (E) 얼마 안 되어서 아래에서 위로 날아오르는 데에도 성공을 했는데..
공교롭게도 다 지구님이 함께할 때였어요.

[11부 플래시백// 키스하던 날.]

종이   (E) 그리고 얼마 전 작업실에서.... 그 일이 있고..

[11부 플래시백// 몽타주. 작품에 몰두한 종이.]

종이   (E) 몇 년에 걸쳐 실패만 했던 것들이 하나둘씩 다 풀리기 시작했어요.

*[인서트// 종이의 출품 동영상.
작업실의 쓰레기 같았던 것들이 작품으로 디졸브 되는.]*

종이　(E) 머릿속에 둥둥 떠다니던 파편들이 한꺼번에 자리를 잡아갔고. 어떻게 출품을 했는지 기억도 안 나는데..

그게.. 바다 건너 사람들의 마음을 움직였다나 봐요.

[인서트// 종이의 출품 동영상 위에 심사위원의 이메일 내용이 디졸브 된다.]

심사위원　(영어로) 미스터 한. 2022 올해의 아트 수상작으로 당신의 작품 '지구에서 지구로'가 선정되었습니다. 1년 동안 우리 미술관에 당신의 작품을 전시하고자 하며 더불어 이곳 런던에서 1년간 당신의 종이 예술에 관한 작품활동에 대한 모든 것을 지원하고자 합니다. 런던에서 만나보길 기대합니다. 추신, 당신의 지구도 함께 볼 수 있길.

오토바이 타고 달리는 지구의 모습에서..

종이　(E) 수상을 한 건 중요하지 않아요. 저도 무언가를 이뤄낼 수 있다는 걸 알려준 사람이 지구님이라는 게.. 절 더 움직이게 했어요.

그래서.. 같이 가고 싶어졌어요. 함께하고 싶어요. 뭐든지.

S#8. 요가원 '비움' (오후)

선생님들이 걱정스런 표정으로 모여 있고, 지연이 선생님들의 대화를 듣는다.

요가쌤1　(전화해보며) 전화 안 받아요 둘 다.

요가쌤2　(걱정) 이런 적은 한 번도 없었는데..

지연, 선국에게 문자를 보낸다.

[선국에게 보내는 메시지 인서트// "같이 바다 보러 안 갈래요?"]

S#9. 소래포구 / 수산시장 입구 (오후)

엄청 시끄러운 수산시장 입구, 딱 봐도 안은 엄청 시끄러워 보인다.
선국, 여기저기 예상치 못한 소리들에 긴장한 기색이다.

지연 (신나서, 선국한테 손을 잡으라고 내밀며) 괜찮죠!!!? 잡아요! 자!
선국 (손을 잡고 따라가는)

수산시장으로 들어가는 두 사람. 여기저기 흥정하는 상인들과 사람들로
엄청 시끄럽고, 팔딱팔딱 뛰는 활어들에 생동감 넘치는 현장의 소리들..

지연 (선국에게) 1@$@#%?
선국 (시끄러워서 잘 안 들리는) 뭐라구요? 안 들려요!!!
지연 (선국의 귀에 대고 크게 외치는) 무슨 회 좋아하냐구요!!!? (그러다 지연
의 앞으로 튀어나온 팔딱이는 횟감에 깜짝 놀라는) 엄마아!!!! (엄청 큰
소리로 좋아하는) 어머 애 가출했어 너무 웃겨! 하하! 하하하하하!
상인들 아구! 얘가 아가씨 따라가고 싶다네! (선국한테) 언능 사줘요!!!!!! 하하!
하하하!

선국, 지연의 커다란 웃음소리, 상인들의 시끄러운 소음들이 싫지만은 않
은...

S#10. 소래포구 / 횟집 (오후)

우럭, 광어, 돔, 각종 모둠회가 가득하고, "짠~" 건배하는 두 사람.

지연   (소주 한잔하더니) 망한 거 같아요. 소주가.... 너~~~~~~무 너무 달아요. 대낮부터 이러면 완전 폭망인데 (잔 들고) 한 잔 더.

컷 튀면, 회에 소주 먹는 두 사람 컷컷컷. 선국도 계속 털어 넣는다.

지연   (한 톤 올라온) 이게 회 두 점에 소주 한 번 들어가면 그래도 희망이 있거든요? 근데 회 한 점에 소주 한 번이다? 그럼 그날은 그냥.. 끝!!!난 거예요!! 망한 거지 뭐! / (마시고) 털어!!! 꺾지 마!!! / (또 마시고) 마셔!!!
선국   (마시고) 캬아!!! / (마시고) 캬아.. (내려놓는)
지연   (완전 취한) 제가 딱 10분 후면 고꾸라질 것 같으니까!

지연의 말이 끝나자마자 머리 박고 쓰러지는 선국. 그 바람에 젓가락이 바닥에 떨어지는데, 떨어진 젓가락을 주워서 다시 놓는 손. 틸업하면 선정이다. (다소 열받은 얼굴)

선정   애 있다고 말 안 했잖아요.
지연   으그~ 그걸 말을 해야 알아요? 이런 상황에서 오라 하는 거면 백퍼지 백퍼! (선국이 먹던 잔에 소주를 따르며) 일단 받으세요. 받고 얘기해. (선국 보며) 어차피 완전 맛 갔어.

연달아 소주를 마시는 선정. 컷컷컷.

지연   (계속 술을 따라주며) 마셔 마셔!!! 먹고 죽어!!!

#. 몽타주.
/지연, 계속 술 따라주고, 같이 건배해주고, 선정의 이야기 들어주는.
/선정, 가래침을 뱉다가 머리 박고 쓰러진.
/지연, 취한 와중에 선국이 입고 있던 카디건을 벗겨 선정에게 걸쳐주는.
/그 바람에 눈 뜨고 정신 차리는 선국, 선정을 보자마자 다짜고짜 화를 내며 일어나 가려 하는데 지연이가 애써 잡는.

/매운탕이 끓고 있고 선국에게 술을 따라주는 지연.
/지연에게 무언가를 이야기하기 시작하는 선국. 이야기를 들어주는 지연.
/취해서 말하다가 옆으로 기우는 선국... 엎드려 있는 선정의 등 위로 포 개지는.
/그 바람에 눈 뜨는 선정.

지연   (박수 치며) 자, 이제 둘 다 기상!! 빨딱 업!!

컷 튀면, 만취해서 몸을 앞뒤로 흔들며 지연의 말을 경청하고 있는 선정 과 선국. 서로 최대한 거리를 두고 앉은 상태로, 양쪽 상 가장자리로 밀려 날 듯 걸터앉아 있는.

지연   (선정에게) 원장님 이 동생은요 어릴 때 영재다 뭐다 암기왕으로 티비 스 타가 되건 말건 이 누나랑 땅따먹기 하고 노는 게 세상에서 제일 좋았대 요. 엄마 아빠보다 더!!! 좋았대요. 근데! 그랬던 누나가 세계 영재 대회 나 간다고 준비하고 있는 사이에 동생 여권을 불태워서 뱅기를 못 타게 하는 걸 봤으니 얼마나 개충격이었겠어.
선정   (충격) 알고 있었어?
선국   (말없이 소주 털어 넣는)
지연   (선국을 불쌍하게 보며) 그러니 왕년에 영재 판정을 받음 뭘 하나, 클수록 공부는 일반 애들보다 못하지, 사람들은 뒤에서 영재가 공부 못한다고 수 군덕거리지.. 엄마 아빠는 내 새끼가 왜 저러나 맨날 실망이지. (반전) 그 런다고 다 삐뚤어져?
       그럼 우리나라에 영재들은 잘 안 되면 지금 다 뒤져야 되네? 사람들이 뒤 에서 수군덕거리든 말든, 다들 그냥 입이 있으니까 하는 말 아닙니까~ 그 걸 뭐 다 챙겨 듣고 새겨듣고 앉아 있어. 그러니까 잘생긴 귀에서 탈이 나 는 거 아니에요. 답답하네 진짜.
선정   지연씨 이게 그렇게 쉬운 이야기가 아니라..
지연   (이) 쉬운 얘기가 아니니까 쉽게 풀어야죠 나 참 답답하네. (선국한테) 이 거 봐. 자기 뒷바라지한다고 시집도 못 가고 쭈글탕 돼서는 집에서 티비를 맘 놓고 보기를 해, 드라이는 맘 놓고 하기를 해 이게 뭔 개고생 쌩고생이냐고. 누나가 엄마 아빠도 아니고.. 생각해보니 이 집 엄마 아빠도 참 무책임하네. 아들내미 잘나갈 때는 물고 빨고 품에 안고 살다가 영재는커녕 정신병 앓고 있다니까 딸내미한테 냅다 던져두고 토끼고 말이야.

선정   (생각하니 그동안 서러웠는지 울컥하는데)

지연   원장님 그렇게 울 정도로 억울한 상태는 아니세요. 하나밖에 없는 피붙이 동생 좀 잘나가는 게 어떻다구, 엄마가 동생 생선 잘 먹는다고 칭찬하는 게 그렇게 질투 났나? 그래서 그 가시 많은 생선을 한 입에 다 넣어버리고. 그니까 이 나이 되도록 술 좀 취했다고 가래침이나 뱉고 시집은 다 글렀지 뭐. 근데 뱉을라면 아싸리 시원~하게 카악~~~~!!!! 하고 뱉던가! 가래의 '가' 자도 모르면서 하여간에 두 남매가 똑~~~같애, 핏줄 아니랄까 봐 똑같이 답답하고! 화해 기술 없고! 소통이고 뭐고 뭐 이건 완전 남북 쌍쌍바에다가 보는 사람 답답해서 어디 같이 살겠냐구.
저 보세요 저! 친구들이랑 대판 싸운 지 일주일 만에 극적으로 화해하잖아요! 이게 다 대화라구요 대화! 대화의 스킬! (삿대질) 소통!!!!! 유남생????!!

선국/선정   (벌받는 아이들 모드로 어느 순간 무릎 꿇고 있는)

지연   어떡할 거예요! 나이 먹어가지고 초딩들처럼 맨날 쌍심지 키고 계속 이러고 살 거예요? 김선국!!!

선국   .... (한결 누그러진 표정으로 한숨) 그건 아닌데

지연   (ol) 그럼 됐고 김선정! 원장쌤!!

선정   ...... (고개만 숙인 채 굵은 눈물 한 방울이 뚝)

선정, 벽에 걸려 있던 두루마리 휴지로 손을 뻗는데, 매운탕 국물에 소맷자락이 닿을 뻔하는 찰나의 순간, 선국이 "에이!" 하며 반사적으로 빛의 속도로 선정의 팔뚝을 들어 올린다. 그 상태로 정지. 민망한 상태.

지연   (민망해하는 두 사람을 보며) 그 손 마중 나간 김에 아싸리 화해를 하죠? 악수를 하든, 러브샷을 하든, 포옹을 하든.

선국   (기겁) 그건 안 해요!

선정	(악수의 손을 내미는)
선국	(민망) ..
지연	어우 잡고 빨리빨리들 집에 가자. 저도 피곤하네요 이제. 나도 할 일 많은 사람이라구.. 날 샐 거예요?
선국	(선정의 손을 잡는)
지연	(E) 오케 컷!!! 오늘은 여기까지!!!!

S#11. 북구네 오피스텔 / 방 → 거실 (밤)

어느새 밤이다. 북구의 침대에 완전 곯아떨어져서 자고 있는 두 사람.
소희가 뒤척이며 눈을 뜬다.

소희	(비몽사몽) 몇 시야.. (휴대폰을 찾으려는데)
북구	(소희를 뒤에서 품에 안아주며) 더 자자 그냥..
소희	(안긴 채로) 그럴까..
북구	(소희 머리에 대고 숨 쉬며) 좋다.. 머리 냄새..
소희	(눈 뜨는) 씨.. (일어나려는데)
북구	(못 움직이게 움켜쥐며) 가만있어. 가지 마.. (시선에 시계가 걸려 있는) 어? 시계 걸었네...
소희	하나하나 제자리 찾아줄게요.
북구	자리를 찾는다는 게, 설레면서도 좀 무서워. 알지? 3년 전에 안작가도 자리 만들어주니까 사라져버린 거.
소희	..미안해요 그거야 사정이.. !!!!

소희의 몸 전체를 자신의 몸 위에 번쩍! 들어 올려 앉히는 북구.

소희	(당황, 눈도 못 마주치고) 아니, 이런 구도는, 좀 창피하지...
북구	이 자리.. 안작가 자리 해라.
소희	아니.. (창피해서 눈을 똑바로 못 보는) 이게 너무 좀 야한데... (꿈틀)

북구	그러게 누가 시계 걸래? 이미 발 들인 거야 어쩔 수 없어. 이제 가지 마라.
소희	...같이 살잔 건가?
북구	그거까진 아녔는데 역시 자기는 뭐든 빨라. (신나서) 하자 동거!!
소희	동거?!
북구	일단 키스부터 진행시킬까? (키스하려는데)
소희	잠깐만 양치 좀 하고 올게요! (벗어나려는)
북구	안 해도 돼. 나 자기 입 냄새 너무 좋아! 더러운 거 너무 좋다고! (키스 퍼 붓는)
소희	아우 쫌! 작작 하자!! (확 밀치고, 북구 거의 침대에서 떨어지는)

소희, 상기된 표정으로 웃으며 방문을 열고 거실로 나가는 순간 그대로 일순 정지된다. 한 남자가 어두컴컴한 모서리에 벽을 보고 서 있다.

| 소희 | (공포) 누구..세요...? |

오줌을 싼 듯, 소변이 주르륵 흐르고 남자가 바지춤을 올리며 뒤를 돈다. 꺄악!!!! 비명 지르는 소희, 놀란 북구가 우다다다다 뛰쳐나온다.

북구	왜 그래 뭐야?!! (본능적으로 소희를 자신의 뒤로 사수하며 남자를 보는데..)
북구부	(웃으며) 나야 여보...
북구	아... 씨발..

S#12. 오복집 (밤)

불은 다 꺼지고 마감 마친 오복집 (의자들 다 올라와 있는) 삼인방의 테이블만 불이 켜져 있고 다들 심각한 표정들이다.

| 소희 | 같이 살자고... 합의 본 지 5분 만에... 치매 걸린 아버지가 찾아왔더라... |

지연   오 마이 미쳐버려.

지구   강피디는 뭐래.

소희   제정신 아니지 뭐.. 어릴 때 트라우마 같은데 냉장고 문 열고 아무거나 막
         집어 넣는데.. 못 보겠어서 그냥 나왔어.

S#13. 북구네 오피스텔 (밤)

거실 일각, 벽에 기대어 앉아 있는 북구. 옆에는 아무거나 막 먹은 흔적들.
입에 빵을 막 집어넣다가 멈춘 채 허공을 바라보는데 눈물이 맺힌다.
방에서는 북구부가 게걸스럽게 코를 골며 자고 있는 소리가 들린다.

[인서트(과거, 대학생 시절 북구)//
/고깃집. (7부 35씬 동일) 이미 소주 2병째인 북구부. (북구의 뒷모습 걸고)
북구부: (설계도면 보여주며) 봐라. 이게 다 개발이 되면, 뒤로는 공원이
생기고 이쪽으로 복합문화시설이 들어오고.. 거두절미하고, 니 엄마 죽은
지가 언젠데 이 노른자 땅에 누워 있음 뭐 할 거야. 이장하고 땅이라도 팔
면 누워서 버틴 보람이라도 있는 거지. 여기 싸인하고, 이걸로 니네 엄마
그만 용서해라. (소주잔 비우는)
북구: 뭘 용서해요?
북구부: 자식 보는 앞에서 죽은 죄. (+6부 16씬에 쓰러지던 엄마 짧게 인
서트)
북구: (악에 찬) 싸인할게요. 대신 이걸로 아버지랑 연 끊겠습니다.

/컷 튀면, 싸인한 계약서 들고 나가는 북구부...
북구부가 먹다 둔 소주잔의 소주를 털어 넣는 북구.
/컷 튀면, 고깃집 앞으로 걸어 나오는 북구, 그대로 쓰러지고 마는.]

소희   (E) 그렇게 아버지랑 연 끊고, 살도 빼고 열심히 살았다는데
         좀 살 만하다 싶으면.. 아버지가 귀신같이 알고 찾아왔다나 봐.

[인서트// 방송국 앞. 출근하는 북구 (입사한 지 얼마 안 되어서 뿔테안경 낀)
북구부(취한): 북구야. 니 엄마가 저주를 했는지.. 사기 당했다..
북구: 누구시죠. (쌩하니 가버리는)]

[인서트// 북구의 집 복도 (옛날 집)
퇴근하고 들어오는 북구, 문 앞에 쓰러져 자고 있는 아버지를 발견한다.
북구: (죽었나 싶은) 이봐요.. 이봐요!
북구부: (그제야 정신 차리고) 북구엄마....
북구: (표정)]

소희   (E) 왜 강피디가 맨날 문 안 잠그고 사는지 이제 알았어. 아빠는 아빠 거지 뭐.

S#14. 오복집 (밤)

세 사람... 무거운 술잔을 기울이는.

지연   (한숨) 세상에 불쌍한 것들은 왜 죄다 안소희 꺼야?
지구   차라리 유니세프를 해.
소희   농담할 기분 아냐.
지구   우리도 농담할 기분은 아냐. 너 똑바로 들어. 그 아들도 평생 해결 못 한 건, 너도 해결 못 하는 거야. 니가 도와줄 수 있는 영역 아니니까 물지 마. 니 꺼 아냐.
지연   (의미심장하게 허공에 눈) 그래서 말인데.. 가족이 있어야 하는 거 같아.
지구   ..우리가 가족인데 뭘?
지연   가족은 아니지. (씁쓸하게 웃으며) 너 솔직히 말해봐. 니네 엄마가 준 반찬 왜 안 먹냐?

지구	그거야.. 뭐..
소희	?
지연	자만해서.

[인서트// 냉장고 문을 열었을 때 타파통을 본 지연.]

지연	(E) 피를 나눈 가족이니까. 군이 그 반찬 안 먹어도 간절하지 않고

[인서트// 선정과 선국을 보던 지연.]

지연	(E) 죽일 듯이 싸워도 불안하지 않은 거야. 누가 뭐래도 거부할 수 없는 DNA가 있으니까.. 결국 믿는 구석이 있으니까.
지구	... 뭐 조금은 인정하는데 아무리 가족이래도
소희	(ol) 됐어, 쟤 지금 시위하는 거야. 아빠 만나겠다고.
지연	...아닌데..
지구	.. (지연을 보며) 표정이 보아하니.. 얘야말로 믿는 구석이 있는데?

[성수(E): (신나서) 지연씨! 블랙박스 뒤져서 세상의 모든 불법이랑, 세상의 모든 인맥 다 동원해서 제가 결국 찾아냈습니다. 성수는 사랑을 싣고라고 불러주십쇼. 하하, 하하, 하하하하하하하!]

지연	맞아, 내 말이 맞더라고. 엄청 잘나가는 무슨 생명과학 뭐시깽이 교수라던데.. 나사에서도 일한 적 있고, 인터뷰한 것도 엄청 많고.
소희	(입 떡) 이야.. 얘 아이큐 진짜 일리 있는 거였어.
지구	만나러 갈 거야?
지연	...적시자.

짠 하는 세 사람.. 이때 저만치서 기타를 퉁기며 흥얼거리는 동배의 목소리가 들린다.

지연	오.. 사장님 되게 오랜만에 기타 드셨네.
지구	..고백했다가 차였대.
소희	현주언니한테?
지구	어.
지연	대박..
소희	예전에도 고백했다가 차이지 않았어?
지연	그래서 여행 갔다 온 거잖아.
소희	또 여행 가시면 안 되는데..
지연	(팔 괴며) 그나저나 노래 되게 슬프다.. 기분 탓인가.

맥주 마시며 노래 듣는 세 사람, 각자 생각에 잠긴다.
소희는 북구를 생각하고,
[인서트// 북구의 오피스텔 복도.
북구: 안작가 미안해.. 내 지금 상황이.. 맘 놓고 연애를 할 수 있는 상황이
아니다.. 내가 그렇지 뭐..]

지구는 종이를 생각하고,
[인서트// 공원.
종이: 지구가 잘 안 맞는 것 같다고 했죠. 근데 아직.. 지구 반대편은 안 가
봤잖아요. 의외로 거긴 잘 맞을지도 몰라요. 같이.. 간다면.]

지연은 성수를 생각하고,
[인서트// 오복집.
성수: 지연씨는 풍선 같은 사람이에요. 사람들은 그걸 밝다고 하는데 실
은 여기저기 붕~붕~ 날아다니면서 여기 걸리고 저기 걸리고.. 차분하게
안착을 못 한 거죠. 가족의 끈이 약한 사람들이 보통들 그래요.]

동배, 기타 솔로로 배경음이 깔리며..

소희	(불현듯) ...우리 ..라오스 갔을 때 기억나냐?

지구	그럼 완전 재밌었지.
소희	그때 지연이 독립문에서 사진 찍다가 뒤로 넘어가고.
지구	지연이 사원에 있는 동상 고추 만지다가 관리인한테 한 시간 동안 혼나고.
지연	우씨 왜 다 나야?
소희	야 너 거기 클럽에서 만난 남자랑 야밤에 호텔 앞에서 결혼한다고 난리쳤던 거 생각 안 나? 그거 말리느라 나랑 지구랑 아우...
셋	(웃는)
지연	(유의미하게) 난 완전 생각나. 그 세 시간..
소희	나두 그 세 시간은 시간이 지날수록 이상하게 더 생각나더라?
지구	(회상하듯, 동조하듯) 신박했지 그 세 시간.

동배의 기타 솔로가 클라이맥스에 달하는 데에서 블랙아웃.

S#15. 삼인방의 연립빌라 앞 (밤)

⟨자막: 2주 후⟩

택시 트렁크에 짐을 싣는 지구. 지구를 마중하러 나온 지연과 소희.

소희Na	**2주가 어떻게 흘렀을까..**
지구	(쿨하게) 간다~
지연/소희	(애써 태연한 척) 어. (눈물 꾹 참고 있는)
지구	(택시에 타는)
소희Na	**제일 안 갈 것 같던 지구가 제일 먼저 우리의 곁을 떠났다.**

차에 탄 지구, 안전벨트 하느라 보지도 않고.. 이내 출발하는 택시,

소희	쳐다도 안 보냐.. 나쁜 기지배.
지연	난 쟤 저럴 줄 알았어. 그래서 죽어라 원피스 안 빌려준 거야.

| 소희 | (얼굴 위로 쳐들고 주문 외우는) 울면 안 된다. |

컷 튀면, 택시 안에서의 지구, 차가 출발하자 그제야 뒤를 돌아보는데! (반전) 소희와 지연이 지구가 뒤돌아볼 걸 알고, 바보 삼룡이 고릴라 같은 춤을 추고 있다.

| 지구 | (완전 빵 터진) 푸하하!! 아우 쪽팔려 미친 것들. |
| 소희Na | **그렇게 지구는 우리 곁을 떠났다. 그리고 얼마 후..** |

(날 변화) 이번엔 지연이 택시 트렁크에 커다란 짐을 싣는다.

소희Na	**얘도 짐을 쌌다.**
지연	집 잘 지킬 수 있지?
소희	집이 날 지켜야지. 니들 왔을 때쯤이면 나 어디로 튀어 있을지 모른다.
지연	(차 타며) 다 좋은데, 발가락한테만 가지 마라.
소희	가라.

지연이 택시에 탄다. 그런 지연을 보는 소희.

| 소희 | (혼잣말) 잘 가라.. |
| 지연 | (안전벨트 하며 문득) 설마 혼자 그러진 않겠지? (고개를 확 돌려 뒤를 바라보는데) |

소희, 혼자서 바보 삼룡이 춤을 추고 있다.

| 택시기사 | (사이드미러로 진짜 놀란) 어! 저분 왜 저러시지? |
| 지연 | 빨리 가주세요 쪽팔리네요! 지구도 많이 쪽팔렸겠다.. |

바보 같은 춤을 추다가 지연의 택시가 사라지자 서서히 동작이 느려진다. 잠시 그렇게 혼자 있다가, 뒤돌아 걷는 소희의 느린 걸음에서.

소희Na 언젠가 다 같이 라오스에 갔을 때였다.

지연이가 재밌는 제안을 했다.

세 시간만 떨어져 있다가 다시 이곳에서 만나자는 거였다.

뭐 그깟 세 시간쯤이야...

그렇게 우린 헤어졌다. 그 후 세 시간의 기억은 아직도 생생하다.

계속 셋이 붙어 다니다가, 막상 혼자가 되니 모든 게 다 낯설고 무섭게 느껴졌다. 갑자기 어린아이가 된 듯한 느낌이랄까...

그런데 얼마의 시간이 지나자..

함께였을 땐 보지 못하고 지나쳤던 것들이 새롭게 보이기 시작했고,

셋이었을 땐 굳이 필요치 않았던 근육들이 생겨나기 시작했다.

그렇게 다시 만난 우린, 훌쩍 자라 있었다.

[인서트// 동배의 노래를 듣던 세 사람의 모습에서..]

소희Na 그런데, 그 세 시간의 기억이.. 왜 그날 밤, 우릴 찾아왔을까.

연립빌라 안. 집에 돌아온 소희. 지구와 지연이의 이불을 접어서 완전히 치운다. 그리고는 삼인방의 사진을 다시 잘 두는 데에서 블랙아웃.

소희Na 오복집 사장님은 늘 말씀하셨다.

너들은 너무 붙어 있어서 시집을 못 가는 거라고.

그렇게 붙어 있으면 될 것도 안 된다고.

그 말이 진짜인지 확인해볼 수 있는 시간이.. 마침내 주어졌다.

그리고 또 세상은.. 전에 없이 고요했다고 한다.

S#16. 야외 결혼식장 (낮)

〈자막: 1년 후〉

야외 결혼식장, 동배가 축가를 부른다. (6개월 전, 기타를 치던 그 곡)
신랑 옷을 입고 신부(현주)의 옆에 서 있는 동배..
컷 튀면, 야외 테이블에 앉아서 스테이크에 맥주 먹는 삼인방. (결혼식은
진행 중)

소희	야 근데, (지구를 보며) 너 왜 이렇게 탔냐? 런던은 구름이 많은 나라 아 냐?
지구	(찔리는 얼굴)
지연	(딱 알아챈) 이거 런던 볕이 아닌데.. 딱 보니까 샜네 이거.
지구	뭔 소리야..
지연	오페라의 유령은 봤니? 런던하면 웨스트 엔드 아냐.
지구	..샜다그래.

[인서트// 택시 안. (15씬 이후 상황)
종이: 그런데요.. 런던이 워낙 물가가 비싸서.. 지낼 곳이 엄청 좁은가 봐
요.
지구: 그럴 수 있죠.
종이: 그리구 제가 아트상을 받는 최초의 동양인이라.. 작업하면서 인종차
별도 감안해야 한다구.
지구: 혹시, 가기 싫어요?
종이: 사실 지구님이랑 가고 싶었던 거지, 런던이 가고 싶었던 건 아녔어
요.
지구: (신나서) 진작 말을 하지~!!!]

지구	그냥 여기저기 다니고 있어. 발 닿는 대로 거지처럼. 지난주까진 아프리카 에 있었고.
지연	그래. 런던 해가 아녔어.
소희	그래도 완전 낭만적이다. 나도 그런 거 해보고 싶었는데 남친 생기면.
지연	저 말이 왜 이렇게 난 슬프게 들릴까. 혹시 시아버지도 아닌 시아버지를 봉양하고 있는 거라면.. (소희 표정 보더니, 지구를 보며) 맞네. 맞어.

지구   진짜야?

[인서트// 북구의 오피스텔.
식탁에 앉아서 아무거나 막 입에 넣고 있는 북구를 바라보는 소희, 화났다.

소희   (E) 하루종일 닥치는 대로 입에 넣는데 그걸 어떻게 두고 봐...

소희, 열받은 얼굴로 북구를 지나 방문을 열면 북구부가 술에 찌들어 있다.
(맥주병과 소주병이 가득)
소희: 안녕하세요 아버님!! 저 강북구 피디 여자친구 될 뻔했다가 아버님
이 나타나는 바람에 대차게 차인 안소희라고 합니다! 저 밖에 있는 아버
님 아들! 하자투성인 건 아시죠? 찌질하고! 게으르고! 지저분하고! 쫌생
이에! 알고 보니 여기저기 상처투성이에 피해의식 덩어리! 솔직히 저 아
니면 데려갈 사람 없구요! 울 엄마 아니면 받아줄 부모도 없습니다! 근데
요! (점점 고조되는) 제가 이제 불쌍한 남자한테는 그만 낚이기로 했거든
요! 남자한테 유니세프 하는 거 이제 끊었거든요!!! 동정이랑 사랑이랑 착
각하는 거 이제 진짜 지긋지긋하거든요!!! 제 말 무슨 말인지 알아들으셨
어요?
북구부: (여전히 못 알아듣고 헤롱, 눈에 초점이 없는) 뭐야.. (술을 따르
려 하는)
소희: (술병을 인터셉트 하며) 제가 한잔 시원하게 말아드리겠습니다!!
(맥주병을 앞에 있는 숟가락으로 빡 따서, 거품 내서 샴페인으로 말아버
리는) 자요!!!
북구부: (눈이 휘둥그레, 정신이 번쩍)
소희: 드십쇼!
북구부: (일단 마시는데)
소희: 잘 들으세요 아버님! 그게 아버님 인생의 마지막 잔입니다! 그거 드
시고 치료받으세요! 그러면!! ...제가 아버님 가실 때까지 모십니다! 삼시
세끼 밥 차리고 물리고! 똥기저귀 갈고! 돌아가신 울 아빠한테 못 한 거
까지 다!!!! 제가 할랍니다!!! 치료, 받으실 거예요????

북구부: (완전 쫄아서 일순 정지)

북구: (방문 열고 보고 있는) !!

소희: (말없이 맥주잔 위에 젓가락 두 개를 올리고 소주잔을 올리더니 군대 조교톤으로) 저랑 인생의 마지막 잔, 하시겠습니까?

북구부: (서 있는 북구를 보더니) ...얘 보통이 아니다. 니 엄마랑 달라.

소희: (화내며) 막잔 하실 거냐구요!!!!!!!

북구부: 한다고! 해!! 막잔이다!

소희: 오케이!!! 죽을 때까지 편안하게 모시겠습니다! 충! 성!!!! (픽!!!! 머리를 상에 박자 소주잔이 떨어지며 폭탄주가 되는 – 일명 충성주)

북구: 안작가...

북구부: (북구한테) 얘 절대 놓치지 마라. 내 술 끊을 테니.]

지구   멋있는 척하지 마. 결국 유니세프 하고 있단 거잖아.

지연   (먹으며) 맞어. 쟤 지 맘 편하게 병 수발들라고 우리 다 보내버린 거라니까. (테이블 가운데 있는 소주를 가져오며) 간만에 소주나 한 잔?

소희   (주변 눈치) 야, 대낮이다. 와인 잔에 따라.

지구   뭐 어때. 먹으라고 있는 건데. 자신 있게 따라. (하면서 더 눈치 보는) 자신 있게.

눈치 보며 와인 잔에 소주 붓고, 낮은 소리로 건배하는 셋.

동시에   (작은 소리로) 적시자... (마시고) 캬아!!!!

소희   아빠 만난 이야기 해봐.

지연   ? (알고 있었어?)

소희   너 비행기 타기 전에 아빠 만나러 간 거 다 알고 있어.

지구   (예리) 아빠를 만나려고 비행기를 탄 거 아닐까? 아빠한테 있어 보이려고.

[인서트(지연 떠나던 날)// 어느 연구실.
지연: (자랑하듯) 곧 비행기 시간인데, 떠나기 전에 해야 할 말이 있어서 이렇게 찾아왔어요.

지연부: (애틋) 언젠가 올 거라고 생각은 했는데..

지연: 저에 대해 말씀드리자면.. 전 자전거를 잘 못 타요. 그건 어릴 때 아빠한테 배워야 하는 건데 시기를 놓쳐서 그렇대요. 그리고 저 금사빠예요. 아무나 쉽게 좋아하고 만난 지 5분 만에 결혼하고 싶고 그래요. 근데 이것도 아빠 없는 집에서 자라 그럴 확률이 크대요. 저 이거 두 개 말곤 아빠 없이 자란 거치고, 되게 잘 자랐어요. (진심으로) 태어나게 해주셔서... 감사했습니다.

지연부: ... (그 말에 눈물이 맺힌다. 미안해서 고개만 떨군다)

지연: 혹시 미안하면.. 결혼식 날 손 좀 잡아주실래요?

지연부: ....결혼을 ..하니?

지연: 사실 전 빨리 결혼해서 남편 뿌리에 기대 살고 싶었거든요. 근데 어떤 남자가 그러는데, 제가 매번 안착하지 못하고 차이는 이유가 코어에 근육이 없어서래요. 내 스스로 뿌리내리고 살 수 있는 힘을 더 길러야 한다구. 그래서 말인데.. 결혼.. 생각보다 늦어질 수도 있으니까..

오래오래 사세요.

쿨하게 문 닫고 나왔으나, 애써 눈물을 참고 복도를 걸어 나가는 지연에서..]

지연   (E) 근데 그날 이후로 뭔가.. 땅속 깊숙이 뿌리가 내려진 느낌이랄까.

지연   인도에 있는 동안 수행발 좀 받았지? 나 이러다 머리 깎고 들어가는 거 아니겠지?

지구   너 남자랑 같이 들어왔다고 하지 않았니?

지연   아 맞다.. 저깄었지? 헤이!

저만치 원탁 테이블에 두 명의 외국인 남자가 지연을 향해 손을 흔든다. "로샨! 프리바스!"

소희   (저만치 인도 남자 두 명을 보며) 대박!!!! 두 명이야?!!

지연   왜 그럼 안 되는 거야? 와이낫?

소희   안착을, 두 명한테 했어..?

지구   아 난 안 볼란다.

지연   (턱 괴며 뿌듯하게 보는) 근데 넘 신기하지 않아? 어떻게 저렇게 약속이라
       도 한 것처럼 한 테이블에 앉아 있을 수 있지?

       그러고 보니, 외국인 남자 옆으로 멋지게 차려입은 종이씨와 북구가 같이
       앉아 있다. 소희.. 북구와 따뜻한 눈빛 인사, 지구도 종이와 그들만의 눈빛
       인사를 나눈다.

지연   (E) 근데 한 명이 늦네...
소희/지구 (놀라서) 누구? / 누가 또 있어?!!

       이때 저 멀리서 걸어오는 남자. 선국이다. 자연스럽게 인도 남자 둘 옆에
       합류하며 지연과 눈인사하는.

소희   야 너 미친 거 아냐? 세 명????
지구   일처다부제니?
소희   미친 거야?
지연   왜~ 사랑이 3분의 1이 아니라 세 배가 된 건데 너무 기쁜 일 아냐? 와이
       낫~
지구   (빈 와인 잔 들고) 야. 소주 부어. 다 부어.

       소희, 지구 와인 잔에 소주 원샷 하는 데에서.... 결혼행진곡이 울리고 동
       배와 현주가 행진을 한다. 행진하는 버진로드 양옆으로 자연스럽게 서서
       축하해주는 사람들. 삼인방도 자리에서 일어나 꽃가루 날리고 폭죽도 터
       뜨리며 격하게 축하해주는데.
       이때 어디선가 비바람과 함께 강풍이 불며, 현주의 웨딩드레스와 면사포,
       하객들의 옷과 머리가 강풍에 휘날린다. 그리고 바람에 날아가는 면사포
       를 잡으려던 현주의 손에 들려 있던 부케가 바람에 거세게 날리면서, 수
       많은 하객들의 머리 위를 지나 지연을 향해 날아간다.
       엉겁결에 부케를 받고 좋아하는 지연,

어이없이 이 상황을 지켜보는 소희와 지구.

소희Na   **부케는 왜 또.. 저 미친년한테 날아가는 걸까.**
         정말 알 수 없는 인생이다.

컷 튀면, 펑! 샴페인이 터지며, 자리 배치는 그대로. 뒤풀이 파티가 시작된다. 밴드 크라잉넛이 등장한다. M.「내 인생의 마지막 토요일」연주가 시작되고 모두들 일어나 술과 분위기에 몸을 던지고 춤을 춘다. 여기저기 샴페인 뿌리고 술병 들고 춤추다가 자빠지고 점프하고 돌고, 광란의 댄스파티가 이어진다.

소희Na   **사실 전보다 더 잘된 건지 아닌 건지**
         우리의 미래가 더 나아진 건지 아닌 건지는 알 수 없다.
         확실한 건, 모로 가도 확실한 건 없고
         언제 다시 비바람이 불지 알 수 없는 인생에서
         지금 이 순간을 즐기고 있는 우리가 제일 개이득이라는 거.
         지금 여기선.. 안 미친 사람이 제일, 미친 거라는 거.

소희, 필받아서 계속 하이힐로 맥주병 따는 컷컷. (환호하는 사람들)
그러다 분위기 탄 소희가 저만치 양기남이 세워진 대리석 위로 올라가서 양기남에 대고 광란의 댄스를 춘다. 신나는 분위기는 절정으로 치닫고..
그런데 순간 소희의 하이힐 굽이 흔들거리며 부러지고 미끄러운 대리석 바닥에 일자로 주욱— 미끄러진다.
공중으로 붕 뜨며 마치 하늘을 날아오르듯 날아오르는 소희의 모습에서 슬로우.

소희Na   **아까 집에서 나올 때 애들이 한 말이 생각난다.**
지구   (E) 야 너 굽 흔들거려, 딴거 신어.
지연   (E) 내비둬. 쟤 저걸로 맥주병 딸라고 그러는 거야.
소희   (E) 이게 제일 잘 따지거든.

지구	(E) 작작 좀 따라, 너 이제 20대 아니다~
지연	(E) 큰일 한번 나야 정신 차려~
소희Na	**아 이래서.. 친구들 말은 들어야 되는 건데..**

붕 떴던 소희가 바닥으로 서서히 떨어진다.

소희Na	(저 멀리 놀라는 강피디가 보이며) **그래도 이 힐 덕분에 저 인간을 만났고.** (막 웃다가 소희 쪽으로 고개를 돌리는 지구와 지연) **우린 충분히 즐거웠으니까.** **다시 시간을 돌린대도.. 나는 이 자리에 있을 거다.** **그래서 행여나 지금이 내 마지막 순간이래도 괜찮다는 생각이 든다.** (놀라는 지구와 지연이의 표정에) **사랑하는 친구들이 바로 옆에 있으니까.** **매일 오늘이 마지막인 것처럼.. 먹고 마시고 놀았으니까.** **역시 아껴서 놀다가 똥 된다.** **언제나 지금이 마지막인 것처럼, 내일이 없을 것처럼 그렇게! 놀아야만 한다. 진짜 안 그랬음 어쩔 뻔했어? 억울해서 눈도 못 감았겠지?** (소희의 시선에 보이는 하늘) **아... 술 마시고 자빠지기 좋~~~은 날이다!**

소희의 머리가 바닥 위에 떨어지기 직전 스틸 잡히며 엔딩.

- 12부 끝 -

작가 인터뷰

Q **이 드라마가 특별하게 느껴지는 건 전개를 전혀 예측할 수 없다는 점 같아요. 한 치 앞을 알 수 없는 드라마는 정말 처음입니다. 매회 에피소드를 구성하실 때 어떻게 영감을 받으시나요?**

영감이라면 접근이 쉬워야 하기에 저는 먼저 단어부터 떠올리는 편이에요. '엄마' '아기' '역사' '질투' '배신' '여행' 이런 식으로.

단어들은 보통 티비를 보다가, 서점에 가서 아무 책이나 집어 제목을 살펴보다가, 운전을 하다가, 샤워를 하다가, 강아지들이랑 산책을 하다가.. 무언가를 혼자 별 의미 없이 하고 있을 때 떠오르는데, 그러다가 어떤 단어 위에 등불이 켜지는 느낌이 들 때가 있어요. 반짝...!

그다음엔 그 단어를 세 명의 캐릭터(지구, 지연, 소희) 위에 얹어봐요. 이미 세 명의 캐릭터가 확실하게 구축된 경우라면, 대략 이 단어를 만났을 때 세 명의 캐릭터가 어떤 반응을 보일지 머릿속에 그려지죠. 그게 재밌으면 직진, 재미없고 영 진도가 안 나간다 싶으면 그 단어는 버리고 새로운 단어를 찾아요.

그리고 드라마를 기획한 박순태 프로듀서님에게 전화해 의견을 물어봐요. "이거 어떨까요?" 이미 선수인 피디님은 대충 단어 하나만 듣고도 제가 어떤 식으로 풀어갈지 감을 잡죠. "가시죠!"라는 명쾌한 답이 나오면 기분이 좋아요. 그런데 영 답변이 느리거나 미지근하거나 "좋은 것 같긴 한데요..."라는 말이 붙으면, 주저하지 않고 그 아이템을 접어버릴 때가 많아요. 작가가 스스로 무언가에 꽂히는 것도 중요하지만, 객관적인 시선을 가진 다른 사람의 의견을 듣는 것도 못지않게 중요하거든요.

그럼에도 불구하고 절대적인 나만의 확신이 서면 일단 대본부터 쓸 때도 있어요. 모든 걸 다 엎을 수도 있다는 전제하에요. 여기서 대본이란 건, 기획을 하고,

구성을 하고, 시놉시스를 쓰고, 씬 구성을 하고, 대본이 되어가는 작업 중 가장 마지막 작업이라고 볼 수 있지만, 결국 작가는 가장 최종 결과물인 대본으로 승부해야 해요.

가끔은 이렇게 대본부터 막 써버렸는데 의외로 감독이나 프로듀서에게서 "좋은데요!"라는 명쾌하고 짧은 피드백이 돌아올 때가 있어요. 그 순간 진짜 행복해요. 그러고 나서 맛있는 삼겹살에 소주 한잔할 때, 아.. 그때는 진짜 최고로 행복한 순간!

Ⓠ **'지구의 연애는 결사 반대다!'라며 지구의 솔로 생활을 응원하는 시청자들이 많았던 것으로 압니다. 그럼에도 지구와 종이의 러브 라인을 결심한 이유가 있다면 무엇일까요?**

지구는 셋 중 가장 아이 같은 캐릭터예요. 어린 시절엔 엄마 말에 복종하며 살아왔고 대학생이 되어서도 사회인이 되어서도 엄마 그늘에서 자유롭지 못했기 때문이죠.

그런 의미에서 대학생인 지구가 엠티 장소에서 엄마와 통화를 한 뒤 "싫다..."라고 읊조리다가 난생처음 담배를 입에 물고 술 취한 시선으로 보게 되는 보름달 속 동물은 상징적인 의미가 있어요(시즌 2. 6부). 철학자 니체가 인간정신이 진화하는 과정을 '낙타' '사자' '아이' 3단계로 설명했던 것에 빗대어서, 그동안 엄마라는 짐을 지고 걸어가는 낙타였던 지구가 서서히 사자로 변모해가는 모습을 표현해봤어요. 지구가 처음으로 내적 성장을 이뤄내는 역사적인 순간인 거죠.

하지만 내적으로 성장을 시작했다는 건, 아픔과 고통의 나날이 시작된 거라고 생각해요. 만만치가 않죠. 현재의 지구가 사람들에게 다소 무례한 듯 반말을 쓰고, 프리하게 욕을 하는 등 마치 과거의 지구에서 굉장히 자유로워진 듯 보이지만, 결코 그렇지 않아요. 여전히 계속 성장통을 겪고 있다는 걸 의미하죠.

사회생활을 하면서도 '레즈비언'임을 용기 있게 고백한 학생의 죽음 앞에 끝내 선생님이라는 직업을 그만두어야 했고, 그 후로는 늘 커튼이 쳐진 어두컴컴한 옥

탑방에서 술과 친구들 이외에 속세와 단절한 채 살았어요. 시즌 2에서도 여전히 자신이 무엇을 하고 싶은지 알지 못한 채 배달 일을 하며 바쁘게 지나가는 사람들을 쓸쓸하게 바라보고 있죠.

이런 지구 앞에 등장한 종이라는 존재가, 단순한 '러브 라인'의 의미는 아니었으면 하는 마음이었어요. 단순히 저 남자랑 연애하고 싶다는 감정이 아니라, '저 남자는 어쩌면 내가 낳은 내가 아닐까?'라는 생각이 들 정도의 동질감이 출발선이었던 거죠.

4부에서 우연히 만난 종이가 정체를 알 수 없는 행동, 즉 날개를 퍼덕이는 걸 보고 지구가 그건 어디에 쓰는 거냐고 묻자 이렇게 대답해요. "지금 당장은 쓸 데가 없어요. 근데 사람이 항상 비전 있는 일만 하고 살아야 하는 건 아니니까. 그러다 보면 또 얻어걸리기도 하고."

이 말은 지구의 마음에 돌을 던져요. 마치 자신에게 하는 말 같았기 때문이죠. 그리고 종이가 특별지도 시간에 학생들에게 지구를 소개하며 배달 일을 하고 있다고 자랑스럽게 소개하는 장면을 통해, 종이가 지구의 엄마와는 다르게 지구를 정말 편견 없이 바라보고 있음을 표현하고 싶었어요. 지금의 지구에게 가장 큰 결핍이었던 것이 한순간에 "괜찮아.. 뭐 어때..."라는 따뜻한 위로로 바뀌는 순간이죠.

서른이 훌쩍 넘은 지구에게 연애는 지극히 자연스러운 거라 생각해요. 그게 누가 되었든 간에. 그런데 상대가 누구보다 지금의 자신에게 위로와 편안함을 주는 존재라면, 안 할 이유가 없죠. 다만 해보지 않았기 때문에 서툴고 느릴 뿐.

지구에게 친구들과의 우정은 이미 차고 넘쳐요. 우정은 계속 더해가며 채워가는 게 아니라, 그냥 늘 그렇게 있는 거니까요.

지금 지구에게 필요한 건, 한 번도 해보지 못했던 미지의 영역, 연애, 맞습니다.

Q 산속에서 지낼 때 세 친구를 지켜준 양기남의 얼굴은 왜 북구를 닮은 것일까요? 처녀귀신이 북구를 좋아해서인가요?

네. 일종의 코미디 설정입니다.

극 중에서 아랫동네 할머니들이 원래 무덤은 명당에 있다면서, 예전에는 한 많은 여자들이 많았다는 말을 하죠. 드라마 〈전설의 고향〉에서 단골 소재로 쓰이던 이야기들입니다. 그래서 지구는 처녀귀신의 기운을 느끼고 발견한 뼛조각을 묻어주지요. 남자 하나 때문에 죽었다는 게 말이 되느냐고, 가벼운 타박을 하면서. 그러고 나서 만드는 "양기남"의 존재는 지구가 친구들을 지키기 위해 세운 거기도 하지만, 한편으로는 한 많은 처녀귀신을 위해 세워주는 거기도 합니다.

실제로 과거 기록을 보면, 여자들이 많이 사는 마을에는 '음기'가 너무 강하다고 하여 '양기남'이라는 수호신을 마을 입구에 세워두기도 했다는 이야기가 나오거든요.

저는 처녀귀신을 무조건 사람을 해하는 무서운 존재로만 그리고 싶지 않았어요. 그래서 강피디가 산에 왔을 때 처음으로 모습을 드러내는 처녀귀신은 가만 보면 귀엽게 느껴지기까지 하죠. 강피디가 다시 돌아가는 걸 보면서 서운해하고 눈물 훌쩍거리기도 하고요. 그리고 그 모습에 어이없어하는 지구도 귀신을 무서워하는 느낌은 아니에요.

하지만 그해 겨울 지연이가 심하게 아프고, 꿈에 처녀귀신을 보았다고 하자 지구는 무언가를 하지 않을 수 없어서, 양기남의 모습을 최대한 양기 넘치는 강피디의 모습과 흡사하게 하여 처녀귀신에게 도와달라고 말해요. 이 장면은 사실 논리적인 방법이라고 볼 수는 없지만, 그게 친구를 위해서 극 중 지구가 가장 지구스럽게 해줄 수 있었던 일이라고 생각해요.

같은 시각, 친구를 위해 뭐라도 해보겠다며 겨울 산을 헤매고 다니는 소희가 멧돼지를 만나는 장면도 사실 현실적인 이야기는 아니죠. 하지만 저는 이 부분에서만큼은 친구를 위해서 뭐라도 해보겠다며 겨울 땅을 파고, 겨울 산을 뒤지는 우정이 하늘을 감동시켰다는 전래동화 같은 이야기를 하고 싶었던 것 같아요. 따지고 들면 말이 안 되는 이야기지만, 그럴 때마다 제가 떠올리는 말이 있어요.

"세상에는 말로 설명할 수 있는 것보다, 설명할 수 없는 것이 더 많다."

Q 시즌 1, 2를 통틀어 대본 쓰며 펑펑 운 순간과 가장 좋아하는 대사, 또는 씬이 있다면 소개해주세요.

사실 제 대본을 쓰다가 운 적은 없어요. 하지만 쓰면서 마음이 좀 이리저리 산만했던 회차가 있다면, 5부 〈가급적 그런 날〉이 아닐까 싶어요.

세 주인공이 '엄마'에 대해 이야기하는 회차였어요. 셋 다 엄마의 캐릭터도 다르고, 엄마에 대한 기억도 다르기 때문에 각자의 엄마 이야기를 한 자리에서 할 수 있다면 좋겠다고 생각했어요. 그런데 쓰면서 깨달은 게 있어요.

'분명 셋이 모두 다른 엄마인데.. 내가 같은 엄마를 쓰고 있구나.!'

원초적인 물음표가 새삼 신선하게 다가온 순간이었어요. 저는 아직 자식이 없어서 잘 모르지만, 저를 딸로 둔 제 엄마가 떠오르지 않을 수 없었어요. 결국 삼인방이 제주 식당에서 각자의 엄마를 떠올리면서 하는 대화는, 내 엄마에 대한 기억의 파편으로 썼음을 부정할 수 없을 것 같아요.

풍성하고 까맣게 웨이브 진 머리와 하얀 피부가 예뻤던 젊은 시절의 엄마.. 생각해보면 그때 엄마의 나이가 지금의 내 나이보다 훨씬 젊었을 텐데, 어린 저는 '엄마는 처음부터 엄마였을 거다.'라고 생각했었던 것 같아요. 그리고 한 마디의 잔소리도 듣지 않겠다며 눈에 쌍심지를 켜고 대들던 학창 시절에는 '왜 우리 엄마는 우리 엄마가 되었을까?'라는, 세상에서 가장 한심한 불만을 품었더랬죠.

그나마 그때는 싸우기라도 했지, 어른이 되고 이해할 수 없고 서운한 게 많아질수록 그냥 안 보면 된다는 못된 마음으로 손쉽게 외면했던 것 같고, 그러는 사이 엄마는 어느덧 조카들의 할머니가 되어 까맣고 튼튼하던 머리카락들도 맥없이 새어버렸죠.

한때는 내 인생에 전부였던 엄마, 그래서 뛰어넘고 싶었고, 뛰어넘고 보니 너무나 작았던 나의 엄마.. 대부분의 딸들이 비슷하게 가지고 있을 이런 엄마에 대한 기억들이 드라마 속 세 친구들의 엄마로 다시 소환되었어요.

극 중 팥쥐 엄마 경연대회를 하던 세 사람이 친구 엄마 편을 들어주는 씬은 많은 여자들이 공감할 거라고 생각해요. 술자리에서 남자친구 욕할 때 옆에서 친구들이 맞장구 안 쳐주면 그건 진짜 반칙이거든요. 그런데 엄마 욕할 때 친구들도 같이 내 엄마를 욕하면, 이상하게 그건 좀 그럴 것 같아요. 생각해보면 친구들은 그럴 때 늘, 엄마 편이었더라구요.. 그게 5부 〈가급적이면 그런 날〉에서 하고 싶었던 말이었어요.

이제는 두 살 많은 언니가 언젠가 내 엄마가 지나갔던 그 길을 이어 걷고 있는 모습을 봐요. 마지막 엔딩에 지구 엄마가 호프집에 앉아 술을 마시며 지구 아기 때 모습을 회상하는 장면은, 이제 방문을 걸어 잠그는 중학생 첫 조카가 아기였을 때, 소파에서 뒤로 내려오는 걸 휴대폰으로 찍어둔 언니를 생각하며 썼어요. 영상 속에서 언니의 목소리를 듣는 순간, 울컥했거든요.

"어구! 어구! 우리 딸!! 어구 어구 잘하네!"

...그건 세상 모든 엄마들의 목소리였어요.

Q 〈거의 모든 술의 역사〉 덕분에 한국 소주의 흥망성쇠(?)를 알게 되었습니다. 특히 '암소주'의 존재가 정말 신기했는데, 정확히 '암소주'가 무엇인가요? 맛이 일반 소주와 다른가요?

한때 애주가들 사이에서 일반 소주병 모양과는 조금 다른, 병의 목 부분에 볼록 튀어나와 있는 테두리가 없는 병을 보고 '암소주'라 부르던 시절이 있었습니다. 사실 이건 소주회사에서 의도적으로 이렇게 출시한 것이 아니라, 빈 병을 수거하는 과정에서 다른 회사의 병들 중 일부가 뒤섞이면서 발생한 해프닝이었는데요, 이런 '암소주'가 세 박스당 한 개씩 들어 있다고 해서 희소가치가 생기고 장난스럽게 이걸 찾는 손님들이 많다 보니, 술 파는 업주들이 그런 술은 따로 가지고 있다가 돈을 더 붙여서 파는 일들도 더러 있었어요.

당연히 소주 맛에는 전혀 차이가 없고, 술병 모양에 굳이 '암소주'라는 이름을 붙여 찾는 것 또한 그렇게 유쾌한 일은 아니라고 생각해요. 하지만 이런 걸로 술자리에서 이야깃거리가 또 하나 생기기도 하고, '아~ 맞어. 그때 그랬지~' 하면서 그 시절 술자리를 회상하며 추억에 잠길 수 있다면 좋겠다는 마음이었어요. 저희 때는 정말 술자리에서 소주의 원산지에 따라 '이천 소주'와 '충북 소주'를 구별하는 사람들이 정말 많았거든요. 저도 그중 한 명이구요.

그런 의미에서 6부 〈거의 모든 술의 역사〉에서는 지연 엄마 히스토리와 대한민국이 사랑한 '술'의 역사에 대해 이야기해보고 싶었어요. 그런데 대한민국 술의 역사를 살펴보니 결국 '소주'가 주인공일 수밖에 없더라구요.

자료조사를 하다 보니 재밌는 것들이 많았는데, 분량상 다 쓰지 못한 것들도 많아요. 이효리 씨를 필두로 소주 광고 모델을 한 여배우들이 굉장한 인기몰이를 했던 시절의 이야기도 쓰고 싶었죠. 한때는 소주를 광고하는 탑 여배우들의 사진이 음주를 미화하고 청소년에 악영향을 준다고 해서 연예인 광고를 규제하는 정부 방침도 있었다고 해요. 그럼에도 불구하고 이효리, 수지, 아이유, 최근 블랙핑크의 제니까지 소주 광고 모델은 최고의 대세 연예인들만 차지할 수 있는 자리임엔 변함이 없는 것 같아요.

방송이 나간 후로 많은 사람들이 소주회사에서 PPL을 받은 것이 아니냐는 질문을 쏟아냈는데, 이 자리를 빌어 전혀 그렇지 않다는 걸 이야기하고 싶네요. 물론 제안이 안 들어온 것은 아니었지만, 한 회사에서 PPL을 받는 순간 다른 회사 제품을 쓸 수 없기 때문에, 6부뿐만 아니라 전 회차를 통틀어서 주류 PPL은 조금도 받지 않았어요. 다른 것도 아니고 술에 관한 이야기를 다루는 드라마 안에서 술의 종류에 제약을 받으며 이야기를 쓴다는 건, 말이 안 되는 거니까요.

Q 북구의 서사도 참 안타까운데요. 북구 엄마가 마신 건 물이 아닌 진짜 술이었나요? 지연 엄마가 '물이 들었네.' 하며 버리는 씬 때문에 이 부분이 좀 헷갈리더라구요.

진짜 술이었던 것은 맞아요. 그랬으니 물이 든 가짜 술병이 결론적으로는 지연 엄마에게 오게 된 거죠. 하지만 북구 엄마의 의도와 속내는 중의적으로 생각할 수 있게 열어둔 부분이 있어요. 그래서 지연 엄마가 이렇게 말하죠. "모르지. 실수였는지, 아니면 일부러 그랬는지."

즉, 북구 엄마는 알코올중독과 폭력을 일삼는 아빠에게 시달리다가 이미 자살을 계획했을 수도 있고, 아니면 '실수'에서 시작했을 수도 있어요. 워낙 같은 술병이 많았기 때문에 그중 하나에 물을 담아두고 알코올중독에 걸린 남편에게 겁만 주려고 한 거였는데, 입에 대고 보니 실수로 잘못 집어 든 진짜 술이었고, 그렇게 다 마셔버린 독한 술이 결국 엄마를 죽음으로 내몰게 된 거죠.

어떤 부모도 자식 앞에서 그렇게 죽으려고 계획하는 사람은 없을 거라고 생각하기 때문에 전 후자 쪽에 더 마음이 가요. 하지만 냉정하게 보자면 자신이 넣어 둔 가짜 술병을 착각할 확률보다, 폭력에 시달리던 괴로움에 충동적으로 물 대신 술을 집어 들었을 확률이 더 높지 않았을까요..

Q   술 마실 때 외에는 방에 처박혀 종이만 접던 지구가 시즌 2에서는 배달 일도 하고, 친구들에게 엄마 이야기도 털어놓으며 많이 변화한 모습을 보여줍니다. 언젠가는 교사를 그만두고 방에 스스로를 가둔 이유에 대해 친구들에게 담담히 이야기할 날도 올까요?

저는 이미 이 모든 것들을 친구들과 공유했다는 전제로 쓰긴 했어요. 물론 장담할 순 없습니다. 세 캐릭터는 제가 만들어내긴 했지만, 그 후로는 대본에 쓰여 있지 않은 시간들을 각자 보내고 있을 거라 생각하거든요. 그래서 '소희는 지금쯤 무슨 생각을 하고 뭘 하며 살고 있을까?' '지연이라면 이럴 때 어떻게 할까?' 하며 저도 그 인물들에게 물어봐요.

가끔은 대본에 쓰여 있지 않은 그들의 삶을 제가 훔쳐보는 듯한 느낌이 들 때도 있어요. 작가가 만들어놓은 1차적인 캐릭터는 살아 있는 캐릭터라고 볼 수 없다고 생각하거든요. 여기에 배우를 만나고 배우가 새롭게 인물 캐릭터와 부합이 되었을 때 2차적인 캐릭터가 완성되고, 그 캐릭터에 배우가 완전히 녹아들었을 때 비로소 캐릭터가 완성되는 거라고 생각해요.

그런 의미에서 술도녀의 세 주인공은 정말 훌륭한 배우들을 만났고, 배우들이 창조한 소희, 지구, 지연 캐릭터는 이미 작가의 세계를 뛰어넘었다고 생각해요. 단순히 대본 속에만 존재하는 캐릭터 이상이지요. 그래서 그들이 만들어놓은 시즌 1 완성품을 보면서 저도 시즌 2를 구상하고 상상하고 추측하는 재미가 있었어요.

시즌 1 때 지구가 교사를 그만두게 된 직접적인 이유를 친구들에게조차 털어놓지 못하고 세상과 담을 쌓는 장면이 나왔지만, 시간이 많이 흐른 후에 지구가 깨닫는 장면이 나오죠. '친구들이 나를 기다려주었구나.' 그때 이미 세 사람은 통했다고 생각합니다.

저도 가끔 친구들과 그럴 때가 있어요. 정말 힘든 일이 있으면 입을 떼는 것조차 버겁고 힘들어서, 말도 안 하고 내색도 안 하죠. 하지만 친구들은 다.. 알아요. 저보다 저를 더 잘 알죠. '쟤 지금 말하고 싶지 않구나.' 그리고 기다려줘요. 그리고 시간이 지나서 그때 일에 대해 우리는 아주 자연스럽게 가볍게 이야기하고 말아요. 원래 시간이 지나면 모든 게 가벼워지거든요.

소희와 지연 역시 지구가 스스로 가벼워지기를 기다려준 거라고 생각해요. 그래서 대본에 나와 있지는 않지만 그 후로 오랜 시간을 함께하며 세 사람은 이미 그때의 일에 대해 여러 번 이야기했을 거라고 짐작해요.

그게 제가 만들었고, 배우들이 완성한.. 그리고 시청자들이 사랑해주었던 소희와 지구, 지연의 참모습이 아닐지..

ⓠ 독박육아로 힘들어하던 싱글 맘과 세 친구의 에피소드가 무척 감동적이었어요. 세 친구의 집에서 충분히 쉬고 위로받은 아기 엄마가 '재희야, 집에 가자~'라고 할 때 가슴이 뭉클했어요. '재희'는 아기 이름을 몰라서 지연이 빌려준 이름인데, 왜 아기 엄마는 아기를 '재희'라고 불렀을까요? 왠지 이 장면에서 엄마와 아기가 다시 태어난 듯한 느낌을 받았는데, 그런 의미가 담긴 것으로 해석해도 될까요?

중의적인 의미로 해석이 가능하다고 생각해요. 지연이는 시즌 1 때부터 미래의 애기 이름이 재희라는 말을 자주 했기 때문에 지연이의 캐릭터상 이름 모르는 아기에게 '재희'라는 이름을 붙여줄 수 있겠다고 생각했어요. 시청자들도 보는 내내 이 아기와 '재희'라는 이름으로 친숙해지기를 바랐고요.

그리고 마지막에 아기 엄마가 아이를 안고 "재희야~"라고 부르는 장면은, 아기 엄마인 혜진이 삼인방이 해놓고 간 음식을 먹으며 아기와 함께 새롭게 살아가야 할 희망과 의지를 다시 얻는 장면인데, 지난날의 힘들었던 기억들은 모두 잊고 다시 살아가겠다는 의미에서 삼인방이 붙여준 그 이름을 아이의 새로운 이름으로 불렀을 수도 있지만, 한편으로는 운명적이게도 이 아이의 이름이 정말 '재희'였으면 좋겠다는 생각을 했습니다. 마치 이 아이를 만날 운명이란 걸 알고, 지연이가 아주 오래전부터 미래의 아기 이름을 '재희'라고 정해놓은 것은 아닐까? 하고 말이죠. 뭐 엄청나게 낮은 확률이지만, 그래서 또 드라마가 되기도 하구요.

Q 지연의 의도적인 '유혹 작전' 덕에 지구는 종이에게 한발 성큼 다가갈 수 있었어요. 하지만 지연에게 받은 상처도 꽤 컸을 텐데, 일주일 만에 스리슬쩍 다시 뭉친 세 친구! 딱히 화해란 게 필요 없을 만큼 친해서일까요, 아니면 나중에 따로 지연의 속마음에 대해 들을 기회가 있었을까요?

"미안해."
"아니야, 내가 미안해."
"아까는 내가 심했어."
"아니야, 내가 더 심했어."
어릴 적 친구들과 싸우면 이런 식의 화해를 했던 것 같아요.

그런데 사회생활을 시작하면서부터는 잘 싸우지 않게 되더라구요. 왜일까 생각해봤어요. 일단 어릴 땐 친구들과의 우정이 세상의 전부였던 것 같아요. 그런데 성인이 되고 결혼한 친구들도 하나둘 늘어나다 보니 먹고살기 바빠서인지 친구들에게 좀 소홀해지기도 하고, 행여나 서로 싸울 기미가 보이면 슬쩍 피하지요. 그러다 정말 싸우게 되면 화해보다는 그냥 안 보는 사이가 되는 경우도 많은 것 같구요.

그런 의미에서 저는 친구끼리 싸우는 것도 가끔 해주는 걸 권장해요. 연인이나 부부간에도 싸우는 것보다 싸우지 않는 게 더 무섭다는 말이 있듯이, 친구끼리도 가끔은 싸워야 더 알아가게 되고, 더 정이 들고 돈독해진다고 믿어요. 싸운다는 건, 그만큼 애정이 있고 기대가 있을 때 가능한 거니까요.

극중 소희와 지구, 지연도 걸핏하면 투닥거리고 말미에는 죽자 사자 싸우는 장면이 있어요. 이번엔 싸우고 난 후 냉전기도 제법 길어요. 그런데 이 셋이 자연스럽게 다시 예전처럼 돌아가는 장면에서는 딱히 화해라는 게 없습니다. 마치 아무일도 없었다는 듯, 다시 전처럼 돌아가죠.

이 장면에서 저는 이 세 사람을 가장 기본에 충실한 '자연'이라고 생각했습니다. 세 사람은 서로에 있어서만큼은 너무나 솔직하고 조금의 꾸밈도 없는 자연스러운 사이여서, 이들이 싸우는 것 또한 너무나 자연스러운 일입니다. 계절이 변하면 모든 것들이 변하듯, 이들 역시 주변 환경이 변함에 따라 자연스럽게 변해갈 수밖에 없습니다. 하지만 겨울 내내 앙상했던 나무에 봄이 되면 다시 꽃이 피듯, 결국 이들은 자연의 이치에 따라 다시 전의 모습을 회복합니다. 이런 걸 두고 우리는 '자연스럽다'라고 말하지요.

세 사람의 관계도 그랬으면 했습니다. 지연이가 "나 오늘 아빠 봤어!"라고 말하자 "진짜??" "어디서?"라는 대답과 동시에 바로 예전의 상태로 돌아가는 것은, 이들에게 너무나 자연스러운 반응입니다. 지연이에게 아빠라는 존재가 어떤 의미인지 두 사람은 너무나 잘 알기에, 이 판국에 싸우고 말고는 전혀 중요한 게 아닌 거지요.

집 앞에 담배를 피러 나온 지구와 소희는, 바로 직전 지연이에 대한 속내를 털어놓았습니다. 머리로는 이해가 안 되지만 사람이 머리로만 사는 것도 아니고, 지연이가 그냥 밉지 않다고.. 그리고 저 멀리서 걸어오는 지연이를 바라보는 소희와 지구의 표정에서, 이미 세 사람은 끝났다고 생각합니다.

"딱히 화해 같은 건 없었다. 우리는 그렇게 집으로 돌아갔다. 아주아주 자연스럽게."

여기서 "아주아주 자연스럽게."라는 내레이션은 초기 대본에는 없었습니다. 대본을 쓸 때는 저 두 문장만으로 충분할 거라고 생각했는데, 촬영을 마치고 최종 더빙 내레이션을 할 때 저 문장을 추가해달라고 했습니다. 아마도 강조하고 싶었던 것 같아요. 지금 이 세 친구의 모습이 가장 자연스러운 모습이라는 걸 말이죠.

그리고 정말 아주 자연스럽게 아무 일도 없었다는 듯, 이불을 깔고 자리에 누워서 장난을 치는 세 사람의 모습에서 저는 봄이 되어 어김없이 핀 꽃을 떠올려봅니다. 자연의 이치대로 자연스럽게 다시 핀 꽃.

여기서 중요한 것은, 그럼에도 불구하고 이 꽃은 작년에 피었던 그 꽃은 아니라는 것. 이 세 사람도 마찬가지구요.

Q 세 친구들이 욕을 잘하는 캐릭터라서 들을 때마다 속이 뻥뻥 뚫리고 시원했습니다. 보통 우리 사회가 욕하는 여자를 상스럽다고 여기는 면이 있어서 여자들은 남자들에 비해 욕을 안 하는데, 작가님이 세 친구들에게 욕을 찰지게 잘하는 설정을 한 이유가 궁금합니다.

당연히 욕이 좋은 건 아니죠. 다들 그걸 몰라서 욕을 쓰는 건 아니니까요. 하지만 욕이라는 게 참 희한하게도 때와 장소, 상황에 따라서 묘한 힘을 발휘할 때가 있어요.

언젠가 제가 글을 쓴다고 하니 아버지가 《한국인의 상말 전서》라는 책을 선물로 주셨어요. 출처는 알 수 없지만 오래전부터 입에서 입으로 전해져 내려오는 상말들을 필자가 다 기록해둔 책인데, 이걸 보고 있으면 사람들의 삶이 보여요. 아주 오래전 사람들이 어떻게 살았고, 어떤 마음으로 살았는지가 고스란히 느껴지죠.

'욕'을 너무 미화한 답변이었는지 모르겠지만, 저도 친구들을 만나면 욕을 좀 씁니다. 이상하게 친구들이랑 이야기할 때는 "진짜, 너무, 엄청"이라는 적절한 단어들이 많이 있는데도 불구하고 "졸라, 열라, 존나" 이런 말들이 너무나 자연스럽게 튀어나오곤 하죠.

욕의 빈도를 굳이 여자와 남자로 구분 지어 따지자면, 여자들이 남자들보다 욕을 많이 하지는 않는 것 같아요. 그래서인지 가끔 여자들 우정이 남자들에 비해 얕다는 이야기들을 들을 때면 '여자들이 남자들보다 욕을 안 해서는 아닐까?'라고 생각한 적도 있어요. 욕을 많이 한다고 해서 우정이 더 짙다는 의미는 아니지만, 엄청 막역한 사이에서는 아무렇게나 욕을 하는 게 되레 더 자연스러워 보이기도 하니까요.

'술도녀'의 세 친구들은 대학 시절부터 가족처럼 함께해왔으니 욕도 편하게 할 수 있는 사이라고 생각했어요. 그리고 싸우는 데 욕이 빠지면, 어딘가 모르게 온몸과 마음을 다해 싸우는 것 같지가 않잖아요. 저만의 생각일까요? 행여나 나중에 제 자식이 태어나면 이런 인터뷰는 보지 않길 바라지만..

그럼에도 불구하고 시즌 1에서 가장 많은 사람들이 반응을 보였던 장면은 5부에서 지연과 지구가 욕하며 싸우는 씬이었어요. 사실 그 장면이 많은 사람들의 호응을 받았을 때, 1차적으로는 좋았지만 좀 서운한 부분도 있었어요. 우리 드라마를 그저 욕하는 드라마, 그래서 재밌는 드라마로만 바라보는 건 아닌가? 하는 우려에서요. 그래서 시즌 2에서는 일부러 어떤 마케팅이나 시선몰이를 위한 '욕' 씬은 자제해야겠다고 마음먹었는데, 역시 뜻대로 되지는 않았던 것 같네요.

시즌 2 말미에 세 친구들이 싸우면서 서로에게 욕을 하는 씬의 의미는 사실 '불안함'이에요. 단순히 친구 이상인 존재, 나의 모든 것인 분신을 잃게 될까 두려운 불안함.. 그래서 그 욕에 감히 번역기를 돌려본다면... "나 두고 가지 마!"가 아닐까요?

ⓠ 드라마에 자주 나오는 식당처럼 실제 작가님이 좋아하는 식당이 있는지, 즐겨 드시는 주종과 안주가 무엇인지 궁금합니다.

드라마 속 세 친구의 단골집인 '오복집'은 제가 실제로 친구들과 자주 가는 강서구에 있는 단골 술집이에요. 고추장찌개와 얼큰오뎅탕, 감자전, 골뱅이, 계란말이 등 모든 안주가 전부 다 맛있는 곳이구요. 맛도 맛이지만 최고는 사장님 부부의 인심이에요.

저희가 들어서면 "왔어?" 하며 반달 미소로 반겨주시는 사장님과 일단 손부터 잡고 안부를 묻는 예쁜 사모님.. 하지만 우리가 취해갈수록 점점 근심 가득한 부모님의 얼굴로 바뀌어요. "천천히들 마셔... 누가 쫓아와?"

우리는 그저 웃지요. 이미 취한 거예요.

어느 순간 북적이던 손님들이 대부분 빠져나가고, 취할 대로 취해서 무슨 말을 하는지도 모르는 상태가 되면, 사모님이 먼저 퇴근하시면서 저희 손을 꼭 잡고 이야기하세요. "그만들 마시고 집에들 가.. 내일 어떻게 일어날라고 그래.. 난 먼저 퇴근해."

보통 그즈음 필름이 끊기는 것 같기도 한데, 그렇게 새벽 2시가 넘어가면 저만 치서 마감 중이던 사장님이 언성을 높이는 소리에 정신이 번쩍 들어요.

"그만 마시고 어서들 가!! 빨리! 빨리!!!"

언제나 이래야 끝이 나요.

참 희한한 건 다른 술집에 가면 이렇게 만신창이가 되도록 안 취하는데, 꼭 이 '오복집'에만 오면 부어라 마셔라 정신줄을 놓고 마시게 된다는 거예요. 아마도 술을 부르는 특유의 분위기 때문인 것 같아요. 생얼에 슬리퍼 질질 끌고 나와 아무렇게나 앉아서 아무 말이나 막 하다가 혹시나 내가 여기서 필름이 끊겨 대자로 자빠진다 해도 그렇게 큰 걱정은 안 될 것 같은 그 편안함..!! (침대 광고 아닙니다.)

한겨울에 한참 술을 먹다 보면 '오복집' 유리창에 수증기가 차서 물방이 송송 맺혀 있는 게 보여요. 술집 안을 가득 메우고 저마다 잔을 부딪치고 있는 손님들의 온도가 고스란히 느껴지는 그 순간이 저는 참 좋아요.

창밖으로는 잠시 담배를 피러 나온 사람도 보이고, 안에서는 차마 하지 못한 말을 바깥 공기와 나누는 남녀도 보이고, 잠시 피곤한 허리를 펴고 숨을 돌리고 있는 사장님의 모습도 보여요.

...이게 바로, 술집이죠.

술이 아니라 인생을 파는 집, 너무나 완벽한 우리들의 술집.